월혼

윤슬 장편소설

월흔

윤슬 장편소설

月痕

IV

제9장第九章

하얀 오아시스

하얀 오아시스

뺨을 긁고 지나가는 바람은 거칠었다. 모래바람을 막기 위해 얼굴에 쓴 검은 마스크가 펄럭였다. 말들이 이미 최선을 다해 달리고 있다는 걸 알고 있으면서도 손은 자꾸 조금이라도 속력을 올리기 위해 안달이 나 있었다. 지나가는 일 분 일 초마저 아까워 붙잡고 싶었지만 안타깝게도 그에겐 시간을 멈추는 능력 같은 건 없었다.

달이 길을 비추는 사막을 달리면서 베히다트는 제 안에 휘몰아치는 소용돌이를 잠재울 수 없어 신음했다. 조급해해 봤자 달라질 것 하나 없다고, 이성을 되찾아야 한다고 계속 되뇌어 봐도 전혀 통하지 않았다. 다른 건 다 사라지고 남은 것은 오직 하나.

사라진 아시나.

숨을 쉬고 있는데 고통스러웠다. 살아 있는데 살아 있다는 실감이 완전히 상실된 그런 상태. 오롯이 달리는 것 하나만 하고 있는데도 마음이 시끄러웠다. 비어 있던 침대 위. 잠들어 있었을 게 분

명한 침대 위에 남은 낯익은 흔적을 더듬는 동안 서서히 실감되는
완전히 빼앗겼다는 상실과 박탈에 처음 느껴 보는 감정들이 휘몰
아쳤다. 망막에 남은 잔상이 목을 졸랐다.

밤새도록 쉴 틈 없이 달려와 말이 거친 숨을 몰아쉬었다. 쉬게
해 줘야 한다는 건 알고 있지만 재촉을 그만둘 수는 없었다. 베히
다트는 마침내 샤르자와 파시의 경계 지역이자 샤르자도 파시도
아닌 도시에 도착했다.

"여기서부터가 하말라입니다."

말을 멈춘 베히다트는 잠시 멀리 떨어진, 주인 없이 버려진 도시
를 응시했다. 사막에서 불어온 모래 폭풍이 모든 걸 휩쓸어 간 도
시는 흉물스러운 모습을 다시 모래가 덮어 주길 기다리고 있었다.

"파악은 되었나?"

"일단의 무리들이 파시 쪽 모스크 건물에 보초를 서고 있다고 합
니다."

먼저 보낸 정찰병들이 알려온 소식이었다. 생각에 잠긴 베히다
트가 손가락을 까딱였다. 이대로 더 동태를 살피느냐, 아니면 바로
들어가느냐. 선택은 전적으로 그에게 맡겨져 있었다.

머리는 이대로 동태를 더 살피다가 들어가라 종용했지만 몸이 가
만있을 수가 없었다. 안달이 난 상태로 가만히 있다가는 무언가가
끊어질 것만 같았다.

"들어간다."

이미 기다릴 만큼 기다렸다. 망설임이 없는 것은 아니었지만 결단
에 지체는 없었다. 호위로 몇몇의 전사들만 자신을 따르게 한 베히
다트는 대기하게 된 나머지 전사들과 라첸 기사들을 돌아보았다.

"내가 나올 때까지 절대 건물 안으로 들어오지 마라."

어떤 함정이 도사리고 있을지 모르니 내리는 명령이었다. 전사 모두가 반발했지만 베히다트는 시선 하나로 묵살했다. 홈바라즈 전사들은 명령이 부당하다 생각했지만 그를 말릴 능력은 없었다. 이 자리에 누가 있었어도 그를 말릴 수는 없었으리라. 그 틈을 타 베히다트가 다시 말을 끌고 달려 나갔다. 도시 안까지 진입하는 데에는 그리 오래 걸리지 않았다.

버려져 모래로 뒤덮인 지 오래인 도시는 달빛 아래서 하얗게 빛났다. 도시 안은 모든 게 멈춰 있었다. 흡사 시간이라도 멈춘 듯한 착각이 들 만큼.

한때는 번영했을, 지금은 죽어 버린 길을 지나쳐 도착한 모스크는 과거의 위세가 얼마나 대단했는지를 역설하려는 듯 여전히 위풍당당했다. 바랜 벽면을 장식하는 아라베스크와 수많은 조각들. 결국 자신을 기리기 위해 만들어진 곳을 스윽 올려다보며 베히다트는 피식 웃었다. 건물 주변엔 이미 샤르자의 전사들이 있었다. 달려들까 우려하며 홈바라즈 전사가 칼을 잡았으나 그들은 공격하지 않고 오히려 길을 터 주어 베히다트가 예배당 안으로 들어갈 수 있게 물러섰다.

"들어가실 겁니까, 시하드시여?"

"낌새가 좋지 않습니다."

전사들이 목소리를 낮춰 말했다. 이미 베히다트 또한 느끼고 있는 바였지만 그렇다고 이제 와 발길을 돌릴 수는 없었다. 말에서 내려 예배당으로 발걸음을 옮기자 홈바라즈 전사들 또한 경계하며 베히다트의 뒤를 따랐다.

천천히 계단 하나하나를 올라 수많은 기둥 사이로 들어서자 모스크 특유의 넓고 둥근 내부가 시야를 트게 해 주었다. 과거엔 수많은 사람들이 몰려와 시하드를 위한 기도를 드리던 공간이 왜곡되어 이젠 자신을 끌어들이는 함정으로 쓰이고 있었다.

한 길로 마련된 복도를 걸어 들어가 조금 더 큰 공간에 들어서자 그는 마침내 자신을 이곳까지 불러낸 자를 볼 수 있었다.

"이런 곳에 잘도 숨어 있었군."

허공에서 시선이 마주치자 바레인이 웃으며 입을 열었다.

"굳이 숨진 않았습니다."

그리고 잠시 간격을 두고 그가 덧붙여 말했다.

"오시길 바랐거든요."

베히다트의 시선이 방 내부를 한 바퀴 훑었다. 그동안 봐 왔던 모스크와 별다를 것 없는 내부 모습이었다. 새삼스럽다는 듯 그가 입술 끝을 비틀어 웃었다.

"이게 나를 위한 함정인가?"

"역시, 알고 계셨군요."

"고작 이것뿐인가?"

"설마요."

어차피 함정이라는 걸 알면서도 제 스스로 걸어 들어온 터였다. 깊게 숨을 들이마신 베히다트는 애써 머릿속의 열을 식히려 애썼다.

"아시나는 어디 있지?"

낮게 깔린 목소리가 음산하게 위협했다. 바레인의 표정이 살짝 굳어졌다.

"다른 것부터 찾으실 줄 알았는데, 조금 의외로군요."

"말 돌리지 마라."

잇따라 이어진 다그침에 바레인이 겨우 입술 끝만 비틀어 올려 웃었다. 그의 눈동자가 기이하게 반짝였다.

"이 건물 어딘가에 있습니다. 굳이 말하자면…… 제가 밟고 있는 이 바닥 밑이라고 해야 할까요?"

당장이라도 움직일 기세였으나 베히다트는 멈칫했다. 아까부터 느끼고 있었지만 이 건물 전체에서 기분 나쁜 기운이 느껴졌다. 마치 족쇄 같이 자신을 옭아매려는 기운이 건물 전체에서 넘실거렸다. 바레인이 선연하게 웃었다.

"물론 당신이 그동안 찾던 것 역시 이 아래에 있습니다."

달콤하게 속삭이며 바레인이 움직였다. 고작 뒤로 한 발자국 물러난 것뿐이었지만 베히다트는 눈살을 찌푸렸다. 도대체 무슨 짓을 하려는 거냐며 강한 눈빛이 연거푸 물었지만 바레인은 의미심장한 미소만 지을 뿐이었다.

"이 날을 기다렸습니다."

"나 역시."

거침없이 이어진 대꾸에 바레인이 환하게 웃었다.

"설마 제가 원하는 게 뭔지 아시면서도 직접 오신 겁니까?"

상냥하게 속살거리는 목소리는 다정하기 그지없었다. 하지만 베히다트는 저 유약해 보이는 거죽에 속지 않았다.

"내 목숨."

그의 대답에 수긍하듯 바레인이 답했다.

"쿤가의 멸절."

그의 싸늘한 시선이 베히다트에게 닿았다.

이전까지 그의 죽음은 그저 자신이 함께하는 자들의 열망이었지 그의 열망은 아니었다. 단순한 계획의 일환이기 때문에 유감이지만 죽어 줬으면 했었던 것이지 그에게는 어떤 원한도 없었다. 그렇다고 생각했다. 바레인이 씁쓸한 미소를 지었다.

하필이면 왜 저 남자인가?

아쉬운 것 하나 없던 인생에서 처음으로 가지고 싶은 걸 찾아낸 순간, 그것이 다른 이의 손에 들려 있는 걸 목도한 감정은 암흑보다 더한 절망이었다. 암전된 세상에서 정신을 차린 순간 남아 있는 건 뜨겁고도 서늘한 분노뿐. 빼앗길 바에야 둘 다 이 세상에서 지워 버리고 싶었다.

강렬한 시선이 부딪힌 순간 둘 다 숨을 멈추었다. 팽팽한 긴장은 쉽게 끊어지지 않았다. 샤르자의 야망은 언제나 독립이었고 그걸 위해선 페시안에 군림하고 있는 쿤 자체가 사라져야 했다. 최고의 시기가 아닐 수 없었다. 때마침 3왕자가 하렘의 모든 어린아이와 여인을 죽인 참이었고, 남아 있는 왕족들은 왕위 싸움을 하느라 알아서 죽었다.

한 사람을 제외하고.

바레인의 푸른 눈동자가 그 남은 한 사람을 담았다.

"날 죽일 수 있을 거라 생각하나?"

바레인이 가만히 웃었다.

"절 막으실 생각이셨다면 아주 오래전에 막으셨어야 했습니다."

뒤에서 칼 소리가 들렸다. 언제 접근한 건지 모를 검은 복장의 사내들이 칼을 휘둘렀다. 홈바라즈 전사 넷이 그들을 막는 사이 베히다트 역시 칼을 뽑아 들었다. 다시 바레인을 돌아보았지만 그는 전사들 뒤로 몸을 숨긴 상태였다.

"서두르셔야 할 겁니다."

바레인이 서글서글하게 웃으며 충고했다.

"시간이 없거든요."

물러나 그대로 나가려는 바레인을 잡아야 마땅했지만 베히다트는 그보다 이 아래에 있다는 아시나를 더 우선했다. 전이었다면 일어날 수 없는 일이었지만, 생각을 하고 있을 시간이 없었다. 몸이 먼저 움직였다.

무슨 함정을 설치했을지 모르니 한시라도 빨리 그녀를 구해 내야 했다. 이안과 약속했기 때문이 아니었다. 바레인을 잡는 건 도시 밖으로 나오는 자를 잡으라 대기시킨 전사들에게 맡긴 베히다트는 급하게 아래층으로 향하는 계단을 찾았다. 어차피 모든 모스크는 구조가 똑같았다. 아깐 개미 새끼 한 마리도 보이지 않던 모스크였는데 어디서 나타났는지 수많은 전사들이 베히다트의 앞길을 막았다. 그들을 가차 없이 베어 내고 가까스로 계단을 찾은 베히다트가 밑으로 내려갔다. 수렁으로 말려들고 있다는 건 알지만 알면서도 멈출 수 없었다.

어두운 복도와 희미한 피 냄새가 풍기는 지하로 내려오자 마치 강요하듯 갈림길이 보였다. 그 순간 희미하게 건물 벽이 떨렸다. 불길한 기분이 엄습했으나 포기할 순 없었다. 몸이 따르는 대로 일단 움직이며 내부를 살폈다. 미로처럼 얽혀 있는 지하도였지만 어려움은 없었다. 벽과 바닥을 옅게 덮고 있던 모래에 남은 흔적들을 살피며 움직이다 머지않아 누군가의 기척이 남아 있는 통로로 들어섰다. 자신을 가로막고 선 거대한 문. 조심해서 열어야 했으나 급한 마음은 이번에도 여지없이 이성을 무시했다.

문을 열자 멀리 방 끝에 묶인 채 앉아 있는 누군가가 보였다. 희미하게 빛을 내는 건물 내부의 횃불에 간신히 실루엣만 눈에 들어왔지만 알 수 있었다.

막힌 숨을 토해 내듯 그가 크게 숨을 내쉬었다. 그리고 한 가지 뼈아픈 사실을 자각했다. 이제 자신은 저 여자 없인 단 한순간도 제대로 숨 쉴 수 없다는 걸. 빼앗긴 게 아니었다. 자신의 전부를 빼앗기고 만 것이 아니었다. 하나씩, 저도 모르게 주었던 시선처럼 조금씩 모두 줘 버려 아무것도 남지 않게 된 것이다. 그걸 이제야 알아차리다니. 쓴 물이 올라왔다.

"베히 님……?"

기운 없이 늘어져 있던 아시나가 고개를 들었다. 고개를 드는 것조차 힘들었지만 흐릿한 시야에 어렴풋이 잡히는 사람은 알아보았다. 문득 눈물이 차올랐다. 그렇게 보고 싶어 했는데 그래서 꿈으로 보는 건가, 이것이 환상인가. 신기루라고 해도 좋았다. 흘러넘치는 마음을 주체하지 못하며 아시나가 상체를 들었다.

가만히 서 있던 베히다트가 걸어왔다. 멍하니 그 모습을 바라보고만 있던 순간 옆 벽면에서 무언가가 굴러 가는 소리가 들렸다. 아시나는 번뜩 정신을 차렸다.

"안 돼요! 오지 마요!"

아시나가 다급하게 소리 질렀다. 그러나 베히다트는 멈춰서지 않았다. 한쪽 벽면에서 큰 소음이 들렸다. 아시나는 재빨리 몸을 일으켰다. 손과 팔을 묶어 놓은 족쇄가 걸리적거렸다. 손목이 비틀렸지만 가까스로 그가 있는 곳으로 달려갈 수 있었다. 대체 어디서 그런 힘이 난 건지 베히다트를 붙잡은 아시나가 그대로 몸을 돌렸다. 그 찰나, 왼쪽 벽에서 발사된 화살이 날아와 꽂혔다.

순간이었다. 갑자기 허공에서 은빛의 반투명한 무언가가 빛났다. 아시나가 그를 끌어안고 몸을 돌린 찰나 벌어진 일이었다. 무서운 기세로 쏟아지던 화살 비가 무언가에 막혀 전부 바닥으로 떨어졌다. 아시나는 거칠어진 숨을 골랐다. 보호막이 발동된 걸 보며 자신의 왼쪽 귀에 걸린 귀걸이에 감사했다. 다행히 함정 장치는 그게 끝이었다. 아스타테아 가에 내려오는 가보 덕에 위기를 넘길 수 있었다. 새삼 이안에게 감사하며 아시나는 떨어진 화살들에게 시선을 주었다.

"어서 도망쳐요!"

아시나가 다급히 고개를 들었다. 베히다트를 서둘러 내쫓으려고 할 때, 갑자기 건물 자체가 흔들렸다. 갑작스런 지진에 아시나의 몸이 휘청거렸다. 베히다트가 아시나를 끌어안았다. 서 있는 것 자체가 불가능한 강한 지진. 처음 느끼는 무시무시한 바닥의 흔들림에 아시나는 인상을 찌푸렸다. '그르릉' 건물이 진동했다. 갑작스런 건물의 변화에 아시나는 숨을 삼켰다. 처음 겪어 봤지만 무언가 익숙한 기분이 들었다. 이러고 있을 시간이 없었다.

"베히 님, 바레인이 노리는 건 당신 목숨 자체예요. 3왕자의 비밀이 어디 있는지 알아요. 여기 나가서—."

아시나가 다급히 입을 열었다.

"쉿, 말하지 마."

그녀의 말을 끊은 베히다트가 자신의 칼로 그녀를 옭아매고 있던 족쇄를 잘랐다. 아시나의 인상이 찌푸려졌다. 손발이 자유로워졌지만 전혀 기쁘지 않았다.

잠시 건물의 진동이 멈췄다. 무거운 족쇄를 풀어 준 베히다트가 그녀를 끌고 나갔다. 달리 선택권이 없는 아시나는 잠자코 그의 뒤를 따랐다. 3왕자의 비밀. 아시나가 불안하게 복도의 길을 훑었다. 그때였다. 건물이 '쿵' 소리를 내며 완전히 뒤틀렸다. 바닥까지 통째로 흔들리는 바람에 손을 놓을 뻔했지만 베히다트는 절대 아시나를 놓지 않았다. 베히다트의 품에서 고개를 든 아시나는 뭔가 이상한 기운을 느꼈다. 벽에서 희미한 빛이 떠올랐다. 아시나의 시선이 불안하게 내부를 훑었다. 희미한 빛이 퍼지며 순식간에 어떤 문양을 그려 나갔다.

"마법진……."

온 벽에 번지듯 그려지는 문양. 아시나의 눈동자가 절망으로 물들었다.

"마법진?"

처음 듣는다는 듯 베히다트가 이맛살을 찌푸렸다. 어서 나가야 한다. 아시나는 다급하게 베히다트를 끌어당겼다. 그나마 저게 마법진이라는 걸 알아볼 수 있다는 게 다행이었다. 무엇을 위한 진인지는 알 수 없지만 분명 지금 이 상황에서 도움이 되지 않을 게 뻔했다. 불길한 기분이 들었다. 살면서 느껴 본 것 중에 가장 불길한 기운이 아시나를 덮쳤다. 불길한 기운을 느끼고 있는 것은 베히다트 역시 마찬가지였다. 건물로 들어올 때부터 자신을 옭아매던 기운이 더 크고 강해졌다.

"으악!"

마법진에 정신이 팔리기도 전에 어디서 나타난 건지 모를 전사들이 튀어나와 칼을 내밀었다. 아시나가 기겁을 했지만 그보다 빨리 베히다트가 자신의 목을 노리는 칼을 쳐 내고 상대의 목을 그었다. 자비 없이 깔끔한 일련의 모습에 아시나는 버릇처럼 이맛살을 찌푸렸다.

"여길 나가야 해요!"

"알아."

"3왕자의 비밀 찾으러 여기 온 거 아니었어요?"

"맞아."

"그럼 그거 찾고 가요! 어서!"

한동안 묶여 있던 탓인지 재빠르게 움직일 수 없었다. 아시나는 베히다트만이라도 보내려 했다. 저 마법진이 완성되어 마법이 실현되면 더는 돌이킬 수 없었다. 그녀는 베히다트가 자신 때문에 위험에 처하는 걸 원하지 않았다.

지금 이 상황에서 둘이 함께 무사히 나간다는 건 꿈에 가까웠다. 막으려는 사람이 없다면 모를까, 밀려드는 전사들의 수가 너무 많았다. 그가 전투력이 전혀 없는 아시나를 데리고 나가려면 시간이 지체될 것이다. 그러나 베히다트 혼자라면 말이 달랐다. 금세 빠져나갈 수 있었다. 아시나가 재차 종용했지만 베히다트는 물러나지 않았다. 오히려 아시나를 더 힘주어 끌어당겼다.

"싫어."

"왜요?!"

이해할 수 없다는 듯 아시나가 되물었다. 베히다트가 이를 악물었다.

"널 잃으면서까지 알고 싶진 않아."

아시나는 순간 할 말을 잃어버렸다.

막을 수 없어 흘러넘친 마음과 함께 눈가에 눈물이 그렁그렁 맺혔다. 이 남자는 지금 자신이 어떤 말을 한 건지 알고는 있을까? 물어보고 싶었다. 하지만 자신을 보호하면서 달려드는 샤르자 전사들을 처리하는 베히다트에게 철없이 그게 무슨 뜻이냐고 물어볼 수 없었다. 3왕자의 비밀. 그가 포기한 게 어떤 건지 알고 있기 때문에 더 그랬다.

아시나가 이를 악문 순간 베히다트가 그녀를 끌어당겼다. 뒤에서 달려드는 전사의 칼을 쳐 내고 손목을 비틀었다. 쉴 새 없이 싸우면서도 베히다트의 숨소리는 흐트러지지 않았다. 얼추 정리가 된 주변을 등지고 나자 그가 이를 갈았다.

"날 이 건물과 통째로 묻어 버리려는 속셈이었군."

위층으로 올라가는 문이 닫혀 있었다. 문 위에 또 다른 마법진이 빛나고 있었다.

어떤 식으로든 철저하게 준비했으리라 생각했지만 꽤나 의외의 방법이었다. 그래도 바레인이 어떤 생각으로 이 함정을 준비했는지는 알 수 있었다. 직접 죽일 수는 없으니 아예 나올 수 없는 곳에 죽을 때까지 가두는 것. 베히다트의 입술이 비틀렸다. 정말 머리 하나는 기가 막히게 잘 쓰는군.

몸을 쓰는 것 자체는 문제없었으나 다른 것이 문제였다. 건물 자체에 무슨 짓을 한 것인지 물도 바람도 불러낼 수 없었다. 건물 자체를 부수는 것도 불가능했다. 이런 상황은 처음이었다.

"이 건물 자체가 마법진이에요."

진동이 더 심해지고 있었다. 이렇게 흔들리다가는 그대로 밑으로 가라앉을 것 같았다. 무시무시한 기세로 흔들리는 건물을 보며 아시나는 주변을 살폈다. 마법이 무엇으로 발동되고 있는지조차 알 수 없었다. 아시나는 타고난 마력은 있었으나 마법이 자신과 맞지 않아서 배우길 포기했다. 계속 마법을 배웠다면 이 상황을 타개할 수 있었을까? 분명 뭔가 방법이 있을 텐데.

"어떡하지."

이미 체념이라도 한 건지 비교적 담담한 베히다트가 아시나를 달랬다.

"괜찮아."

여기서 이대로 죽을 수도 있을 텐데 후회하는 기색 한 점 없는 베히다트를 아시나는 숨죽인 채 올려다보았다. 겨우 같이 있을 수 있게 되었는데 장소가 마땅치 않았다. 아시나는 한숨을 내쉬며 눈을 감았다. 다시 건물이 흔들리기 시작했다.

언제 죽어도 후회 없는 삶을 살겠노라 다짐했거늘, 막상 죽을지도 모른다는 생각이 드니 미련이 너무 많이 남았다. 머릿속을 스치는 수만 가지 생각. 부모님 얼굴과 함께 남은 가장 큰 미련은 더 솔직하게 베히다트를 좋아하지 못했던 과거였다. 그가 이 순간 함께 있어서 기쁘지만 그만큼 미안하고 후회스러웠다. 좀 더 어긋나지 않을 수 있었는데.

"아, 설마."

안심이라도 시키려는 듯 자신을 토닥이던 베히다트의 손길을 멈추며 아시나가 갑자기 고개를 들었다. 예전을 회상하다 떠오른 생각에 다급히 지니고 있던 주머니를 꺼냈다. 공간 왜곡, 무게 왜곡, 시각 왜곡까지 온갖 왜곡 마법이 쓰인 가방을 여니 마력을 소진해

충전되길 기다리는 자신의 귀걸이가 보였다. 귀걸이를 꺼낸 아시나는 주변을 살폈다.

"뭘 하려는 거지?"

베히다트가 자못 심각하게 물었다. 아시나는 혹시 모른다는 생각으로 주변을 살펴봤다.

"던질 거예요."

"그걸?"

아시나가 크게 고개를 끄덕였다.

"아직 마법진이 미완성이니까, 어쩌면 부술 수 있을지 몰라요."

큰 마법일수록 완성되는 데 오랜 시간을 필요로 했다. 특히 마법진을 통해 발동되는 마법은 그 과정이 매우 불안정했다. 예전에 배웠던 내용을 떠올리며 아시나는 주변을 살펴보았다. 마력이 담긴 무언가가 충분한 자극을 준다면 어쩌면 깨뜨릴 수 있었다. 할 수 있어. 아시나는 약해지려는 마음을 다잡으며 마법진이 가장 취약해 보이는 곳으로 귀걸이를 던졌다. 날아간 귀걸이가 벽에 부딪혔다. 부딪힌 곳에서 크게 불꽃이 일었다. 마법진 자체가 출렁였다. 그와 동시에 건물이 크게 흔들렸다.

"악!"

쓰러질 뻔한 아시나를 베히다트가 받아 주었다. 베히다트의 품에 안긴 아시나는 인상을 찌푸렸다. 생각보다 마법이 너무 강력했다.

이렇게 강한 마법, 본 적이 없어.

이 마법을 깨려면 적어도 자신의 스승급은 되어야 할 거라 생각하며 잠시 갈등했다. 귀걸이로는 어림없었다. 더 강한 마력, 그 무언가가 필요했다. 귀걸이로 자극을 받아서인가 마법진이 더 빠르게 움직이고 있었다. 오히려 역효과만 불러일으킨 듯했다. 아시나가 입술을 깨물었다. 그 순간 마치 달래려는 듯 베히다트가 그녀를 뒤에서 껴안았다.

"괜찮아."

그 품 안에서 아시나는 괜히 죄책감에 시달렸다. 자신은 죽어도 상관없었다. 하지만 자신 때문에 베히다트가 죽는다면, 정말 제 자신을 용서하지 못할 것 같았다.

자신을 감싸 안는 온기는 더할 나위 없이 좋았으나 이렇게 죽음을 얌전히 기다릴 수 없었다. 베히다트의 팔을 푼 아시나가 거리를 벌렸다.

"물러나요."

베히다트가 불안한지 인상을 찡그렸다.

"대체 뭘 하려는 거지?"

"이 마법진, 깨 줄게요."

굳은 표정으로 아시나가 말했다. 무슨 일이 있어도 이 남자는 살리겠노라. 굳건한 그녀의 표정에서 베히다트는 좋지 못한 예감을 받았다. 자신의 팔을 붙잡는 그의 행동에 아시나가 단호하게 고개를 끄덕였다.

"괜찮아요. 할 수 있어요."

이대로 주저앉는 건 자신과 맞지 않았다. 할 수 있는 건 다 해야지. 베히다트가 인상을 찌푸렸으나 그녀는 그만두지 않았다. 급했다. 마법진이 완성되기 전에 깨뜨려야 했다. 완성되고 나선 깨지지 않으리라. 기회는 오로지 지금뿐이었다. 다만 한 가지 걸리는 문제는 이 마법진이 깨지면 과연 이 건물이 버틸 수 있을까였다.

"이 건물, 무너질 거예요."

마법진의 위력이 약한 곳에 강한 마력이 담긴 물건을 던지면 충분할 줄 알았다. 깨지지 않았다는 건 마법진 자체의 마력이 상당하다는 소리. 귀걸이에 담긴 마법이 얼마나 강한 건지 알기 때문에 아시나는 더 불안했다. 어쩌면 깨지지 않을 수 있었다. 하지만 아직 아시나에겐 마력이 담긴 물건이 한 가지 더 남아 있었다. 그녀는 자신이 항상 소중하게 들고 다니는 주머니를 보았다. 안녕, 내 주머니.

그녀는 주저 없이 주머니를 마법진을 향해 던졌다. 던지자마자 급하게 몸을 돌렸지만 소용없었다. 강렬한 폭발음이 터졌다. 보지 않아도 무슨 일이 벌어졌는지 알 수 있었다. 모든 게 크게 흔들렸다. 마법진이 깨지며 건물 자체가 부서졌다. 커다란 폭음과 함께 마법진이 깨진 여파가 정신을 차릴 새 없이 밀려들었다. 딛고 있던 바닥에 여러 개의 금이 갔다. 이게 뭔가 싶은 순간, 금을 기준으로 바닥이 쩌억 갈라졌다.

"베히 님!"

베히다트가 아시나를 끌어당겼다. 가만있던 벽까지 빠르게 금이 갔다. 어디로 가야 하지? 묻기도 전에 몸이 움직였다. 폭발은 계속되고 있었다. 마법진은 깨졌지만 안심할 수 없었다. 베히다트가 아시나를 이끌고 어떤 벽 뒤로 숨었다. 정신을 차릴 새가 없었다. 별안간 큰 진동과 함께 엄청난 폭음이 터졌다. 귀가 멀어 버릴 정도의 폭음. 반사적으로 몸을 웅크렸으나 바닥과 함께 몸이 흔들리는 걸 어떻게 막을 수는 없었다.

몇 차례의 폭발음과 지진이 끝나고 죽음 같은 침묵이 흘렀다. 꽉 감았던 눈을 뜨자 자신을 감싼 채로 웅크린 베히다트가 이를 악물고 있었다. 아시나는 입술을 깨물며 말없이 베히다트의 목을 끌어안았다. 건물이 통째로 날아가며 튀긴 파편이 긁고 지나간 건지 베히다트의 등이 피로 흥건히 젖어 있었다.

"괜찮아요?"

잠긴 목소리가 애절하게 울먹였다. 그는 말 대신 아시나의 등을 두들겨 주는 것으로 답을 대신했다. 건물이 통째로 날아가며 드러난 밤하늘은 자욱이 깔린 먼지 때문에 보이지 않았다. 바깥 공기가 너무 차가웠다. 덜덜 떨리는 몸을 느끼며 아시나는 주머니가 없는 자신이 얼마나 보잘것없는지 다시 한 번 깨달았다.

그래도 이럴 시간이 없었다. 잔해들을 그대로 받아 낸 베히다트가 어떤 상태인지 아는 게 중요했다. 상처부터 지혈해야 했다. 아무것도 가진 건 없지만 아시나는 일단 그를 놓고 일어났다. 일어났음에도 시야는 희뿌연 상태 그대로였다. 먼지가 가라앉아야 길이라도 알아볼 텐데. 걱정을 하며 막 머리를 쓸어 올렸을 때였다.

"무슨 수를 썼는지 모르지만, 대단하군요."

언젠가 들어 본 적 있는 낮은 목소리와 함께 목 언저리에 닿는 차가운 금속에 아시나는 저도 모르게 숨을 죽였다. 기억에 있는 목소리였다. 베히다트 역시 그게 누구인지 알아보았다.

"로그웨."

바레인의 전사. 베히다트가 인상을 썼다. 그가 여기 있는 이유는 뻔했다. 로그웨는 주변을 둘러보고 그대로 아시나와 베히다트를 내려다보았다. 건물이 그대로 지하에 처박히는 걸 확인하고 돌아가는 것이 그의 임무였지만 상황이 바뀌었다. 건물은 갑자기 폭발과 함께 날아갔고 봉인과 함께 땅에 처박혔어야 할 남자가 멀쩡히 나와 버렸다. 서서히 먼지가 가라앉자 시야가 분간되기 시작했다. 하늘에 뜬 하얀 달만이 세 사람의 모습을 선연히 비추었다.

"뒤로 물러나십시오."

아시나는 로그웨의 명령에 베히다트를 보았다. 그는 말을 따르라 턱짓했고 내키지 않았지만 아시나는 천천히 뒤로 물러났다. 어느 정도 물러나자 로그웨는 아시나에게 겨눈 칼을 거두었다. 불안한 순간, 로그웨는 등을 다친 채 앉아 있는 베히다트에게 칼을 내리쳤다.

"베히 님!"

숨을 들이켠 채로 시간이 멈추었다. 아니, 멈추었다고 생각했다. 무언가를 생각하고 움직인 게 아니었다. 찰나에 벌어진 일. 아시나는 자신이 그렇게 빨리 움직일 수 있을 거라 단 한 번도 생각해 본 적 없었다.

베히다트는 아시나가 자신에게 달려드는 순간 무슨 일이 일어난 건지 믿을 수 없었다. 갑자기 벌어진 일에 그는 갈피를 잡지 못했다. 제 몸에 기대 가늘게 떨리는 몸은 환상이 아니었다.

아시나는 고통을 삼키며 신음을 흘렸다. 시야가 흐릿해졌다. 그녀의 몸이 힘없이 늘어졌을 때 로그웨가 망설임 없이 칼을 뽑았다. 그 순간 베히다트가 발로 로그웨의 팔을 쳐 냈다. 칼이 멀리 날아가는 날카로운 소리가 정적 가득한 밤하늘을 울렸다. 로그웨는 바로 단검을 뽑아서 달려들었다. 베히다트 역시 품에 숨겨 놓았던 단검을 뽑아 그었다. 비명과 함께 쓰러지는 남자의 등에 단검을 박아 넣으며 베히다트는 거칠어진 숨을 골랐다.

모든 게 눈 깜짝할 사이 벌어진 일이었다. 등에서부터 느껴지는 쓰라린 감각에 인상을 찡그리면서도 베히다트는 가늘게 숨만 잇고 있는 아시나에게로 다가갔다.

"……이게 무슨 짓이지?"

베히다트가 조심스레 아시나의 몸을 안았다. 그녀를 품에 안은 팔이 심하게 떨리고 있었다. 하얗게 질린 표정으로 그녀를 내려다 보던 그의 잇새로 고통스러운 신음이 흘러나왔다. 툭 끊어진 이성이 그대로 머릿속을 하얗게 번지게 만들어서 아무 생각도 할 수 없었다. 대량으로 스며 나온 피가 순식간에 옷을 붉게 물들였다. 숨을 쉬는 것조차 고통스러워 헐떡이는 그녀를 품에 안은 그가 미간을 찌푸렸다. 간헐적으로 내쉬는 숨마저 아픔이 묻어 있었다.

"가요. 바레인, 전사들…… 더 올 수도, 있어요. 도망…… 쳐요!"

간신히 내뱉은 아시나의 말을 삼키며 베히다트가 단호하게 되물었다.

"널 두고 갈 수 있을 것 같나?"

그럼, 어떻게…….

의문이 입안에 맴돌았지만 아시나는 아무 말도 꺼낼 수가 없었다. 베히다트는 아시나를 안아 들고 먼 곳을 응시했다. 도시의 경계선 너머엔 달빛에 반사된 사막이 하얗게 빛나고 있었다.

이안은 아니꼬운 표정으로 인상을 썼다. 고운 얼굴을 거침없이 구긴 채로 이안이 입을 다물어 버리니 순식간에 분위기가 싸늘해 졌다. 그 앞에 선 채 아카는 불안하게 눈동자만 굴리고 있었다. 바 레인이 아카에게 건네준 건 북으로 보내는 서신이었다. 그걸 들키 면 자신은 죽은 목숨이나 다름없기에 그는 흑기사들에게 붙잡히자 마자 서신을 삼켜 뱃속으로 소화시켰다.

설마 수르트에 발을 들이자마자 이안에게 덜미가 잡힐 줄 몰랐던 아카는 바레인 때문에 괜히 수르트에 와서 이 꼴을 당한다며 속으 로 욕을 해 댔다.

안 좋은 기분이 들 때부터 도망쳐야 했어!

"수르트와 크롬웰, 페시안과 크라차를 오가며 양쪽의 전달 사항 을 전하는 연락책, 맞지?"

"……."

한참이나 침묵을 지키던 이안이 갑자기 물었다. 너무 정곡이라 할 말이 없었다. 입을 다무는 아카를 내려 보며 그가 서늘하게 되 물었다.

"뭐 할 말 없나?"

아카는 이안을 올려다보았다. 서른다섯이라는 나이가 믿기지 않 게 이안의 외모는 여전히 소년스러웠다. 하지만 얌전하고 곱게 생 겨 먹어서 성질머리는 나쁘다는 걸 아카는 이미 잘 알고 있었다. 하루 종일 아무것도 먹지 못해서 속이 쓰려 죽겠는데 몇 주 뒤에나 올 거라 생각한 남자가 눈앞에 서 있으니 진짜 죽을 맛이었다. 정 말 마주치고 싶지 않았는데.

아카에게서 되돌아오는 대답이 없자 이안이 일어났다. 어차피 대 답을 바라고 물은 게 아니었다.

"돌아간다."

니젠은 갑작스런 이안의 선언에 인상을 찡그렸다. 이렇게 바로 가자고 할 줄은 몰랐다. 아직 페시안의 일도 끝나지 않았거늘. 니젠이 곤혹스러워할 때, 흑기사가 이안을 보며 입을 열었다.

"아직 녹의 기사단이 오지 않았습니다."

"그 녀석들을 위한 함선 하나는 남겨 둔다. 이 녀석 도망치지 못하게 배에 실어 놔."

라첸 기사와 흑기사가 같이 고개를 끄덕이며 아카를 끌고 나갔다. 아카의 얼굴에 얼핏 절망스러운 표정이 내비쳤다가 사라졌다. 이안은 그 기색을 놓치지 않고 지켜보았다.

어차피 이안이 갈 곳은 수도 웰즈가 아니었다. 크롬웰의 수도 웰즈로 발송할 '페시안의 내부 분란으로 교섭할 상태가 못 됨.'이라는 요지의 보고서 겸 서신은 아직 알 페시안에 있을 녹기사단장 미카엘의 수중에 있었다. 이안의 오랜 보좌관인 체르지안이 어느새 돌아와 이안 옆에 섰다.

"잘 오셨습니다, 각하. 가신 일은 잘 처리하셨습니까?"

"아니, 나중에 따로 서면으로 더 처리해야 해."

"처리할 일이 더 있습니까? 친선 문제라면 이번 방문으로 완전히 매듭 지으러 가신 것 아니십니까?"

"아니, 다른 일이 생겨서 그냥 돌아온 거거든."

"네? 그럼 대체 왜 가신 겁니까?"

"관광하러. 됐나?"

거침없이 대꾸하며 이안이 몸을 틀었다. 체르지안은 불만스러운 표정을 지었을 뿐 별다른 반응은 없었다. 보고서를 넘기고 다시 자기 할 일을 하러 사라지는 보좌관의 뒷모습을 지켜보던 니젠이 영석연치 않은 표정으로 이안을 보았다.

"정말 이렇게 돌아가도 되는 건가?"

이안은 별다른 대꾸를 하지 않았다. 페시안에 몇 주간 머물면서 크롬웰과 페시안의 미적지근한 교류 상태를 소소하게 개선해 보고자 한 계획은 물 건너 간 지 오래였다. 정작 이안은 이 상황에 아무 생각도 없어 보였으나 이상하게 니젠은 자꾸 뒤에 두고 온 것들이 신경 쓰였다.

"아시나를 그렇게 맡기고 가도 돼?"

"어쩔 수 없지. 내가 거기 있는다고 해도 달리 뾰족한 수는 없으니까, 믿는 수밖엔."

한심할 정도로 태평한 대답에 니젠이 인상을 찡그렸다.

"남의 나라 왕을 믿어도 되는 거야?"

"아마도."

믿는다는 발언에 니젠이 불만스레 인상을 찡그렸다. 단박에 대꾸한 이안이 피식 웃었다.

"그 눈빛, 익숙하거든."

"눈빛?"

아리송한 니젠의 시선에 이안이 어깨를 으쓱였다. 아시나의 정체를 밝히던 날 밤, 그 남자가 아시나를 어떤 눈으로 봤는지 이안은 가장 가까이서 볼 수 있었다. 새삼 수도에 있을 그의 가족들이 아른거렸다. 특히 그의 여린 누이 하나가 더.

"카르딘 형이 레시아 누나를 볼 때의 눈이야."

카르딘은 카르디안 대공의 애칭이었다. 즉, 이안의 매형이자 아시나의 아버지. 평소에 그 남자가 자신의 부인을 어떻게 대하는지 잘 알고 있는 바. 니젠은 쉬이 납득할 수 없었다.

"그럼 아주 좋아 죽겠다는 눈빛이란 말이야, 그게?"

"구해 낼 거야. 자기 여자 하나 구해 내지 못한다면 왕이건 신이건 그게 무슨 소용이겠어?"

"신랄하네."

걱정이 아주 안 되는 건 아니었지만 믿는 수밖엔 없었다. 무엇보다 지난 며칠간 지켜본 베히다트는 꽤 유능한 남자였다. 아시나를 가질 거라면 이런 시련 정도는 혼자서 파헤쳐야 하지 않겠는가. 그래야 그 녀석을 둘러싼 보호자들을 굴복시킬 수 있을 테니. 물론 그 보호자엔 이안 자신 역시 포함되어 있었다.

그 이유가 아니라도 여기서는 이안이 전면에 나설 수가 없었다. 만약 그렇게 된다면 외교적인 문제가 발생한다. 일단 미래의 대공이자 여차하면 크롬웰을 물려받을지도 모를 후계자를 억류한 문제부터 시작해서 아시나가 저질렀을 혹시 모를 문제들까지 합쳐져 꽤 지지부진한 외교적 설전이 시작될 게 분명했다. 이안은 그것만큼은 사양하고 싶었다. 게다가 그는 이미 아스타테아의 가주를 보호하는 가보인 아이나를 아시나에게 넘겨주고 왔을 때부터 그녀가 죽지 않을 거라는 믿음이 있었다.

거기에 한 가지 더.

이안의 시선이 싸늘하게 식었다. 아마도 아시나를 납치해 간 자의 뒤에 있을 한 사람. 직접적으로 어떤 연관이 있는지는 파악할 수 없었지만…….

"……그래도 아직까지 그 왕위 쟁탈전이 영향을 미치고 있을 줄은 몰랐는데.”

“뭐?”

이안의 혼잣말에 니젠이 대꾸했다. 이안은 바로 입을 다물었다. 옆에서 니젠이 의아한 표정을 지었지만 상관하지 않았다. 아닌 척했지만 베히다트가 직접 밝힌 내분의 이유는 꽤 놀라웠다. 20년 전쯤에 벌어진 사건. 시기가 너무나 교묘했다.

페시안 측은 잘 모르겠지만 이안은 페시안에 대해 꽤나 잘 알고 있었다. 그것은 비단 남대륙의 일부를 장악한 상단을 소유하고 있다는 차원이 아니었다. 남대륙의 존재를 발견하고 페시안이라는 제국의 존재가 크롬웰에 알려진 이후부터 사막의 제왕은 언제나 크롬웰의 가장 강대한 적이었다. 때문에 크롬웰의 모든 권력자들은 언제나 페시안을 감시하고 견제했다. 거기에 아스타테아가 없다는 건 어불성설이리라.

거시적으로 큰 틀은 안정되어 있지만 태생적으로 다양한 종족과 나라가 합쳐진 건국비화 때문인지 크롬웰은 언제나 내부 전쟁이 치열했다. 그 때문에 외부의 적이 나타났을 땐 분열되기 쉬웠다. 그런 판국이니 쿤이라는 완벽하고 강대한 신을 중심으로 단합할 수 있는 페시안이 위협적인 건 어쩔 수 없었다.

“그것인가.”

자신의 아버지, 검은 재상이 남쪽에 손을 뻗었다는 사실 하나만으로는 모호했다. 하지만 라 쿤이 알려준 마지막 퍼즐 조각을 손에 쥔 순간 이안은 더 이상 방황하지 않았다.

라 쿤이 알고 싶어 하는 비밀은 이안이 알고자 하는 것과 멀리 있지 않았다. 샤르자의 대족장과 크라차, 그리고 그 뒤의 한 사람. 어떤 수작을 부렸을 거라고 생각은 했지만 이렇게 어마어마한 짓을 저질렀을 줄은 몰랐는데. 곱씹어 보다 피식 웃은 이안이 고개를 들었다.

"우린 바로 이슈로 갈 거야. 목적지는 베르가노."

니젠이 혼란스러운 듯 얼굴을 찡그렸다.

"응? 거긴 네 부모님이 계신 곳이잖아. 산 좋고 물 좋은 곳에서 노후를 보내시겠다고……."

뭔가를 느낀 건지 니젠이 말끝을 흐리며 인상을 썼다. 이안은 별말 하지 않았다. 그저 옅게 웃을 뿐. 니젠이 이안의 팔을 붙잡았다.

"안아, 설마 페시안에서 일어난 일이 정말 공작가와 관련 있다고 생각하는 거야?"

"그때 재상이 누구였는지 떠올려 봐."

떠올리고 말고 할 것도 없었다. 크롬웰의 검은 재상, 로스만 아스타테아.

지금의 아스타테아를 손색없이 이끌고 있다 평가받는 이안조차 한 수 접고 들어가야 하는 유일한 상대. 20여 년 전 돌연 은퇴하고 가주직조차 이안에게 넘겨준 뒤 은거 생활을 시작했지만 아직 크롬웰의 정치는 전성기 때의 로스만이 만들어 놓은 그늘에서 벗어나지 못했다. 이안이 냉담한 표정으로 덧붙여 말했다.

"나도 정확히 어떤 연관이 있는지는 몰라. 그냥 짐작하고 있을 뿐이지. 그렇지만 알잖아? 크라차와 파시를 돈으로 집어삼킨 것도 결국 우리 꼰대 짓이지. 이거라고 별다를 게 있겠어?"

신랄하게 비꼰 이안은 새삼 자신의 아버지가 페시안에 한 짓이 얼마나 효과적이고 잔인한지를 깨달았다. 아마도 검은 재상이 원한 것은 페시안의 분열.

페시안이 망하면 또 그건 그것대로 복잡해질 테니 크롬웰로 향할 사 쿤의 시선을 페시안 내부로 묶어 두는 것일 터였다. 후계자 문제로 설령 크롬웰에 내전이 일어나더라도 감히 페시안이 제국을 넘볼 수 없게.

"도대체 무슨 짓을 한 건데……."

"나도 몰라. 그러니까 가려는 거 아니겠어?"

이안이 뾰족하게 웃었다. 니젠이 신음을 삼켰다.

"물어보러?"

"그래."

고개를 끄덕이며 이안이 표정을 굳혔다.

"끄나풀을 잡아가면 뭐라도 대답은 해 주겠지."

신랄하게 내뱉는 말과 달리 먼 바다를 내다보는 이안의 시선은 꽤 복잡했다.

"오랜만에 꼰대를 만나겠군."

크라차의 북부 도시, 카티프.

크라차를 방문하는 북부의 상인들이 가장 먼저 도착하는 곳으로, 그 유용함 덕에 도시가 생기고 번창했다. 때문에 크라차이면서도 카티프는 유난히 크롬웰 풍의 건물들이 많았고 절묘하게 혼합된 두 대륙의 양식은 완전히 다른 대륙에 온 듯한 향취를 내뿜었다.

이전에도 왔지만 나시르는 카티프에 올 때마다 다른 세상에 온 듯한 기분을 받았다. 완전히 천지가 뒤바뀐 다른 세상. 여행을 온 기분이었지만 애써 들뜬 기분을 억눌렀다. 우마르가 지시한 대로 평범한 여행자인 척 태연하게 시장 거리를 걷고 있었지만 어째 맴도는 분위기가 심상치 않았다.

"우마르 님에게 연락 왔어?"

"아니, 아직."

카림이 날 선 표정으로 주변을 경계했다. 대놓고 전사들을 데리고 도시로 들어올 수 없어서 몇몇 전사를 제외한 나머지는 도시 밖에 있었다. 은밀하게 꾸린 암살단만 데리고 적의 본거지를 습격하러 간 우마르가 워낙 금방 해치울 거라 자신했던 탓인지 나시르는 너무 오래 기다렸다는 기분이 들었다. 초조해서 시간이 늦게 가는 것인가 생각하고 있을 때였다.

"나시르!"

카림이 갑자기 나시르의 어깨를 쳤다. 강한 힘에 쓰러진 나시르가 반사적으로 인상을 썼을 때, 그의 머리 바로 위에서 날카로운 금속음이 들렸다. 칼과 칼이 맞부딪치는 소리에 나시르가 몸을 움츠렸다. 그 순간 카림이 상대의 가슴팍을 치고 나시르를 끌어당겼다. 어디서 나타난 건지 모를 전사들은 하나같이 똑같은 복장을 하고 있었다. 그리고 터번 끝에 새겨진 세 개의 눈. 크라차 원로원에 소속되어 있는 토파라바즈 전사였다.

"역시 원로들이 눈치를 챘군."

"일단 피하자."

갑작스런 유혈 사태에 사람들이 하나둘 멈춰 서서 소리를 질렀다. 카림은 최대한 나시르를 보호하며 몸을 피했다. 시장 골목골목이 복잡하게 엮인 구조라 많은 수의 전사가 한꺼번에 쫓아오진 못했다. 도시 밖으로 나가는 게 가장 급선무였다. 이런 곳에서 잡히거나 싸우면 불리한 건 자신 쪽이었으니까.

따라붙는 전사들과 몇 번 대적하던 카림이 인상을 찡그렸다. 몇명 정도라면 얼마든지 상대할 수 있는데 이게 상대가 몇인지 가늠되지 않으니 마냥 싸울 수만은 없다는 게 가장 큰 문제였다.

"카림!"

"알았어!"

그나마 다행인 건 두 사람이 이곳 지리를 잘 알고 있다는 사실이었다. 도시의 골목과 샛길을 통해 여차여차 도시 밖으로 나오자마자 나시르는 목까지 차오른 숨을 고르는 데 집중했다. 머리가 띵했다. 다행인지 불행인지 토파라바즈 전사들은 도시 밖까진 쫓아오지 않았다.

"우마르께선 어떻게 된 거지?"

나시르가 물었다. 불길한 기분이 엄습했다. 카림은 대답 대신 나시르의 팔을 붙잡았다.

"일단 철수하자."

카티프에 위치한 원로원의 비밀 의회는 평범한 여관 건물로 위장하고 있었다. 암살단을 이끌고 그곳을 불시에 습격한 우마르는 늘 감시했던 때와 다른 기운에 불길함을 느꼈다.

건물 안은 텅 비어 있었다. 아무것도 남아 있지 않은 듯한 분위기. 인상을 찡그리며 내부를 살펴보았지만 건물 내부에서 찾을 수 있는 건 아무것도 없었다. 암살단원들도 건물 내부에 흩어져 무언가를 뒤져 보려고 했지만 성과가 없을 거라 우마르는 단정했다.

이렇게 쉽사리 발을 뺄 줄은 몰랐는데. 한발 앞서 움직였어야 했다고 생각하면서 우마르는 인상을 구겼다. 그때였다. 그는 뒤에서 느껴지는 낯선 기척에 숨을 죽였다.

"이걸 찾으십니까?"

어린 소년의 목소리. 우마르는 천천히 뒤를 돌아보았다. 소년이 쓴 터번에는 '세 개의 눈' 인장이 새겨져 있었다. 토파라바즈, 원로원들의 전사. 크라차를 움직이는 원로원들이 유일하게 가지는 직속 무력 단체였다. 토파라바즈가 직접 개입했다는 것으로 이 사건이 정말로 크라차의 고위층 인사들과 엮인 일이라는 걸 실감할 수 있었다.

"그것이 무엇이지?"

우마르는 태연하게 물으며 숨을 가다듬었다. 소년은 제가 들고 있는 종이들을 아무 감흥 없는 시선으로 쳐다보았다.

"저는 모릅니다. 댁이 알고 있겠죠."

"나도 모른다만……."

토파라바즈 전사들까지 와 있을 줄이야. 전력으로 나오겠다는 것인가. 원로들이 적당히 꼬리를 자르고 도망치려 할 거란 예상과 전혀 딴판이었다. 우마르는 적당히 생각을 정리했다. 이자가 지금 여기 있다면 이 건물에 흩어져 있는 부하들의 목숨도 위험한 상태였다. 무엇보다 밖에서 대기하고 있을 나시르와 카림이 제일 위험했다.

"허튼 생각은 안 하시는 게 좋을 겁니다."

"허튼 생각?"

"당신들은 이 건물을 나갈 수 없거든요."

소년이 단언했다. 우마르는 그 순간 숨기고 있던 단검을 들고 몸을 날렸다. 예고 없이 빠른 속도로 접근했건만 그걸 쳐 내는 소년의 손이 더 빨랐다. 뒤이어 몇 번 더 단검을 휘둘렀지만 번번이 막히고 말았다. 소년은 아주 가벼운 몸놀림으로 우마르의 뒤를 잡았다. 그리고 단숨에 그의 팔에서 단검을 쳐 냈다.

어디서 이런 실력자가…….

우마르의 눈동자에 절망이 어렸다. 가볍게 우마르를 제압한 소년은 여전히 무감각한 표정으로 자신이 쳐 낸 단검을 주웠다.

"날…… 어쩔 셈이지?"

우마르가 내뱉은 마지막 말에 소년이 태연하게 대꾸했다.

"그건 제 주인께서 알아서 하시겠죠."

❋

아주 오랜 시간 암흑 속에 남겨졌다.

어떤 감각도 느껴지지 않는 어둠 속에서 아시나는 평온을 되찾았다. 무언가 아주 고통스러웠던 기억은 남아 있는데 그것이 무엇 때문이었는지 생각나지 않았다. 시간이 한참이나 흐른 뒤라고 자각했을 때, 불현듯 눈을 떴다.

아시나는 눈을 뜨자마자 보이는 하얀 천장에 놀라 몸을 일으켰다. 너무 다급히 움직인 탓인지 배 쪽에서 예리한 통증이 느껴졌다. 배를 부여잡고 소리 없이 인상을 찡그렸을 때였다.

"아직 움직이면 안 돼."

낯선 목소리에 아시나는 몸을 경직시켰다. 서둘러 눈을 굴려 내부를 살펴보았지만 아무리 기억을 뒤져 봐도 처음 보는 곳이었다. 가녀린 침대의 기둥은 섬세한 조각으로 되어 있었다. 온통 하얀 대리석으로 만들어진 방은 고풍스러웠다. 어딘가에서 불어오는 선선한 바람이 시원하게 아시나의 뺨을 간질였다.

여긴 어디지? 무엇보다 자신이 왜 이런 곳에 있는 건지 기억이 없었다. 기억의 끝자락에 남은 것은……. 베히다트, 베히다트의 모습이 보이지 않았다. 아시나는 순식간에 하얗게 질려 일어나려 했다. 그때 모습을 드러낸 남자가 아니었다면 이미 일어나 버렸을 터였다.

"안녕하신가?"

별안간 평화롭게 등장한 남자가 상황과 어울리지 않는 느긋한 인사로 아시나의 기운을 빼놓았다. 결 좋은 검은 머리를 늘어뜨린 채 선하게 웃는 남자에게서 풍기는 왠지 모를 익숙한 향취가 아시나의 경계심을 누그러뜨렸다. 무엇보다 그의 눈동자가 붉은색이라는 것에 놀랐다. 베히다트 역시 붉은색이었지만 그 색과는 달랐다. 조금 더 밝고 화사한, 저도 모르게 홀려 바라볼 수밖에 없는 그런…….

그래, 마치 자신의 아버지가 가진 붉은 눈처럼.

"누구세요?"

긴장하며 묻는 아시나를 귀엽다는 듯 바라보며 남자가 웃었다.

"시하드 쿤."

낯선 이름이었지만 아는 이름이었다. 아시나는 경악했다.

"페시안의 초대 왕?"

남자는 태연하게 웃었다. '허허' 웃는 폼이 오래전의 반가운 이야기를 듣는 듯한 분위기였지만 아시나는 태연할 수 없었다.

"아직도 살아 계셨어요? 진짜 신이세요?"

"하하, 그럴 리가."

남자가 환하게 웃었다. 아시나는 문득 그의 눈동자가 홍안이라는 것에 주목했다. 너무 익숙해서 잊고 있었지만 그것은 어떤 일족의 핏줄을 나타내는 증표였다. 왜 잊고 있었을까?

"베르딘."

신의 일족, 신께서 모든 축복을 쏟아부었다는 신의 아이들.

시하드가 베르딘이라면 그가 인간들에게 신이라 불린 이유도 짐작할 수 있었다. 아시나는 단숨에 모든 정황을 납득했다. 그리고 얼떨떨했다. 몇천 년이나 된 나라의 진실을 엿본 충격은 어마어마했다. 살아 있는 신이 어디 있냐고 비웃었는데 정말로 신과 관련이 있었을 줄이야.

"그럼 베히 님이 그런 힘을 가지게 된 것도 다……."

너무 예상치 못하게 충격적인 진실을 알아서인지 아시나는 할 말을 잃었다. 어째서 베히다트의 붉은 눈을 보면서 단 한 번도 의심해 보지 않았던가. 모든 베르딘은 전부 이타카 산에 살고 있다고 믿었다, 어리석게도.

아시나가 끙끙 앓자 쿤이 어깨를 으쓱였다.

불편하지 않은 침묵이 가라앉은 사이, 쿤이 나타났던 자리에서 베히다트가 모습을 드러냈다. 베히다트의 등장에 아시나는 눈에 띄게 안심했다. 죽지 않았구나.

베히다트는 자신이 돌아온 자리에 서 있는 쿤을 보며 단숨에 인상을 찡그렸다.

"뭘 한 거지?"

"아무것도."

쿤이 두 손을 들어 보였으나 오히려 그게 더 수상하게 느껴진 모양이었다. 베히다트가 노골적으로 아시나를 자신의 뒤로 숨겼다. 그 모습을 지켜보며 쿤이 어이가 없는지 너털웃음을 지었다.

"허허."

아시나는 당황해서 괜히 물었다.

"왜 그래요?"

베히다트는 두 사람의 반응에도 아랑곳하지 않고 여전히 그 가운데 서서 두 사람을 갈라놓고 있었다. 노골적인 태도에 쿤이 마치 어린아이를 보듯 웃었다.

"뺏어 가지 않을 테니 그리 신경 곤두세우지 않아도 된다, 녀석아."

"……."

옅은 미소를 머금은 채 쿤이 조용히 물러나 주었다.

"그럼 편히 쉬길."

그 눈빛이 정말로 어린 아들을 바라보는 아버지처럼 따뜻하고 다정했다. 페시안을 세운 장본인을 만난 아시나는 묘한 기분을 느꼈다. 다행히 베히다트는 괜찮아 보였다. 정말로 괜찮으냐 묻고 싶었지만 그보다는 이 평화로운 침묵을 지키고 싶은 마음이 컸다. 아시나의 시선이 베히다트의 눈동자에 닿았다.

참 이상하지. 막상 헤어져 얼굴을 못 본 건 따지고 보면 얼마 안 되었는데, 기분은 마치 몇 년이나 떨어졌다가 다시 만난 듯한 느낌이었다. 손을 뻗어 베히다트의 온기를 느껴 보고 싶은 충동을 가다듬으며 아시나는 벅차오르는 숨을 골랐다.

"괜찮은가?"

"견딜 만해요."

"왜 그런 미련한 짓을 했지?"

비난하듯 그가 물었다. 아시나가 대신 칼에 찔린 걸 말하는 것이었다. 왜 자신이 추궁당하고 있는지 모르겠지만 억울해서 반박하려던 아시나는 그냥 입술을 깨물었다. 심란한 그의 기분이 날것 그대로 그녀를 휩쓸었다.

"나도 잘 몰라요."

아시나 역시 왜 그랬는지 스스로도 이해할 수 없었다.

"모르겠어요."

그냥 몸이 먼저 움직였다. 그렇게밖에 설명할 수 없었다. 무언가를 생각하고 저지른 일이 아니었다. 나아지긴 했지만 아직도 칼에 찔린 상처가 불에 덴 듯 화끈거렸다. 베히다트가 침대 위에 앉아 있는 아시나와 시선을 맞추기 위해 몸을 낮추었다. 그의 낮은 목소리가 한층 더 침중하게 내려앉았다.

"죽을 수도 있었어."

"안 죽었잖아요."

"죽을 뻔했어. 때마침 사막이 가까웠고 이곳이 거리와 상관없는 곳이라 올 수 있어 살았던 것뿐, 내가 아닌 다른 자와 함께였다면 넌 이미 죽었어."

베히다트가 무얼 말하고 싶은지 알았다. 무모했다는 걸 비난하는 거겠지. 하지만 아시나는 다시 그 상황이 된다고 해도 베히다트 대신 자신이 칼에 찔리는 걸 선택했을 거라 생각했다. 그가 죽는 걸 내버려 두느니 자신이 죽는 게 나았으니까.

"괜찮아요. 당신이 살아 있기만 한다면."

"……다신."

그가 숨을 들이켜며 강한 어조로 경고했다.

"다신 그러지 마라."

그 순간을 다시 생각하는 것만으로도 기분이 바닥을 쳤다. 다시 겪고 싶지 않았다. 그런 기분, 그런 상황. 다시는 맞이하고 싶지 않았다. 그녀를 영영 잃어버릴지 모른다는 절망을, 다시는 겪고 싶지 않았다.

침대 끝으로 다가온 아시나가 베히다트를 조심스레 올려다보았다. 아시나를 가운데 두고 베히다트가 그녀의 양옆으로 팔을 뻗어 그녀를 가두었다. 작고 가녀린 몸. 온기가 도는 살아 있는 몸이 그를 안도하게 했다. 베히다트가 작고 가늘게 숨을 내쉬었다. 아시나가 자신을 바라보고 있었다. 그 시선 끝에서 비로소 제대로 된 숨을 쉬는 기분이 들었다. 살아 있다는 감각이 돌아오고 있었다. 둘의 시선이 마주 닿았다. 베히다트는 마른침을 삼켰다. 아주 오랜 길을 돌아왔다.

슬그머니 다른 욕망이 고개를 들었다. 이렇게 온전히 자신만 비추는 눈동자가 영원했으면 싶었다. 보고 있어도 보고 싶고 곁에 있어도 그걸 실감하고 싶다. 이렇게 닿아 있어도 이 온기가 그립고 이렇게 애타다니. 더 이상 봤다가는 환자를 놓고 배려할 수 없을 것 같아 시선을 내리는 그를 올려다보며 그녀가 여린 목소리로 물었다.

"베히 님이야말로 괜찮아요?"

아시나의 눈가가 촉촉하게 젖어 들었다.

"내가…… 나 때문에."

그렇게 알고 싶어 했으면서.

아직도 목에 걸린 가시처럼 그곳에 놓고 온 비밀이 마음에 걸렸다. 그게 이 남자에게 어떤 의미인지 알고 있기 때문에 더 그랬다. 이 남자는 그걸 위해 지난 십몇 년간을 살아온 것이 아니었던가. 그것을 위해 라 쿤이 되었다고 했다. 그런데 그렇게 깔끔하게 포기할 수 있다는 게 믿어지지 않으면서도 동시에 기뻤다. 그리고 조심스레 기뻐하는 자기 자신이 너무 나쁘게 느껴져서 죄책감이 무겁게 아시나를 짓눌렀다.

"괜찮아."

죄악감에 젖어 드는 아시나를 구해 내기라도 하려는 듯 그가 딱잘라 말했다.

"이젠 상관없다. 그게 무엇이었든."

이렇게 깔끔하게 포기할 수 있는 건가. 자신이라면 가능했을까? 문득 던져 버리고 만 자신의 가방이 떠올랐으나 한 줌의 후회도 없었다. 끝났다고 생각했는데, 눈앞에서 자신을 따스하게 바라보는 이 눈동자를 보고 있노라니 이상한 욕심이 고개를 들었다. 영원히 입에 담지 않으려 했는데 말하고 싶었다. 지금이 아니라면 영원히 이 말을 못할 것 같은 위기감이 그녀를 내몰았다.

"당신이 좋아요."

베히다트의 시선이 흔들렸다.

"정말 좋아요."

차마 더 이상 시선을 마주칠 수 없어 아시나는 눈을 감았다. 그러나 이내 억지로 턱이 들려지는 바람에 눈을 뜰 수밖에 없었다. 떨리는 마음으로 다시 마주한 붉은 눈동자는 뭔지 모를 감정이 어려 있었다. 그건 지나치게 강렬하고 동시에 무척이나 매혹적이었다. 마른침을 삼키며 아시나가 입술을 벌렸다. 그 입술에 시선을 두며 그가 나지막하게 물었다.

"좋기만 한가?"

"그 이상 뭐가 있죠?"

"갈망."

숨기지 않고 드러내는 감정이 너무 노골적이라 아시나는 부끄러워져 순간 어디로 도망치고 싶었다. 허락하지 않겠다는 듯 그가 아시나의 손을 붙잡았다. 그대로 침대 위에서 벗어나지 못하게 박제해 놓은 그가 나른하게 웃었다.

"소유욕이든 욕망이든 그 무엇이든."

아시나는 숨을 들이켰다.

"말해."

그가 단숨에 말했다.

"날 갖고 싶다고."

도망치고 싶었다. 이 눈동자에 붙들려서 이대로 영영 벗어나지 못하고 홀려 버릴 것 같았다. 숨조차 제대로 쉬지 못하고 아시나의 가슴이 오르내렸다. 그 작은 몸짓이 베히다트의 시선을 사로잡았다. 아시나는 이유도 모른 채 어린 새처럼 떨었다.

"상관없어요?"

"뭐가?"

"내가……."

말이 목에 걸렸다. 어째서인지 목소리가 쉬어 버렸다. 짧은 갈등이 그녀의 목을 움켜잡았다. 그 순간 아시나가 차마 내뱉지 못한 말을 그가 망설임 없이 이었다.

"네가 크롬웰의 귀족이란 거 말인가?"

울 것 같은 표정으로 그녀는 간신히 고개를 끄덕였다. 그냥 귀족이 아니라, 엄연히 따지고 본다면 그녀는 황족이었다. 직계는 아니지만 직계가 프린세스 아이세스밖에 없는 지금, 그만큼 아시나의 존재는 중요했다. 그 중요성을 모르는 것도 아닐 텐데 그가 물었다.

"상관있나?"

묻고 있었다. 아시나에게. 상관있냐고. 심장이 요동쳤다. 아시나는 그저 마른침을 삼켰다. 없을 수는 없었다, 이성적으로. 그래, 이성적으로는. 하지만 두 사람 다 상관하지 않았다. 아니, 상관하고 싶지 않았다.

눈앞의 선을 넘으면 돌이킬 수 없다. 지금까지 억눌러 왔던 모든 게 물거품이 되어 버릴 수 있었다. 어쩌면, 그래. 어쩌면 사랑하는 부모님과도 척을 질지 몰랐다. 이전의 생활 따위, 전부 작별을 고해야 할 수도 있었다. 그럼에도.

그럼에도 이 남자를 포기할 수 없었다.

아시나가 손을 뻗었다. 베히다트의 목을 끌어안으며 그녀가 단호하게 속삭였다.

"후회할 거예요."

그의 눈에 이채가 어렸다.

"날 쳐 내지 못한 걸 후회하게 될걸."

"당신이야말로. 난 정말 엄청난 여자니까요."

"그건 기대되는데."

그가 잔뜩 쉰 목소리로 속삭였다. 자신의 목을 끌어안은 팔이 심하게 떨리는 게 그에게도 느껴졌다. 그가 달래듯 아시나의 허리를 끌어안으며 가만가만 이야기했다.

"싫으면 말해. 억지로 안지 않을게."

아시나는 어찌해야 할지 모를 표정으로 울먹였다. 눈가에 고인 눈물을 닦아 내며 그가 아시나의 이마에 자신의 이마를 마주 대었다.

"하지만 알아 둬."

고통스러울 정도의 욕망이 베히다트를 내몰았다. 거의 초인적인 인내심으로 참아 내고 있었지만 그것도 이제 한계였다. 안고 싶었다. 이 여린 몸을 안고 맛보고 온몸에 자신을 새겨 넣고 싶었다.

"널 원해. 네 전부를 다."

머리부터 발끝까지 통째로 삼켜 버릴 것 같은 붉은 눈동자에 아시나가 입술을 벌렸다. 뜨겁고 더운 숨과 함께 그녀가 눈을 감았다. 그 순간 두 사람의 입술이 맞닿았다.

"나도 당신을 갖고 싶어."

애달픈 목소리를 삼키며 그녀의 온 숨을 다 빼앗기라도 하듯 그가 필사적으로 파고들었다. 닿은 혀가 주는 저릿함에 단숨에 피가 끓어올랐다. 들이마시는 숨이 애타도록 달았다.

더, 좀 더, 더 깊이.

이성이 끊어지기라도 한 것처럼 그는 아시나를 몰아붙였다. 통째로 집어삼키기라도 할 것 같은 기세에 짓눌려 아시나가 몸을 뒤틀었지만 벗어나는 건 허락받지 못했다. 호흡은 물론이고 남김없이 모든 걸 빼앗길 것 같다는 위기감이 고개를 들었지만 멈출 수 없었다. 한 번 놓아 버린 인내는 그동안의 고통을 보상받기라도 하려는 양 허기진 욕망을 채우는 데 급급했다.

"베히, 님! 읏. 잠, 잠깐……."

말을 다 내뱉지도 못하고 숨만 들이켠 사이 다시 시작되는 약탈에 그녀가 가늘게 애원하며 붙잡힌 팔을 비틀었다. 필사적인 몸짓에 자신이 몰아붙이고 있다는 사실을 알긴 하는지 그가 살짝 그녀를 놓아주었다. 입술을 떼긴 했지만 그렇다고 물러난 것은 아니었다. 안심하기도 전에 바로 목덜미를 타고 훑는 저릿한 감촉에 아시나가 헛숨을 들이켰다. 머리와 허리를 붙잡은 손이 절대 그녀가 도망칠 수 없게 단단하게 붙잡았다.

정신을 차릴 수 없었다. 아시나는 거의 울먹이는 지경에까지 이르렀다. 처음 느껴보는 감각이 열리고 있었다. 옷 안으로 들어오는 낯선 온기가 몸을 움츠리게 만들었다. 마치 그걸 달래기라도 하듯 베히다트가 하얗고 여린 살갗을 부드럽게 어루만졌다.

"달아."

한숨처럼 내뱉은 한탄에 아시나가 인상을 썼다. 대체 누가 달단 말인가? 호흡이 가빠져 숨을 쉬는 것도 버거웠다. 누군가가 만진다는 것이 이렇게 애타고 절절한 감각을 선사할 줄이야. 이전까지 상상도 못한 은밀하고 밀착된 행위에 그녀는 좀처럼 적응하지 못했다.

두려워하는 마음을 알아차리기라도 한 듯 아시나를 괴롭히는 베히다트의 손길이 잦아들었다. 하지만 은밀하고 애타게 변한 자극에 아시나는 더 몸이 달았다. 어째서인지 모르고 허리를 비틀었지만, 가볍게 허리를 쥔 베히다트의 단단한 팔을 떼어내진 못했다.

겨우 손을 뻗어 팔을 떼어내려고 했으나 꿈쩍도 하지 않았다.

"웃, 베히 님! 잠깐……."

다시 입술을 점령하는 압도적인 온기를 느끼며 아시나가 신음을 삼켰다.

"쉿, 괜찮아."

한시도 가만있지 못하고 도망치려는 여린 몸을 끌어안으며 그가 목 안으로 신음했다. 자꾸만 자신을 충동질하는 이 여린 몸이 언뜻 원망스럽기까지 했다. 정신이 혼미해질 정도로 아찔한 감각에 아시나는 제발 한 번쯤은 멈춰 주었으면 했지만 더 이상의 유예는 없었다. 그는 여리고 부드러운 몸을 탐닉했다. 크고 굵은 손이 하얀 허벅지를 타고 올라갔다. 아릿한 감각에 아시나가 베히다트의 어깨를 두 손으로 붙잡았다.

"베히 님, 제발!"

움찔하는 다리가 도망치려고 했지만 바로 붙잡혔다. 허벅지를 타고 올라온 손이 위험한 곳까지 맴돌았다. 아시나가 숨을 들이켰다. 그와 동시에 입술에서 멀어진 젖은 혀가 목덜미를 타고 쇄골로 내려와 숨을 들이켰다.

"미치겠어."

하얀 피부에 붉은 흔적을 진하게 남긴 베히다트가 웅얼거렸다. 거칠어진 목소리가 관능적으로 울렸다. 아시나는 반사적으로 신음을 흘렸다. 허기짐과 절박함에 마음껏 들이키고 음미해도 모자랄 판인데, 이제 조금 만끽했음에도 벌써부터 지나칠 정도로 황홀했다.

오로지 아시나라는 여자가 만들어 낸 굶주림이 채워질 줄을 몰랐다. 온몸을 채우는 갈망이 너무 강해서 머리가 어질했다. 단 한 여자만을 원했다. 이 세상이 지워지고 그에게 남은 것은 아시나라는 하나의 존재뿐이었다. 다른 것은 그 어떤 것도 필요 없었다.

"너무 빨라요."

"괜찮아."

빨개진 얼굴로 숨을 몰아쉬며 아시나가 다급하게 베히다트의 몸을 붙잡았다. 그는 거칠게 파고들진 않았지만 그렇다고 절대 물러나지도 않았다. 전해지는 단호함이 너무나 견고해서 아시나는 억울한 마음까지 들었다. 자신만 허우적거리는 것 같았다. 이건 불공평해. 한번 당해 보라는 생각으로 아시나가 베히다트의 가슴에 손을 댔다. 약간 차가운 맨살의 감촉이 참을 수 없이 좋았다. 그가 했던 것처럼 그의 목덜미에 혀를 가져다 댔다. 그가 신음을 삼키며 몸을 움찔했다. 큰 손이 아시나의 가슴을 옷 위에서 주물렀다.

"지금, 도발한 건가?"

잔뜩 쉰 목소리가 낮게 속삭이자 저도 모르게 마른침을 삼키며 어깨를 움츠렸다. 갑자기 돌변한 기세가 감당할 수 없을 정도로 흉흉했다.

"그, 베히 님도!"

아시나가 반박해 보려 했지만 통하지 않았다. 찰나 그가 두 눈을 가늘게 떴다. 문득 불안감이 아시나의 등골을 오싹하게 만들었다.

"꺄악!"

단 한 번의 동작으로 아시나를 침대 위에 눕힌 베히다트가 그 위에 올라타며 음산하게 대꾸했다.

"그게 그거야."

뭔가 말하려 했지만 아시나의 시도는 불발되었다. 다시 겹쳐진 입술이 그녀의 말을 삼켜 버렸다.

　오아시스에 비치는 달은 창백했다.

　거대한 달이 뿜어내는 달빛이 기둥을 지나 침대 안까지 쏟아졌다. 차갑고 푸르러서 온기라곤 전혀 없을 것 같은 하얀빛이 그의 손등에 닿았다.

　평온.

　남의 것인 줄로만 알았던 안온한 감각을 이렇게 마음 놓고 즐길 수 있는 건 처음이었다. 단지 누군가가 자신의 곁에 있다는 것만으로, 품에 안겼다는 것만으로 이렇게 천국과도 같은 행복과 안식이 찾아들다니. 이전의 자신이었다면 믿을 수 없는 일이었다. 끝나지 않을 것 같은 밤이 깊어지고 있었다.

　아까의 괴롭힘이 고된 것인지 품에 안긴 채 잠에 빠진 아시나의 얼굴은 마치 어린아이 같았다. 단지 누군가가 자고 있는 걸 보는 것뿐인데 전혀 심심하지 않았다. 고운 아미, 길고 오똑하게 뻗은 코, 지금은 감겨 있어 못 보는 눈이지만 그 위로 길게 드리운 속눈썹, 그리고 불그스름한 보드라운 입술. 입술에 시선이 머물자 베히다트가 낮게 신음했다. 다시금 저 입술을 점령하고 탐하고 취해서 끝까지 가 버리고 싶은 마음이 슬그머니 고개를 들었다. 그녀가 환자만 아니었어도 시도는 해 봤으리라. 그러나 같이 있는 자체만으로 모든 게 근사하고 눈부시게 느껴져 베히다트는 아쉬운 마음을 달래며 아시나의 이마에 자잘한 키스를 남겼다.

　"아주 잘 자는군."

　즉위식이 어떠했는지조차 기억나지 않았다. 이제야 되돌아본 기분이 들지만 그 시절의 어렴풋한 장면조차 뇌리에 남아 있지 않았다. 이전의 기억들도 특별한 것은 없었다. 다른 사람의 온기라는 걸 느껴 본 것도 아주 오래된 옛날이야기처럼 희미하고 흐릿했다.

시간이 정신없이 지나갔다. 이제야 한 번, 겨우 멈춰 돌아본 뒤는 지나온 길 자체가 너무 아득해서 아무것도 남아 있지 않았다. 사막에 버려지고 살아남고 즉위를 하고 산재한 문제들을 끝내고 그제야 제 자신이 알고 싶었던 의문에 집중할 수 있었다. 그것에 특별한 의미가 있었던 건 아니었다. 그것밖에 남아 있지 않았기 때문에 알고 싶었다.

"진실……."

모스크와 함께 저문 어둠 속의 비밀이 알고 싶지 않다고 말한다면 역시 거짓, 자기 자신을 기만하는 말이었다. 그러나 기이하게도 미련이 사라졌다. 모두가 반대한다고 해도 그렇게 붙들고 놓을 수 없었는데 품 안의 온기를 구해 냈다고 생각하니 한 조각의 후회도 남지 않았다.

3왕자 타리프.

그를 생각하면 가장 먼저 떠오르는 건, 언제나 일족의 영역 경계선에 말과 함께 묵묵히 서 있던 검은 인영이었다. 북쪽의 피가 섞였기 때문인지 그는 검붉은 눈동자와 유난히 밝은 금발을 가지고 있었다. 때문에 낯선 자라 경계하면서도 꽤나 눈여겨볼 수 있었다. 언제나 같은 장소에서 멀찍이 서서 자신을 관찰하는 그 집요한 시선을 이상하게 생각하지 않았다면 그것 역시 말이 되지 않으리라. 어쩌면 그때 이미 예감하고 있었을지 몰랐다. 그 남자가 자신의 인생을 바꿔 놓으리라는 것을.

다시 불려갈 일 없이, 궁 밖에서 일족의 보호를 받으며 그저 사쿤의 수많은 아들 중 하나로 살아갈 운명이었던 베히다트는 3왕자의 사건으로 유일하게 살아남은 어린 아들이 되어 알 페시안에 불려갔다.

"웃기는 일이지."

그 사건이 없었다면 사 쿤은 자신에게 관심조차 갖지 않았으리라. 덕분에 라 쿤이 될 수 있었으니 감사해야 하는 걸까?

베히다트의 시선이 아시나의 가느다란 팔로 향했다. 세헬레. 그의 시선 끝에서 달의 보석이 달빛을 받아 찬란하게 빛나고 있었다.

원래는 쿤들이 영원을 맹세한 여인에게만 주는 증표였지만, 그런 여인을 찾지 못한 쿤들이 아들에게 넘겨주면서 점차 후계자의 표식으로 변질되어 버린 쿤의 보물이었다. 이것이 자신의 손에 들어오게 된 것은 아주 오래전, 타리프 3왕자가 미치기 전의 이야기였다. 딱 한 번 가까이서 마주한 그는 아무런 말도 없이 다짜고짜 베히다트의 팔에 이것을 걸어 주었다.

"아무에게도 보여주지 마. 누구에게도 들키면 안 돼."

짧은 마주침이었지만 검붉은 눈동자가 보내는 시선이 너무나 침착하고 인상적이어서, 그 이후로 하렘의 비극이 정말로 그가 일으킨 것인지 확신할 수 없었다. 자신이 본 타리프 3왕자는 지나치게 어둡고 무언가에 절망하고 있었다. 하지만 그 눈빛은 미친 자의 것이 아니었다.

그가 자신과 친형제라는 걸 알게 된 것은 한참이나 뒤인 이야기.

장성한 왕족들끼리 벌인 후계 다툼에 억지로 휩쓸리면서였다. 형과 똑같이 미칠 거라고 수군거리는 소리를 들으면서 쌓여 간 것은 의문뿐이었다.

3왕자는 왜 그런 짓을 저지른 것인가?

그걸 알면 무언가가 바뀌지 않을까, 막연히 그런 생각을 하곤 했다.

"부질없군."

허탈한 미소가 그의 입매를 느슨하게 했다. 왕의 자리는 고독하다. 하물며 신이라 떠받들어지는 자리가 외롭지 않다면 그것은 거짓. 동등한 존재가 있을 리가 없었다. 오로지 자신을 숭배하는 자들과 반발하는 자들 사이에서 그 누구와도 엮이고 싶지 않았던 것이 문제였던 것인가.

누구와 감정적으로 깊은 대화를 해 볼 생각도 기회도 의지도 없었다. 자신을 동요시킬 수 있는 건 이 땅에 그 무엇도 없다고 생각했다. 자만이었던가. 너무 오만했던 것인가. 하지만 실제로 어떤 것도 붙잡지 못했다. 그 어떤 아름다움도 그를 묶어 두지 못했다. 수많은 미희가 바쳐졌지만 전부 향기가 없는 꽃들이었다. 한 번 꺾이면 그대로 버려져 두 번 다시 만개하지 못할 꽃들. 사막의 모래에서 피기엔 너무 연약했다.

"……그래서."

끌렸던 것인가.

어디에 던져둔다고 해도 꺾이지 않을 그 생명력이 신기했던 것인가. 달갑지 않았지만 내키지 않았던 것은 아니다. 아시나가 그의 앞에 나타난 이후로 모든 게 어그러졌다.

크라차의 첩자. 아니, 크롬웰의 첩자. 필사적으로 여행자라고 우기는 예쁜 입에 정말 그녀가 여행자였다면 좋겠다고 생각한 적도 있었다. 한마디도 지지 않는 성미에 재미를 느끼기도 했다. 하지만 어느새 홀려 정신을 차리지 못하게 될 줄은 몰랐다. 문제는 이 변화와 행복에 겨워하는 자신이었다. 아직 문제는 산재하고 풀어야 할 숙제도 많았지만 지금 그에겐 그 어느 것도 위협이 되지 못했다. 무료하기만 했던 삶이 한순간에 변했다.

　연모, 사랑, 행복, 안정.

　모두 자신과 관계없는 단어라 여기며 살아왔던 것들이었다.

　한 여자를 만났다는 것만으로 그 이전의 시간이 모조리 흑백으로 변해 버렸다. 단지 바라만 보는 것만으로 만족스러운 기분이라니. 그 순간 아시나의 속눈썹이 파르르 떨렸다. 그러더니 별안간 눈꺼풀이 들어 올려지며 붉은 눈동자가 드러났다.

　아직도 잠에 취해 멍한 시선이 주변을 훑다 자신을 안고 있는 베히다트에게 향했다. 그를 올려 보던 아시나가 눈을 한 번 감았다 다시 떴다.

　"안 잤어요?"

　"잤어."

　"으음."

　너무 오래 자서인지 아시나의 목소리가 쉬어 있었다. 그녀의 정신도 맑지 못했다. 무심코 몸을 움직이던 그녀가 인상을 썼다. 흘러나온 신음에 그가 걱정스러운 얼굴로 물었다.

　"아픈가?"

　"조금이요."

　상처 이야기라고 생각하고 대꾸한 아시나가 얼굴을 붉혔다. 처음

하는 행위라 얼떨떨하긴 했지만 그렇다고 많이 아프거나 하진 않았다. 다만 아직까지 느낌이 이상하다고 해야 할까. 갑작스레 솟구친 부끄러움에 아시나가 베히다트의 시선을 외면했다. 명백히 수줍어하는 태도에 베히다트가 저도 모르게 낮게 웃었다.

"남자랑 이런 걸 할 수 있다는 걸 처음 알았어요."

"알아. 많이 부끄러운가?"

"세상 모든 여자가 다 이런 걸 하는 거예요?"

베히다트가 부러 음흉하게 웃었다. 아시나는 믿을 수 없단 표정으로 침중하게 중얼거렸다.

"그럼 모든 여자가 다……."

"몰랐나?"

"알았으면 지금 물어보고 있지 않겠죠!"

아시나는 손을 들어 얼굴을 가리며 좌절했다. 왜 하필 이런 상황에서 이런 걸 물어보고 있어야 하는지에 대한 엄청난 회한이 몰아닥쳤다. 더불어 심히 부끄러움과 동시에 어마어마한 민망함이 뒤를 따랐다. 충격 또한 여전히 잔존했다. 가만히 얼굴을 가리고 있던 아시나가 뭔가를 깨달은 듯 얼굴에서 손을 뗐다.

"그럼 우리 엄마도 아빠랑……."

끝까지 말을 잇진 못했지만 그녀가 무엇에 충격을 받은 건지는 알 수 있었다. 베히다트는 결국 웃음을 참지 못했다. 웃겨 죽으려는 그를 보며 아시나는 눈을 도끼처럼 떴다. 하지만 자신이 받은 충격 탓에 별다른 탓은 못하고 그냥 입만 벌린 채 우주의 이치를 느끼고 있었다. 한참을 웃던 베히다트가 나중이 되어서야 물었다.

"대체 아기가 어떻게 생긴다고 믿었던 거지?"

"당연히 알고는 있었는데, 그래도 이렇게!"

"이렇게 뭐?"

"끄응."

아시나가 머리를 감싸 쥐었다.

"그걸 내 입으로 어떻게 말해요!"

"뭐 어때서."

"됐어요, 말 안 할래!"

노골적인 과정을 입에 담자니 낯부끄러웠다. 아시나의 기분은 참 담했지만 지켜보는 그의 입장에선 그저 귀엽기만 했다. 웃으면서도 그는 아시나가 멀리 떨어지는 걸 허락하지 않았다. 일어나서도 제대로 앉지 못하는 아시나는 다시 자신이 있는 방을 둘러보았다. 벽 없이 기둥뿐인 방 안 구조가 낯설면서도 익숙했다.

"그런데 여긴 어디예요?"

"일찍도 물어보는군."

"물어볼 시간도 안 줬잖아요."

아시나가 흘겨보며 인상을 쓰자 그가 웃으며 아시나의 머리에 입술을 가져갔다. 달래는 듯한 키스에 아시나는 뽀로통했지만 잠잠히 안겨 있었다.

"아슈마에."

이것 역시 익숙한 이름이었다. 아시나가 두 눈을 동그랗게 떴다.

"쿤들의 성지……?"

"그렇게도 불리지."

정체를 알고 나니 자신이 있는 곳이 새삼스러웠다. 아시나는 조심스레 다시 주변을 살펴보다 잔잔하게 불어오는 바람에 휘날리는 얇은 휘장들에 시선을 주었다. 정확히 저 자리에 서 있던 남자. 그 다음에 일어난 일 때문에 잊고 있었지만…….

"그럼 어제 만난 그 사람이 진짜로 페시안의 초대 왕이었어요?"

"그랬겠지."

애매한 대답에 아시나가 입술을 삐죽였다.

"뭐예요, 그 불친절한 대답은?"

대꾸 대신 베히다트는 그저 어깨만 으쓱였다. 잠이 조금 깬 아시나는 뒤늦게 충격을 받았다. 맨날 사람들 입을 통해서만 만났던 존재를 실제로 봤다니.

"설마 살아 있었을 줄이야……."

말 그대로 신화적 인물이 아니었던가. 게다가 당연히 죽었을 줄 알았는데! 그런 거물을 만나는 건 처음이었다. 갑자기 떨렸다. 나중에 다시 마주치면 뭐부터 물어보지? 페시안의 남자들은 왜 다 그 모양이에요? 페시안의 여권은 왜 그렇게 밑바닥이에요? 페시안 여자들은 왜 그렇게 다 꽁꽁 싸매고 있어요? 베히다트에 관해서도 물어보고 싶은 게 있었지만 아시나는 그 의문을 아직 고이 접어 두기로 했다. 아시나는 베히다트를 돌아보았다. 그는 갑자기 기분이 나빠 보였다. 왜 기분이 나빠진 거지?

"왜 초대 왕이 아직도 살아 있다고 말하지 않아요?"

"죽었다는 말도 하지 않았어. 다들 사라졌다고만 말하지."

"그럼 사라져서 온 곳이 이곳이에요?"

"그렇겠지."

"그랬구나……."

아시나의 머리를 만지작거리며 베히다트가 건성으로 대꾸했다.

아시나는 다시 침묵했다. 그는 생각에 잠긴 그녀를 부드럽게 눕혀 주었다.

"더 자. 넌 아직 환자야."

잊고 있었지만 아시나가 입은 상처는 쉽게 나을 수 있는 게 아니었다. 그래도 무얼 한 건진 모르겠지만 더 이상 아프진 않았다. 다만⋯⋯.

"그런 환자를 괴롭힌 게 누구더라."

"더 괴롭힘당하고 싶은가 보지?"

베히다트가 눈을 가늘게 뜨며 반문하자 아시나가 새빨개진 얼굴로 눈을 감았다. 냉큼 자려는 모습에 숨죽여 웃으며 그가 아시나의 머리에 짧은 키스를 남겼다.

"좋은 꿈꾸도록."

아시나를 재우고 베히다트는 조심스러운 몸짓으로 침대를 빠져나왔다. 건물은 벽 대신 온통 조각과 기둥으로 가득 차 있었다. 테라스 같은 방을 빠져 나와 길고 넓은 회랑을 걷고 있으려니 건물을 둘러싼 맑은 오아시스가 베히다트의 시선을 잡아끌었다. 생명의 근원. 남대륙에 흐르는 물을 전부 합친다고 해도 이 오아시스에 있는 물에 비할 수 있을까? 끝을 알 수 없는 물속의 바닥을 가늠해 보며 그가 잠시 생각에 잠겨 있었을 때였다.

"네 인내도 믿을 건 못 되는구나, 베히."

익숙한 목소리에 베히다트가 몸을 틀었다.

"댁한테 그런 소리 듣고 싶지 않군."

회랑 끝에 선 시하드가 부드럽게 웃었다. 따지고 보면 자신의 엄청난 선조일 텐데 시하드는 겉모습만으로는 아직도 청년의 모습을 하고 있었다. 어차피 신이라 불리던 사내였으니 그 외모가 어떻든 놀라울 건 없었다.

"밖은 어떻지?"

"여전하지. 걱정되는 거냐?"

시하드가 부드럽게 웃었다. 그는 대답하지 않았지만 시하드는 그의 침묵에서 무슨 생각을 하는지 읽어 낼 수 있었다.

"어김없이 성실한 녀석이군. 걱정하지 마라. 그게 무엇이든 이 남대륙에서 널 구속할 수 있는 건 아무것도 없으니까."

회랑을 지나쳐 정자로 발을 돌린 그가 무심하게 말했다. 그 뒤를 천천히 뒤따르며 베히다트는 문득 모스크에서 있었던 일을 떠올렸다. 그 불쾌한 기운. 처음 느껴 보는 종류의 힘이었다.

"내 힘, 봉인될 수 있는 거였나?"

가라앉은 목소리에 시하드가 웬일로 흥미를 보였다.

"봉인되었나?"

"거의. 무언가가 짓눌렀어. 그럴 수 있는 건가?"

"글쎄."

무심하게 대꾸하며 시하드가 정자에 마련된 의자에 앉았다. 그는 신기하다는 듯 꽤나 신중하게 대꾸했다.

"그게 북에서 온 무언가라면 가능할지도……."

북이라면 크롬웰을 말하는 건가 했지만, 그가 아주 오랫동안 이곳에 처박혀 나오지 않았다는 걸 감안했을 때 북대륙 그 자체를 칭하는 것일 확률이 높았다. 베히다트는 무심하게 난간에 기대 오아시스를 내려다보았다. 이곳은 남대륙에 존재하지만 동시에 존재하지 않는 곳. 오로지 죽음의 사막에만 있는, 달이 스치는 길을 통해서만 올 수 있는 곳이었다.

시하드가 빙그레 웃으며 베히다트를 응시했다.

"조만간 다시 올 거라 생각했지만 네가 이리 빨리 올 줄은 몰랐단다. 그것도 손님까지 데리고."

"애초에 싫었다면 우릴 받아 주지 않았을 거잖아?"

"뭐."

어깨를 으쓱여 보인 그는 조금은 기특하다는 듯 베히다트를 보았다.

"그날도 결국 이곳을 찾아낸 건 너 혼자뿐이었지."

페시안. 달이 인도한 길 끝에 있다는 신성한 땅. 그리고 살아 있는 신의 나라.

신을 자신들에게로 인도한 달을 공경한 페시안인들은 알 페시안의 궁전을 달빛을 받으면 하얗게 빛나도록 만들었다. 그 모습이 마치 지상의 달처럼 보이도록. 그리고 건물의 모든 회랑과 방 전부가 언제나 달빛이 들 수 있도록 설계되었다. 자신들 또한 달의 인도를 받기 위해서.

창백한 달빛에 하얗게 반짝이는 물결을 내려다보던 베히다트가 눈을 감았다. 그는 아주 오랜만에 상념에 잠겼다. 사라진 것처럼 존재감마저 희미했던 기억들이 하나둘 수면 위로 떠올랐다.

"기억나는군."

쿤의 승계가 어떠했는지는 기억나지 않았다. 형제들이 어떻게 죽었는지도 사실 기억에 남아 있지 않았다. 그런 걸 일일이 추억하기엔 해내야 할 것들이 산처럼 산재했었다. 살아남는 것도 문제였고 살아남았다고 해도 서로 반목하고 갈등하는 일족들을 진정시키는 것 또한 난제였다.

신의 자식으로 태어난 업보로 아무것도 모른 채 죽음의 사막으로 등을 떠밀렸지만 결국 그 지옥에서 돌아온 건 그밖에 없었다. 쿤이 될 생각도, 되고 싶은 마음도, 되고자 하는 의지도 없었던 어린 소년.

사실 그조차 왜 자신이 살아남은 건지 간혹 이해되지 않을 때가 많았다. 억지로 사막에 떠밀려 살아남으라는 말을 들었을 때 어린 그는 자신이 버려졌다고 생각했다. 원망도 슬픔도 증오도 없었다. 막막해서, 자신을 삼킬 듯 펼쳐진 모래 바다가 너무나 광활하고 거대해서 무슨 짓을 한다 해도 결국 저 모래 앞에선 결국 지겠구나 싶어 언제 잡아먹힐 것인가 가만히 기다리기만 했다.

포기라기보단 체념에 가까웠다. 하지만 그렇게 하염없이 기다려도 모래는 그를 스치고 지나가기만 할 뿐 잡아먹지 않았다. 그냥 그가 스러지길 기다리는 것처럼 가만히 기다릴 뿐. 배고픔과 목마름, 더위에 일사병까지. 그리고 밤이 되었을 때 서서히 몸의 온기를 빼앗는 추위가 괴로웠다. 쓰러지기도 전에 새로운 고통에 몸서리치며 일어났다. 그리고 정처 없이 걷다 정신을 잃어 갈 무렵, 무언가가 그에게 손을 뻗었다. 그게 무엇인지 확실하게 기억나진 않았다. 다만 흐릿했던 시야를 걷어 내고 보였던 건 달빛이 만들어 낸 하얀 길이었다. 그를 인도했던 것 역시 달이었다.

죽음의 사막에서 살아남는 건 불가능했다. 그곳에서 살아남아야 쿤이 될 수 있다는 말은, 곧 숨어 있는 쿤들의 성지를 찾는 자만이 후계가 된다는 의미였다.

"다 보고 있었나?"

"전부."

뜬금없는 질문이었지만 시하드는 베히다트가 무엇을 묻는지 알았다. 자신이 하고 있는 모든 걸 다 보고 있었냐는 질문. 시하드는 굳이 숨기지 않았다. 속세와 모든 인연을 끊은 주제에 그는 가끔 이 오아시스에 비치는 세상사를 지켜보곤 했다.

시하드의 시선이 오아시스에 닿자 잔잔한 표면이 흔들리며 곧 알페시안의 전경을 보여 주었다.

모두들 타리프 왕자가 사막에서 자살했다고 알고 있지만, 라 쿤이 된 베히다트만은 알았다. 타리프 왕자가 마지막으로 만난 자가 바로 눈앞에 있는 자신들의 시조라는 걸.

"결국 내 말대로 되었군."

시하드가 너그럽게 웃었다. 분하지만 어쩔 수 없다는 표정으로 베히다트가 머리를 쓸어 올렸다.

"이렇게 될 줄 알고 있었나? 예언의 힘까지 있는 줄은 몰랐는데."

"예언이 아니야. 그건 할 수 있는 자가 따로 있으니까."

가벼운 몸짓으로 일어난 시하드가 난간을 향해 걸어왔다. 시하드의 기운을 느끼는 건지 오아시스에 다시 파문이 일며 다른 곳의 모습을 비추었다.

다라와 무스카트의 최전선, 니즈와로 돌아가는 중인 엘바, 다음 대의 소하르 후계를 논의 중인 소하르의 족장들과 장로들. 소하르의 후계 문제로 주둔해 있는 전사들과 마안으로 돌아가는 길에 자신들의 일족을 하나하나씩 둘러보고 있는 이즈미르. 장로들이 억류당한 샤르자의 모습과 너덜너덜하지만 어떻게 살아남은 라첸 기사들과 홈바라즈 전사들이 사망한 전우들의 시신을 수습하는 광경. 이어서 잠깐 스쳐 지나간 바레인과 나시르, 카림 그리고 우마르까지.

빠르게 지나간 잔영들. 베히다트의 표정이 어두워졌다. 시하드가 손을 휘저으니 수면에 비쳤던 모든 게 신기루처럼 사라졌다. 다시 비친 수면 위엔 밝게 떠오른 달만이 오롯이 비칠 뿐이었다.

"그저 나처럼 오랜 시간을 살다 보면 알게 된단다. 자연히 쌓인 경험이 많으니 이건 이렇게 될 것이다, 저렇게 될 것 같다 하는 예감이 생기는 모양이지."

관여도 하지 않으면서 은거한 채로 모든 걸 내려다보고 있는 신선놀음이 마음에 들지 않았지만 상관하지 않았다. 시하드는 보란 듯이 베히다트를 돌아보았다. 가늘게 휘어진 눈매가 그를 탐색하듯 훑었다.

"네가 달라진 것 같아 좋구나."

"그럴지도."

"널 웃게 만들어 줄 존재가 생겨서 다행이야."

베히다트는 대답하지 않았지만 그의 표정은 한결 누그러져 있었다. 그 모습을 잔잔한 시선으로 지켜보던 시하드는 그리운 표정을 지으며 시선을 내리깔았다.

"나도 오랜만에 그리워지는군, 페시아가 살아 있었던 때가."

언제나 잊지 않고 있지만 그래도 이따금 지금까지 보낸 세월이라는 것이 자신을 아득하게 짓누를 때가 있었다. 종이를 바래게 한 어떤 것처럼, 책 위에 쌓인 먼지처럼 잡히지 않을 만큼 오래 쌓인 시간 위에서 시하드가 아련하게 웃었다.

"당신도 북에서 온 건가?"

"아니."

시하드가 눈을 떴다. 순순히 대답해 주지 않을 거라 생각했는데 그는 의외로 가볍게 입을 열었다.

"우리들의 요람, 이타카라는 산에서 왔지."

"어쩌다 페시안을 세우게 된 거지?"

"흐응, 궁금해졌나? 그동안은 묻지도 않더니."

시하드의 도발을 베히다트는 단박에 무시했다. 그동안은 전해져 오는 말처럼 어차피 신일 거라 생각해서 개의치 않았다. 하지만 이번 일을 경계로 무언가가 달라졌다. 베히다트의 시선이 깊게 가라앉았다.

"갑자기 알고 싶어졌거든."

자신이 알게 된 시간 속에서 시하드 쿤은 언제나 같은 모습이었다. 뜬구름처럼 높고, 바람처럼 잡히지 않으며 모래처럼 바스러졌다. 언제 사라져도 이상하지 않을 정도로 늘 다른 세상에서 사는 존재였다. 그가 이 세상 사람처럼 보인 건 단 한 번. 베히다트가 데려온 아시나를 보았을 때였다.

순간이었지만 흐려진 시선이 그리운 무언가를 내비쳤다. 익숙하게 아시나를 치료하며 시하드는 언뜻 이전까진 한 번도 본 적 없는 표정을 짓고 있었다.

게다가 어제 깨어난 아시나가 보인 태도. 베히다트의 얼굴이 단숨에 구겨졌다. 분명히 두 사람 사이에 베히다트 자신이 끼어들 수 없는 무언가의 공감대가 형성되어 있었다. 그게 무엇인지 궁금했다. 알고 싶었고 동시에 자신이 모르는 것이 있다는 사실이 용납되지 않았다. 치졸한 질투라는 걸 알고 있지만 그렇다고 물러서진 못했다.

"내가 아는 당신은 이 세상 어느 것에도 관심이 없으니까."

베히다트의 단언에 시하드의 입가에 환한 미소가 번졌다.

"그건 아니야. 날 사로잡은 단 한 가지는 존재했지."

불행히도, 베히다트는 그게 무엇인지 알고 있었다.

"페시아."

"그래, 내 반려."

시하드는 어린아이처럼 웃었다. 오랜만에 보는 환한 미소. 제 아내 이야기만 나오면 그는 분위기가 완전히 달라졌다. 설레는 표정을 한 그는 다시 의자에 앉는 베히다트를 따라 건너편 의자에 앉으며 입을 열었다.

"내가 여길 처음 왔을 땐 지금의 샤르자와 파시를 제외한 모든 지역이 전부 사막이었지. 이 땅은 처음부터 불완전했고, 언젠가 바다 속으로 빠져도 이상할 게 없었어. 언제나 흔들렸고 척박했고 그래서 더 이곳에 생명체가 산다는 게 신기했지."

그래서 한 번쯤 봐 두고 싶어 여행길에 올랐었다. 하지만 그 당시 이곳은 지도도 뭣도 없는 곳이었고 그는 매번 길을 잃기 일쑤였다. 그러다 그날이 왔다. 오랜만에 떠오른 추억에 잠긴 시하드는 부드러운 미소를 짓고 있었다.

"좋았지."

그날은 밤이었다. 사막은 하얬고 달이 비추는 길은 환했다. 달이 인도하는 대로 정처 없이 걷다 모래 늪에 빠졌을 때 '그는 이대로 죽는 건가.' 하면서 이것도 나쁘지 않다며 실실 웃고 있었다. 그의 능력이라면 얼마든지 빠져나갈 수 있었지만 조난당해 보는 것도 귀한 경험이라 생각했다. 그때, 자신을 구해 준 여자가 있었다. 정신 차리라며 소리치는 목소리에 놀라 위를 보았을 때 날아온 로프. 그 로프를 잡고 늪에서 나왔을 때, 그는 지상에 현신한 달을 보았다.

그런 걸 첫눈에 반했다라고 표현하던가. 그렇지 않다고 해도 어차피 그는 이미 페시아라는 여자에게 묶여 버렸다. 샤르자 일족을 이끌던 여리고 현명한 여족장에게. 시하드의 입가에 미소가 퍼져 나갔다. 샤르자 일족은 오아시스를 찾고 있었다. 그러다가 늪에 빠진 시하드를 보았고 어쩌다가 구해 주었을 뿐이었다. 그 뒤로 한참 동안 시하드는 샤르자 일족에게 신세를 졌었다.

"페시안이라는 나라 이름이 페시아에게서 따온 거라는 건 알아."

"페시아를 위한 나라였으니 페시아의 이름을 따오는 게 당연하지 않은가?"

시하드는 어디에도 속하지 않는 자였다.

고향을 떠났을 때도 미련이 없었고 죽음의 순간이 왔을 때도 웃으며 그 순간을 기다렸다. 하지만 예상치 못한 만남이 있었고 그는 자신을 뼛속까지 지배하게 될 한 여인을 사랑했다. 사막이라는 척박한 땅에서 살아남은 강인하고 선한 생명을.

"이 땅이 메마르지 않고 무너지지 않고 풍요롭고 온후하게 모두가 살아갈 수 있게 되기를……."

수많은 좌절 속에서도 페시아가 꺾지 않고 품고 있던 소원.

모든 일족이 물 걱정 없이, 말라 죽지 않길 바라던 그 마음을 지켜주고 싶어 그는 자신이 할 수 있는 전부를 바쳤다. 마실 수 있는 물을 부르고 흔들리는 대지를 지탱하고 모든 걸 앗아 가는 바람을 달랬다. 곧 모든 땅에 젖과 꿀이 흐르기 시작했고 풍요가 흘러 넘쳤다.

"그게 페시아가 바라던 소원이었고 난 그걸 들어줬을 뿐이야. 덕분에 신이라 불렸지만 내가 신은 아니지."

시하드가 아릿하게 웃었다.

"나 역시 내 여신께서 내게 주신 축복으로 이룰 수 있는 소원이었으니."

베르딘에게 내려진 일평생 단 하나를 이룰 수 있는 축복. 그에 대한 대가가 필요하지만 그 대가로 시하드가 치른 것은 이 땅에 묶이는 게 아니었다. 그는 그녀를 사랑한 것일 뿐이었고 사랑하기에 페시아가 이루고 싶은 소원을 들어줬던 것뿐, 딱히 이 남대륙 자체에는 미련이 없었다.

언제든 페시아가 없다면 떠나 버릴 시하드를 알아서였을까, 정신 차린 사막 일족들은 다급히 시하드를 잡아 두기 위해 머리를 썼다. 페시안을 세우고 시하드를 신이라 부르며 경배하기 시작했지만 결국 페시아가 죽었을 때 그는 떠났다. 세 아들만을 남겨 두고서.

세 아들이 탐낼 수 없게 만들어진, 죽음만이 남은 땅에 홀로 남은 그는 아주 오랜 세월을 단지 자신의 후손이 어떻게 지내는지 지켜보기만 하며 지내 왔다.

"이제야 말하는 거지만, 너희들이 믿는 것처럼 내 피를 이었기 때문에 네가 그런 힘을 가진 게 아니란다."

아이처럼 웃으며 내뱉은 시하드의 말에 베히다트가 이마를 찡그렸다.

"그럼 이 힘의 정체는 뭐지?"

"내게 내린 축복 덕에 네가 그런 힘을 가지게 된 것은 맞아. 이 땅을 다스린 모든 쿤이 그러했듯. 하지만 거기엔 조건이 하나 있지."

"조건?"

시하드가 빙그레 웃었다.

"그 힘을 가질 수 있게 된 건 네 피부 아래에 흐르고 있는 페시아의 피 덕이란다."

마치 그게 보이는 사람처럼 시선으로 더듬으며 바람처럼 그가 속 살거렸다.

"달의 흔적."

더 이상 페시안이라는 나라에 관여하지 않겠다 생각하면서도 끝 끝내 지켜보고 있던 것도 결국 같은 이유에서였다. 페시아의 피를 이은 아이들이 어떤 선택을 할지. 그녀는 죽었지만 그녀가 이 땅에 살아 있었다는 걸 증명해 주는 것이 그들이었으니까.

"이 땅을 유지시키는 축복은 페시아의 흔적이 이 땅에서 사라지 는 순간 끝나."

베히다트가 인상을 찡그렸다. 시하드가 환하게 웃었다.

"아마 샤르자에선 그걸 알고 있겠지. 사헴은 페시아의 가문이니 까. 그러니까 널 죽일 수 있는 방법을 찾은 것일 테고. 뭐, 보다시 피 실패인 것 같다만……."

시하드가 일어났다. 어쩐지 개운한 표정으로 그는 아직 일어날 생각이 없어 보이는 베히다트의 어깨를 다독였다. 수면에 비친 달 은 여전히 맑은 빛을 뽐내고 있었다.

"좀 더 쉬렴. 아직 해가 뜰 시간은 아니야."

눈을 뜬 아시나는 조심스레 침대에서 나왔다. 해가 뜬 건지 사방 이 환했다. 건물 자체가 하얘서인지 부셔지는 햇살이 눈부시게 아 름다웠다. 하얀 햇살이 그리는 바닥의 그림을 엿보던 아시나는 자 리에서 일어났다. 움직일 때마다 칼에 찔린 곳에서 약간의 미미한 동통이 느껴졌지만 견딜 만했다. 햇살 속으로 들어서니 안온한 온기가 아시나를 맞이했다. 기둥을 붙잡고 서자 한참 아래에 있는 풍광이 시야에 들어왔다. 바다가 아닐까 싶을 정도로 드넓은 푸른 물살. 그 너머로는 하얀 모래가 언뜻 희귀한 광경을 보여 주었다.

이런 걸 어디 가서 볼 수 있을까. 세상이 보여 주는 풍경이 너무 아름다워 아시나는 순간 마음을 빼앗겼다. 그러고 대체 얼마나 서 있었던가. 뒤에서 단단한 팔이 아시나의 허리를 끌어안았다. 아시나는 깜짝 놀랐지만 곧 그게 누구인지 알아차렸다.

"아픈 데는 괜찮은가?"

낮고 섹시한 목소리에 아시나는 자신도 모르게 뺨을 붉혔다. 볼 꼴 못 볼 꼴 다 보게 된 사이인데 뭘 어색해하느냐 물어도 할 말이 없을 정도로 그녀는 여전히 이런 접촉이 낯설었다. 단순히 온기를 구하는 몸짓일 뿐인데 과민 반응하는 자신이 부끄럽기도 했다. 단순히 익숙지 않아서 그런 건지 상대가 상대라 그런 건지 이유는 알 수가 없었다.

"그, 괜찮아요."

"괜찮은 목소리가 아닌데."

바로 어깨 위에서 들리는 젖은 목소리 때문에 아시나는 눈앞의 경치에 집중할 수가 없었다. 그녀가 질겁을 하며 물러나자 베히다트는 그걸 보고 낮게 웃었다. 그 웃음소리에 설레다가 당연하다는 듯 손을 붙잡는 부드러운 손길에 아시나는 또 그에게 끌려가 안기고 말았다. 벗어났는데 다시 도착하고만 품에서 그녀는 뜻 모를 한탄을 했다.

아, 내 인생.

"여기 이러고 있어도 돼요?"

꼬물꼬물 움직이며 아시나가 경직된 표정으로 물었다. 단숨에 끌어안은 아시나의 어깨에 코를 묻고 그녀의 체취를 들이마시며 베히다트가 건조하게 대꾸했다.

"글쎄."

"뭐예요, 그 애매한 대답은?"

"나도 답을 모르거든."

　한시도 떨어지고 싶지 않은 베히다트의 마음을 모르는 건지, 모르는 척 외면하는 건지 아시나가 은근슬쩍 떨어지며 헛기침을 했다. 수줍어하는 마음을 모르는 건 아니나 자꾸 거절당하니 애꿎은 심술이 고개를 드는 건 어쩔 수 없었다. 얇은 셔츠 속으로 베히다트의 손이 들어왔다. 아시나가 숨을 들이키며 그를 원망의 시선으로 올려 보았다. 경악해서 말도 안 나오는 아시나를 내려다보며 그가 피식 웃었다. 마르고 부드러운 등골을 감질나게 쓸어 보는 손길에 아시나의 표정이 점점 일그러졌다.

　못됐어, 정말.

"이안은요?"

"돌아갔어. 바쁜 일이 있다더군."

"안이요?"

　시어머니처럼 알 페시안 궁전에서 딱 버티고 있을 줄 알았는데 의외였다. 아시나가 인상을 구기고 생각에 잠기자 베히다트는 그 모습을 꽤나 오랫동안 쳐다보았다. 같이 있는 건 자신인데 자꾸 다른 데에 신경을 쏟는 그녀가 마음에 들지 않아 그는 일부러 그녀의 맨허리를 강하게 붙잡았다.

"그건 애칭인가?"

"가족만 쓸 수 있는 애칭이죠. 드문데, 날 버리고 가는 건."

아시나의 의문을 모르는 바는 아니었다. 베히다트 또한 공감했다.

"나도 그렇게 생각했지."

"정말 큰일이 있나 보다. 무슨 전쟁이라도 나나?"

"말이 그렇게 되는 건가?"

"그렇지 않고서야……."

아시나가 우물우물 말을 흐렸다. 그녀가 알고 있는 한 크롬웰에 딱히 큰일이 생길 거리는 없었다. 황위 계승 때문에 그런 건가. 헛다리를 짚는 아시나의 옆모습을 뚫어져라 쳐다보던 베히다트가 문득 입을 열었다.

"제대로 해명이 듣고 싶은데."

웃음기 어린 목소리였지만 묘하게 단호해 아시나는 저도 모르게 허리를 곧추세웠다. 무엇보다 그녀는 베히다트와 자신이 이렇게 있는 것 자체가 꿈같아서 성긴 뜬구름에 탄 것 같이 불안했다.

"어……."

말을 고르며 아시나가 베히다트를 응시했다. 회색 머리카락, 짙고 강렬한 붉은 눈동자. 사막에서 지친 와중에도 자신의 시야를 빼앗은 그가 이렇게 바로 앞에 앉아 있었다.

절대로 가질 수 없다, 가까이 할 수 없다고 생각했는데. 포기해야 한다고 다독이던 게 바로 엊그제였는데. 이 숨결이, 이 온기가, 이 다정함이 녹아들어 설레게 만들었다. 제 심장이 가만가만 뛰는 걸 들으며 아시나는 조용히 미소 지었다. 엇갈리지 않은 현 상황이 소중하고 감사했다. 아니면 내가 죽어서 꿈을 꾸고 있는 것인가?

자신이 만들어 낸 불안과 공포에 짓눌려 진실의 한 조각도 꺼내

보일 수 없었던 과거가 새삼 어리석게 느껴졌다. 그럼에도 외면당하지 않아 기쁘고 자신을 원한다는 이 마음을 알게 되어 행복했다. 이대로 녹아 사라질 수 있을 것처럼.

"미안해요."

그녀가 해명 대신 사죄를 하자 베히다트는 묘한 표정으로 이맛살을 찌푸렸다.

"웰든의 레이디?"

아시나의 몸이 움찔했다.

"그런 신분으로 잘도 싸돌아다녔군."

맞는 말이었지만 아시나는 왜인지 반박하고 싶었다. 그녀가 실눈을 뜨며 베히다트를 흘겨보았다.

"어차피 모습은 바꾸고 다니니까 상관없거든요."

"이걸 대담하다 해야 하는 건지, 대책 없다고 해야 하는 건지."

어이없어 웃으면서도 베히다트는 아시나를 안은 팔을 절대로 풀지 않았다.

"날 속이면서 즐거웠나?"

약간 열 받은 목소리에 아시나가 뾰로통하게 쏘아붙였다.

"속인 건 아니죠. 말을 안 했을 뿐."

"나한테 말한 것들 중 진실이 대체 뭐지?"

"전부……."

뜨끔한 표정이었음에도 아시나는 배시시 웃으며 베히다트의 목을 끌어안았다. 베히다트의 시선이 꽤나 차가웠으나 아시나는 개의치 않았다. 다시 느슨하게 팔을 풀며 아시나가 최대한 예쁜 미소를 보여 주었다. 엄마가 화를 낼 때 보여 주는 이른바 '사고 친 뒤의 예쁜 짓'이었다.

"엄마랑 사이 안 좋은 것도, 아빠가 세상에서 제일 잘난 남자인
것도, 내가 여행을 다니는 것도 다 진실이잖아요?"

애교 섞인 몸짓과 목소리에 베히다트의 입매가 느슨하게 풀어졌다.

"알아."

"네?"

자신의 목에 두른 아시나의 팔 하나를 붙잡아 뗀 후 손바닥에 입
을 맞춘 그가 싱긋 웃었다.

"그냥 한번 골려 주고 싶었어."

"아, 진짜!"

그래도 나름 긴장했는데. 속은 아시나가 뺨을 부풀리자 그 뺨을
건드리며 그는 그녀를 더 깊숙이 끌어안았다. 한시도 놓기 싫은 듯
간절한 몸짓에 아시나는 괜히 얼굴이 붉어져서 헛기침을 했다.

"아스타테아 공작하곤 많이 친한 건가?"

"이안이요?"

그가 조용히 고개를 끄덕였다. 그걸 왜 묻나 의아했지만 딱히 되
묻진 않았다. 베히다트의 고요한 시선을 한 몸에 받으며 아시나가
조곤조곤 말했다.

"음…… 이안은 어릴 때부터 오빠였죠. 아빠를 제외하고 나랑 가
장 많이 놀아 준 사람이거든요. 제가 요만할 때부터 이안이 오빠라
고 부르라고 시켜서 오빠라고 부르는 건데, 그게 버릇이 돼서 지금
도 오빠라고 불러요. 뭐, 공식 석상에선 외숙이라고 불러야 하지만
저한테는 그냥 나이 차이 많이 나는 못된 오빠죠."

말을 다 끝내고 보니 왜인지 그가 말이 없는 게 신경 쓰였다. 아시

나는 조심스레 베히다트의 표정을 살폈다. 어떤 표정도 떠올라 있지 않아 그가 무슨 생각을 하고 있는지 알 수 없어 조금 답답했다.

"그게 신경 쓰였어요?"

대답 대신 옅게 웃으며 그가 장난기 어린 농담을 했다.

"크롬웰의 레이디는 집안에서만 자라는 줄 알았는데."

"음, 저 빼고 모든 레이디가 그렇게 자랐겠죠?"

아시나는 해맑게 웃었다. 당장 자신의 사촌인 아이세스만 봐도 완전한 레이디였다. 그게 나쁘다고 생각해 본 적은 없지만 아시나는 그래도 자신이 가진 것들이 더 좋았다. 빙그레 웃으며 그녀가 자랑하듯 말했다.

"운이 좋았어요. 지금도 좋다고 생각하지만."

"운?"

"내 입으로 말하긴 좀 그런데 우리 집안이 정말 유별나거든요. 특히 외가가."

반짝이는 아시나의 눈을 홀린 듯 응시하며 베히다트는 붙잡은 그녀의 손을 건드렸다. 그게 왠지 민망해서 아시나는 헛숨만 삼켰다. 그걸 모른다는 양 베히다트가 아시나의 손등에 입술을 가져가 대었다.

"아스타테아를 말하는 건가?"

"잘 아시네요. 연구 좀 하셨나 봐요?"

"어떤 말괄량이 때문에 조사 좀 해 보라고 시켰지."

그 말괄량이가 누구인지 아는 두 사람이 서로 마주 보며 웃었다.

"어렸을 때, 엄마에게 큰일이 생겨서 할머니 댁에 맡겨진 일이 있었어요. 근데 집안사람이 모두 바빠서 리안 삼촌이 절 데리러 왔거든요. 그때 가던 길에 잠시 쉬었었는데 거기에 들판이 하나 있었어요. 엄청 넓고 큰 들판. 장난기가 돈 삼촌이 그걸 보자마자 어린 절 들판에 놔두고 막 도망쳐서 숨었어요."

아시나가 꺼낸 이야기를 가만가만 들어주던 베히다트가 시선으로 물었다. 다음을 재촉하는 눈짓에 아시나가 미소를 머금었다.

"보통 아이는 그 상황에 운대요. 근데 전 그때 좋다고 소리 지르면서 그 들판을 뛰어다녔다고 해요. 지금도 기억나요. 하도 기죽지 않고 들판을 쏘다니니까 삼촌이 저러다 진짜 잃어버리겠구나 하면서 날 붙잡았는데 저는 제가 삼촌을 찾았다면서 좋아했대요. 지금도 기억나요. 난 진짜 내가 찾은 줄 알았는데. 이상하게 그땐 혼자 남은 그 느낌이 너무 좋았어요."

베히다트가 이상한 표정을 지었다. 아시나는 웃으면서 주름진 그의 미간을 손가락으로 꾹꾹 눌렀다.

"아무튼 리안 삼촌이 들키면 죽는다며 절 볼 때마다 빌기에 지금까지도 비밀로 하고 있었지만, 그때부터 여행을 좋아했어요. 지금도 사방이 낯선 곳에 혼자 서 있으면 그때 느낌이 다시 찾아와서 견딜 수 없을 만큼 기분이 좋아요."

"어떤 느낌인데?"

질문을 받자마자 아시나는 곤란하다는 듯 콧잔등을 찌푸렸다. 아무래도 문학적 소질을 십분 발휘해 대답해야 할 것 같은데, 안타깝게도 그녀에게 그런 재능은 없었다. 아시나는 어쩔 수 없이 되는 대로 뇌까렸다.

"세상은 이렇게 큰데, 나는 이렇게 보잘 것 없고 여리고 한심하고 멍청하고 아무것도 아니구나 하는 그런 느낌이요."

"자학인가?"

그의 대꾸에 아시나가 도끼눈을 뜨며 노려보았다.

"그런 존재니까 내가 실패를 하든, 뭔가를 망가뜨리든, 어떤 일을 망치든 세상 어느 것에도 영향을 주지 않을 거 아니에요!"

"요컨대 책임이 싫다?"

"베히 님, 나 싫어해요?!"

아시나가 신경질을 내자 그가 입꼬리를 말아 올렸다. 매력적인 미소에 더 성질을 부리려는 순간 물러나려는 허리를 붙잡은 그가 아시나를 단단히 끌어안았다.

"아니, 견딜 수 없이 좋아하는데."

목덜미에 느껴지는 낯선 숨결에 아시나는 바싹 긴장했다.

"지금도 널 어떻게 하면 침대로 끌고 갈 수 있을까 고민하는 중인걸."

"윽."

낮게 가라앉는 목소리가 이렇게 유혹적이게 들리다니. 그건 둘째 치고, 놀림받았다는 걸 깨달은 아시나가 인상을 썼다. 아시나가 움찔하자 베히다트가 그녀의 귓가에서 웃었다. 그 웃음소리를 듣고 있노라니 아시나는 정말 억울했다.

"베히 님, 나빠!"

품에서 벗어나려고 아시나가 발버둥 쳤다. 그녀를 간신히 붙잡은 베히다트가 두 눈을 가늘게 떴다.

"진짜 나쁜 게 뭔지 보여 줘야겠군."

그 말이 거짓이 아니라 진짜라는 걸 본능적으로 느낀 아시나가 허리를 빼려고 했다. 하지만 붙잡힌 손바닥에서부터 느껴지는 숨결이 지나치게 선정적이라 쉽게 몸을 뺄 수가 없었다. 젖은 혀가 손바닥을 건드리는 느낌이 참을 수 없을 만큼 좋았다. 저도 모르게 흐트러진 소리를 내다 이를 악물었다. 그래도 잇새로 신음이 흘러나갔다.

"들려줘."

손을 돌려 코로 손바닥 깊숙이 뭔가를 들이켜던 베히다트가 약간 흐려진 시선으로 아시나를 올려보았다. 너무 민감해져서 그 작은 몸짓마저도 견딜 수가 없었다. 그녀가 겨우 소리를 내어 물었다.

"뭘요?"

"네 목소리."

이 상황에서 뭘 말할 수 있을 리가 없었다. 아시나가 거칠게 고개를 내젓자 그가 애타게 그녀를 붙잡았다. 손바닥을 핥던 혀는 어느새 맥박이 뛰고 있는 가는 손목에 내려앉았다. 그 위로 느릿하게 조금씩 올라오는 그를 아시나는 떨면서 기다렸다.

"신음이든 뭐든."

팔뚝을 거쳐 올라온 더운 숨결이 마침내 쇄골에 닿았다. 아시나는 흠칫 떨며 울먹였다.

"네가 내 옆에 있다는 걸 실감하게 해 줘."

이 상황에서 그가 뭘 원하든 넘겨주지 않을 자신이 없었다. 아시나는 겨우 침을 삼키고 입술을 벌렸다. 잔뜩 가라앉은 목소리가 심하게 떨리고 있었다.

"지금 나 유혹하는 거예요?"

"유혹하는 거야."

지체 없이 그가 웃었다. 휘어지는 눈매가 너무 섹시해서 그대로 홀려 버릴 뻔했다.

"내가…… 이런 걸로 넘어갈 거 같아요?"

마지막 남은 인내로 겨우 버티고 있는 아시나를 이미 알고 있다는 듯, 그가 매혹적으로 웃으며 속삭였다.

"이미 넘어 왔잖아?"

도무지 지난 며칠을 어떻게 보냈는지 아시나는 기억도 나지 않았다. 대충 주변을 구경하다 상처에 약을 바르고 베히다트와 이야기하다 어느새 저도 모르게 침대로 끌려가는 게 전부였다.

처음 몇 번은 은근하게 유혹하더니 나중엔 아예 대놓고 끌고 들어가서 상처 때문에 자신이 녹초가 된 건지 베히다트 때문에 녹초가 된 건지 파악할 수 없었다. 이제 상처도 거의 다 아물어 가고 더 이상 여기 묶여 있으면 안 될 것 같다는 위기감이 목구멍 끝에 걸렸을 무렵, 그가 아시나에게 처음 보는 옷을 가져다주었다. 사막을 건너기 위해 최적화된 검은 옷을 챙겨 입은 아시나가 처음 나서는 복도에서 서성일 때였다.

"이제 가려는 건가?"

아시나는 놀라서 뒤를 돌아보았다. 시선 끝에 선 남자가 선하게 웃었다. 처음 눈을 떴을 때 보고 그 이후론 볼 수 없었던 그 남자, 시하드 쿤이었다. 그땐 당황스러워서 미처 살펴보지 못했는데 그는 그때와 다름없는 모습이었다. 게다가 마치 제 나이 또래처럼 보이는 미남자였다. 시하드가 웃었다.

"여기서 우리 일족을 만나게 될 줄은 몰랐는데."

이제껏 봐 왔던 모든 베르딘이 그러했듯, 그에게도 있었다. 그가 보낸 수많은 시간들이. 젊은이처럼 보여도 그를 둘러싼 분위기 때문에 위화감이 들었다. 익숙한 위화감에 아시나는 괜히 주변을 둘러보았다.

"이 오아시스, 만들어진 건가요?"

그가 흥미롭다는 듯 반문했다.

"티가 나나?"

"여긴 뭐하는 곳이에요?"

"달이 잠든 곳, 아슈마에. 일명 달의 도시지."

그렇게 말하며 시하드는 기둥에 기대 잔잔한 물살을 내려다보았다. 달의 도시. 아시나가 들은 이름과는 전혀 달랐다. 아슈마에는 쿤들의 성지라고 알고 있었다. 그래서 은연중에 자신도 모르게 쿤들이 휴가를 오는 별장쯤으로 치부하고 있었다.

"달이라면…….."

"페시아가 잠든 무덤."

낯설지 않은 이름에 아시나가 입을 열었다가 도로 닫았다. 타국의 사람이지만 페시안의 이름이 누구의 이름에서 따온 것인지는 알았다. 페시안 태조의 유일한 반려이자 페시안 역사에 유일무이하게 이름을 남긴 여자. 페시안이라는 나라의 이름을 따온 그 여인이었다.

"내 반려이자, 페시안의 달이 진 곳이란다."

그 설명을 들으니 더 묘한 기분이 들었다. 아시나는 추억에 잠긴 시하드의 옆모습을 바라보다 무언가를 깨달은 듯 입술을 깨물었다.

아시나는 다시 주변을 살폈다. 이 건물이 이상하게 느껴졌던 건 다 이유가 있었다. 무덤이라면서 마치 누군가와 단둘이 은거하기 위해 지어진 듯한 건물이지 않은가. 이곳에 이 남자가 데려온 여자라면 누구일지 뻔했다.

"그분을…… 진정으로 사랑하셨군요."

그가 아릿하게 웃었다.

"언젠가 다시 내게로 돌아올 거야. 온다고 했으니까, 기다리고 있단다. 내 페시아가 다시 돌아올 때까지, 이곳에서 조용히."

문득 시선을 내렸다가 뒤늦게 밀려오는 애잔함에 고개를 들었다. 기약 없는 기다림. 그가 선택한 길이 얼마나 고된 줄 알기 때문에 함부로 어떤 말도 할 수가 없었다. 이곳에서 떠나간 연인을 그리며 연인이 다시 돌아오길 기다리는 마음은 대체 어떤 것일까? 상상조차 되지 않았다.

반려를 떠나보낸 베르딘들이 가장 흔히 하는 선택은 같이 죽는 것이었다. 그것은 어쩌면 영생을 살 수도 있는 베르딘이 죽음을 결심할 만큼 반려라는 존재 자체가 그들에게 무척 소중하다는 뜻이기도 했다. 반려를 먼저 보내고 살아가는 베르딘도 있지만 그건 모든 베르딘 중 단 여섯밖에 되지 않았다.

그래도 혼자는 외로울 텐데. 저도 모르게 끌어안아 주고 싶은 마음을 꾹 누르며 그를 바라보았다.

"다른 일족들이 그립지는 않으세요?"

"베르딘이란 원래 그런 일족이 아니던가. 사랑에 살고 사랑에 죽고, 원하는 걸 원하는 만큼 하고자 존재하는 일족."

"……그래도 외롭잖아요."

아직 어려서 그런가, 아시나는 그가 감당해야 할 시간의 무게가 얼마나 무거운지 가늠할 수도 없었다. 지금까지 그가 보내온 시간의 길이조차 아득해서 알 수 없는데 겪어 보지 못한 공백에 그녀가 울상을 지었다. 자신을 걱정해 주는 온기에 오랜만에 따뜻해지는 심장 언저리를 느끼며 시하드가 더 환하게 웃었다.

"내 반려가 이곳에 잠들었는데, 그 곁을 지키며 어찌 외로울 수가."

"그래도……."

"괜찮아. 간혹 나와 페시아의 아이들을 지켜보고 있으니. 심심할 틈이 없단다."

순간 거세게 물결이 몰아치더니 다시 잔잔해진 수면 위로 무언가가 떠올랐다. 물살이 흔들려서 놀라 쳐다본 그녀가 다시 시하드를 돌아보았다. 왜인지 정식으로 인사를 해야 할 것 같은 그런 느낌이 강하게 들었다. 드레스는 아니었지만 아시나는 제 옷자락을 붙잡고 무릎과 허리를 살짝 숙였다.

"아시나 리세아 데 웰든. 크롬웰의 귀족, 웰든가의 레이디입니다."

"빛이라, 좋지. 아주 예쁜 이름이군."

시하드의 칭찬에 아시나가 빙그레 웃었다. 이름에 대한 칭찬을 들을 때마다 왜인지 아시나는 자기가 더 뿌듯해졌다. 그는 오랜만에 환하게 웃으며 반가움에 젖어 있었다.

"여신의 이름이라니. 의미가 있는 건가?"

"일족의 마지막 후예라 여신께서 주시고 간 마지막 선물이라는 의미로 붙였다고 들었어요."

"그런 건가……."

미묘하게 시하드가 그녀를 바라보았다. 전에도 느꼈던 것이지만 다른 일족과 아시나는 무언가가 많이 달랐다.

"축복이 약해진 건가, 그대에게서는 베르딘의 기운이 너무 희미하게 느껴지는군."

시하드의 말에 아시나는 잠시 입을 다물었다. 모를 줄 알았는데, 역시 동족이라 느껴지는 모양이었다. 이 이야기를 꺼내야 할지 말지 꽤 망설였으나 아시나는 속일 수 없어 결국 입을 열었다.

"봉인했어요. 아니, 베르딘으로 살지 않기로 했어요. 끝나 가는 일족의 마지막 아이라는 운명이 기구하다며 부모님께서는 제가 인간으로 살기를 원하셨거든요."

"그대도 인간으로 살기 원하는가?"

아시나는 조용히 눈을 굴렸다. 베르딘으로서의 삶이 탐나지 않는 건 아니었으나 이미 포기한 이상 미련은 없었다. 무엇보다 그 선택엔 베르딘의 혼혈로 차별을 당하고 자란 아버지가 아시나는 그렇게 되지 않길 원했던 것이 가장 컸다.

"뭐로 살든 내가 행복하면 되지 않을까요?"

"우문현답이로세."

빙그레 웃으며 시하드는 잠시 회한에 잠겼다. 베르딘의 시조이자 어머니 디아. 그 시작을 함께했건만 그가 남대륙에 묶인 동안 정말 많은 일이 생겼다 사라진 모양이었다. 벌써 베르딘 일족에게도 마지막이라는 단어가 드리워지는 걸 보면. 그는 조금 쓸쓸해졌다. 그 마음을 알아챈 것인가, 아시나가 위로하려 손을 뻗었다. 오랜만에 느끼는 타인의 온기에 머지않아 그가 웃으며 납득했다.

"괜찮아. 모두에게 끝은 존재하는 거니까."

이미 각오하고 있던 일이었다. 어렴풋이 그럴 거라 예상도 했었다. 다만 그걸 직접 눈으로 확인하니 감회가 새로웠을 뿐. 시하드가 보내는 미소에 아시나는 안심했다.

언제고 만나지 않을까 막연히 소원하긴 했었다. 아무리 자신이 먼저 떠나왔다고 해도 지금의 자신을 이루게 해 준 일족이라는 건 무척이나 애틋한 것이었으니까. 그 소원의 끈이 닿은 아이를 보며 빙그레 웃었다. 게다가 그는 이미 아시나의 손목에 있는 세헬레를 확인한 뒤였다.

자신이 페시아에게 주었던 사랑의 증거. 그것이 오랜 세월을 거쳐 제대로 된 주인에게 가 있었다.

베히 녀석이 많이 고생하겠군.

유하고 순순해 보여도 절대 굽히지 않는 무언가가 아시나에겐 있었다. 아마도 많이 휘둘리고 살겠지. 모두가 반대일 거라 예상하겠지만 시하드에게는 그것이 보였다. 둘의 모습을 이곳에서 지켜볼 수 있다는 생각만으로 그는 앞날이 조금 기대되었다.

"시하드의 소원은 뭐였어요?"

작게 내려앉았던 침묵을 깨고 아시나가 물었다.

"이 죽음의 땅을 되살리는 것."

그가 작게 웃었다.

"내가 아니라 페시아가 원하던 것이었지."

부인 이야기만 나오면 풀어지는 미소에 아시나도 덩달아 기분이 좋아졌다. 둘은 서로 마주보고 웃었다.

"아직도 그곳에 있나?"

두서없는 질문이었지만 아시나는 알아들었다.

"바람이 빗겨 간 곳에, 여전히."

"그립군."

특별히 같은 베르딘이라 그런 게 아니라, 아시나는 무언가 시하드에게서 자신과 비슷한 향취를 느꼈다. 둘 다 집을 오랫동안 떠나 있는 사람이라 그런가. 문득 생각났다는 듯 시하드가 물었다.

"이스마에는 살아 있나?"

"운명하셨어요. 아주 먼 옛날에."

"그랬군."

"제 현조할머니세요."

"이스마에의 후손이었나."

그가 웃으며 조금 더 아시나를 뜯어보았다. 의식하지 않았을 땐 몰랐는데 이리 지긋이 바라보고 있노라니 그의 누이가 흐릿하게 겹쳐 보였다.

"이렇게 보니 조금 닮은 것도 같군."

"카트리라는 아세요?"

"이스마에의 딸을 말하는 건가."

"아시는군요?"

"이스마에가 간혹 소식을 보내오곤 했으니까. 멀어서 정말 오랜 시간에 한 번씩 닿았지만. 어느 순간 아무리 기다려도 오지 않기에 운명했구나 생각했지."

"카트리라는 아직 살아 있어요. 제 고조모세요."

무언가 더 말하려는 아시나의 어깨를 붙잡고 시하드가 빙그레 웃었다. 백 마디 말보다 그에겐 지금 자신의 앞에 서 있는 그녀의 존재가 더 많은 것을 말해 주고 있었다.

"괜찮아, 보지 않아도."

"하지만……."

"널 보면 알 수 있거든. 다들 얼마나 행복하게 살았는지를."

안타까운 시선이 와 닿았다. 시하드는 먼 곳에 유배된 자신에게 찾아온 기적에 감사했다.

"네가 이 땅에 온 것 자체가 여신께서 내게 내리는 마지막 축복인 듯하구나."

시하드가 조용히 아시나의 이마에 키스했다. 경애의 표시. 언제나 가족들에게 받던 키스를 낯선 사람에게 받았는데도 전혀 어색하지 않았다. 이마에 찍힌 온기가 아직도 남아 있는 듯하여 그곳에 손을 가져다 대며 아시나가 말했다.

"또 올게요."

"그렇다면 나야 영광이지."

시하드가 고개를 끄덕였다.

"아마 그대는 찾을 수 있겠지."

"방법만 안다면요."

"달이 인도하는 길 끝에, 별처럼 빛나는 생명의 근원을 찾으면 돼."

베르딘들이 자신의 안식처를 숨기기 위해 흔히 쓰는 공간 왜곡의 힌트였다. 헤매지 않고 들어올 수 있는 길을 알려 주는 열쇠. 아시나는 그 단어들을 듣자마자 그것이 무엇을 뜻하는지 알아차렸다.

"하얀 오아시스?"

시하드가 미소 지으며 고개를 끄덕였다.

"여신의 축복이 늘 그대와 함께하기를."

시하드의 배려로 오아시스에서 나가는 건 아주 쉬웠다. 다만 나서고 나니 둘을 맞이하고 있는 게 별이 빛나는 밤의 사막이라 그건 조금 의외였다. 몸이 떨릴 정도의 추위에 순간 적응하지 못했으나,

베히다트는 익숙하다는 듯 길을 걸었다. 그리고 마침내 두 사람이 도착한 도시의 앞에서 아시나는 인상을 구겼다.

"수르트……."

익숙한 도시의 모습에 아시나가 원망의 눈으로 베히다트를 돌아보았다.

"돌아가."

그의 담담한 말에 아시나가 인상을 찡그렸다.

"날 이대로 내쫓을 셈이에요?"

"아니."

아니라면서 지금 하는 행동은 쫓아내는 것과 마찬가지였다. 그렇게 돌아가고 싶어 했던 크롬웰이었지만 지금은 달랐다. 베히다트와 헤어지고 싶지 않았다. 그게 어떤 이유든.

그 마음을 알아차린 건지, 그가 아시나의 손을 끌어당기며 부드럽게 안아 주었다.

"더 이상 널 다치게 하고 싶지 않아."

아시나가 무언가를 말하려 시도하다 다시 입을 다물었다. 완전히 입을 꾹 닫아 버린 아시나의 뺨을 건들며 그가 덧붙여 말했다.

"공작과 약속했다. 널 돌려보내 주기로."

이래서 이안이 안심하고 돌아간 건가. 그렇다고 해도 이건 너무 칼 같았다. 아시나가 무어라 항의하기 위해 고개를 들자, 그가 먼저 운을 뗐다.

"걱정 마. 이대로 널 놔주는 게 아니니까."

그가 아시나의 팔을 들어올렸다. 거기에 채워진 팔찌가 달빛에 반사되어 반짝였다.

"반드시 다시 데려올 거다. 기억해 둬."

아시나가 뾰로통하게 대꾸했다.

"기다리다 질리면 도망칠지도 몰라요."

"협박하는 건가?"

"경고하는 거예요."

"그럴 리가."

그가 매혹적으로 미소 지었다.

"나한테 반해 있잖아?"

"……."

어쩌자고 이런 남잘 좋아해 버린 거지.

애초에 이런 남자인 걸 알면서도 좋아하게 된 자신이 한심했다. 그래도 곧장 가라앉는 마음에 아시나는 어리광부리고 싶은 마음이 들어 괜히 더 인상을 썼다. 그녀를 달래려는 듯 그가 아시나의 등을 쓰다듬었다.

"아마 도시에 녹기사들이 있을 거다. 그들과 함께 돌아가면 더 안전할 거야."

아시나는 입술을 깨물며 베히다트의 팔을 붙잡았다. 이대로 헤어지긴 너무 아쉬웠다.

"키스해 줘요."

아시나의 저돌적인 요구에 그가 미미하게 인상을 찌푸렸다.

"안 돼."

"왜요?"

"키스만으로 만족할 수 있을 리가 없으니까."

그가 진지하게 대꾸했다. 예상치 못한 대답에 아시나의 얼굴이 확 새빨개졌다. 놀리기라도 하듯 유혹적으로 웃던 그가 그녀의 손을 붙잡았다. 고개 숙여 손등에 입술을 댄 그는 한참 동안이나 거기에 자신의 흔적을 새겨 넣었다. 아시나는 이 정중한 행동이 괜히 야하게 느껴져서 헛기침을 했다. 그 순간 그가 아시나의 손에서 떨어졌다.

"이걸로 만족해."

낮고 섹시한 목소리에 아시나는 인상을 찡그렸다. 불만 가득한 그녀의 미간을 검지로 꾸욱 누르며 그가 단호하게 경고했다.

"도망쳐 봐. 그래도 잡아 올 거니까."

크라차의 수도, 와디로 붙잡혀 온 우마르는 그대로 와디의 정중앙에 서 있는 탑으로 된 감옥에 갇히게 되었다. 푹푹 찌는 뜨거운 퇴약볕에 그대로 노출된 감옥은 말 그대로 최악의 환경이었다. 그래도 우마르는 어찌어찌 잘 버텨 내고 있었다.

갇힌 지도 어느새 일주일. 날짜 감각이 무뎌지는 걸 막기 위해 몸에 흔적을 새겨 가며 우마르는 상황을 살폈다.

크라차 측 반응이 민첩하고 기민한 것이 영 마음에 걸렸다. 이건 완전히 전쟁도 불사하겠다는 대응이었다. 전쟁이라. 꺼리는 것은 아니나 우마르는 더 이상 피를 보고 싶지 않았다. 이렇게 나와 봤자 서로에게 득 될 것이 하나도 없는 바…….

도대체 무엇을 믿고 이러는 것인가.

이 감옥에 갇혀 있는 건 우마르 자신뿐이었다. 아마 부하들 중 몇 명은 이미 크라차 측에서 행한 고문으로 목숨을 잃었을 것이 뻔했다. 몇몇은 자결을 했겠지. 안타까움에 절로 신음이 흘러나왔다. 다행히 우마르는 그런 상황에 처하진 않았다. 그건 그가 가지고 있는 소하르의 장로라는 지위 때문에 가능했다.

"곤란하게 되었군."

우마르를 제압한 소년은 무척이나 실력 있는 전사였다. 새로 떠오르는 토파라바즈의 차기 단장이 어리지만 엄청난 실력자라고 하더니 아마 이 소년인 듯했다. 자신이 잡혀 오는 동안 마주친 다른 전사들이 소년에게 보인 정중한 태도를 미루어 보아 확신할 수 있었다. 그래서 우마르는 그 소년이 지키고 있던 지난 며칠간은 도망칠 엄두도 내지 않았다. 그는 인내심 있게 시기를 기다렸다. 자신을 이제껏 인도해 준 인내를 믿었다. 참을성 있게 죽은 듯이 엎드려 있으니 하늘이 도운 것인지, 드디어 엊그제부터 우마르를 감시하는 전사가 바뀌었다. 당연히 이 전사도 실력자일 테지만 그 소년만큼 날카로운 기색은 없었다.

어찌 되었든 우마르는 지난 일주일가량 열악한 감옥에 갇혀 있었고 누가 보아도 손 하나 까딱할 수 없이 지치고 말라 가는 모양새를 하고 있었다. 그런 그가 기다리는 건 상대방이 방심을 하는 단 한 번의 순간이었다.

"아, 그래서 이 난리는 언제 끝나는 거야? 혹시 아냐?"

"글쎄, 페시안에서 일어나는 일이 어떻게 돌아가는지 모르니까 이러는 거겠지."

"그놈들을 잡았어야 했는데……."

한 전사가 분하다는 듯 이를 갈았다.

"서기관 놈을 보호하던 전사가 너무 강했어."

"우리 토브 님이 가셨으면 달랐을 거라고!"

"그건 그래. 그래서 그놈들이 어디로 갔는지는 확인했나?"

"어디로 갔겠나? 당연히 알 페시안이지."

우마르는 숨을 죽였다. 흐릿하게 들려오는 전사들의 목소리가 언뜻 줄어들었다가 다시 커졌다.

"그런데 진짜 그놈들, 라 쿤을 죽일 수 있는 거야?"

"쉿! 말조심해."

다른 전사가 호들갑을 떨었다. 반면 먼저 말을 꺼낸 전사는 뭐가 문제냐는 듯 입을 다물지 않았다.

"뭐 어때. 난 그놈들 도통 믿음이 안 가. 원로님들께선 대체 무슨 생각이신지, 참."

구시렁거리는 소리가 흐릿하게 들려왔다. 다른 전사가 말을 낮추라는 듯 은밀하게 말하기 시작했고 그래서 자연히 줄어든 말소리 탓에 그 둘이 무슨 대화를 나누는지는 더 이상 알 수가 없었다. 하말라에 간 베히다트가 걱정되었다. 아무리 급한 상황이었다고 해도 붙어 있어야 했다고 후회하며 우마르가 속으로 한탄하고 있을 때였다.

"난 이만 들어가 보겠네."

"그래라."

간수 중 하나가 사라지자 이제 남은 이는 단 한 명이었다. 우마르는 진득하니 전사가 꾸벅꾸벅 졸기를 기다렸다. 지난 며칠 지켜보며 겨우 알아낸 시간대였다. 이윽고 전사가 천천히 고개를 꺾으며 졸기 시작했다. 우마르는 조용히 자리에서 일어나 미리 확보해 둔 열쇠로 천천히 감옥 문을 열고 나왔다. 녹슬었다고 해도 소리 없이 감옥 문을 열고나올 정도는 되었다. 말로만 암살단의 수장이 아니었다.

잠이 깊어 꾸벅꾸벅 졸던 전사는 이제 아예 대놓고 준비된 테이블에 머리를 기대어 자고 있었다. 혹시 몰라 조심스럽게 그 전사를 지나친 우마르가 감옥을 나오는 데엔 그리 오랜 시간이 걸리지 않았다.

"페시안……."

남은 전사들을 놓고 혼자 돌아가야 하는 것이 마음에 걸렸지만 결심을 한 우마르는 뒤돌아보지 않고 움직였다. 시간이 흐르고 아침 해가 밝았을 때, 이미 감옥 안에서 우마르의 자취는 찾아볼 수 없었다.

이만은 제게 벌어진 일에 기함을 했다.

그는 지금 궁정 내에 마련된 시종장 관저에 유폐된 채였다. 대체 왜 여기 있는 거더라? 하도 기가 막혀서 이만은 말도 나오지 않았다. 머리를 굴려 보았으나 기억나는 건 단 한 가지뿐이었다.

"게디크."

이를 갈던 이만이 한숨을 내쉬었다. 라 쿤과 군사들이 궁정을 빠져나가자마자 행동을 개시할 줄이야. 마치 기다렸다는 듯 벌어진 일련의 사태에 나름의 대비를 해 놓았음에도 역부족이었다. 대체 언제 장군들을 꼬신 건지 알 길이 없었다. 적군이 쳐들어오지 않는 한 알 페시안 전역의 치안을 지켜야 할 방위대가 내궁으로 들어와 아제미 전사들을 무력화시키고 시종장인 그마저 유폐시켰다. 그가 유폐된 이유는 '반역을 모의했다.'라는 것이었다.

"반역 모의라."

정확한 물증은 없지만 심증은 있다며 몰아붙이는 꼴이 언짢았으나 전사들이 많이 자리를 비워 수적으로 불리한 상황이라 제대로 된 반박의 기회조차 얻지 못했다. 한 번, 단 한 번이면 전세를 뒤집을 수 있었는데!

게다가 유배도 아닌 유폐라니. 소하르의 일족에게 연락을 하지 못하게 하려는 졸렬한 수법이 뻔히 눈에 보여서 더 이가 갈렸다. 덕분에 하루하루가 지나갈수록 더 열이 끓어오르는데 정신만은 차분히 가라앉는 기묘한 상태가 되었다. 게디크 측에선 시하드께서 돌아오시면 안건을 상정해 일을 해결하겠다고 여론몰이 중이라 이만은 억울함에도 공식적으로 변명할 기회도 얻지 못했다.

"그나마 전권을 위임한다는 공표가 있어서 이 정도였지, 아니었으면 바로 매장당했겠군."

그것은 불행 중 다행이었으나 그렇다고 상황이 나아지는 것은 아니었다. 밥을 넣어 주는 시녀들이 간간히 전해다 준 소식으로는 아제미들까지 역류되어 있고, 게디크 대재상이 사사건건 이만을 언급하며 시종부의 정책을 뜯어고치고 있는 중인 모양이었다.

"이게 다 궁정에 왕족이 없어서 생기는 일이지."

분하다는 듯 그가 이를 갈았다. 군이 왕자들이 아니라도 하렘에 라 쿤의 생모라도 살아 있었다면 지금 같은 상황은 일어날 수 없었다. 안 그래도 소하르 일족에게 큰 문제가 닥친 지금 자신의 손발을 묶어 놓은 것이 심히 의심스러웠다. 설마 소하르 지역의 일족들 중 누군가와 연관성이 있단 말인가. 괜스레 그런 의심이 들 정도로 절묘한 조치였다.

"시하드께선 대체 뭘 하고 계시는 건지…….."

어떤 일이 일어나든 목숨만은 붙어 있으시길 간절히 빌며 이만은 창밖으로 시선을 돌렸다.

"가장 우려했던 일이 일어났군."

나시르가 목 안으로 신음했다.

"우리는 이제 어쩌지?"

카림이 나시르에게 물었다. 나시르는 답을 생각하다 어깨만 으쓱였다. 궁정을 수복하려면 적어도 최소 두 개 부대는 필요했다. 하지만 알 페시안으로 올 수 있는 부대가 없었다. 외부로 파견 보낸 부대 중 어느 하나라도 빼 왔다가는 그간의 계획마저 모조리 무너지고 만다. 이것이 바레인이 굳이 하나하나 문제를 터뜨려 수도를 비우게 만든 이유였다.

"게디크가 이렇게 빠르게 행동할 줄은 몰랐는데."

역시 바레인. 나시르는 순수하게 감탄했다. 벌어지는 일마다 감탄을 안 할 수가 없었다. 게다가 이미 수도 바닥엔 게디크 대재상이 퍼트린 소문이 파다하게 퍼져 있었다. 이만이 반역을 꾀했다는 소문부터 시작해서 무스카트가 왕권을 위협하고 있다, 소하르에서 음모가 일어나고 있다는 것까지. 소문은 이미 손댈 수 없을 정도로 광범위하게 퍼져 있었다.

"이 헛소문을 다 믿는단 말인가?"

"믿으니까 이 꼬라지겠지. 윽, 정말 머리가 아프군."

"아니, 이 말도 안 되는 소문을 도대체 어떻게……."

카림이 이해가 되지 않는다는 듯 고개를 갸웃했다. 나시르는 그저 '허허' 웃었다. 대중을 이용해 의견을 치우치게 만드는 것쯤이야 그리 어려운 일은 아니었다. 게다가 게디크에겐 대재상의 권위가 있으니 더욱 그러했다. 진원지를 알 수 없는 추측과 억측이 난무하는 가운데, 나시르는 일단 냉정해야 한다는 것부터 자각했다. 소문들을 듣고 있노라니 카림은 가만있기 힘든 모양이지만 나시르는 그를 말렸다. 톱추의 전사들도 분노한 상태였으나 이런 상황에서 이성적 판단이 흐려지면 손해를 보는 것은 이쪽이었다.

"하말라로 가 봐야 하는 것 아닌가?"

나시르의 판단과 의견으로 알 페시안에 돌아온 것이지만 카림은 자꾸 하말라가 신경 쓰였다. 베히다트를 혼자 보냈다는 게 충성스러운 카림에겐 있을 수 없는 일인 듯했다.

"아냐, 이 시간쯤이면 하말라에서 벌어지려 했던 일은 끝나고도 남았어. 이제 와 가 봤자 남는 건 아무것도 없을 거다, 카림."

"그럼 어떡하는 게 좋은 건가, 대체! 이대로 기다리고만 있어야 하나?!"

카림이 울화통을 터뜨렸다. 나시르는 그저 씁쓸하게 웃었다.

나시르는 절대 베히다트가 죽거나 잡혔을 거라 생각하지 않지만 그래도 만에 하나에 대한 경우를 생각해 놓지 않을 수 없었다. 이대로 베히다트가 죽었거나, 다시 나타나지 않게 된다면 사태는 걷잡을 수 없게 될 것이다.

"……부디 살아 계셔야 하는데."

왜 그때 더 막지 않았는가, 뒤늦은 후회가 밀려왔다. 명령이라는 말에 불복할 수 없었던 자신이 원망스러웠다. 이제 와 깨달은 바지만 베히다트는 바레인이 노리는 게 궁극적으로 자신을 없애는 것이라는 걸 이미 알고 있던 듯했다.

"우마르께선 괜찮으신 걸까……."

문득 우마르에게 생각이 미친 나시르가 한숨을 내쉬었다. 아직까진 알 페시안 내부에 들키지 않고 숨어 있지만 언제 게디크의 표적이 될지는 알 수 없었다. 알 페시안 내부의 은거지는 여차하면 버리고 다른 은거지로 숨어야 할 수도 있었다. 당장 코앞에 닥친 문제는 대체 언제까지 숨어 있어야 하느냐, 그리고 거국적으로 산재한 문제들을 어떻게 해결하느냐였다.

라 쿤이 무사히 살아 돌아온다면 단번에 해결할 수 있겠지만 그렇지 않을 경우엔 지지부진한 진흙탕 싸움으로 번질 게 뻔했다. 그렇게 된다면 20여 년 전의 후계자 쟁탈전과는 비교도 되지 않을 분열과 전쟁이 시작될 것이다. 카림이 한숨을 내쉬었다.

"지금 이 상황에 휘말리지 않은 건 마안과 니즈와뿐이군."

"이미 휘말려 있을 거야. 눈에 보이지 않을 뿐."

나시르는 분명 그 두 지역에서도 어떤 문제가 있을 거라 판단했다. 다만 다른 지역에 비해 문제가 사소해서 드러나지 않을 뿐이리라. 시간이 지나면 나아져야 하는데 오히려 시간이 지날수록 목이 죄는 느낌이었다. 그렇다고 먼저 움직여 상대에게 여지를 줄 수도 없는 노릇.

"빨리 시하드께서 돌아오셔야 하는데……."

카림이 고개를 숙였다. 나시르가 막 한탄을 할 때였다. 그 순간 그 둘의 뒤에서 나지막한 목소리가 들려왔다.

"날 찾았나?"

낮고 깊은 음성. 이 목소리를 못 알아 들을 리가 없었다. 둘은 동시에 몸에서 소름이 돋는 걸 느꼈다. 그리고 억누를 수 없는 기쁨이 넘쳐 나왔다.

"시하드시여……!"

그가 웃었다.

"내가 너무 늦게 온 모양이군."

모든 상황을 설명한 나시르는 잠시 말을 아꼈다. 가라앉은 정적과 함께 남는 것은 묘한 침묵뿐. 카림은 굳은 표정으로 자신의 주인을 응시하고 있었고 나시르는 생각을 정리하며 주군의 눈치를 보았다. 마땅히 돌아와야 할 대꾸도 없이 베히다트는 그대로 생각에 잠겨 있었다. 턱을 괸 채 별다른 반응이 없는 그를 지켜보며 나시르와 카림은 괜히 입안이 바싹 말라 가는 걸 느꼈다.

"그래서."

한참의 침묵을 깬 베히다트가 시선을 들었다.

"게디크는 지금 뭘 하고 있지?"

나시르는 대답 대신 카림을 쳐다보았다. 카림은 어깨를 으쓱였고 나시르는 아무것도 모르겠다는 카림의 몸짓에 시선을 돌렸다. 베히다트의 표정은 고요했다. 놀랍게도 그는 변한 것이 없었다. 여전히 전과 같은 모습에 나시르는 기이한 괴리를 통감했다. 침묵이 길어질수록 베히다트가 보내는 시선이 강렬해졌다. 나시르는 결국 한숨 같은 대답을 위해 입을 열었다.

"잘…… 아직 파악하지 못했습니다. 헛소문으로 민심을 어지럽히고 아마도 알 페시안 내의 정권을 쥐려는 게디크의 목표는 우선 적당한 누명을 씌워 이만을 죽이는 것이 아닐까 생각 중입니다."

조심스레 의견을 개진했으나 베히다트는 별 대꾸 없이 턱을 괸 채 오만하게 앉아 있었다. 이 급박한 상황에 아무런 타격도 받지 않은 듯한 모습에 나시르는 안심과 불안을 동시에 느꼈다.

베히다트는 생각에 잠겼다. 그는 오로지 바레인에 대한 고뇌밖에 없었다. 대체 바레인이 얻은 것은 무엇이란 말인가. 그가 잃어버린 것이 무엇인지조차 헷갈렸다. 샤르자의 대족장 자리? 자신이 라 쿤에 미련이 없는 것처럼 바레인도 대족장 자리에는 미련이 없었다. 이 나라? 페시안을 갖는 데 가장 혈안이 되어 있는 건 게디크였다. 잘릴은 무스카트와 합법적으로 영토 분쟁을 하는 것만으로 원하는 바는 다 얻었다고 볼 수 있었고 크라차 측에선 페시안에 분란을 일으켰으니 그 정도에 만족할 터였으나 아무리 가늠해도 바레인이 얻은 것을 알 수 없었다.

"……결국 나도 얻지 못했으니, 그쪽도 얻지 못한 것인가?"

나시르는 난데없는 말에 의아한 기색을 내비쳤다. 베히다트는 쓴웃음을 지었다. 어렴풋이 그는 바레인이 다시는 알 페시안으로 돌아오지 않을 것이라는 걸 알았다. 문득 샤헴가로부터의 자유가 바레인이 얻은 것인가 하는 생각이 들었지만 확인할 방도는 없었다. 바레인이 어디로 갔을지 어렴풋이 짐작하고 있지만 파시와 크라차를 들쑤시는 건 남대륙 국가 간의 해묵은 갈등을 표면 위로 드러내는 꼴밖에 되지 않았다. 따로 추적을 할까 생각했지만 베히다트는 그와 더 이상 엮이고 싶지 않았다.

도망친 이상, 돌아오지 않을 테지. 알 수 있었다. 베히다트와 바레인은 비슷한 유형의 인간이었으니까.

"……시하드시여?"

나시르가 부르는 소리에 베히다트가 고개를 들었다. 우마르가 크라차 측에 억류되었다는 소식은 의외였지만 나머진 전부 그가 예상한 대로 돌아가고 있었다. 그리고 그 어느 것도 위협이 되지 못했다.

"나시르."

베히다트의 부름에 나시르가 긴장했다. 그의 시선이 카림을 향했다가 나시르에게로 다시 내려갔다.

"그대는 따로 할 일이 있다. 카림과 함께 움직이도록."

"제, 제가 말입니까?"

"그렇다."

나시르가 당황한 기색으로 인상을 찌푸렸다. 일의 순서가 잘못된 듯한 기분이 들었지만 이내 베히다트가 내린 자세한 명령에 두 눈을 크게 부릅뜬 채 듣고 있을 수밖에 없었다. 놀란 것은 카림도 마찬가지였다. 둘의 표정을 살피다 베히다트가 시선을 내렸다. 아슈마에에서 시하드 쿤이 그에게 한 말처럼 이 남대륙에서 '페시안의 신'을 이길 자는 없었다.

"그럼 이곳의 일은……."

"나 혼자 처리하겠다."

그 단언에 나시르는 고개를 끄덕였다. 베히다트가 어쩔 속셈인지 사실 감도 잡히지 않았지만 의심은 없었다.

그 명령을 끝으로 베히다트는 자리에서 일어났다.

게디크는 재상들을 불러놓고 때아닌 회의를 여는 중이었다. 언제나 눈엣가시처럼 거슬렸던 이만을 고립시켜 놓자 궁정은 완전히 그의 세상이었다. 군정장관 히켑프와 재무장관, 서기관장까지 참여했지만 시종장인 이만만은 이 자리에 없었다. 다들 그 이유를 알고 있는지라 쉽사리 그 부분에 대해 말을 꺼내지 않았으나 분위기가 냉랭한 건 불가피했다.

　"샤르자에선 왜 연락이 안 오는 겁니까?"

　"일이 어떻게 되었는지, 어떻게 해결되었는지 궁금한데……."

　"벌써 보름이 지났습니다. 이제 슬슬 앞길 걱정을 해야 합니다."

　"무스카트와 다라의 전쟁으로 각 일족들의 진정서가 빗발칩니다."

　"소하르 측에서도 알 페시안의 중재를 요청하고 있습니다."

　"크라차에서 우마르를 억류하고 있답니다."

　"우마르는 어떻게 하실 겁니까?"

　계속 기존 안건을 깨고 분주하게 말을 이어 가는 건 재상들뿐이었다. 시종장의 빈자리를 흘긋 보던 게디크는 재무장관과 서기관장의 심기를 살폈다. 둘은 대놓고 말을 하진 않았지만 이 상황 자체에 불만이 있는 기색이었다. 그렇다고 해도 어찌하리. 현 상황 자체가 이미 기울어진 것을. 게디크는 만족스러운 미소를 지었다. 모든 게 그가 원하는 대로 이뤄지고 있었다.

　"우선 다른 자치구에서 벌어지는 일은 우리가 왈가왈부할 수 없는 부분이오. 각 대족장들이 알아서 할 일이지. 우리들의 주인 없이 우리가 뭘 어쩔 수 있겠소? 소하르의 일도 마찬가지로군. 대족장을 정하는 건 늘 자치구의 문제 아니었소? 중재한답시고 우리가 끼어든다고 해 봤자 모양새만 좋지 않을 뿐이오."

게디크의 유려한 대답에 여태껏 입을 다물고 있던 서기관장 오하시가 불편한 표정으로 입을 열었다.

"크라차는 어쩌실 겁니까? 그건 알 페시안이 해결해야 하는 문제 같습니다만."

게디크는 오하시를 보며 너그럽게 웃었다.

"그러게 말이오. 그건 앞으로 어찌 해결해야 할지……. 혹 서기관장은 어떤 의견이라도 있으신가?"

하고 싶은 말은 많은 모양이었지만 오하시는 현명한 남자였다. 말을 아끼는 그를 보며 게디크가 승리의 미소를 지었다. 이대로 라쿤이 돌아오지 않는다면 페시안은 완전히 자신의 것이나 다름없었다. 다른 자치구까지 손에 쥐는 건 어렵겠지만 알 페시안의 권위만 존속된다면 다른 건 상관없었다.

라 쿤의 충성스러운 전사들이 흩어져 각각의 이유로 전투를 치르다 죽어 버리고, 이대로 각 자치구가 자신들의 문제에 바빠 알 페시안의 권력 교체에 의구심을 느끼더라도 반발할 기회를 뺏긴 채 시간만 지나간다면 완벽했다. 죽을 전사들이 아깝긴 했지만 단위 부대야 또 만들면 되는 것이고 돈과 시간만 있으면 모든 것이 순조로울 것이다.

특히 소하르 일족 출신인 관료들은 이 상황이 영 달갑지 않은 모양이었지만 드러내 놓고 반발할 수는 없었다. 그들은 똑똑한 만큼 생각이 많아 쉬이 행동하지 않아서 어떻게 보면 오히려 다루기 쉬웠다. 게디크는 바레인이 전에 일러준 것들을 떠올리며 웃었다. 그때 재상들 중 하나가 말을 꺼냈다.

"이만 님은 어쩌실 생각이십니까?"

조심스럽게 꺼낸 질문에 회의장이 순식간에 조용해졌다. 이름만으로도 이런 영향력이라니. 이만의 존재가 어느 정도인지 새삼 느낀 게디크가 애써 동요 없이 말했다.

"반역을 꾀하려 한 자를 그냥 둘 순 없지. 진위 여부가 확실히 가려질 때까지 유폐를 시킬 생각이오."

"그래도 그분은 시종장입니다. 업무상 공백에 관해선 어떻게 처리하실 생각입니까?"

"보름도 잘 버텼는데 그 이상 못 버틸까? 내가 친히 시종부의 일도 같이 보고 있으니 괜찮소."

"권력이 너무 게디크 대재상께 쏠리는 기분이 듭니다."

"어차피 시하드께서 돌아오면 해결될 문제 아니오?"

뭐가 문제냐는 듯 게디크가 어깨를 으쓱였다. 말대꾸를 하던 관료들이 입을 다물었다. 재상들은 게디크의 말이 맞는다는 듯 고개를 끄덕이며 동조했고 서기관장을 포함한 대다수의 수뇌부는 말을 아꼈다.

그 순간이었다. 갑자기 회의장의 문이 열리고 병사 하나가 다급한 표정으로 들이닥쳤다. 자연스레 얼굴을 찌푸린 게디크가 들어오자마자 몸을 숙여 조아리는 병사를 쳐다보았다.

"무슨 일인가? 디완회의에 자네는 초대되지 않았네만."

"대, 대, 대재상이시여!"

"그래, 내가 대재상일세."

불쾌함을 억누르고 게디크가 대꾸했다. 헐레벌떡 뛰어온 건지 연신 숨도 고르지 못하고 거칠게 숨을 내뱉던 병사가 큰 소리로 외쳤다.

"크, 크, 큰일이 났습니다!"

도대체 무슨 큰일이라는 건지 말하지도 않은 채 병사가 밖을 가리켰다. 그는 숨이 넘어갈 것 같이 떨면서 입을 열었다 닫았다 했다. 막 게디크가 짜증이 치솟아 다그치려는 순간 병사가 소리쳤다.

"시하드께서 오셨습니다!"

디완이고 뭐고 모든 관료들이 순식간에 궁정 밖으로 나섰다. 대체 그가 어디 있다는 건지 듣지 못했지만 병사들이 주둔하는 제4중정으로 달려갔을 때 모두가 한 남자를 볼 수 있었다.

환희와 절망이 교차하는 와중에 게디크 역시 그곳으로 향했다. 자신과 미리 손발을 맞춘 장군은 어찌할 바를 모르며 서 있었고 병사들 또한 혼란에 빠져 있었다.

죽었을 텐데? 아니, 죽지 않았다고 해도 다시 알 페시안으로 돌아올 수 없는 몸이 될 거라고 그 바레인이 장담했었다. 그걸 믿고 이제껏 함께했던 것이 아니던가? 그러나 게디크의 시야 안에 들어온 베히다트는 다친 곳 하나 없이 멀쩡했다.

"이게 대체 무슨 상황이지?"

수하도 없이 홀로 궁으로 돌아온 베히다트가 자신을 둘러싼 병사들을 눈짓하며 나지막이 물었다. 대답하는 자들은 없었다. 죽음같이 눌러 앉은 깊은 침묵과 함께 시선을 받은 병사들이 눈에 띄게 몸을 떨었다.

　멀리서 이 광경을 목격한 게디크는 이 상황을 용납하기 힘들었다. 얼마나 기다려 온 순간이었는데! 바레인이었다. 다른 누구도 아닌 바레인! 바레인이 제안하고 계획한 일이었기에 따랐던 것이었는데! 혼란과 함께 게디크는 눈앞의 상황을 부정하고 싶었다. 정말로 저게 베히다트일까 하는 일말의 의심을 버리지 못했다. 나시르와 우마르가 가짜를 데려온 걸 수도 있었다. 어떤 마법이라도 써서!

　그 누구도 쉽사리 움직이지 못하는 찰나, 베히다트의 시선이 멀리 선 게디크에게로 닿았다. 붉은 눈동자가 보내는 차디찬 시선을 온몸으로 받은 게디크가 기둥을 붙잡은 손에 힘을 주었다. 손의 떨림이 가까이 선 다른 자가 보고 놀랄 정도로 격렬했다.

　"가짜! 저건 가짜다! 우리를 현혹하려고 누가 보낸 함정이다!"

　게디크의 외침과 동시에 봇물 터지듯 사방에서 웅성거리는 소리가 커졌다. 병사들은 서로를 마주 보며 이 상황에 어찌할 바를 몰랐고, 게디크의 편을 들었던 재상들과 관료들은 도망칠 생각부터 했다. 반면 이만을 따르던 관료들은 제정신이냐며 분통을 터뜨렸다. 하지만 베히다트는 그 말을 듣고도 어떤 반응도 보이지 않았다.

　그래서였을까, 게디크는 그 허무맹랑한 생각을 당당하게 주장했다.

　"크롬웰에서 우리의 눈을 가리려고 보낸 환상이다! 쳐라! 공격해! 저자는 하나다!"

　열심히 게디크가 종용했으나 병사들은 우왕좌왕할 뿐 움직이지 못했다. 악에 받친 게디크가 사람들을 제치고 나서 병사가 쥐고 있는 칼을 빼앗았다. 하지만 그는 그 칼을 그대로 내지르지 못했다. 아니, 내지르려 했지만 못 했다는 표현이 맞았다. 갑자기 바닥이 흔들렸다.

몸을 가누기조차 힘들 정도로 흔들리는 진동에 서 있던 자들이 소리를 지르며 쓰러지거나 다급히 옆 사람을 붙잡았다. 건물을 붙잡은 사람들은 그나마 사정이 나았지만 서로를 붙잡고 의지하던 사람들은 그대로 바닥을 굴렀다. 게디크 역시 칼을 휘두르지 못하고 바닥에 쓰러졌다. 모래 바닥에 고개를 처박으면서도 그는 현실을 인정하지 못했다. 재차 부정하며 게디크가 고개를 들었다.

마주치는 것은 무감정하게 내려다보는 붉은 눈동자뿐. 그 뒤로 보이는 풍경 너머 마른하늘에 갑자기 까만 먹구름이 몰려들더니 어느새 하늘을 가득 메워 버렸다. 한순간에 어두워진 시야와 땅바닥이 갈라질 정도의 강한 지진. 그 속에서 평온한 것은 오로지 베히다트뿐이었다.

"내가."

넘어진 게디크가 쥐고 있는 칼을 밟으며 베히다트가 선연하게 웃었다.

"누구라고 생각하는 거지?"

거의 4개월 만의 귀환이었다. 집을 나가서 돌아오기까지 걸린 시간을 계산해 보던 아시나는 묘한 기분을 받았다.

항상 북대륙만 돌아다녀서 그런 건지, 아니면 이렇게까지 문화와 환경이 전혀 다른 곳을 다녀온 것이 처음이라 그런 건지 아시나는 황도 웰즈로 향하는 길 내내 기사들에게 기묘한 불편함을 호소했다.

자신이 있을 곳이 아닌 곳에 있는 기분. 놓고 온 무언가 때문에 그런 건지, 그렇게 돌아가고 싶어 했던 그리운 곳에 돌아왔어도 마냥 기쁘지 않았다. 그래도 불편하고 기묘한 느낌은 웰든가 저택 플방로이엔으로 돌아온 이후로 조금씩 옅어졌다.

"으음."

집에 돌아온 것도 벌써 한 달.

언제나 여행을 다녀오면 느끼는 감각이긴 했지만 이번만큼 시달린 적은 없었다. 시간이 흐르면서 긴 여행의 후유증처럼 찾아온 위화감과 괴리가 이젠 많이 사라졌지만 그럼에도 여전히 아시나는 머릿속에서 페시안을 떨쳐 낼 수 없었다.

"하아……."

턱을 괸 채로 제 방에서 창밖을 내려다보며 아시나는 살짝 우울한 표정을 지었다. 읽다 만 책이 테이블 위에서 바람에 나부꼈다. 좋아하는 책을 읽어도, 좋아하는 사람들을 만나고 다녀도, 좋아하는 음식을 먹고 있어도 갑자기 불쑥 생각나는 누구 때문에 도무지 자신의 일상생활을 영위할 수가 없었다.

역시 그렇게 돌아오는 게 아니었어.

정작 크롬웰로 돌아오게 만든 이안은 어딜 간 건지 코빼기도 보이지 않았고, 두 부모님은 돌아온 아시나를 보며 늘 그랬듯 한 사람은 미소로, 한 사람은 핀잔으로 맞이해 주셨다.

"아시나 님, 안에 계세요?"

"어, 들어와."

자신의 방문을 두들기는 손기척에 아시나가 고개를 돌렸다. 문을 열고 들어온 건 시녀장인 사라였다. 대공비의 유모 출신으로 지금은 웰든가를 총괄하는 시녀장인 사라는 아시나에게도 소중한 사람이었다.

"대공비께서 부르십니다."

"엄마가?"

"황궁의 오찬에 참석하셔야 한다고 그러셨습니다."

안타깝게도 기억에 있는 일정이었다.

"아, 알아. 옷 갈아입고 바로 간다고 전해 줘."

사라가 웃으며 내려갔다. 아시나가 창가에서 벗어나 움직이니 하녀들이 올라와 외출 준비를 도와주기 시작했다. 익숙하게 옷을 벗고 입으며 아시나는 새삼 페시안에서 처음 옷이 갈아입혀졌을 때가 떠올라 웃음을 터뜨렸다. 그렇게 막무가내로 옷을 강탈당하고 억지로 갈아입혀진 건 처음이었다.

"아……."

그립다, 정말.

그땐 정말 무서웠는데. 거기에 배가 드러난 옷이라니. 상상할 수도 없는 옷차림이었다. 하녀들은 아시나가 옷을 입는 내내 웃고 있으니 의아해했지만 굳이 무슨 일이냐 묻진 않았다.

단정하고 우아한 드레스로 갈아입고 난 뒤, 그녀는 오랜만에 거울 앞에 섰다. 흘러내리는 은빛 머리카락이 화려하게 반짝였다. 거울에 비친 선홍의 눈동자도 깨끗하게 빛났다. 역시 미모는 죽지 않앉다. 그럼, 누굴 닮은 미모인데. 아시나는 빙그레 자신만만한 미소를 지으며 거울에 자신의 모습을 비추어 보았다. 크림빛의 드레스가 그녀를 더욱 깨끗하고 청순하게 보이도록 만들었다. 사막의 햇살에 피부가 조금 타서 어두워졌었는데 집에만 틀어박혀 있으니 그것도 다시 희어져서 이젠 티도 나지 않았다.

정말 꿈이라도 꾼 것인가?

분명 자신에게 일어난 현실이었는데 시간이 지나면 지날수록 그 기억은 신기루처럼 붕 뜰 뿐, 실존한 것이 아닌 것처럼 여겨졌다. 아마도 그 시간을 함께한 기억속의 누군가가 곁에 없어서 그런 걸수도. 다시 우울해지려는 기분을 다잡으며 아시나는 방을 나와 밑으로 내려갔다. 홀로 내려가니, 어느새 먼저 나갈 준비를 마친 아시나의 어머니가 장갑을 끼며 서 있었다.

"이제 내려오니?"

아시나는 환하게 웃으며 어머니에게 다가갔다. 레시아는 꼼꼼히 자신의 딸을 살펴보았다. 만족스러운 건지 별다른 말을 하지 않는 어머니의 팔을 붙잡아 팔짱부터 낀 아시나는 자신이 쏙 빼닮은 레시아를 애교스럽게 올려다보았다.

"오늘 엄마 진짜 예쁘다!"

"아부해도 떨어지는 거 없다."

"에이~ 내가 아부하려고 하는 말이겠어?"

아시나가 서운하다는 듯 두 눈을 깜빡이자 레시아가 졌다는 듯 웃었다. 마흔의 나이에 가까워졌는데도 그녀는 여전히 소녀처럼 생기 넘치는 미모를 뽐내고 있었다. 주름 하나 없는 매끈한 피부에 사정을 모르는 사람이 보면 엄마가 아니라 언니 취급을 할 정도였다. 레시아는 아시나를 데리고 황궁으로 출발하는 마차에 올랐다.

"오랜만에 열리는 가족 모임인가?"

마차가 출발하자마자 갑자기 신이 난 아시나가 촐싹거리며 외쳤다. 창밖으로 스치는 풍경을 배경 삼아 구경하던 아시나가 신나는지 환하게 웃었다. 반대편에 우아하게 앉아 있던 레시아가 그녀를 단번에 비웃었다.

"네가 얌전히 집에 박혀 있다면 '오랜만에'가 아니라 '정기적인'이 되겠지."

반성하라는 질책이나 다름없었으나 아시나는 양심의 가책도 느끼지 않았다.

"에이, 내가 없어야 내 존재의 소중함을 모두가 깨닫지 않겠어?"

"널 잊지 않아 주는 것만으로도 감사하렴, 딸아."

"엄마, 미워……."

아시나가 조금 시무룩하게 고개를 떨구자 레시아가 참았던 웃음을 터뜨렸다. 아시나는 부러 더 우는 척을 했다. 더 불쌍해 보이려고 그런 거지만 엄마에겐 통하지 않았다. 레시아는 한참을 웃다가 입술을 삐죽이는 아시나를 다정하게 바라보았다. 말하는 건 냉정해도, 아시나는 엄마가 보여 주는 태도와 눈빛에서 언제나 자신을 향한 애정을 마음껏 느끼고 있었다.

"어쨌든 좋구나."

레시아가 만족스러운 미소를 지었다.

"모두 함께 먹는 점심은 드무니까."

"오늘 이케인이랑 테나인도 와?"

황실 식구들만의 오찬이라는 건 알고 있지만, 그래도 혹시나 하는 마음에 물었다. 레시아가 창밖에 시선을 주더니 어깨를 으쓱였다.

"아니, 그 둘은 따로 일이 있어서 오후에나 합류할 거야. 네 이모가 요새 골치 아프거든."

"응? 왜?"

"둘 다 결혼을 안 하려고 해서."

"결혼?"

오호라, 이건 또 무슨 일이란 말인가? 아시나가 눈을 반짝이며 호기심을 드러내자 골치 아프다는 듯 레시아가 머리를 짚었다.

"이케인이야 워낙 애가 유별나니 네 이모도 포기했지만, 테나인은 다르잖니? 후작가를 물려받아야 하는데, 대체 어쩔 생각인지 모르겠다고 그러더구나."

"까칠한 각하의 결혼이라. 흥미진진한걸."

아시나가 두 눈을 반짝이자 레시아가 한심하다는 듯 혀를 찼다.

"네 결혼이나 걱정해."

엄마의 핀잔에 아시나는 입술을 삐죽거렸다. 바로 샐쭉해져서 토라지는 아시나를 보며 레시아는 이마에 주름을 잡았다. 예쁘긴 오지게 예쁘게 생겨서 얌전히 입만 다물고 있으면 저절로 청혼자가 줄을 설 텐데 아시나는 그런 것에는 일말의 관심도 없는 듯 언제나 스스로 모든 걸 말아먹기 일쑤였다. 레시아는 새삼 자신의 딸이 걱정되었다. 과거의 자신을 보는 듯한 모습에 더 걱정이 밀려왔다.

"널 누가 데려갈지, 난 정말 모르겠다."

한숨 섞인 엄마의 말에 아시나가 기다렸다는 듯 생기 있게 되물었다.

"누구든 데려 간다 그러면 보낼 거야?"

"당연한 거 아니니? 널 데려가 준다는데 '얼씨구나' 하면서 보내야지."

"와, 엄마 그 말 후회한다!"

"후회 같은 소리 하네."

단박에 비웃은 레시아가 끙끙 앓다 한숨을 내쉬었다. 말은 안 했지만 지난 한 달간 저 망나니 같은 딸이 언제 튀어 나갈지 몰라 무척이나 조마조마했었다. 언제나 한 달을 넘기지 못하고 몰래 도망쳐 여행을 떠나던 딸이었는데 이상하게 이번엔 그런 징조가 보이지 않았다. 레시아는 그게 좋은 건지 좋지 않은 건지 구분할 수 없어 난감했다.

아시나의 아빠 말대로, 아시나가 무언가 변했다는 걸 레시아도 어렴풋이 느끼고 있었다. 문제는 뭐가 어떻게 변한 건지 모르겠다는 점이지만. 자신의 딸이지만 언제나 골치 아픈 통제 불능 아시나를 쳐다보며 레시아는 인상을 그었다. 그녀가 짐짓 심각하게 으름장을 놓았다.

"아무튼 이번에도 네 멋대로 사라지기만 해 봐. 알았어? 다음엔 감옥이 아니라 어디 지하 동굴 같은 데에다가 유폐시켜 놓을 거야."

아시나는 솔직하게 감탄했다.

"와, 살벌해. 우리 엄마 맞으세요?"

"내가 널 낳고 널 네 나이만큼 키웠다. 됐냐?"

아시나는 툴툴거렸으나 별다른 반항은 하지 않았다.

"그런데 이안은 어디 갔는지 알아?"

조심스럽게 묻는 아시나의 질문에 레시아는 가볍게 어깨를 으쓱였다.

"듣기로는 네 할아버지가 있는 곳에 있다더구나. 그 녀석, 무슨 바람이 분 건지 알 수가 없어. 평소에도 거긴 저주받은 땅 취급하며 근처에도 안 가던 녀석이."

아시나는 입술을 깨물며 생각에 잠겼다. 도대체 그곳엔 왜 간 것인가. 일순 자신도 찾아가 보고 싶은 충동을 느꼈으나 어째 여행에 대한 의욕이 불타오르지 않았다. 나갈 생각만 하면 신나서 온몸의 피가 달아오르곤 했는데, 이상하게 지금은 귀찮았다. 어디 갈 생각이 귀찮아지다니. 나도 나이를 먹었군.

곰곰이 자신의 이 변화가 대체 어디에서 오는 건지 생각에 잠겨 분석하고 있는데 차분하게 가라앉은 기색을 느낀 건지 레시아가 먼저 입을 열었다.

"여행 간 곳에서 무슨 일 있었니?"

"응? 아니. 왜?"

아니라고 대답하는 아시나의 모습은 천연덕스러워 평소와 전혀 다를 바가 없었지만 어째서인지 레시아는 영 석연치 않았다. 거짓말을 하는 것인지 살피기 위해 찬찬히 아시나의 눈을 바라보던 레시아가 한숨을 내쉬었다.

"넌 언제나 여행 끝나고 집으로 돌아오면 방정맞게 떠들기 바빴는데 요 한 달간 아무 소리도 하지 않았잖아."

"어…… 내가 그랬나?"

적응하는 데 바빠 자신이 어떠했는지 기억나지 않았다. 혼란스러워하는 아시나를 레시아는 가만히 주시했다. 어느새 도착한 황궁의 거대한 문이 열리며 두 사람을 맞이했다. 황궁엔 도착했지만 오늘 오찬이 열릴 황제궁은 아직 멀기만 했다. 오랜만에 보는 금장의 정문을 응시하던 아시나가 불현듯 툭 말했다.

"선물 못 사 와서 미안해."

레시아가 어깨를 으쓱였다.

"그런 거 필요 없다. 멋대로 뛰쳐나가지만 마."

"헤헤."

슬슬 황제궁에 도착한 마차가 멈춰 섰다. 시종이 마차의 문을 열자 미리 대기해 있던 기사의 에스코트를 받으며 두 숙녀가 마차에서 내렸다. 대기하고 있던 시녀를 따라 이동하자 곧 단란한 식사가 준비된 식당에 도착했다. 아시나는 그곳에서 먼저 기다리고 있던 한 소녀를 보고 웃었다.

"아시나."

"아이세스!"

금물을 녹인 듯 황홀하게 반짝이는 금발 머리카락을 곱게 틀어 올린 아이세스가 환하게 웃으며 아시나를 맞이했다. 그녀의 사촌이자 크롬웰의 유일한 공주, 아이세스. 아이세스는 아시나를 보자마자 우아하게 일어나 아시나에게 다가왔다.

"이리와. 내 옆에 앉아."

자신을 끌고 가려는 손길에 아시나가 웃음기를 감추지 못하며 물었다.

"여긴 네 부마 자리 아니야?"

"지금은 없으니까."

아이세스가 수줍어하며 말했다. 그 모습이 어찌나 귀여운지 아시나는 저도 모르게 웃어 버리고 말았다.

"어머. 영광입니다, 프린세스."

아시나의 대구에 아이세스가 환하게 웃었다. 그녀는 대모인 레시아에게도 인사하고 다시 자리에 앉았다. 두 아이가 떠들기 시작하자 레시아는 둘의 재잘거리는 모습을 조용히 미소로 지켜봐 주었다.

지난 한 달간 마주칠 때마다 열심히 떠들며 놀았는데 그래도 부족한 건지, 둘은 붙어 있기만 하면 끊임없이 수다를 떨었다. 특히 아이세스가 최근 새로 시작한 신혼 생활에 대한 불평과 하소연을 늘어놓았는데 그럼에도 불구하고 아시나의 눈엔 아이세스가 마냥 행복해 보였다.

"그래서, 그때 우리 스승님이……."

"이런, 먼저들 와 있었나?"

듣기 좋은 목소리가 내려앉자 모두의 시선이 돌아갔다. 식당에 들어선 남자는 둘이었다. 편한 차림으로 먼저 들어온 남자가 환하게 웃으며 아시나와 아이세스를 다정하게 바라보았다. 아이세스의 것처럼 황홀한 금빛 머리와 눈을 가진 중년의 남자는 이마와 눈 주변에 주름이 조금 잡혀 있었으나 그것조차도 매력적이었다. 모두의 위에 군림하는 크롬웰의 황제, 라페니히.

황제의 등장에 모두가 자리에서 일어났다. 하지만 아시나는 오랜만에 만나는 백부보다 그의 뒤를 호위하며 들어온 남자를 더 반가워했다.

"우리가 늦은 모양이군."

듣기만 해도 귀가 황홀해지는 중저음에 아시나는 저도 모르게 환하게 웃었다. 카르디안은 식당에 들어서자마자 당연하다는 듯 레시아의 옆자리로 가 먼저 그녀의 이마와 입술에 가볍게 키스했다. 남들이, 그것도 황제가 보고 있는 앞에서도 전혀 개의치 않는 태도였다. 그 애정 행각을 보면서 아시나는 솔직히 결혼한 지 이십 년도 넘었으면서 저러고 싶을까 생각했다. 가볍게 인사를 마친 카르디안이 이내 아시나에게 다가왔다.

"우리 공주님도 왔나?"

장난기 어린 인사에 아시나가 짓궂은 표정을 지었다. 아빠의 뺨에 뽀뽀하며 아시나가 짐짓 심각한 어조로 나무랐다.

"공주가 바로 옆에 있는데 나더러 공주님이라니. 말조심하셔야겠습니다, 기사단장님?"

옆에서 아이세스가 웃음을 터뜨렸다. 둘이 그러는 게 마냥 보기 좋은지 그녀는 별생각이 없어 보였다. 아시나는 카르디안이 당황하길 바랐지만 그의 아버지는 그저 귀엽다는 듯 웃으며 넘어갔다.

"예, 조심하겠습니다, 레이디 웰든."

어제 저녁에도 보고 아침에도 봤지만 카르디안은 어릴 적과 다른 것 없이 한결같은 모습이었다. 아무리 베히다트를 실컷 보고 와도 아시나는 집으로 돌아와서 아빠를 보는 순간 다시 마음이 흔들렸다. 역시 세상에서 제일 잘생긴 남자라고 입버릇처럼 말하고 돌아다닐 만하다고 해야 하나. 아시나는 새삼스러운 기분으로 적赤의 기사단 정복을 차려입은 카르디안을 훑어보았다.

실내라 윤기가 흐르는 머리카락은 지독히도 까맸고 아시나와 똑같은 선홍색 눈동자는 유난히 더 붉게 보였다. 살짝 치켜뜬 눈매가 섹시해서, 눈을 마주치는 사람이 자기도 모르게 시선을 피할 정도로 매혹적이었다. 주름 하나 없이 매끈한 미모는 그를 여전히 물오른 청년처럼 보이게 만들었다. 물론 그게 다 베르딘의 혈통 덕이라는 걸 아시나는 알고 있었다. 아기 때부터 질리도록 본 얼굴인지라 아빠의 미모에 얼굴이 붉어진다거나 두근거리는 건 없었지만 확실히 어디에서도 쉽게 볼 수 없는 미모였다. 내가 이런 미모를 물려받았는데 예쁘지 않을 리가 없지. 암, 그렇고말고.

"다 왔나?"

라페니히 황제가 실내를 둘러보며 물었다. 카르디안이 살짝 웃으며 대꾸했다.

"리안 녀석은 따로 볼일이 있다던데."

"그럼 다 왔군."

모두가 자리에 앉자마자 식사는 시작되었다. 시녀들이 차례에 맞게 식사를 내왔다. 대화는 주로 아이세스와 아시나가 했다. 카르디안과 라페니히는 주로 정치적인 이슈나 해결책에 관해서 이야기를 나눴고 레시아는 모두가 하는 이야기를 우아하게 경청했다. 황후가 살아 있었다면 풍경이 조금 달라졌겠지만 지금도 썩 나쁜 광경은 아니었다.

"그래서 갑자기 리안 녀석이 황제가 되겠다고 나선 건가?"

"그래, 자기는 평생 여행만 하고 살 거라며 황제 자리는 너무 무거워서 싫다고 도망쳐 놓고, 이제 와서 제 발로 찾아와 하겠다고 나대던걸."

카르디안의 대꾸에 라페니히가 웃음을 터뜨렸다. 보기 드문 격한 반응에 소곤소곤 이야기 중이던 아이세스와 아시나의 시선이 그쪽으로 돌아갔다. 둘은 흥미진진한 내용에 눈을 반짝였다. 결국 참지 못한 아시나가 먼저 물었다.

"무슨 이야기예요, 아빠?"

카르디안이 의미심장한 미소를 지었다. 레시아를 돌아본 그가 짐짓 목소리를 낮춰 말했다.

"네 삼촌이 결혼을 한다는구나."

"네? 리안 삼촌이요?!"

전후 사정을 모르는 아시나가 깜짝 놀라 되물었다. 카르딘은 자세한 설명을 덧붙여 주기보다 그저 웃기만 했다. 뭔가 부연 설명이 필요한데, 아시나는 어안이 벙벙해져서 물을 타이밍도 놓치고 말았다.

리안은 샤를 황제의 3황자로 카르디안 대공과 라페니히 황제의 이복동생이었다. 아시나에게 여행의 묘미를 가르쳐 준 삼촌이자 여행 동료. 더불어 그는 나이 서른이 넘도록 방랑하면서 결혼 같은 건 절대 하지 않겠다고 선언한 독신주의자였다. 리안의 자유로운 사상에 영향을 받아 아시나도 자연스레 연애를 멀리하게 된 것이 아니었던가. 평생 어디에도 묶이고 싶지 않다던 리안이 뒤늦게 결혼을 한다고 하니 놀랄 수밖에 없었다. 아시나가 두 눈을 동그랗게 뜬 채 대체 뭐부터 물어봐야 하나 고민하고 있을 때, 라페니히 황제가 대화에 끼어들었다.

"아니지, 아직 상대 영애가 허락을 하지 않았으니 그건 순전히 리안 혼자만의 바람일걸."

"호오, 그렇게 되나?"

"그럼그럼. 그 녀석이 거절당하면 볼만하겠는걸?"

"거절당했으면 좋겠네."

두 형의 사악한 대화에 아시나는 조용히 리안 삼촌을 향해 묵념해 주었다. 불쌍한 리안 삼촌.

아이세스의 계승권 포기 선언 때문에 가장 유력한 황위 계승자로 떠오른 아시나였지만, 그녀가 먼저 발 빠르게 도망친 덕에 전후 사정을 모르고 황궁으로 돌아온 리안이 붙잡혀 미래의 황제가 될지 말지에 대한 압박을 받은 모양이었다.

일말의 죄책감을 느끼긴 했지만 아시나는 가볍게 털어 냈다. 억지로 황태자가 된 것도 아니고 자신이 자원한 것이라는데 굳이 죄책감을 느낄 이유가 없었다. 다만 평생 결혼도 황족으로도 묶이지 않겠다며 유랑하던 리안이 제 발로 황태자가 된 이유가 궁금했으나 나중의 즐거움으로 놔두었다. 어느덧 식사가 끝났다. 달콤한 후식이 나오자 아시나는 기뻐하며 천천히 음미하려고 했다. 하지만 그 계획은 후딱 디저트를 해치운 아이세스에게 저지당했다.

"저희, 산책 다녀올게요."

아시나의 팔을 잡은 아이세스가 자리에서 일어났다. 아시나는 아직 덜 먹은 파베 초콜릿이 아쉬웠지만 그렇다고 자신을 이끄는 아이세스의 손을 거절하진 못했다. 끌려 나가는 아시나와 아이세스를 보며 어른들은 그저 알 수 없는 시선만 보낼 뿐이었다.

건물에서 나와 정원으로 향하는 길목에서 아이세스가 아시나를 세워 놓고 빤히 쳐다보았다. 산책을 하자며 끌고 나왔는데 영 산책을 원하는 폼이 아니었다. 시선이 부담스러워서 아시나는 괜히 헛기침을 했다.

"왜 그렇게 봐?"

아이세스가 의미 모를 소리를 내며 입을 열었다.

"아시나, 뭐 기분 안 좋은 일 있어?"

"응?"

"요새 네 상태가 영 별로인 것 같아서."

아이세스의 걱정 어린 시선에 아시나는 고개를 가로저었다. 사촌이자 친구이며 또 자매처럼 함께 자란 아이세스의 손을 꼭 잡으며 아시나는 산책길을 함께 걷기 시작했다. 요 몇 주 사이 정신이 빠져 있는 건 맞지만 그렇다고 크게 문제가 있는 건 아니었는데, 참다못해 물어보는 아이세스의 모습에 괜히 기분이 좋아졌다. 이렇게 걱정을 해 주는 모습을 보니까 그동안 자신이 잘 살아왔구나 하는 생각이 든다고 해야 하나.

"사실 이건 비밀인데……."

"응? 응."

아이세스는 사뭇 진지하고 심각하게 아시나의 말에 집중했다. 그 모습이 너무 귀여워서 아시나는 저도 모르게 웃어 버릴 뻔했다. 간신히 웃음을 참아 넘기고 목소리를 가다듬은 아시나가 슬쩍 눈치를 보았다. 과연 자신이 겪은 일을 말해도 될는지, 아직 확신이 서지 않았다.

"아, 대체 뭔데!"

결국 기다리다 못한 아이세스가 목소리를 높였다. 답답해 죽겠다는 표정에 그녀의 진심이 드러나 있었다. 결혼 전엔 그래도 인내와 참을성이 많았는데, 오랜 짝사랑의 성공과 함께 어째 그녀는 어디다가 자신의 참을성까지 던져 버린 모양이었다.

"절대 어디에다가 말하면 안 돼?"

"내가 어디에다 말해? 알잖아, 나 왕따인 거."

"그래도. 혹시 몰라서 하는 말이니까, 절대 절대 말하면 안 돼."

"아이 씨, 우리 스승님 두고 맹세라도 할까? 그러면 믿을 거야?"

아이세스의 말에 아시나가 고개를 끄덕였다. 아이세스는 진짜 맹세라도 할 기세였지만 그보다 빨리 아시나가 아이세스의 팔을 붙잡았다. 그리고 아이세스의 귀에 조용히 속삭였다.

"나 좋아하는 사람 생겼어."

아이세스가 두 눈을 깜빡였다. 동그랗게 뜬 금색 눈동자가 빤히 아시나의 붉은 눈동자를 응시했다. 방금 들은 말이 사실이냐는 듯 물어 오는 기색에 아시나가 웃으며 고개를 끄덕였다. 살짝 붉어진 아시나의 얼굴을 보며 아이세스는 할 말을 잃어버렸다. 도대체 이게 무슨 일이람?

"진짜?"

"응."

"정말?"

"응."

"정말 정말?"

"응……."

아시나를 놓고 아이세스가 멀찌감치 떨어졌다. 그녀는 자신의 금색 머리카락을 뒤로 넘기며 침을 삼켰다. 자신이 아는 그 사촌이 맞는지 진중하게 살피다가 다시 한 번 진지하게 물어보았다.

"너, 우리 아시나 맞니?"

의구심이 가득한 시선에 아시나가 웃음을 터뜨렸다. 아시나가 폭소하건 말건 아이세스는 인상을 찡그린 채 아시나를 살펴보았다. 예쁜 색의 은발이 흐트러지면서 꽤 진귀한 광경을 만들어 냈다. 그저 보고 있는 것만으로도 살아 있는 것에 감사해야 할 것 같은 엄청난 미모였는데, 아이세스는 그 사실보다 다른 것에 더 신경을 썼다.

"도대체 누구야, 널 사로잡은 그 남자가? 와, 대단해. 그런 남자가 있었어?! 이 세상에 존재하는 인물이긴 해?"

"응, 존재하더라고."

아시나가 사뭇 진지하게 대꾸했다. 그래, 존재할 리가 없을 거라 생각했는데 존재하고 있었다. 드물게 보이는 아시나의 진지한 태도에 아이세스는 더 궁금증이 폭발했다.

"누군데, 대체?!"

다른 사람이었다면 이렇게까지 무례하게 묻지 않았을 테지만 아이세스는 참지 못하고 아시나를 닦달했다. 가장 친한 친구이자 가장 가까이서 자란 가족으로서 도저히 이것만큼은 자신에게 비밀로 만드는 걸 용서할 수 없는 모양이었다.

어차피 비밀로 할 생각은 없었지만 아시나는 아이세스가 답지 않게 떼를 부리는 모습을 즐겁게 지켜보았다. 일부러 입을 다물고 아이세스가 안달 난 모습을 지켜보던 아시나는 아이세스가 화가 났다 싶을 즈음 아차하며 그녀의 팔을 잡아끌었다. 그리고 아주 작은 목소리로 그녀가 그렇게 듣고 싶어 했던 답을 들려주었다.

"페시안의 왕."

한참 짜증을 부리던 아이세스가 그 자리에 멈춰 섰다. 동그랗게 뜬 두 눈에 담긴 경악과 혼란에 아시나는 왜인지 더 즐거워졌다.

"뭐, 뭐, 뭐라고?!"

"두 번은 안 말 해 줄 건데."

"아니, 잠깐만! 너, 방금⋯⋯."

살짝 물러난 아시나가 멀리 달아나기라도 하려는 것처럼 보인 건지 아이세스가 다급히 아시나의 손을 잡았다. 물론 달아날 생각이 없던 아시나는 순순히 그 손에 잡혀 주었다. 뭘 말해야 할지 모르겠다는 표정으로 아이세스는 한참이나 아시나를 뚫어져라 쳐다보았다. 아시나는 그녀가 어떤 말을 해도 개의치 않았지만 아이세스는 어떤 말도 쉽사리 꺼낼 수가 없었다. 다만 머릿속에서 이런저런 생각이 겹쳐 사라지고 결국 남은 것은 감탄뿐.

"와…… 너 진짜 대단하다……."

비아냥거림인지 칭찬인지 모를 탄식에 아시나는 빙그레 웃어 보였다.

아이세스가 아시나를 데리고 나가자 레시아가 뚫어져라 그 뒷모습을 지켜보았다. 원래도 제 맘대로 되는 딸이 아니었지만 요 근래 아시나는 확실히 이상했다. 자주 멍 때리며 앉아 있다든가, 무엇에도 쉬이 열중하지 못하고 다른 생각을 한다든가, 그 좋아하는 도서관도 가지 않고 집에 얌전히 박혀 있다든가. 단순히 한때의 여행 후유증이려니 여기고 싶어도 아시나가 보이는 행동이 너무 판이하게 달라져 있었다. 그래도 레시아는 자신이 괜한 의심을 하고 있는 거라고 믿고 싶었다.

"저 녀석, 무슨 일 있었나? 뭔가 평소와는 다르군."

라페니히 황제가 찻잔을 내려놓으며 운을 뗐다. 레시아의 시선이 황제에게로 돌아가 꽂혔다.

"그게 폐하께도 느껴지나요?"

"뒤늦은 사춘기 아닐까?"

카르디안이 심드렁하게 대꾸했지만 레시아는 그 말에 동의할 수 없었다. 한숨과 함께 그녀가 입을 열었다.

"내 딸인데 내 딸이 아닌 것 같아. 항상 들고 다니던 주머니도 어째서인지 보이지 않고."

"그러게. 재잘재잘 잘도 떠들더니, 어째 이번 여행은 별로였나 보군. 우리 딸이 입을 통 열지 않는 걸 보니까."

걱정스러운 카르디안의 말에 라페니히가 눈을 가늘게 떴다.

"그 반대일 수도 있지."

그러거나 말거나 어차피 레시아는 아시나가 스스로 말을 꺼내지 않는 이상 그저 지켜봐 주어야 한다고 생각하는 부모였다. 딸 걱정이 심하게 들긴 하지만 막상 그녀가 지금 이 자리에 앉아 있는 건 다른 이유 때문이다. 레시아의 날카로운 시선이 라페니히 황제에게 꽂혔다.

"그나저나 저는 왜 부르신 거죠, 폐하?"

"아, 그게 말입니다, 대공비."

황자 시절 때부터의 버릇 탓에 라페니히는 항상 레시아 앞에만 서면 약해졌다. 그건 황제가 되고 나서도 마찬가지였다. 수이 황후의 절친한 친구이자 자신의 딸을 대신 키워 준 대모, 그리고 여러 가지 복합적인 이유 때문에 레시아 앞에 서면 약해지는 버릇은 좀처럼 나아지지 않았다. 등 뒤로 식은땀을 흘리며 라페니히가 빙그레 웃었다.

라페니히는 잘 갈무리해서 가져온 무언가를 꺼내 들었다. 고급스러운 종이였으나 처음 보는 형태의 서한. 카르디안이 중간에서 서한을 레시아에게 건네주었다.

"이게 뭐죠?"

열어 보기도 전에 드는 불길한 기운에 레시아가 라페니히 황제를 노려보았다. 열어 보라는 듯 라페니히가 손짓했다. 열어 보기 싫은

데. 일단 이 안에 뭐가 들었는지는 모르겠지만, 그래도 확인은 해 봐야 하기에 레시아는 숨을 크게 들이켰다. 마음의 준비를 마친 그녀가 서한을 열어 보았다.

"엊그제 가장 빠른 전령이 전해 주고 간 겁니다. 보시면 아시겠지만……."

레시아의 눈동자가 커졌다. 제대로 훑기도 전에 이게 뭐냐고 따지는 듯한 시선에 라페니히 황제가 애써 웃으며 말을 덧붙였다.

"청혼서입니다."

밉살맞은 미소를 이를 갈며 노려보던 레시아가 서한에 적힌 내용을 빠르게 읽었다. 그러자 라페니히 황제가 생략한 수식어 하나를 덧붙여 주었다.

"……아시나 앞으로 온."

어이없다는 표정을 대놓고 드러낸 레시아가 곧바로 황제를 쏘아보았다.

저택으로 돌아오자마자 레시아는 길길이 날뛰었다. 황궁에서도 만만치 않게 불편한 심기를 드러내며 노골적으로 라페니히 황제를 공격했지만, 집으로 돌아온 이후가 더 가관이었다. 카르디안은 이후의 일정도 미루고 레시아와 아시나를 데리고 집으로 돌아오는 걸 우선했다. 돌아오자마자 장갑을 벗어 던지면서 열을 뿜던 레시아는 아예 삿대질까지 겸하면서 응접실을 돌아다녔다.

"미친 거 아냐? 정략결혼? 그것도 국혼? 나라 간의 결혼?"

속에서부터 뻗쳐오르는 열을 어떻게 할 수가 없는지, 잠시 눈을 감은 채 머리를 짚던 레시아는 미처 다스리지 못한 기분이 부글부

글 끓어올라 눈을 번쩍 떴다.

"아무리 왕실에 핏줄이 없어도 그렇지, 어떻게 우리 아시나한테 그런 걸 시킬 생각을 해? 폐하는 제정신이야?"

카르디안은 그저 소파에 앉아 한차례 폭풍이 지나고 레시아가 이성을 되찾길 기다리는 중이었다. 물론 아시나는 그 옆에서 눈치 없이 사라가 가져다 준 간식을 먹고 있었다. 남대륙산 망고가 쉴 새 없이 아시나의 입안으로 사라졌다.

"지금 내 딸한테 그런 걸 시키라는 거야? 돌았어?"

"시아……."

"우리 아빠랑 안이가 왜 그렇게 악착같이 권력을 잡은 건지 몰라? 이런 상황 없게 하려고, 우리 아시나가 외부 압력 때문에 불행해지지 말라고 그렇게……."

울컥하는지 레시아가 입술을 깨물었다. 카르디안은 자리에서 일어나 두 손에 얼굴을 파묻은 채 흐느끼는 레시아를 뒤에서부터 안아 주며 다독였다. 자신을 위로하는 온기에 오히려 감정이 북받친 건지 레시아는 더 심하게 흐느껴 울었다. 아시나는 도대체 엄마가 왜 저렇게 서러워할 정도로 화가 난 건지 이해하지 못했다. 그래서 가만히 아빠가 엄마를 달래 주기만을 얌전히 기다렸다.

"일단 시아, 진정하자. 자, 쉬잇."

"지금 내가 진정하게 생겼어!?"

말은 그렇게 했지만 카르디안이 끌어안자 거짓말처럼 흐느낌이 잦아들었다. 점점 규칙적으로 변하는 숨소리에 카르디안과 아시나 두 사람 다 안도했다. 드디어 한차례 폭풍이 끝난지라 아시나는 눈에 띄게 안심했다. 얌전히 처박혀 있던 등을 펴고 아시나는 레시아를 응시했다. 레시아는 카르디안의 손에 이끌려 소파에 앉아 인상을 쓰고 있었다. 저렇게 눈에 띌 정도로 인상을 쓰고 있는데도 예쁘다니. 아시나는 새삼 엄마의 미모에 감탄했다. 과연 대륙 최고의 미인이라는 명성에 손색이 없을 정도였다.

"시아, 아직 결정된 건 아니잖아. 벌써부터 그렇게 열 낼 필요 없어."

"아직 결정된 게 아니라니! 폐하가 지금 우리 아시나를 팔아서 국교인가 뭔가를 도모하려고 하는 거잖아!"

"그럴 리가 없어. 라피 형이 얼마나 아시나를 아끼는지 알잖아."

"아끼는데 그래?!"

레시아가 납득할 수 없다는 듯 되묻자, 카르디안이 어깨를 으쓱였다.

"어쩌겠어. 아이세스는 이미 결혼을 해 버렸는걸."

그 말에 레시아도 할 말이 없는지 입을 다물었다. 사실 라페니히 황제의 말도 일리가 있었다. 어째서인지 이번 대에 황실의 씨가 말라서 직계 자손이라고는 아이세스밖에 없는데 이미 결혼과 동시에 황위 계승권을 포기했고, 그 외 제일 가까운 혈족은 아시나밖에 없었다. 아시나를 제외한 다른 신붓감을 찾으려면 너무 먼 방계까지 내려가야 했다.

결론은 아시나가 정말 최적의 조건을 갖추고 있는 셈이었다. 크롬웰과 페시안의 앞으로도 지속될 오랜 평화를 위해 이 국혼이 성사되었으면 한다는 라페니히 황제의 바람을 모르는 건 아니었으나 레시아는 그래도 납득할 수 없었다. 그때였다. 꼴도 보기 싫다는 듯 레시아가 던져 버린 청혼서를 아시나가 주워 들었다.

"난 좋은데."

먹던 망고까지 내려놓고 본격적으로 청혼서를 읽는 아시나를 보며 레시아가 인상을 찌푸렸다. 저게 지금 뭐라고 한 거지?

"뭐?"

카르디안이 범상치 않은 기운을 느끼고 레시아를 붙잡았다. 하지만 레시아는 멈출 기미를 보이지 않았다. 아시나가 청혼서를 팔랑footnote 천진하게 대꾸했다.

"이 결혼, 난 좋다고."

"너 미쳤니?!"

레시아가 윽박질렀다. 아시나는 충분히 움츠러들 만했는데 전혀 주눅 든 기색 없이 고개를 가로저었다. 아시나의 확고한 태도에 오히려 놀란 건 카르디안이었다. 아시나가 청혼서를 흔들며 꽤나 진지하게 대꾸했다.

"아니, 정상인데. 멀쩡하게 사고하고 판단해서 하는 말이야."

"카르딘, 쟤 미쳤어?"

아시나의 말대꾸에 더 이상 상대할 필요를 못 느낀 건지 레시아는 시선을 돌렸다. 졸지에 두 모녀의 시선을 한 몸에 받은 카르디안이 레시아의 비난 어린 시선을 견디지 못하고 아시나에게로 고개를 돌렸다.

"저기, 아시나?"

"응."

"우리 딸?"

"응, 말해."

"……제정신으로 하는 말이야?"

카르디안의 조심스러운 질문에 아시나가 푹푹 한숨을 내쉬었다.

"아빠마저 내 정신 상태를 의심하는 거야, 지금?"

물론 진짜로 의심한 건 아니었다. 카르디안은 그저 두 여자 사이에 껴서 이 상황을 어떻게 정리해야 할지 난감했다. 결혼 같은 건 싫다고 같이 길길이 뛸 줄 알았는데 오히려 태연하고, 심지어 긍정적이기까지 한 아시나를 대체 어떻게 받아들여야 할지 알 수가 없었다. 반면 레시아는 아시나가 철딱서니가 없어서 저런다고 생각했다.

"네가 아직 세상을 몰라서 그래. 정략결혼이 어떤 건 줄 알아? 사랑해서 결혼해도 너 죽고 나 살자 하는 판에, 뭐? 정략결혼? 조건 보고 결혼해서 살아가는 게 어떤 건지 알기나 하고 하는 말이야?"

아시나는 왜 레시아가 저렇게 길길이 날뛰는 건지 도무지 이해할 수가 없었다. 무엇보다 결혼이라는 거 하나 때문에 저렇게 화를 낼 줄이야. 아까 전에 데려갈 사람 없다며 한탄하던 그 엄마랑 동일 인물이 맞는지 정말 의심스러울 정도였다.

"엄만 왜 그렇게 부정적이야? 크롬웰에 좋다며. 그럼 오히려 추천해야 하는 거 아니야?"

"지금 너, 나를 나라 때문에 자식 팔아먹는 엄마가 되라는 거야?!"

"아니었어?"

샐쭉하니 아시나가 대꾸하자, 열 받은 레시아가 소리쳤다.

"난 이 나라보다 네가 더 소중해!"

"오, 엄청난 발언."

아시나가 빙그레 웃었다. 레시아는 답답한 소리만 골라서 하는 제 딸이 정말 미칠 지경이었다.

"게다가 같은 나라 안이면 또 몰라. 외국이잖아. 거기에 기후며 지형이며 문화며 완전히 다른 페시안! 그 멀리 널 보내면 엄마 가슴이 안 문드러질 것 같니, 이 불효녀야!"

"의외로 내가 잘 적응할 수도 있잖아."

"그런 사소한 확률에 널 통째로 걸라 이거야?!"

아시나는 대답 대신 어깨를 으쓱였고 그 몸짓에 레시아는 더 열이 받는 것 같았다. 평소라면 놔두겠지만, 지금은 상황이 상황인지라 둘의 대화가 알아서 끝을 맺길 기다릴 수 없었다. 카르디안은 대꾸를 하려는 아시나를 눈짓으로 막고 일단 다시 열 받아서 날뛰려고 하는 레시아를 말렸다.

"아직 정해진 것도 아닌데 진정해. 아시나도 진짜로 결혼하려고 하는 말도 아니고."

"저게 자꾸 날 건드리잖아!"

"한두 번 겪는 일도 아닌데. 자, 시아. 진정해야지?"

카르디안이 매력적으로 웃자 순식간에 주변이 환해지는 느낌이 들었다. 레시아도 그걸 느낀 건지 주춤했다. 망설이는 레시아를 누그러진 눈빛으로 달래는 데 성공한 카르디안은 괜히 한마디 더 하려는 아시나를 살짝 예리하게 쳐다보았다.

"아시나, 너도 그만해라."

일부러 그런 건 아니었지만 아시나도 얌전히 입을 다물었다. 엄마가 왜 저렇게 과민 반응을 하는지 여전히 이해는 안 갔지만 웃으면서 단호하게 경고하는 아빠는 조금 무서웠다. 레시아는 무슨 말을 더 하고 싶은 표정이었지만, 카르디안이 있어서인지 참았다. 아시나도 그냥 입을 다물었다. 그녀는 말을 하는 대신 청혼서로 다시 관심을 돌렸다.

"이거 페시안에서 공식적으로 온 서한이야?"

"그래, 페시안의 왕실에서 공식적으로 너에게 청혼하는 서한이다. 자랑스럽냐?"

아니꼽다는 듯 레시아가 대꾸했다. 아시나가 빙그레 웃었다.

"당연히 자랑스럽지. 엄마 딸 인기가 전 대륙적인걸."

한마디도 안 지는 딸 때문에 뒷목을 잡으며 레시아가 얼굴을 구겼다. 그런 레시아의 어깨를 토닥거리며 카르디안이 아시나에게 재차 눈빛으로 경고했다. 더 이상 엄마에게 기어오르지 말라는 무언의 경고였다. 아시나는 방긋 웃으면서 다 읽은 서한을 팔락였다.

"페시안에서 사신단을 보낸다네. 이미 출발한 건가?"

"사신이고 나발이고……. 아, 머리야. 카르딘, 나 죽으면 쟤 때문인 줄 알아."

레시아의 엄살에 아시나가 볼멘소리를 했다.

"안 죽잖아, 엄마."

"비유 몰라, 비유?!"

더 이상 안 되겠는지, 카르디안이 일단 피해 있으라는 눈짓을 했다. 아시나는 냉큼 청혼서를 들고 위층으로 올라갔다. 레시아가 날뛰는 이유를 아예 이해 못 하는 건 아니었으나 그래도 그 청혼서를 보고 있으려니 저절로 기분이 좋아지는 건 어쩔 수 없었다.

"정식으로 청혼이라……."

아시나가 빙그레 웃었다.

"제법인데요, 베히 님."

청혼서에서 예고했던 바대로, 나흘의 시간이 흐르고 난 뒤 웰즈에 일련의 큰 손님들이 방문했다. 페시안 측에서 보내온 사신. 이전에 크롬웰에서 제의한 두 나라의 결속과 평화 유지를 위한 협상을 마무리하기 위해 도착한 사신이었다. 물론 대부분의 사람들은 그 명분을 믿지 않았지만 어찌 되었든 아시나에겐 아주 기쁜 일이 아닐 수 없었다. 아이세스는 사신이 왔다는 소식에 신이 난 아시나를 이해하지 못했지만, 아시나는 크롬웰로 돌아온 이후 가장 들뜬 기분으로 황궁을 돌아다녔다.

"나시르!"

사신 자격으로 황궁에 머물게 된 나시르가 고개를 들었다. 그 옆에 선 검은 머리의 남자 또한 아시나를 돌아보았다.

"카림!"

반가움에 저도 모르게 달려간 아시나를 보며 두 사람의 얼굴이 딱딱하게 굳었다. 처음 그녀의 정체를 들었을 땐 그러려니 했지만, 이렇게 전혀 다른 장소에서 전혀 다른 모습으로 만나는 건 또 다른 느낌이었다. 진짜 웰든의 레이디란 말인가.

크롬웰의 황궁에서 만났다는 것도 놀라운데, 무엇보다 둘을 정말 경악하게 만든 건 그녀가 페시안에서 봤던 그 행동 그대로라는 사실이었다. 신분이나 지위 따위 신경도 쓰지 않는 듯, 드레스 자락을 붙잡고 달려온 아시나가 둘을 붙잡고 정말 환하게 웃었다.

"그동안 잘 지냈어요?"

고급스러운 하얀 드레스가 마치 아시나를 위해 만들어진 것인 양 잘 어울렸다. 나풀거리며 흔들리는 것이 꼭 그녀를 천사처럼 보이게 했다. 마법으로 바꾸지 못한 은색의 머리가 여전히 눈부셨다.

그녀가 머리를 쓸어 올렸다.

"아, 아시나 양 아니십니까……."

"네, 레이디 웰든이요."

"예, 레이디."

나시르가 웃으며 대꾸하자 아시나가 부끄러워하며 입술을 깨물었다. 항상 듣는 소리인데, 심지어 아까 전에도 실컷 듣고 온 소리였는데 이상하게 나시르가 말하니 기분이 이상했다.

"나시르 입으로 들으니까 정말 이상하네. 그동안 잘 지냈어요?"

"네, 잘 지냈습니다. 레이디께선 잘 지내신 모양이십니다."

"으, 그냥 아시나 양이라고 해요. 레이디라니 너무 거북스럽다."

아시나는 저도 모르게 인상을 찌푸렸다. 아시나와 달리 나시르는 그 호칭에 금방 적응한 모양이었다. 아시나를 보며 웃는 나시르는 놔두고 그녀는 바로 카림을 돌아보았다. 어째서인지 카림은 아시나의 시선을 받자마자 몸을 움찔했다.

"카림은 잘 지냈어요?"

곧 딱딱한 대답이 돌아왔다.

"예, 잘 지냈습니다."

"흐응."

"……."

예리한 시선이 카림의 안색을 살폈다. 카림은 저도 모르게 긴장했다. 이 여자가 또 뭘 하려는 건가, 무척이나 신경을 곤두세운 채 기다리고 있었다. 다행인지 불행인지 아시나는 사악한 미소만 지을 뿐, 딱히 카림을 괴롭히지 않았다. 아시나가 두 사람을 번갈아 보며 물었다.

"웰즈에 온 건 처음이죠?"

"아, 예."

대답해 놓고 나시르가 허탈하게 웃었다.

"사실 뭐, 북대륙이나 크롬웰에 온 것 자체가 처음이니까요."

알았다는 듯, 아시나가 고개를 크게 끄덕였다.

"그럼 구경시켜 줄게요."

서재 안은 어두웠다.

이안은 들어서자마자 자신을 맞이하는 낯익은 풍경에 인상부터 찡그렸다. 웰즈로 가는 것도 기각하고 찾아온 베르가노. 물 좋고 공기 좋은 휴양 도시는 뭐 하나 흠잡을 데가 없었지만 이안 개인에 겐 거의 금기의 장소 그 이상으로 여겨지는 곳이었다. 그 이유는 오로지 단 하나. 바로 자신의 아버지인 로스만 때문이었다.

"아침부터 대체 어떤 손님이 저택을 소란스럽게 하나 했더니 너 였구나, 아들."

방 안을 중후하게 울리는 목소리에 이안이 이맛살을 찌푸렸다. 고작 몇 년에 한 번, 그것도 누나들이 아우성을 쳐 끌고 와야 겨우 만나는 아버지가 바로 앞에 모습을 드러냈다. 이안은 소리가 난 쪽 으로 시선을 돌렸다. 실내가 어둡고 창문에서 들이친 빛이 너무 강 해 로스만의 얼굴이 제대로 보이지 않았다. 그래도 그가 웃고 있다는 건 느낄 수 있었다. 이안이 퉁명스럽게 비웃었다.

"내가 왜 왔는지 이미 알잖아?"

"말버릇이 나쁘구나, 아들. 네 어머니가 이걸 알면 기절할 거다."

"상관없어. 여긴 안 계시니까."

뾰족한 대답에도 개의치 않고 로스만이 한 걸음 걸어 나왔다. 두꺼운 책을 어깨에 댄 채로 그가 빙그레 미소 지었다. 다 큰 아들의 위아래를 찬찬히 훑어보던 로스만이 이내 입을 열었다.

"대체 뭐가 궁금해서 이 촌구석까지 날아온 거지, 천하의 아스타테아 공작 각하께서?"

이안의 에메랄드 눈동자가 싸늘하게 빛났다.

"나에게 숨긴 전부."

로스만이 고개를 갸웃했다.

"숨긴 게 없는데. 네가 가신들에게 맹세를 다 못 받아서 그런 거 아니냐?"

"말 돌리지 마."

으르렁거리는 이안의 일갈에 로스만이 어깨를 으쓱였다. 유감이라는 듯한 태도였는데 그 모습 어디에서도 정말로 유감이라는 느낌은 받지 못했다. 이안이 대번에 인상을 그었다. 결국 이번에도 화를 참지 못한 건 이안이었다.

"대체 페시안에 무슨 짓을 한 거야?"

"아무것도."

"아무것도 안 했는데 이런 게 나와?"

"이게 뭐지?"

"그건 댁이 제일 잘 알 거 아닙니까?"

이안이 테이블 위에 던진 양피지를 주워 읽던 로스만이 한심하다는 표정을 지었다. 크라차와 주고받던 보고서로, 알 페시안에 관련된 서류였다. 알 페시안의 현황과 정세가 어떻게 돌아가는지 대략적으로 써 있는 그 서류는 아마도 어떤 전달 과정에서 이안의 손에 흘러들어 간 모양이었다. 서류를 확인한 로스만이 비웃었다.

"나보다 더 훌륭한 가주가 되라고 밀어 줬더니, 고작 하고 있는 게 이 아비 뒷조사냐?"

"그게 싫으면 수상한 일을 하지 마셨어야죠."

"무슨 수상한 일?"

덜미가 잡혔다고 당황하거나 바로 인정할 거란 생각은 안 했지만 그래도 이렇게까지 아무것도 아닌 취급을 할 거라곤 예상치 못했다. 굴리던 사람까지 끌고 왔는데도 이렇게 노골적으로 한심해하는 시선이라니. 여기서 사사건건 벌어진 일을 늘어놓고 무언가를 더 추궁한다고 해도 얻어 낼 건 없다는 걸 이안은 본능적으로 알았다. 그렇다고 이대로 물러날 수는 없었다. 입 다문 채 노려보기만 하는 이안의 날카로운 시선을 있는 그대로 모두 받아 낸 로스만이 여유롭게 웃었다.

"이안."

둘의 시선이 다시 허공에서 부딪혔다. 어느 하나도 먼저 시선을 굽히지 않았다.

"슬슬 지겨워지려 하는구나."

로스만의 말에 이안이 거침없이 인상을 구겼다. 뭐라도 작살낼 것처럼 으르렁거리는 아들을 싸늘하게 내려다보며 로스만이 한숨을 내쉬었다.

"내가 내 아버지의 뒤를 이은 게 아닌 것처럼, 너도 내 뒤를 이은 건 아니란다. 네가 물려받은 것은 오로지 아스타테아 가주로서의 직책과 권리뿐. 네가 아스타테아 가주가 되었다고 해서 내게 이런 오만을 부릴 정도로 내 위에 있는 게 아니지."

거의 애 취급에 가까운 조언 아닌 훈계에 이안이 노골적으로 짜증을 냈다.

"그럼 꼰대가 손 댄 건 알아서 처리해. 나한테까지 들키지 말고."

"충고 고맙구나."

유유자적 받아치는 로스만을 실컷 노려보다가 자기감정을 다스리지 못해 가만히 있던 화분을 하나 발로 차서 넘어뜨린 이안이 그대로 서재 밖으로 나갔다. 로스만은 그 성질머리에 혀를 쯧쯧 차면서도 아들의 성질머리를 저렇게 망쳐 놓은 게 자기 자신인지라 어쩔 수가 없었다. 어쩌겠는가, 아들을 괴롭히는 게 가장 재미있는 취미였는걸. 그래도 아들이 지나치게 비뚤어진 건 아닌지라 로스만은 나름대로 만족했다. 그는 제 성질을 못 이겨 화를 발산하며 저택 밖으로 나가는 이안을 확인하고 옅게 웃었다. 그 뒤로 검은 인영 하나가 조용히 모습을 드러냈다.

"죄송합니다."

로스만은 별말 하지 않았으나 웃고 있는 얼굴에 싸늘함이 감돌았다.

"알아서 처리해. 내가 이런 것까지 신경을 써야 하던가?"

"죄송합니다."

이안이 던져 놓고 간 서류는 남자의 손으로 들어갔다. 로스만은 씩씩대며 걸어가는 이안의 뒷모습을 꽤나 즐겁게 바라보았다. 이미 페시안에서 벌어진 일의 결론이 어떻게 났는지 다 알고 있었다.

이안이 찾아올 거라는 것 역시. 예상했던 만큼의 결과는 아니었지만 로스만이 원하는 부분에선 어느 정도 성취되었다. 이걸로 남대륙이 또 오랫동안 소란스럽겠지. 그걸 라 쿤이 어떻게 해결하는지 지켜보는 것도 분명 즐거운 구경이 되리라. 모습을 감추기 전, 남자가 조금 머뭇거리며 물었다.

"그 남자는 어떻게 할까요?"

"다시 페시안으로 돌아가진 못하겠지."

나름 한 지역의 패자였다가 한순간에 추락한 셈일 테니 정신적으로 타격도 있을 것이다. 로스만은 그가 단순히 추락 때문에 고통스러워 보이는 게 아니라 생각했지만 이제 그 부분은 어찌 되든 상관없었다. 굳이 살려 둔다 해도 쓸 데는 없겠지만 그렇다고 그 남자를 죽이고 싶진 않았다. 그나저나 나름대로 완벽한 계획이라 생각했는데, 대체 어디에서부터 틀어진 걸까. 조금 한탄하던 그가 가볍게 웃었다.

"쿤이 가진 힘이란 게 정말 대단하군. 베르딘 일족의 자문까지 받은 함정이었는데 말이지."

뭐, 자신이 신도 아니고 계획한 모든 일이 계획대로 흘러간다면 그것도 웃기는 상황이었다. 들어간 예산과 시간과 노력이 아깝지 않은 건 아니었으나 그 결과에서 얻은 것은 있었다. 적어도 라 쿤의 재위 기간 동안 그가 많이 바쁘지 않겠는가?

"뭐, 어쩔 수 없지. 알아서 잘 챙겨 주도록."

검은 인영이 사라졌다. 로스만의 시선은 그대로 한 여인에게 붙잡힌 이안에게 닿았다. 여인에게 붙잡힌 이안이 맥을 못 추는 광경은 언제 봐도 즐거운 것이다.

"녀석, 안됐군."

최소한 뭔가는 알아낼 수 있을 거라 예상하고 왔는데 아무 소득
도 없었다. 아니, 소득이 있긴 했지만 쓸모없었다. 아스타테아 가
주 자리에서 물러났다고 해도 로스만은 로스만이었고, 그가 철혈
재상이라 불리며 크롬웰에 군림하고 있던 시절의 세력들과 권력은
암막 뒤로 사라진다고 해도 없어진 게 아니었다. 그건 이안이 아스
타테아를 물려받고 나서도 지속되었으며, 가문의 실질적인 권력은
전부 그가 쥐고 있음에도 은연중 모두에게 로스만의 아래라고 인
식되게 만든 이유 중 하나였다. 아니, 사실 한 수 아래든 능력이 못
미치든 그것까진 상관없었다. 이안이 싫은 건 가문의 일이 분명한
데 자신이 모르는 곳에서 뭔가가 벌어지고 있다는 사실 그 자체였
으니까.

"가자."

"왜? 왜 그래?"

잔뜩 화가 난 채 저택을 나가려는 이안을 보며 니젠이 단번에 당
황해서 쫓아왔다. 그 와중에 니젠은 시녀가 챙겨 준 디저트를 한
손 가득 들고 있었다. 그러거나 말거나 이안은 벽이라도 뚫고 지나
갈 어마어마한 기세로 마차를 향해 걸어갔다. 그게 무엇이든 이안
을 막을 건 아무것도 없어 보였다.

"어머, 이안."

그러나 가녀린 목소리가 들리자마자 거짓말처럼 이안의 발걸음
이 멈췄다. 어디 외출이라도 나갔다 온 건지 외출복 차림의 한 중
년 여인이 이안을 보더니 부드럽게 웃으며 그를 잡아 세웠다.

"이 어미를 보고 인사도 하지 않고 그냥 가는 거니, 우리 귀여운 아들?"

"아, 어머니."

화가 난 것도 순간 잊을 정도로 놀라서 이안은 그 자리에 우두커니 멈춰 섰다. 니젠은 벌써부터 불쌍하다는 시선으로 이안을 바라보았다. 안 그래도 어머니인 올리비아가 외출했다는 걸 알고 그 틈을 타 저택에 온 것이었는데, 하필 돌아가려는 순간 마주치다니. 정말 좋지 못한 만남이었다. 이안이 난감해하든 말든 올리비아는 온화한 미소를 지으며 이안에게 다가갔다.

"오랜만에 오는구나, 우리 아들. 그래, 다른 누나들은?"

"아버지한테 볼일이 있어서 저만 잠깐 들렀습니다."

"그렇다고 어머니한테 인사도 안 해?"

서운한 듯 올리비아가 인상을 찡그리자, 이안은 순간 세상에서 가장 나쁜 짓을 저지른 범죄자가 된 기분이 들었다. 이래서 어머니가 없을 때 온 것이었는데. 곤란해서 아무 말도 못 한 이안이 속으로 한탄했다.

이안이 올리비아를 피하는 이유는 단 하나였다. 저항할 수가 없으니까!

어렸을 때도 제 어머니가 천사인 줄은 알고 있었지만 다 크고 나서 세상을 알고 나니 도대체 어떻게 이런 사람이 자기 아버지랑 결혼한 걸까, 로스만이 협박이라도 한 것인가, 강제로 결혼한 게 아닌가 이것저것 의심이 들 정도였다. 할 수만 있다면 악마 같은 아버지 옆에서 떼어 내고 싶을 정도로! 하지만 어머니가 아버지를 좋아하니 이안은 결국 아무 말도 못 했다. 지금도 역시 그랬다. 아무 대답도 못 하고 있는 이안의 손을 붙잡고 올리비아가 환하게 미소 지었다.

"일전에 아시나가 온 것 말곤 한동안 손님이 없었는데 반갑구나. 곧 아이들이 함께 내려온다던데 그때 우리 아들도 같이 오는 건가?"

"아마, 아닐……."

이안이 대꾸를 다 하기도 전에 니젠이 이안의 옆구리를 찔렀다. 이안이 인상을 썼지만 니젠은 아무것도 모른다는 듯 시선을 돌릴 뿐이었다. 실망하려던 올리비아의 얼굴이 다시 밝아졌다.

"이리 오렴. 오랜만에 차나 마시며 담소나 나누자꾸나."

니젠의 손까지 붙잡은 올리비아가 저택으로 둘을 이끌었다. 이안이 끙끙 앓으며 조심스럽게 입을 열었다.

"가서 해야 할 일이……."

"이 어미와 차 한 잔 마시는 것도 못 할 만큼 바쁘다는 거니?"

"……."

대놓고 서운하다는 기색을 드러내는 올리비아 앞에서 이안은 선택지가 하나밖에 없다는 걸 깨달았다. 니젠을 돌아봤으나…… 그도 올리비아에겐 약했다. 망할. 이안은 어쩔 수 없이 한숨을 내쉬고 고개를 가로저었다.

"아니요, 오랜만에 뵈었는데 차 한 잔 마실 시간이 없겠습니까?"

"역시 그렇지?"

올리비아가 좋아하며 박수를 쳤다. 소녀 같은 어머니의 모습에 이안은 좋은 건지 나쁜 건지 모를 애매한 미소를 지었다. 애초에 그에겐 거부할 수 있는 힘이라는 게 없었다.

　원래 일정대로라면 나시르는 황제와 인사를 마치고 여독을 풀기 위해 사신관에서 쉬고 있어야 하는 게 마땅했으나 어째서인지 아시나의 손에 이끌려 웰즈 여행을 하는 중이었다.

　웰즈에서도 유명한 중앙 광장의 분수대와 조각상들, 유명한 에이리 호수에 요정 숲까지. 하루 일정으로 소화할 수 있는 게 아닌데 그들은 온종일 관광으로 대부분의 유명지는 다 구경하고 돌아왔다. 지칠 게 뻔한 일정이었는데 놀랍게도 지쳐 나가떨어지기 일보 직전인 건 나시르가 아닌 그를 호위하러 따라붙은 카림이었다. 나시르는 완전히 신이 나서 두 눈을 반짝이며 아시나가 해 주는 이야기와 보여 주는 광경에 혼이 나가 있었다.

　"정말 놀랍습니다! 이런 곳이 실제로 존재한다니!"

　"어때요, 크롬웰도 꽤 괜찮죠?"

　아시나가 괜히 빼기며 짐짓 잘난 체를 했다. 나시르가 진심으로 즐거워하고 기뻐하고 신기해하는 모습을 지켜보는 게 이렇게 즐거울 줄이야. 누군가와 여행을 가는 건 즐거웠지만 자신이 알고 있는 진귀한 명소를 보여 주는 것도 매력적이었다. 자신이 받은 감동을 공유한다는 게 어떤 건지 제대로 배운 듯해서 아시나는 덩달아 기분이 들뜬 상태였다.

　"완전히 다른 세상에 온 기분입니다. 정말 북대륙은 다르군요."

　"나도 그 생각했는데!"

페시안에 갔을 때 많은 걸 본 것은 아니지만 그래도 완전히 다른 세상이구나 싶었던 게 기억이 났다. 카림은 두 사람이 대체 왜 이렇게 신이 난 건지 통 이해할 수 없다는 표정을 짓고 있었다. 아시나가 소리 내어 웃다 이내 둘을 빤히 쳐다보았다. 처음 마주쳤을 땐 이 두 사람과 이렇게 편하게 지내게 될 거란 생각은 못 했는데. 인생이라는 건 정말 아리송하고 그래서 살맛이 나는 모양이었다.

페시안…….

이건 여행을 실컷 못 해 본 아쉬움의 감각일까, 아니면 거기에 두고 온 누군가에 대한 그리움인 걸까. 하루 종일 신나게 시간을 보냈는데도 결국 마지막에 찾아 드는 건 한 남자에 대한 생각이었다. 이쯤 되면 나도 정말 병인데.

씁쓸하게 웃은 아시나가 진지하게 입을 열었다.

"그래도 페시안은 페시안만의 매력이 있어요. 크롬웰도 좋지만 전 페시안도 좋아요."

"그건 당연하죠."

"웰즈로 오는 동안 구경하는 풍경이 하도 파릇파릇해서 신기했는데, 과연 아시나 양이 자랑하고 싶을 만한 풍경입니다. 정말로 낙원 같습니다."

말을 타고 황궁으로 돌아가는 길목에서 나시르가 아쉬운 듯 뒤를 돌아보았다. 에이리 호수가 보여 준 풍경은 역시 아이들의 동화 속에서도 자주 등장할 정도로 진귀했다.

"언젠가 나시르한테는 꼭 보여 주고 싶었어요. 아직 여기서 감탄을 끝내 버리면 안 되는데. 보여 줄 게 엄청 많이 남아 있다고요!"

그 외에도 요정의 호수인 레비레와 웰즈의 5대 호수를 전부 보여 주고 싶었지만 허가를 받아야 하는 곳이 대부분이라 아쉬운 마음으로 계획을 접어야 했다. 그래도 다 보여 주고 말 거야. 사실 진품 명품인 곳은 웰즈 밖의 도시들에 있었는데 거기까지 보여 주는 건 사실상 무리이니 어떻게 해서든 웰즈 안의 풍경은 다 보여 주고 돌려보내고 싶었다. 굳게 다짐하며 아시나는 고개를 끄덕였다.

"부디 제가 그걸 다 보고 돌아갈 수 있었으면 좋겠습니다."

"다 보고 가야죠!"

아시나의 단호한 대꾸에 나시르가 기분 좋게 웃었다. 뒤에서 카림이 고개를 가로저었으나 나시르의 눈엔 아시나가 마냥 귀엽게 느껴졌다. 그녀가 정말로 웰든의 레이디이면서도, 여행을 좋아해서 돌아다니고 남대륙의 사막이 정말로 궁금해서 헤매고 있었다는 걸 알게 되자 미미하게 쌓여 있던 불신과 오해가 단번에 불식되었다.

"사신으로 아는 사람이 왔으면 좋겠다고 생각은 했지만 나시르가 올 줄이야!"

아시나가 어린애처럼 꺄르르 웃었다. 나시르는 제가 다 기분이 좋아져서 미소를 머금었다.

"시하드께서 알 페시안으로 돌아오시자마자 내리신 명령이었습니다. 덕분에 알 페시안을 정리하는 것도 도와드리지 못하고 바로 출발해서 왔습니다."

페시안의 이야기가 나오니 아시나는 저절로 긴장했다. 이걸 물어봐도 되는 걸까. 그녀가 머뭇거리는 게 나시르에게도 느껴질 정도였다. 용기가 나지 않아 입술을 잘근잘근 깨물다가 조심스레 입을 뗐다.

"베히 님은 잘 있어요?"

"그분 걱정은 안 하셔도 됩니다."

"무사하다는 말로 알아들어도 되는 거겠죠?"

아시나의 질문에 나시르가 빙그레 웃었다. 말해 주고 싶었지만 페시안에 어떤 일이 있었는지 자세히 언급할 수가 없었다. 그래도 이곳은 크롬웰이니까.

아직도 알 페시안은 베히다트의 진노로 모래 폭풍이 몰아치는 중이었다. 물이 범람하고 땅이 요동치는 와중에 죄 없는 백성들만 두려움에 떨고 있었다. 알 페시안에서 시작된 지진은 곧 전역으로 퍼져 나가 지금쯤이면 무스카트와 다라의 전선에까지 영향을 미치지 않았을까 나시르는 조심스럽게 추리했다.

아마도 모두가 놀랐으리라. 자신 역시 놀랐으니까.

신의 힘을 정치 분쟁에 쓰는 건 옳지 않다고 말했던 것은 베히다트였지만 이번 일은 달랐다. 이건 진짜 페시안의 주인이 누구인지 보여 주기 위한 힘이었다. 왜 쿤이 몇천 년간 그 남대륙에서 신으로 군림하고 있는지를 보여 주는 무언의 시위. 당연히 대부분의 일족은 베히다트 앞에 무릎을 꿇었다. 나시르는 거기까지만 지켜보다 살아남은 라첸 기사단을 데리고 크롬웰로 향했다.

"바레인은……."

"아직 잡히지는 않았지만 결국 시간문제일 겁니다. 알 페시안에서 벌어진 일들은 거의 다 정리하셨고 아직 무스카트와 소하르 문제로 잡혀 계시지만 그것도 별문제 없이 해결하실 겁니다."

나시르가 웃으며 단언했다.

"페시안 내에서 시하드를 거스를 수 있는 자는 없으니까요."

"다행이다."

아시나가 안심한 듯 웃었지만 나시르는 웃을 수가 없었다. 얼추 지금 상황은 잘 해결했다고 해도 결국 일족 간의 갈등이나 근본적으로 해결된 건 아무것도 없었다. 그건 또 대체 어떻게 해야 하는 것인가. 앞으로의 일이었지만 나시르는 벌써부터 골치가 아팠다.

"그런데 이안 공작은 어딜 간 겁니까? 웰즈로 오면 가장 먼저 볼 수 있을 줄 알았는데……."

나시르의 질문에 아시나가 예쁘게 웃으며 고개를 저었다.

"아, 이안은 지금 베르가노에 가서 웰즈엔 없어요."

"베르가노?"

처음 듣는 지명에 나시르가 의문 어린 표정을 지었다. 아시나는 별거 아니라는 듯 어깨를 으쓱였다.

"제 외조부모님 계신 곳이에요. 아마 한 세 달 정도는 더 잡혀 있다가 나올 거예요."

"……?"

나시르가 이 다급한 시기에 그게 무슨 소리냐는 듯 시선으로 물었지만 아시나는 모르는 척했다. 이안이 하도 일 핑계로 방문을 안 하니까, 외할머니인 올리비아가 잔뜩 벼르고 있었다. 그래서 한 번 눈에 띄면 거의 세 달은 붙잡아 놓으려고 할 게 뻔했다. 아무리 냉정함으로 수도의 귀족들을 떨게 만드는 이안이라고 해도, 외할머니의 뜻을 거스를 수는 없었다. 맘 여리고 자상한 어머니에겐 마냥 착하고 귀여운 아들이 아니던가. 가서 또 결혼 안 할 거냐는 닦달에 스트레스 왕창 받고 오겠지. 아시나는 이안을 마음껏 동정했다. 덕분에 페시안에서 있었던 일이 자신의 어머니 귀에 들어가는 일이 없어 다행이었다.

"또 궁금한 게 있으신가요?"

"어······."

도대체 뭘 물어야 할까 고민하던 아시나가 조심스럽게 입을 열었다.

"자키야는 잘 있어요?"

그다지 길고 깊은 인연은 아니었지만 그녀만 생각하면 무언가 마음에 걸렸다. 나시르는 꽤나 신중하게 답했다.

"게디크 대재상의 일이 확실히 처리가 되어야 하겠지만, 자키야 양에게 크게 불리한 일이 생기진 않을 겁니다. 여파를 완전히 피해가진 못하겠지만요."

"그렇군요."

"또 궁금하신 건 없으신가요?"

나시르가 친절하게 물었지만 아시나는 그 이상 궁금한 것이 없었다. 아니, 있었지만······ 그건 전부 한 사람에 관련된 이야기인지라. 아시나는 묻는 대신 불시에 뒤를 돌아보았다. 얌전히 뒤에서 따라오던 카림이 순간 놀라서 말까지 멈췄다. 같이 말을 멈추며 아시나가 짐짓 짓궂게 그를 바라보았다.

"카림은 나한테 뭐 할 말 없어요?"

약간 망설인 그가 단호하게 대꾸했다.

"······없습니다."

"어머, 정말요?"

카림의 얼굴에 도대체 뭐 때문에 이러는지 모르겠다는 난감함이 떠올랐다가 사라졌다. 어쩜 이렇게 표정이 솔직한지. 아시나는 터지려는 웃음을 간신히 참아 내었다. 한참 고민하던 카림이 무언가를 결심한 듯 아시나와 시선을 맞추었다.

"대체 뭘, 원하시는 건지……."

"원하는 거 없어요."

산뜻하게 대꾸하고 아시나가 고개를 돌렸다. 그 모습을 지켜보다 나시르가 깔깔대며 웃었다. 카림이 나시르를 노려보았으나 나시르는 어깨만 으쓱이고 말았다. 아시나가 신이 나서 입을 열었다.

"또 구경해 보고 싶은 곳 있어요? 없으면 우리 집 갈래요?"

"아, 그래도 되겠습니까?"

"거창한 대접은 못 하지만 저녁 식사 정도는 대접할 수 있어요."

아마 엄마에게 욕을 듣긴 하겠지만 괜찮았다. 레시아는 이런 초대를 매몰차게 무시하는 사람이 아니었다. 엄마의 반응을 예상해 보던 아시나가 문득 깨달았다는 듯 물었다.

"아, 설마 폐하와 저녁 만찬이 예정되어 있는 건가요?"

"아니요, 그건 아닙니다."

나시르가 점잖게 손을 내저으며 운을 뗐다.

"실례가 되지 않을까요?"

"사신이긴 해도 나시르는 제 친구잖아요! 당연히 괜찮죠!"

"그럼 부탁드립니다."

아시나의 격한 환영에 나시르가 저도 모르게 입가에 미소를 지었다. 친구라. 나쁘지 않은 울림이었다. 문득 그녀가 페시안에서 자기 이름을 다 말해 주는 의미를 알아차려서 그런 것인가 싶어 절로 미소가 진해질 수밖에 없었다. 아시나는 신이 나서 둘을 안내했다. 뒤따라오는 사신의 호위 전사들이 곤란해하는 게 보였지만 아시나는 모르는 척했다.

"전부터 여쭙고 싶었던 건데, 괜찮을까요?"

"네? 뭔데요?"

"웰튼 대공인 카르디안 님이 아시나 양의 친아버지가 되는 게 맞습니까?"

아시나는 저도 모르게 입을 다물었다. 어디서인가 죄책감이 밀려와서 쉽사리 대꾸를 하기가 힘들었다.

"네……. 본의 아니게 속인 건 미안해요."

"아닙니다. 어쩔 수 없으셨겠죠. 이해합니다."

"이해해 줘서 고마워요."

아시나가 미안하다는 듯 웃었으나 나시르는 정말 괜찮았다. 그녀가 숨길 수밖에 없는 이유가 있었으니까. 아시나가 조심스럽게 물었다.

"뭐 더 묻고 싶은 거라도 있으신가요?"

"그…… 예민한 문제인지라. 제가 이런 걸 물어도 될까 해서요."

"괜찮아요. 제가 답할 수 있는 거라면 다 해 드릴게요."

선선한 아시나의 태도에 나시르는 조금 용기를 얻었다.

"그럼 염치 불구하고 묻겠습니다. 카르디안 대공이 인간이 아니라는 소문이 사실인 겁니까?"

굳이 숨길 게 없는 진실이었다.

"네, 제 아버님은 베르딘 혼혈이에요."

"베르딘……."

생소한 단어에 나시르가 곤란한지 인상을 찡그렸다. 아시나가 웃으며 기꺼이 거기에 대한 설명을 덧붙여 주었다.

"크롬웰 신화 속에 나오는 신의 일족이죠. 다른 신을 섬기는 지고의 생명체. 강하고 영원히 살며 늙지도 아프지도 죽지도 않는다고 알려져 있어요. 흔히 그 흉포한 드래곤마저 어린아이처럼 다룰 정도라고 묘사되죠."

"정말 그렇습니까?"

"아니요, 반은 맞고 반은 틀려요."

어떻게 설명해야 하는 걸까 조금 난감해하며 아시나가 입을 열었다.

"대단하긴 한데, 그 대단한 게 다 그냥 얻은 게 아니거든요. 누군가가 시간을 멈추는 능력을 가지고 있다고 하면 그건 그 베르딘이 엄청난 노력과 시간과 희생을 쏟아서 얻어 낸 결과물인 거예요. 그냥 주어진 게 아니죠. 다만 그 능력을 얻어 낼 수 있는 가능성을 가지고 있다는 건, 베르딘이 받은 축복이 맞겠죠. 인간이나 다른 종족이 그런 능력을 가질 순 없을 테니."

아마 시하드도 남대륙을 유지시킬 어마어마한 힘을 얻는 대가로 그에 못지않은 희생을 치렀을 게 분명했다. 소원의 힘이 크면 클수록, 대가가 커지는 건 당연한 것이니까. 하지만 곁에서 봤을 땐 그들이 엄청난 힘을 숨기고 살아가는 일족처럼 보일 수밖에 없으리라.

"지금은 그래도 베르딘에 대한 오해가 많이 풀리긴 했는데……."

아시나는 작은 한숨을 내쉬었다. 자신의 아버지, 카르디안이 어릴 적 황궁에서 자랐을 땐 달랐다. 어린아이인 그는 완전히 다른 존재처럼 여겨졌고 사람을 매혹시키는 외양부터 뛰어난 신체 능력까지 전부 두려움과 경외를 불러일으킬 뿐이었다. 인간으로 믿고 인간의 품에서 자랐는데 사사건건 인간이 아니라는 부정만 받으며 자랐다. 인정받고 싶어 무언가를 해내면 그건 칭찬과 격려가 아닌 두려움과 배척만을 일으켰고 그래서 점점 더 그 넓은 황궁에서 철저하게 고립되었다고, 후에 그녀에게 말해 주었다.

담담한 고백이었지만 듣던 아시나가 가슴이 아파 울어 버릴 정도였다. 아버지는 괜찮다고 웃었지만 그렇게 웃기까지 얼마나 많은 상처가 있었던 걸까 싶어서 아시나는 지금도 마음이 아팠다. 오로지 배척받지 않기 위해 애쓰며 자신을 꾹 눌러 참고 있던 아버지. 못 해 본 것들이 너무나 많았다며, 아시나는 그러지 않았으면 좋겠다고 털어놓던 그 심정이 어땠을지 그녀는 아직도 감히 짐작하지 못했다.

"아마 직접 대화를 해 보면 알겠죠. 남대륙에 알려지신 것과 많이 다를 거예요."

"그렇습니까?"

나시르가 막 호기심을 드러낼 때였다.

"아시나?"

뒤에서 들린 익숙한 목소리에 아시나가 말의 고삐를 잡았다. 목소리가 들린 쪽으로 고개를 돌리니 거기엔 제복을 입고 말을 탄 몇몇의 기사들이 있었다. 아시나는 반가운 얼굴에 환하게 미소 지었다.

"카리스 삼촌!"

카리스 앞으로 낯익은 얼굴 하나가 또 아시나에게 말을 걸었다.

"여기서 뭘 하는 거지, 우리 공주님?"

"아빠!"

당장 말에서 내려가 뽀뽀라도 할 기세로 아시나가 반가워하자 두 남자가 자연히 미소 지었다. 그러다 아시나와 함께 있는 자들을 보고 둘 다 표정이 살짝 굳었다. 카리스가 난감한 표정으로 아시나에게 물었다.

"페시안의 사신분들이 아니신가? 왜 아시나 네가……"

"제 여식이 실례를 한 건 아닙니까?"

카르디안의 질문에 나시르가 예의를 차리며 정중하게 고개를 가로저었다.

"아닙니다. 오히려 이곳을 모르는 저희에게 많은 것을 알려 주셨습니다."

둘을 번갈아 보다 카리스가 웃었다.

"어딜 다녀오는 길이지?"

"호수요."

"레비레?"

"아니, 에이리."

못 말린다는 표정을 짓는 카리스는 놔두고 아시나는 바로 카르디안을 돌아보았다.

"아빠, 내가 사신분들을 우리 집으로 저녁 식사 초대했어. 괜찮지?"

가까이 다가와 아시나의 머리를 쓰다듬던 카르디안의 입가에 부드러운 미소가 번졌다.

"언제 그런 걸 물어보고 저질렀나, 우리 공주님?"

"헤헤."

"그럼 가는 길이 같으니 같이 가면 되겠군."

부녀의 대화를 듣던 카리스가 고개를 끄덕였다.

"아, 그럼 다음에 보지."

"그러지."

자연스레 합류하는 카르디안을 지켜보며 나시르는 괜히 마른침을 삼켰다. 소문으로 그가 마흔이 넘었어도 청년의 나이 정도로밖에 보이지 않는다는 건 익히 들어 알고 있었지만 직접 보는 건 또 느낌이 달랐다. 정말 이 남자가 크롬웰 역사상 최연소 기사단장이라는 건가. 나시르가 긴장하며 살펴보는 순간 카르디안의 홍안과 시선이 마주쳤다.

"페시안과 기후가 많이 달라 힘들진 않습니까?"

묻는 어조는 다정했으나 어딘지 쉽게 범접할 수 없는 위압감이 함께 존재했다. 절제하고 있는 게 분명한 기운이었으나 카림은 벌써 위협을 느끼는지 칼 손잡이에서 손을 떼지 못하고 있었다. 여차하면 폭발할 것 같은 긴장감이었으나 카르디안은 알면서도 크게 신경 쓰지 않았다. 그저 스치듯 시선을 주고 말뿐.

"괜찮습니다. 여긴 사람이 살기 딱 좋은 환경인 듯합니다."

"겨울이 오면 사정이 좀 달라지지만."

나시르의 말에 한마디 덧붙이며 그가 옅게 미소 지었다. 휘어지는 눈매는 꽤 부드러웠다. 그 시선의 끝이 아시나를 향했다. 아시나는 환하게 웃으며 안겨 들 것처럼 카르디안을 향해 몸을 숙였다.

"오늘 업무는 다 끝난 거야?"

"거의. 원래는 돌아가 적의 기사단에 들러야 하지만 오늘 하루쯤은 건너뛰지."

"우와, 적기사들이 엄청 좋아하겠는데?"

"살판이 나겠지."

아시나의 머리를 쓰다듬다가 쏠리는 몸을 바로 세워 주는 일련의 자연스러운 행동에 왜인지 나시르는 깊은 감명을 받았다. 저런 남자가 이렇게 큰 딸을 가지고 있다는 게 믿기지 않았는데, 둘이 나란히 있으니 그 젊은 외모를 하고도 아버지처럼 보였다. 특히나 아시나가 대놓고 어리광을 부리고 애교를 피우는 모습이 인상적이었다.

"적기사라면······ 크롬웰에서도 가장 흉흉하기로 소문난 기사들 말입니까?"

"우와, 그 소문이 페시안까지 퍼졌어요?"

아시나가 놀라며 카르디안을 돌아보았다.

"대단한걸?"

비아냥거림이 가득한 감탄이었지만 카르디안은 그저 웃으며 딸의 머리를 쓰다듬는 걸로 대답을 대신했다.

"그러고 보니 네 엄마가 널 잡으려고 벼르고 있는 듯하구나."

"응? 엄마가? 왜?"

"드레스 맞추는 걸 걷어차고 나갔다면서?"

"아, 맞다. 오늘 드레스 맞추기로 했었지!"

잠깐 점심 때 들른 저택에서 레시아가 씩씩거리고 있었던 이유였다. 아침 댓바람부터 급하게 나간 딸이 점심때가 지나도록 돌아오지 않아 드디어 병이 도졌다며 레시아가 이를 갈고 있었다. 회상하며 카르디안이 옅게 웃었다. 아시나는 아차 싶어 인상을 찡그렸다.

"엄마 많이 화났을까?"

"글쎄?"

"으아, 이걸 어쩌지!"

안절부절못하는 딸을 조용히 지켜보며 카르디안이 웃음을 터뜨렸다. 아빠가 웃든 말든 화가 나 있을 엄마 생각에 아시나는 말 위에서 머리를 쥐어뜯었다. 아무리 그래도 약속을 잊다니. 어제 사신이 도착했다는 소식에 너무 기뻐서 아침에 달려 나온 것이 화근이었다. 어찌 되었든 자신의 잘못이니 괜히 나시르에게 불통이 튀지 않아야 했다. 아시나가 말고삐를 잡았다.

"안 되겠다. 아빠, 나 먼저 가 볼게! 사신분들이랑 같이 와 줘!"

나시르에게 눈짓 한 번 남기고 아시나는 그대로 말을 끌고 전속력으로 달려 나갔다. 어찌나 빠른지 뒤에 있던 카림이 눈살을 찌푸릴 정도였다. 딸이 부리나케 달려가는 모습에 카르디안이 소리 내어 웃었다. 그것도 잠시, 언제 웃었냐는 듯 무표정으로 돌아온 카르디안이 다시 나시르 쪽으로 시선을 돌렸다. 갑작스러운 정색에 나시르는 긴장했다.

"내 딸이랑 만난 게 이번이 처음은 아닌 모양이군."

"……."

예리한데.

나시르는 부정도 긍정도 하지 않았다. 하지만 침묵을 읽어 내는 카르디안의 능력은 탁월했다. 그 이상 추궁할 생각은 없는지 그가 웃으며 경직된 분위기를 풀었다.

"어찌 되었든 크롬웰에 오신 건 환영합니다."

"저 역시 유명한 분을 직접 만나게 되어 영광입니다."

살짝 떨리는 마음으로 나시르가 고개를 숙였다.

"내가 유명했나?"

웃음기 어린 대구에 나시르가 목에 핏대까지 세워 가며 열심히 설명했다.

"유명하죠! 다시없을 제왕감이라고 기대도 많이 받으셨을 줄로 압니다. 페시안에서도 크롬웰의 황위 계승에 지대한 관심을 가졌습니다. 이런 질문은 조금 그렇지만, 왜 황위를 포기하신 겁니까?"

"페시안의 사신에게조차 이런 질문을 받을 줄이야."

카르디안은 웃으며 넘겼지만 나시르는 그냥 넘어갈 수 없었다.

이건 그가 크롬웰에 대해 공부할 때 가장 의문스러웠던 부분이었다. 도대체 이 남자가 황위를 포기한 이유가 무엇인가? 일선에선 대공비와 결혼하기 위해 포기했다고 하지만, 나시르는 그런 로맨스는 안 믿는 주의였다.

"적통 황자라는 정통성, 확고한 지지 기반, 최연소 총기사단을 겸할 정도로 뛰어난 검술 능력에 대단한 수완. 아무리 생각해도 대공께서 황위 계승권을 포기할 이유는 없으셨습니다."

"그런가?"

언젠가 이런 질문을 들었던 듯도 했다. 누가 한 건지 기억은 나지 않지만 그때 자신이 내놓았던 대답은 아직 기억에 남아 있었다. 카르디안이 조용히 나시르를 응시했다.

"뜬금없는 질문이지만 한 가지 물어보겠네. 그대는 앞으로 무엇이 되고 싶은가? 지금 그대는 왜 그 자리에 있는 거지? 아마도 페시안에서도 꽤 높은 지위, 아마도 문관 쪽이겠지. 이런 정보를 알 수 있을 정도로 시야도 넓고 정보력도 뛰어나고 사고방식도 막히지 않아 보이니 남들이 보지 못하는 걸 보고 주목하지 못하는 걸 주목할 수 있을 테지. 그 능력으로 앞으로 뭘 할 거지?"

느닷없이 자신을 향한 화살에 나시르는 잠시 주저했으나 대답하는 데 거리낌은 없었다.

"서기관장이 되어 볼 생각입니다. 그걸로 제 능력이 나라에 도움이 된다면 만족합니다."

"그게 그대의 행복인가?"

행복, 나시르는 그 질문에는 쉽사리 대답하지 못했다. 대꾸하지 못하고 생각에 잠기는 나시르를 지켜보며 카르디안이 입꼬리를 말아 올렸다.

"그래도 그게 그대의 세상이겠군."

어느새 저택의 입구에 도착했다. 카르디안은 가벼운 몸짓으로 말에서 내려 저택을 수호하는 병사들에게 말을 넘겨주었다. 나시르와 카림, 그리고 호위로 따라붙은 전사들 역시 멈춰 섰다. 저택은 잘 다듬어진 정원으로 둘러싸여 있었다. 이름을 알 수 없는 푸른 꽃들이 향기롭게 피어 끝없이 수놓인 장면이 나시르의 시야를 탁 트여 주었다. 더없이 황홀한 광경이었다. 카림도 이런 광경은 처음이라 넋을 잃고 쳐다보았다.

"그대가 보기엔 내가 욕심이 없어 보이고, 유유자적 내 인생을 즐기고 있는 것처럼 보일 수 있겠지. 하지만 나는 지금 이 상태가 내가 부릴 수 있는 모든 탐욕을 부리고 있는 거라네."

"예?"

"내 세상은 저기에 있으니까."

카르디안이 가리킨 것은 정원 길 가운데 선 두 여인이었다. 은발을 늘어뜨리고 기품 있게 선 레시아는 아시나가 부리는 최대한의 애교를 지켜보고 있었다. 화를 풀려고 노력하는 딸의 모습을 멀찍이서 웃으며 지켜보던 카르디안이 두 모녀에게로 발걸음을 옮겼다. 두 여인의 사이에 낀 카르디안이 차례차례 환영받는 모습을 감명 깊게 주시하던 나시르는 카림의 헛기침에 정신을 차렸다. 가야 하나 여기 서 있어야 하나 망설이던 순간 다행히도 카르디안의 안내를 받은 두 여인이 나시르와 카림 쪽으로 먼저 다가왔다.

나시르는 가까이 선 레시아를 보자마자 순수하게 감탄했다. 소문은 들었지만 솔직히 여자의 미모는 거기서 거기일 거라 여긴 과거 자신의 생각을 사과해야 할 것만 같은 기분에 휩싸였다. 레시아의 황금빛 눈동자가 나시르를 담은 채 부드럽게 휘었다.

"언제 한번 모시려고 생각은 했는데 예기치 못하게 만나 뵙게 된 것이 아쉽군요. 좀 더 준비를 한 뒤 모시려고 했는데 말입니다. 저는 웰든의 대공비, 레시아라고 합니다. 황실에 어른이 없어 본의 아니게 프린세스의 대모로 황실부의 고문을 맡고 있습니다."

"페시안에서 서기관을 맡고 있습니다. 유명한 분을 직접 뵙게 되어 영광입니다."

크롬웰의 예의는 모르지만 레시아가 내민 손을 황송하게 받쳐 잡으며 나시르가 예의를 갖추어 인사했다. 처음 보는 형식의 인사에 레시아가 눈에 띄게 즐거워했다.

"일단 안으로 드시죠."

급하게 마련된 저녁 식사라는 게 믿기지 않을 정도로 음식들은 정갈하고 깔끔했다. 커다란 식탁에 앉아 다 함께 밥을 먹는 건 처음 겪는 일이었지만 나시르는 그동안 건너건너 들은 이야기 덕에 무난하게 식사를 마칠 수 있었다. 물론 간간이 실수할 뻔한 순간 도와준 아시나의 센스가 빛이 나는 시간들이었다. 그래도 다행인 건 외국에서 온 손님이라는 걸 배려했다는 게 느껴질 정도로 식단의 구성이 익숙했다는 점이었다. 사실 이국의 색다른 음식을 먹어 보고 싶은 마음도 없지 않았던 터라 그 부분은 조금 아쉬웠다. 물론 반대로 카림은 무척이나 만족스러워했다.

식사하는 내내 페시안과 크롬웰에 대한 이야기가 오고 갔지만 특별히 인상 깊은 주제는 없었다. 페시안에서 보낸 청혼서에 대한 이야기도 있을 줄 알았건만, 레시아나 카르디안은 그 이야기를 꺼내진 않았다. 배려인지 시험인지 모를 그 부분에 대해서는 나시르도 괜히 조심스러워서 더욱더 입을 다물었다.

"맛있는 저녁이었습니다. 대접에 감사합니다."

"입에 맞으셨다니 다행이네요."

"이제 사신관으로 돌아가 봐야 할 것 같습니다."

응접실에서 시녀들이 내온 후식까지 다 먹고 일어나려는 나시르를 잡을 거리는 없었다. 레시아와 카르디안이 고개를 끄덕이고 같이 일어나려는 때, 아시나가 웃으며 먼저 일어섰다.

"제가 배웅할게요!"

손님, 그것도 적국의 사신 앞에서 흠 잡힐 일은 없어야 하기에 마땅히 예의를 차려야 함이 옳을 텐데. 딸의 행동에 레시아가 대놓고 인상을 썼다. 싸늘한 시선에도 아시나는 개의치 않았다. 결국 카르디안이 웃으며 두 여인의 신경전을 말려야 했다.

"그래, 아시나가 그러고 싶다면 그래야지."

"카르딘!"

"자자, 우린 여기서 먼저 인사 드려야지?"

카르디안의 부드러운 다독임에 레시아가 얼굴을 풀고 일어나 우아하게 드레스 자락을 잡았다. 감탄이 절로 나올 정도로 기품 있는 인사에 나시르는 저도 모르게 미소 지으며 마주 인사했다. 인사가 끝나자 아시나가 기다렸다는 듯 둘을 데리고 응접실 밖으로 나갔다. 그 뒷모습을 레시아가 못마땅하게 바라보았으나 카르디안은 그저 웃기만 했다.

응접실을 나온 아시나는 그대로 현관 홀로 둘을 안내했다. 벌써

해가 진 바깥은 촘촘히 박혀 빛나는 별들로 장관을 이루었다.

"우리 엄마 예쁘죠?"

"예, 정말 아름다우시군요. 어머니가 맞습니까?"

"안타깝게도!"

대꾸한 아시나가 환하게 웃었다. 그녀는 어머니에 대해 자랑하며 괜히 자신이 칭찬받은 것처럼 기분이 좋아져서 어깨를 으쓱였다. 집사가 내온 마차에 나시르가 의아한 시선을 보냈다. 귀빈이니 모신다는 의미로 아시나가 타라는 눈짓을 보냈다. 나시르는 의아한 눈치였지만 그렇다고 거절하진 않았다.

"아, 이걸 잊을 뻔했군요."

마차에 타려던 나시르가 내려서 잠시 제 품을 뒤적였다. 아시나는 호기심 어린 시선으로 나시르를 지켜보았다. 나시르가 내민 것은 편지였다.

"이건 아시나 양에게 전하시는 시하드의 선물입니다."

그 남자가 무언가를 나시르 편에 보냈을 거라 상상치 못했다. 아시나는 놀라움과 감격 탓에 바로 편지를 받아 들지 못했다. 나시르가 억지로 아시나의 손에 쥐어 주고 나서야 이게 꿈이 아니라는 걸 받아들었다. 정말로 베히다트가 보낸 것이 맞느냐 되묻는 시선에 나시르가 가만히 웃어 주었다.

"그럼 전 이만 가 보겠습니다."

나시르가 마차에 타고 말에 탄 카림도 고개를 끄덕였다. 둘이 저택을 나가는 걸 확인한 아시나는 그대로 저택으로 들어와 제 방으로 뛰어 들어갔다. 시녀들이 경악하며 아시나를 부르는 소리가 그녀의 귀에도 들렸으나 아시나는 그대로 방에 들어가 문부터 잠갔다. 그리고 문에 기댄 채로 나시르가 전해 준 편지를 내려다봤다.

심장이 뛰는 소리가 너무 커서 다른 사람에게 들리지 않을까 싶었다. 이렇게 기분이 좋아도 되는 걸까? 저절로 벌어지는 입가의 미소를 다물지 못해서 곤란했다. 도대체 뭐라고 썼을까? 편지라니, 생각해 본 적이 없어서 내용이 잘 예상되지 않았다. 대체 무슨 내용을 썼을까? 빤히 편지를 내려다보며 아시나는 망설였다. 왜인지 바로 들춰 보기 아깝다고 해야 할까. 이대로 묵혀 놓고 싶다기도 내용이 너무 궁금해서 미칠 것 같았다. 어쩌지.

"으음……."

한참을 고민하던 아시나는 결국 편지를 열어 보기로 결정했다. 조심스럽게 뜯어 내용물을 꺼낸 아시나는 편지 하나와 함께 들어 있는 목걸이에 고개를 갸웃했다. 웬 목걸이지? 자세히 살펴보니 달 문양이 새겨진 목걸이였다. 그 문양은 아시나가 팔에 끼고 있는 팔찌에 새겨진 문양과 똑같았다.

액세서리는 별로 좋아하지 않지만 아시나는 줄이 엉키지 않게 조심조심 목걸이를 꺼내 거울 앞으로 갔다. 자신의 목에 걸자 목에서 달이 영롱하게 빛났다.

"그럼 편지는……."

얇은 종이를 조심스럽게 펴 보자 굵고 강인한 글씨체가 간결하게 적혀 있었다.

곧 찾아가겠다.

혹시 뭐가 더 있을까 싶어 편지를 뒤집어 보고 옆에서 보고 촛불에 비춰 보기도 했는데 정말로 그게 다였다. 약간의 실망이 밀려왔다. 하지만 그것도 잠시, 여전히 설레는 마음은 어쩔 수 없었다. 그래, 편지를 써 준 게 어디야. 그래도 조금 더 길게 쓰면 어디가 덧나나? 아무튼 알다가도 모를 인간이야.

"……그래요, 기다릴게요."

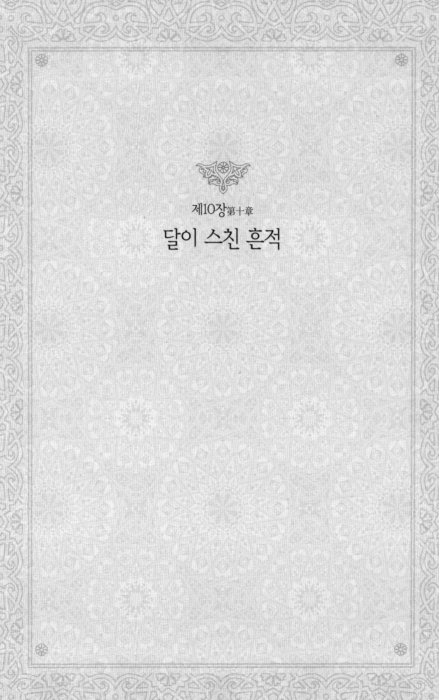

제10장第十章
달이 스친 흔적

달이 스친 흔적

사신단이 도착한 지도 벌써 보름이 흘렀다.

지금 웰즈는 어제 도착한 한 인물 때문에 온통 술렁이는 중이었다. 심지어 아시나의 어머니인 레시아 대공비조차 놀라워했다. 전무후무한 손님을 맞이한 크롬웰 황궁은 오늘 밤 큰 무도회를 열기로 했다. 아시나에게 무도회는 늘 엄마인 레시아에게 억지로 끌려가는 지옥 같은 곳이었지만, 오늘만은 달랐다. 나시르가 사신으로 도착했을 때도 몇 번 열렸지만, 오늘만큼 큰 반향을 일으키진 못했다. 아직 진짜 무도회는 시작되지도 않았는데 벌써 홀 안이 바글바글 했다. 아시나 역시 '어서 빨리 시작되었으면.' 하고 벌써부터 들떠 있었다. 사교계에 데뷔할 때도 이런 기분은 아니었는데. 아시나를 설레게 하는 건 역시 다른 이유 때문이다.

"드디어 볼 수 있구나."

그 얼굴을 못 본 지 두 달이 다 되어 가고 있었다. 하루하루가 너

무 길고 지루해서 시간이 가는지도 몰랐는데 벌써 그만큼의 시간
이 흘렀다. 다시 볼 수 있다는 생각에 들뜨면서도 같은 공간에 있
다는 사실만으로도 넘칠 듯이 기뻐서 곤란할 정도였다.

내가 너무 예뻐져서 못 알아보면 어쩌지?

베히다트가 들었다면 단번에 비웃었겠지만 아시나는 진심이었
다. 정말 열심히 꾸미고 나왔으니까! 이렇게 누군가에게 예쁘게 보
이기 위해 애를 쓴 건 오늘이 난생처음이라고 아시나는 장담할 수
있었다. 레시아가 대놓고 수상하게 여길 만큼 오늘 아시나는 자신
이 할 수 있는 모든 걸 하고 나왔다.

마사지부터 시작해서 평소라면 건너 뛸 머리 모양이라든가 머리
장식, 드레스 종류나 색상, 액세서리까지. 심지어 구두도 손수 골
라서 신고 나오지 않았던가! 이렇게 적극적으로 무도회를 준비하
는 아시나는 처음이라 레시아는 아예 중간부터는 손을 놓고 의심
스러운 눈초리로 감시만 했다. 그러거나 말거나 아시나는 심혈을
기울여 자신의 모습을 점검했다.

물론 뭘 해도 예쁘겠지만 그중에서도 가장 예쁘다는 칭찬을 많이
들은 걸로만 준비했으니까 당연히 예쁘겠지!? 베히다트에게 예쁘
다는 칭찬을 받을 생각에 들뜬 아시나를 보고 아이세스가 물었다.

"왜 그렇게 기분이 좋아? 낭군님 볼 생각에 벌써부터 기분이 좋
은 건가?"

아이세스가 머리 매무새를 다듬으며 놀렸다. 아시나는 대답 대
신 빙그레 웃었다. 부정하지 않는 모습이 낯설어서 아이세스는 인
상을 썼다. 그도 그럴 게 아시나가 누구던가. 무도회라면 맨날 인
상을 쓰고 언제 도망칠까 그 생각만 하던 인간이 아니던가? 파티건

만찬이건 무도회건 뭐건 아시나의 관심사는 언제나 첫째도 여행, 둘째도 여행이었다.

아무리 낭군을 볼 생각에 들떠 있다지만 지금 아시나의 모습은 오래 지켜봐 온 아이세스가 보기에도 적응하기 힘들었다.

"……진짜 우리 아시나 맞아?"

아시나는 해맑게 웃으며 아이세스에게 다가가 팔짱을 꼈다. 자꾸 웃음이 나오는 게 정말 어디가 고장이라도 난 것 같았다. 하지만 어쩌겠는가! 기분이 좋은걸! 게다가 조금만 기다리면 그 남자를 볼 수 있다는 생각에 들떠서 오늘은 어떤 일이 있어도 전부 용서할 수 있을 것만 같았다.

"응! 와, 아이세스 정말 예쁘다. 우리 아이가 이렇게 예뻤나?"

새삼스럽다는 듯 아시나가 활짝 웃었다. 안 그래도 오늘은 아침에 눈을 뜬 이후로 모든 게 반짝반짝 아름답게 보여서 탈이었다. 좋아하는 사람을 만날 수 있다는 것만으로도 이렇게 온 세상이 예쁘게 보이다니. 사랑이 이런 거라면 모두에게 사랑을 하라고 강요하고 싶었다.

아이세스는 능히 이유를 알면서도, 달라진 아시나가 적응되지 않았다.

"아시나, 뭐 잘못 먹었어?"

"아니! 오늘 바나나밖에 안 먹었는데?"

"그럼 못 먹어서 미친 거야?"

아니라고 막 아시나가 입을 열려고 했을 때였다. 발코니로 나온 또 다른 누군가의 목소리가 그 사이를 파고들었다.

"그냥 미친 게 아닐까?"

익숙한 미성에 아시나와 아이세스의 시선이 돌아갔다. 거기엔 곱게 머리를 틀어 올리고 화려한 드레스를 차려입은 백금발의 미녀가 요염한 자태를 뽐내며 서 있었다.

"이케인!"

아시나가 달려가 이케인에게 안겼다. 싫은 기색을 보이면서도 아시나를 품에 안은 이케인이 괜히 그녀를 타박했다.

"뭐야, 아시나. 나한테 뭐 죄 지었어?"

"지었겠냐, 오랜만이야!"

"오랜만은, 어제도 봤잖아."

퉁명스럽게 대꾸하며 이케인은 아이세스 옆에 있는 카우치로 가서 앉았다. 아시나는 입술을 삐죽였다. 어제도 그랬고 엊그제도 그렇고, 오랜만에 본 아시나가 반갑지도 않은지 이케인은 얼굴 보자마자 무슨 말을 하기도 전에 연신 자기 할 일 있다며 가 버리기 일쑤였다. 쌓인 불만과 서러움이 드디어 터졌다.

"네가 나 버리고 갔잖아!"

"아, 그건 급하게 해야 할 일이 있었으니까."

"할 일 좋아하네! 그래 봤자 남자 꼬드기는 거면서!"

"그게 얼마나 중요한 만남이었는데!"

"만남은 무슨, 악취미면서!"

"지금 내 취미 활동을 무시한 거야?"

이케인이 아시나를 흘겨보았다. 그에 아시나는 아예 팔짱을 낀 채로 이케인을 노려보았다. 둘이 그렇게 한참 눈에서 불꽃을 튀기며 신경전을 벌이는 사이, 조용히 서 있던 한 남자가 손을 들었다.

"난 안 보이냐?"

머리를 쓸어 올린 그는 아시나와 아이세스 그리고 이케인을 차례대로 둘러보았다. 빈틈없이 맞춰 입은 정장과 약간 사나운 인상이 어우러져 위험한 분위기를 풍겼다. 쉽사리 다가갈 수 없는 위압감이 느껴지는데 아시나는 거리낌 없이 그에게 아는 척을 했다.

"어, 테나인이다."

아이세스가 가장 먼저 살짝 고개를 숙이며 우아하게 인사했다.

"안녕하세요, 백작 각하."

뒤이어 아시나도 테나인에게 인사했다.

"안녕, 우리 까칠한 백작님?"

아시나가 다가오자 그녀를 흘긋 본 테나인이 위험하게 눈을 빛냈다.

"용케 안 죽고 살아왔다?"

"내가 죽다니, 그럴 일은 없어."

아시나의 단언에 테나인이 대번에 비웃었다.

"어떻게 없어? 모든 인간은 결국 죽어."

"아냐, 내가 죽는 건 전 인류적인 손실이라고."

"손실 좋아하네."

신랄한 대꾸에 아시나가 인상을 찌푸렸다. 요 며칠 둘 다 이모인 줄리아나에게 맹렬히 시달리고 있어서인지 반응이 까칠했다. 아니 뭐, 테나인은 원래 까칠한 인간이긴 했었다. 아마 요 근래에 더 까칠해진 거겠지. 자신의 좋은 기분을 망친 두 인간을 흘겨본 아시나가 테나인을 보며 뾰족하게 물었다.

"테나인, 곧 결혼한다며?"

넌지시 아시나가 운을 띄우자 테나인의 표정이 단번에 구겨졌다. 그가 눈을 치켜뜨며 물었다. 안 그래도 사나운 눈매 때문에 인상더러운데 어째 더 심각해졌다.

"누가 그런 헛소문을 퍼뜨리고 다녀?"

"쥴리 이모가."

"하, 미치겠군."

머리를 쓸어 올리며 괴로워하는 테나인을 마음껏 구경하며 이케인이 깔깔 웃었다. 테나인이 노려보았지만 그렇다고 이케인을 막을 수는 없었다.

"그러게, 우리 백작님 결혼하실지도 몰라."

"어, 정말?"

그 사안엔 아이세스마저 흥미를 보였다. 과연 저 까칠한 백작님을 누가 데려갈지, 초미의 관심사였다. 정작 테나인은 자신에게 몰리는 시선이 불쾌한 듯 인상을 찡그렸지만 이케인은 오히려 신이 나서 전에 있었던 일을 풀어 놓았다.

"장가를 안 가신다며, 후계도 안 잇겠다고 테나인 백작께서 선언하시는 바람에 충격받은 우리 어머님께서 엄포를 놓으셨거든. 올해 안에 신붓감 못 데려오면 어머니가 고른 여자랑 결혼해야 한다고!"

"오호."

"이번 일엔 아버님까지 어머님 말씀에 찬성하고 나서서 아무리 까칠한 백작님이라도 쉽게 무시할 수는 없을걸?"

상기만 해도 짜증나는지 테나인이 거칠게 머리를 긁었다. 애써 단정하게 빗은 머리가 흐트러졌으나 그는 상관없는 듯했다. 모든 전말을 전해 들은 아시나는 고소한 표정으로 테나인을 흐뭇하게 지켜보았다. 쥴리 이모 혼자라면 모를까 레슈타인 후작 각하까지 가세했다면 테나인도 쉽사리 반항할 수 없었다.

"드디어 가는구나, 장가를! 널 데려갈 여자가 누구인진 모르겠지만 참 그렇다."

아시나의 말에 테나인이 으르렁거렸다.

"저주하는 거냐, 축복하는 거냐?"

"당연히 저주지."

상큼하게 대꾸한 아시나가 깔깔 웃었다. 약이 오른 테나인이 결코 지지 않으려는 듯 이를 갈았다.

"그러는 너야말로 청혼서 왔다면서?"

아시나가 두 눈을 동그랗게 떴다. 벌써 이야기가 쫙 퍼진 것인가. 은밀하게 황실 식구만 아는 줄 알았는데. 순간 아이세스가 헛기침을 하며 고개를 돌렸다. 아시나는 어째서 테나인이 그 사실을 알고 있는 건지 알 수 있었다.

아이, 네가 말한 거였냐…….

"그것도 페시안의 왕한테. 위기는 네가 느껴야 하는 거 아니냐?"

테나인의 비아냥거림에 이케인이 합세했다.

"그러게, 용케 도망 안 치고 잘 왔네?"

아시나는 대답하는 대신 잠자코 아이세스의 옆모습을 바라보았다. 자신의 죄를 잘 알고 있는 아이세스는 얌전히 있었다. 그녀가 옷매무새를 만지는 손길이 느려졌다. 부모도 없이 무도회에 참석하는 거라 평소보다 더 빛나야 한다면서 꾸며 놓은 터라 더없이 아름다웠지만 지금 이 상황에서는 아무런 효과가 없었다. 아시나가 침묵하자 이케인이 서운한 듯 들고 있던 부채로 톡톡 소파 팔걸이를 두들겼다.

"그래서 언제 도망칠 거야? 다른 사람은 몰라도 우리한텐 말해

쥐야 하는 거 아니냐?"

신이 난 이케인의 얼굴을 정면으로 마주하며 아시나는 유감이라는 듯 웃어 주었다.

"안 도망칠 건데."

"뭐?"

"도망 안 칠 거라고."

순식간에 분위기가 찬물이라도 뒤집어쓴 듯했다. 이케인은 얘가 뭘 잘못 먹었나 싶어 아시나의 이곳저곳을 살펴보았고 가만있던 테나인조차 놀라서 아시나를 노려보았다.

"아시나."

"응?"

"혹시…… 미쳤어?"

이케인의 용기 낸 질문에 아시나가 가볍게 웃으며 대꾸했다.

"아니, 제정신인데."

입 다물고 있던 테나인이 이케인을 돌아보았다.

"얘 머리 다쳤냐?"

"나도 그건 모르는데. 아이, 얘 머리 다쳤어?"

자신에게 향하는 따가운 시선을 느끼며 아이세스가 '나는 모르오.' 하며 고개를 돌렸다.

"아마 그건 아닐걸……."

이케인은 이제야 수상함을 느낀 모양이었다. 일어나 아시나의 어깨를 붙잡은 이케인이 노골적으로 그녀를 훑어보았다.

"그러고 보니 오늘 좀 꾸몄다? 잘 안 하는 목걸이에 귀걸이, 머리 장식까지. 드레스도 잘 안 입는 건데. 평소엔 무겁다고 절대 안

입더니 웬일로 무슨 바람이 불어서…….”

무언가를 짐작한 듯 이케인의 표정이 굳어졌다.

“설마, 너.”

아시나가 상큼하게 웃으며 수긍했다.

“응, 결혼할 거야.”

“…….”

순식간에 내려앉은 침묵. 아이세스는 머리를 짚으며 이 상황을 조용히 외면했다. 가만있던 테나인이 괜히 바깥 하늘에 시선을 주며 물었다.

“내일 크롬웰 멸망해?”

“그런 소리는 없었는데.”

이케인이 혼란스러워하며 대꾸했다. 마침 황제가 등장하는 기척에 발코니에 있던 모두의 시선이 안으로 몰렸다. 이젠 나가야 할 때였다.

프린세스인 아이세스를 위시해서 홀로 나오니 홀 안이 이상할 정도로 쥐 죽은 듯 조용했다. 단순히 황제가 등장해서가 아니었다. 아시나는 사람들의 시선이 향하는 끝으로 고개를 돌렸다. 그리고 이 공간의 공기를 완전히 뒤바꿔 버린 한 남자를 발견했다.

베히다트.

아시나의 입술이 가늘게 떨렸다. 당장 가서 아는 척을 하고 싶었지만 간신히 그 마음을 억눌렀다. 지금 이 자리엔 레시아와 카르디안도 있었으니까. 얌전히 자리를 지키고 있으려니 곧 라페니히 황제의 연설이 끝났다.

“오랜만에 모인 모두에게 기쁜 소식을 알려야 마땅하지만 지금은 그보다 더 귀한 손님들의 방문에 대해 말하려 한다. 바다 건너 먼 남대륙에서 두 나라의 화합을 위해 방문한 라 쿤이 바로 여기 계시다. 모두 맘껏 마시고 즐기며 라 쿤의 방문을 환영하도록 하라. 크롬웰에 오신 걸 환영합니다. 페시안의 주인이여."

별다른 인사는 하지 않았지만 베히다트가 고개를 끄덕인 걸 신호로 사방에서 웅성거리는 소리가 터져 나왔다. 찬탄과 감탄, 여러 가지 이야기들이 뒤섞여 홀을 가득 메우는 와중에도 아시나의 시선은 오로지 한 남자에게 묶여 있었다. 황제의 옆에 선 아이세스가 인사를 하고 이어서 레시아와 카르디안이 인사를 마쳤다. 아시나는 떨리는 마음을 다잡고 베히다트 앞에 섰다. 그의 시선이 닿은 자리가 유난히 따갑게 느껴졌다.

이젠 서로 마음을 주고받은 사이라고 생각했는데, 다시 마주한 베히다트가 짓고 있는 무표정이 너무 견고해서 아시나는 정말로 처음 만나는 사람이 아닌가 하는 착각마저 들었다.

"처음 뵙겠습니다. 웰든의 레디, 아시나 리세아 데 웰든입니다."

자연스레 내밀어진 아시나의 손등 위에 키스한 그가 강렬한 시선으로 아시나를 응시했다.

"그대가 제 청혼서를 받은 레이디시로군요."

베하다트의 시선이 가볍게 아시나에게 닿았다. 반쯤 틀어 올린 머리와 백금의 장미 장식, 그 밑으로 살짝 늘어뜨린 은빛 머리카락과 몸의 실루엣을 부드럽게 드러내는 우아한 드레스. 처음 보는 모습이었다.

이 여자가 남대륙에서 봤던 그 여자가 맞던가? 눈으로 보고 있으면서도 전혀 다른 분위기에 쉬이 믿을 수가 없었다. 베히다트가 살짝 눈을 가늘게 떴다. 페시안의 옷도 꽤 잘 어울렸지만 살짝 푸른 빛이 도는 드레스는 지나칠 정도로 아시나와 잘 어울렸다.

도대체 누굴 보여 주려고 이렇게 정성 들여서 단장하고 화려하게 꾸몄단 말인가? 꾸미지 않은 모습만 보다 차려입은 그녀를 보니 왜인지 기분이 살짝 가라앉았다.

지난 몇 주 동안 자신이 어떤 심정으로 버텼는지, 이 여자는 알기나 할까? 거의 미쳐 있었다. 이 여자를 보고 싶어서. 아니, 완전히 미쳐 있었다고 하는 게 맞았다. 신중히 처리해야 할 국무를 서둘러 마무리 짓는 자신의 상태가 정상이 아니라는 걸 알고 있었지만 어떻게 막을 순 없었다.

하루라도 더 빨리 크롬웰에 오기 위해, 이 여자를 데려가기 위해 얼마나 견뎌 왔던가? 아닌 척, 애써 태연한 척 가장하고 있었지만 번번이 매순간이 위기였다. 자신을 라 쿤으로 만들어 준 인내도 그다지 대단한 건 아닌 모양이었다. 여자 하나에 흐트러지는 베히다트라니, 예전이라면 있을 수 없는 일이었다. 문제는 그래도 이 여자 하나만 곁에 잡아 놓을 수 있다면 그 무엇도 상관없다고 생각하는 자신이었다. 정말 미쳐도 단단히 미쳤군.

길게 뻗은 회색의 속눈썹 아래로 붉은 눈동자가 은밀하게 아시나의 눈동자를 주시했다.

"그 청혼서를 보내신 분이셨군요."

아시나는 가쁜 숨을 애써 참아 누르며 입을 뗐다. 이 눈동자를 처음 마주했을 때도 그렇게 생각했지만, 쉽게 시선을 뗄 수 없었다. 그 붉은 눈에 사로잡혀 순식간에 시간도 이곳이 어디인지도 잊고 말았다. 오로지 남는 것은 그와 자신뿐.

아주 짧은 찰나지만 그렇게 마주 보고 선 동안 억겁의 시간이 지나간 듯한 착각이 두 사람을 스쳤다. 베히다트가 슬그머니 입꼬리를 올렸다. 아시나도 서서히 정신을 차렸다.

이렇게 눈앞에서, 정말로 베히다트를 보고 서 있었다. 뒤늦은 감격이 잔잔하게 밀려왔다. 정말로 이 남자가 자신에게 청혼을 했다는 사실도 실감했다. 비록 아시나에게 한 것이 아니라 웰든의 레이디에게 한 것이지만 어차피 둘 나 그녀이지 않은가? 아시나는 예쁘게 웃었다. 살짝 머금은 미소에 베히다트의 눈빛이 살짝 변했다.

"듣던 것보다 어여쁘군."

감상인지 감탄인지 모를 말을 남기며 그가 웃었다.

이곳이 파티가 열리는 홀이 아니고 주변의 시선을 신경 써야 하는 곳만 아니었다면 그는 벌써 그녀를 끌고 어디론가 갔을 것이다. 지금도 당장 아무 거나 잡히는 대로 가져와 이 모습을 다른 자들 앞에서 가리고, 그 누구에게도 보여 주고 싶지 않았다. 여인을 구속하는 풍습을 비웃던 그였지만 아시나를 알게 된 지금은 달랐다. 그는 왜 선대왕들이 하렘에 여인들을 격리시키고 아바야로 모습을 가리게 만들었는지 그 심정을 충분히 이해했다.

"제가 예상했던 것보다 라 쿤께서도 더 잘생기셨네요."

장난기 어린 대답에 베히다트가 웃었다. 이만 인사를 마치고 다른 자에게로 고개를 돌려야 한다는 걸 머리로는 알고 있는데 쉽게 눈을 뗄 수가 없었다. 아시나는 수줍게 시선을 내렸다. 그와 동시에 그의 시선이 곱게 반쯤 틀어 올려져 우아하게 장식된 머리로 향했다.

평소 하고 다니는 거에 비하면 우아하고 기품 있는 머리 모양이었는데, 그것 때문에 오늘 따라 더 청순하게 보였다. 베히다트의 눈매가 가늘어졌다. 순간 장식을 그대로 빼내서 저 머리를 풀어 버리고 싶었다. 그 머리카락을 쥐고 그대로 이 여자가 제 품에 있다는 실감을 하고 싶었는데, 안타깝게도 지금은 하지 못하는 일이었다. 베히다트의 눈동자가 욕망으로 짙어지자 아시나가 뺨을 붉혔다.

"이거 선남선녀가 서 있으니 보기 좋구먼."

둘이 형성하는 좋은 분위기에 라페니히 황제가 끼어들며 흐뭇하게 웃었다. 한 발자국 멀리서 사태의 추이를 지켜보던 아이세스는 살짝 걱정하는 기색이었고 테나인과 이케인은 대놓고 흥미진진하게 지켜보았다. 그 옆에 선 카르디안은 속모를 표정만 짓고 있었으나 레시아는 뭐가 불만인지 아예 인상을 찡그린 채 서 있었다.

"그러게요. 정말 보기 좋네요."

아이세스가 거들어 봤으나 이미 완전히 굳어진 레시아의 표정을 풀기엔 역부족이었다. 뒤이어 테나인과 이케인이 베히다트에게 인사했다. 원래는 레슈타인 후작 부부가 참석해야 했지만 두 사람은 오늘 사정이 있어서 자리를 비운 상태였다.

테나인과 이케인의 이름을 듣자마자 베히다트의 눈에 이채가 어렸다. 전에 아시나가 떠들어 댄 이야기 속에 있던 인물들이었다. 베히다트의 노골적인 시선에 둘은 내심 당황했다. 하지만 테나인은 늘 그렇듯 곧 무관심해졌고 이케인은 호기심을 숨기지 않고 시선을 맞받아쳤다. 꽤 요염한 시선이었는데 베히다트는 그저 웃는 것으로 그 유혹을 무시했다.

"호오."

이케인이 재미있다는 듯 두 눈을 빛냈다. 한번 꼬셔 보려는 궁리를 하는 게 뻔히 보였는데, 그래 봤자 피를 보는 건 이케인일 터라 그냥 놔두었다. 대략적인 인사가 끝나자 베히다트의 시선이 다시 아시나에게로 돌아갔다. 그가 보이는 노골적인 관심에 당황한 건 황실 식구들이었다.

"그래서."

그가 잠시 말을 끊자 모두가 숨죽인 채 다음 말을 기다렸다. 아시나 역시 긴장한 채로 그가 무슨 말을 할지 기다렸다.

"제 청혼에 대한 답은 준비해 두셨습니까, 레이디?"

아시나는 순간 너무 놀라 아무 말도 할 수가 없었다. 그건 다른 사람들도 마찬가지였다. 아무도 그가 이런 자리에서 그 이야기를 꺼낼 줄은 예상치 못했다. 당황과 난감이 교차하는 와중에 서서히 가슴을 진정시킨 아시나가 빙그레 웃었다.

"당연하죠."

숨을 삼킨 건 레시아였다. 당장이라도 뛰쳐나가려는 레시아의 팔을 붙잡은 카르디안이 그녀에게 눈치를 주었다. 그 모습을 예의 주시하던 베히다트가 다시 아시나에게로 시선을 돌렸다. 그의 입가에 걸린 미소가 좀 더 진해졌다.

"대답을 들을 수 있겠습니까?"

준비가 다 되었다는 듯 아시나가 힘차게 고개를 끄덕였다. 그 모습이 어찌나 천진하던지 지켜보던 아이세스가 저도 모르게 웃음을 터뜨릴 정도였다. 베히다트도 마음껏 귀여워하고 싶은 마음을 꾹 눌렀다. 그가 손을 뻗었다.

"저와 결혼해 주시겠습니까?"

"좋아요."

단번에 손을 맞잡으며 아시나가 살포시 고개를 끄덕였다. 뒤에 있던 레시아가 눈에 불을 켰다. 저게 미쳤나, 어디 한마디 상의도 없이 멋대로! 레시아가 내뿜는 불과 무언의 아우성을 모두가 들었으나 아무도 쉽사리 말을 꺼내지 못했다. 카르디안은 곤란한 얼굴로 필사적으로 레시아를 붙잡았다. 다행히 레시아에게도 이성은 있어서 이 자리를 엎으면 회생 불가능이라는 걸 알고 있었다. 결국 자기 혼자 속 끓이며 화를 내는 꼴이었다. 레시아가 머리를 쓸어 올리며 깊은 한숨을 내쉬며 화를 삭일 때쯤, 별안간 아시나가 예쁜 미소로 운을 뗐다.

"단, 한 가지 조건이 있어요."

베히다트가 두 눈을 가늘게 떴다.

"조건?"

큼지막하고 우아하게 고개를 끄덕인 아시나가 꽤 건방지고 도도하게 고개를 치켜들었다.

"내 소원을 맞춰 보세요."

도발이라도 하듯, 그녀가 웃었다.

"기간은 일주일."

나긋나긋한 목소리가 마치 노래하듯 이어졌다.

"제 소원을 맞추시면 기꺼이 이 결혼을 승낙하죠."

도전적인 대꾸에 별안간 베히다트가 소리 내어 웃었다. 다행히 심기에 거슬리진 않는 모양이라 놀라 할 말을 잃은 모두는 안심했지만, 내심 전부 아시나가 미쳤다고 생각했다. 지금 자신이 상대하고 있는 대상이 누구인지 잊은 걸까? 심지어 아이세스는 '좋아하는 상대라더니, 대체 무슨 꿍꿍이야?' 하고 의도를 의심하기도 했다. 그중 제일 골치 아프다는 표정을 짓는 건 라페니히 황제였다. 다

된 밥에 재가 뿌려졌다는 듯 그는 유감이라는 걸 온몸으로 드러냈다. 그러거나 말거나 레시아는 화가 좀 가라앉았고, 이케인은 여전히 두 사람의 공방전을 즐겁게 지켜보았다.

"그러지."

웃음을 멈춘 그는 잠시 입을 꾹 다물고 아시나를 주시했다. 안 그래도 강렬한 눈동자가 그렇게 자기만 쳐다보고 있으니 아시나는 온몸이 반가벗겨지는 기분에 입술을 꾹 깨물었다. 그 행동까지 남김없이 지켜보며 그가 낮게 속삭였다.

"그럼 내가 소원을 알아내는 동안 그대는 무얼 할 생각이지?"

"당연히 라 쿤님의 장점을 찾아내야죠. 정말 내가 평생 믿고 살 수 있는지 확인하려면!"

당돌한 대꾸에 그가 피식 웃었다.

"그럼 어쩔 수 없이 우리 둘이 만나야겠군."

"당연히 그래야겠죠?"

"도망치는 건 아닌가?"

"승부 앞에서 도망치진 않아요. 그런 겁쟁이는 아니라고요."

"승부라."

아시나가 포부도 당당하게 허리에 손을 올리며 외쳤다. 그 모습을 귀엽다는 듯 바라보며 베히다트가 입술을 쓸었다.

"누가 이길지 기대되는걸."

그러더니 이내, 언제 반말했냐는 듯 그가 한 걸음 물러나며 예의 바르게 아시나에게 살짝 고개를 숙였다.

"그럼 내일 뵙죠, 레이디. 기대하고 있겠습니다."

이걸로 볼일은 더 이상 없다는 듯, 라페니히 황제에게 양해의 시선을 보낸 베히다트가 자신을 대신할 나시르와 신하들을 놔두고 홀 밖으로 나갔다. 그의 빠른 퇴장에 모두는 아시나가 심기를 불편하게 만들어서 그런 거라 이해했다.

어쩐지 도망치지 않고 자리를 지키더라.

라페니히 황제는 할 말은 많지만 차마 뭐라 할 수 없어서 입을 다물었고, 아이세스는 레시아의 눈치를 봤다. 레시아는 잠시 그 자리를 지키고 있다가 못마땅한 표정으로 자리를 옮겼고 그 뒤를 카르디안이 따랐다. 흥미를 잃은 테나인이 자리를 뜨자 기회를 엿보던 아이세스가 이때다 싶었는지 바로 아시나의 팔목을 채 갔다. 물론 그 옆엔 호기심을 숨기지 않는 이케인도 있었다.

"너 사실 결혼할 생각 없지?"

아시나를 끌고 홀 밖으로 나온 아이세스가 다짜고짜 다그쳤다. 아시나는 어깨만 으쓱일 뿐 별다른 대꾸를 하지 않았다. 옆에서 이케인이 감탄했다.

"근데 똑똑하다. 페시안의 왕이랑 그런 내기를 할 생각을 하고."

아시나는 생글생글 웃는 걸로 대답을 대신했다. 아이세스는 뭐라 말하려다 답답한지 인상을 찡그리더니 아예 궁 밖으로 아시나를 질질 끌고 가기 시작했다. 아무래도 자리가 자리인지라 더 은밀한 곳으로 자리를 옮길 필요성을 느낀 모양이었다. 물론 이케인은 떨어질세라 그 뒤에 붙었다.

"아이, 팔 아파~."

"놔주면 도망칠 거잖아!"

"아닌데~ 아이, 너무 날 못 믿는 거 아니야?"

"넌 못 믿어!"

몇십 번의 저택 탈출, 십몇 번의 황궁 탈출, 대여섯 번의 지하 감옥 탈출 기록이 아이세스가 아시나의 말을 불신하는 데 엄청난 공헌을 했다. 그렇게 가둬 놓는데도 손쉽게 탈출하는 애가 이 자리를 벗어나는 것쯤이야 식은 죽 먹기 아니던가.

"네가 이대로 우리 손아귀에서 벗어날 수 있을 거라 착각하지 마!"

"맞아, 맞아."

이케인이 맞장구를 치며 빙그레 웃었다. 쟤는 또 왜 저리 신난 건지 이해 불가였다. 어떻게 해서든 오늘 모든 진상을 토해 내게 하겠다는 아이세스의 굳은 의지가 아시나에게까지 전해졌다. 아시나는 소리 없는 한숨을 내쉬었다.

"내가 납득할 때까지, 다 제대로 설명해 내야 돼!"

"맞아, 맞아!"

막상 붙잡고 끌고 가는 아이세스보다 건수 생겼다며 좋아하는 이케인이 더 얄미웠다.

그나저나 오늘 밤 집에 돌아가는 건 글렀군. 그 와중에 아시나는 태평하게 그리 생각하며 어깨를 으쓱였다.

황궁 내에서도 가장 안쪽, 울창하고 고요한 숲으로 둘러싸인 아이비케인 궁전은 라페니히 황제가 황자 시절 살던 궁으로 이젠 아이세스가 머물고 있었다. 어릴 적부터 그녀의 소유인 희고 고풍스러운 궁에 세 사람이 도착했다.

어머니를 피해 자주 피난 온 곳인지라 아시나는 익숙하게 궁 안으로 들어섰다. 단번에 응접실을 패스한 아이세스가 아늑한 침실로 그녀를 끌고 들어갔다. 침실에 있는 카우치 소파에 아시나를 앉힌 아이세스가 팔짱을 끼고 반대편에 앉았다. 졸래졸래 따라 들어온 이케인이 둘 사이에 조용히 착석했다. 아시나가 의아해서 물었다.

"웬 아이비케인? 아이, 너 오늘 집에 안 들어갈 거야?"

결혼 이후로 쭉 궁 밖의 저택에서 살고 있는 아이세스인지라 이 시각에 아이비케인 궁이라면 그런 식으로밖에 해석이 되지 않았다. 아이세스가 단호하게 못 박았다.

"오늘 안 돌아가. 돌아가려고 했는데 이거 안 되겠어."

"네 남편이 불쌍하지도 않냐?"

"괜찮아. 가끔 내가 없는 자유도 누려 봐야지."

자유가 아니라 지옥이 아닐까?

아시나가 반문해 보려 했지만 아이세스에게서 뿜어져 나오는 기세가 어마어마했다. 이케인은 그저 흥미롭다는 표정으로 둘을 지켜보았다. 때리는 시어머니보다 말리는 시누이가 더 얄밉다더니. 지금 이케인이 딱 그 짝이었다. 괜히 이케인을 흘겨본 아시나는 이왕 이렇게 된 거 마음이나 편하게 먹자 생각하며 소파에 등을 깊숙이 기댔다.

"말해."

"뭐부터?"

"서론, 본론, 결론에 네 감상까지 싹 다."

기꺼이 이 밤을 지새우겠다는 의지에 아시나가 허허 웃었다.

"그러니까…… 내가 남대륙에 여행 간 건 알지?"

아시나가 운을 떼자 이케인이 심각하게 되물었다.

"남대륙에 갔었어? 와, 역시 우리 아시나."

이케인의 감탄에 아시나가 어깨를 으쓱였다. 뭐 이쯤이야. 그런 둘을 한심하게 응시하다 아이세스가 고개를 끄덕였다. 더 말해 보라는 뜻이었다.

"남대륙에 엄청 큰 사막이 하나 있어. 죽음의 사막이라고. 거길 보고 싶어서 갔는데, 길을 잃어버렸어."

"당연히 잃어버리지!"

아이세스의 경악에 아시나는 그저 어깨를 으쓱였다. 잃어버리지 않을 자신이 있어서 간 것이었는데, 하룻밤 사이 지형까지 바꿔 버리는 모래 폭풍의 위력이 그렇게 클 줄은 몰랐다. 이케인이 배를 붙잡고 웃어 댔다.

"이야! 너 진짜 대단하다!"

"고마워."

"둘이 지금 그럴 때냐!"

아직 이야기가 본격적으로 시작되지도 않았는데 아이세스는 벌써부터 이마를 짚고 있었다. 집을 좋아하고 애당초 멀리 돌아다니는 걸 좋아하지 않는, 천성이 레이디인 녀석이라 감당하기 힘든 모양이었다. 아시나는 환하게 웃었다.

"그리고 어떤 남자를 만났어. 난 그냥 길을 물어봤거든? 근데 그 남자가 날 보자마자 다짜고짜 감옥에 집어넣었어. 정신 차리고 보니 페시안 감옥에서 내가 썩어 가고 있는 거야. 심지어 난 페시안을 가려고 생각지도 않았는데 말이지."

이 부분만큼은 이케인도 뭐라 감탄을 할 수 없을 만큼 놀랐다. 아시나가 자못 심각한 표정으로 뺨을 톡톡 쳤다.

"그래서 탈출했지."

"이야기가 거기서 끝나는 게 아니야?"

웬일로 보는 이케인의 진지한 태도에 아시나가 고개를 끄덕였다. 장난이 많긴 해도 이케인은 보이는 것만큼 가벼운 녀석이 아니었다. 웃음기가 사라지고 눈빛이 가라앉자, 이케인의 차가운 외모가 돋보였다. 아이세스는 심각해진 지 오래였다. 얘를 어쩌면 좋을까 고민하는 표정에서 아시나는 어머니의 그림자를 느꼈다. 어쩌면 레시아의 아시나 감금 계획에 아이세스가 끼어들 수도 있었다. 그 마음을 모르는 바는 아닌 터라 아시나는 일부러 더 해맑게 웃었다.

"탈출엔 성공했는데 바로 잡혀 버렸어. 그것도 날 감옥에 집어넣은 그 남자한테!"

"뭐?"

아이세스가 콧잔등을 찌푸렸다. 아시나가 해맑게 웃었다.

"그 남자가 페시안의 라 쿤이야."

일순 엄청난 무게의 정적이 방 안을 지배했다.

아시나는 굳어 버린 두 사람을 즐겁게 구경하며 시녀가 눈치껏 내온 차를 한 모금 들이마셨다. 음, 맛있군! 태연하게 차 맛을 평가하는 아시나를 보며 두 사람은 어이없어 했다.

"북인에다 사람들이 잘 안 가는 사막을 돌아다니고 있었던 데다가 이제껏 탈주자가 없다는 감옥까지 탈옥해 버려서 순식간에 첩자 취급을 받고 감금당했어."

"당연히 감금당하지!"

부채를 던져 버린 이케인이 이마를 짚었다.

"안 죽은 게 용하다."

아시나는 그저 앙글방글 웃을 뿐이었다.

"뭐, 그렇게 됐어."

아시나는 별거 아니라는 듯 말했지만, 어마어마한 말을 들은 두 사람은 할 말을 잃었다. 아이세스가 두 눈을 감으며 홀로 조용히 탄식했다. 저게 내 사촌이라니! 원래 저런 애인 줄은 알고 있었지만 정말 상상을 초월했다.

"그래서 붙잡혀서 첩자 혐의를 받고 조사도 받고 그랬을 텐데, 넌 네 정체는 절대로 말하지 않았을 테고. 근데 어떻게 풀려난 거지?"

당연하다는 듯 덧붙이는 아이세스의 추리가 너무 절묘해서 아시나는 두 눈을 동그랗게 떴다. 가만있던 이케인이 손을 들었다.

"사신. 페시안으로 사신 갔잖아."

"아! 이안 각하."

둘이 생각한 그것이 맞느냐, 확인하는 시선이 아시나에게 꽂혔다.

"혼 안 났니?"

"안 났겠어?"

"혼났는데도 그래?"

그녀는 그냥 어깨를 으쓱였다.

"쟨 아무튼 어렸을 때부터 별났어."

이케인이 못 말린다는 듯 고개를 가로저었다. 아시나는 억울했다.

"나랑 같이 사고 친 건 너거든!"

"야, 난 그래도 정도라는 건 알고 있거든?"

"정도 같은 소리 좋아하시네."

"자잘한 사고는 쳐도 너처럼 대형 사고는 치지 않는다고."

이케인이 딱 잘라 말했지만 아시나는 코웃음을 쳤다. 그 사이에서 가장 사고 없이 얌전하고 조신하게 살아온 아이세스만이 답이 없다는 듯 한숨을 크게 내쉬었다.

"그래서, 진짜 결혼할 거야?"

둘의 싸움을 끊고 아이세스가 물었다. 아시나는 대답 대신 고개를 끄덕였다. 답지 않게 수줍어하는 모습에 두 사람이 경악했다. 소름이 돋을 정도였다. 저게 누구야? 우리가 알던 아시나가 맞아?

"……대체 어쩌다 빠진 거야?"

"나도 그걸 모르겠어."

"그 사람 어디가 좋은데?"

"어, 그러니까……. 흐음."

일생일대의 엄청난 고민을 하던 아시나가 부끄러운지 고개를 숙였다. 처음 보는 아시나의 모습에 이케인과 아이세스의 표정이 달라졌다. 쟤가 언제 무언가를 부끄러워했던 적이 있었던가?

"그냥 나도 잘 모르겠어. 대체 어디가 좋은 걸까?"

아시나는 자못 심각하게 인상을 썼다. 아이세스는 저도 모르게 웃었고 이케인도 웃음기를 머금고 아시나를 바라보았다.

"뭐야, 둘 다 왜 웃어?"

"말해 줄 거 같아?"

이케인이 반문했다. 아이세스도 연이어 검지를 좌우로 흔들었다.

"나도 말 안 해 줄 거야."

이케인이 장난기 가득한 미소로 물었다.

"얼굴이지? 얼굴밖엔 이유가 없어."

"맞아, 우리 베히 님 잘 생겼어. 내가 우리 아빠 외에 잘생겼다고 생각할 남자가 있을 거라 상상을 못 했다니까?"

"우리 베히 님이래…… 와…….."

이케인이 소름 돋아 하는 걸 지켜보며 아시나가 맑은 소리로 웃었다. 무척이나 행복해 보이는 미소에 두 사람 다 천천히 아시나가 왜 결혼이라는 걸 하려 하는 건지 무의식중에 깨달았다. 정말 좋아하는구나.

"근데 우리 베히 님. 얼굴만 잘생긴 거 아닌데. 목소리도 좋고 몸매도 좋고 또 얼마나 똑똑한데. 사람도 잘 다루고……."

아시나의 주절거림을 들은 이케인이 어이없다는 듯 아이세스를 돌아보았다. 아이세스도 사뭇 놀랍다는 듯 지켜보고 있었다.

"쟤 지금 우리한테 자기 예비 남편 자랑하는 거냐?"

"어, 아무래도 그런 것 같은데."

부끄러운 기색도 없이 아시나가 방싯 웃었다. 둘은 어이가 없어서 서로의 얼굴을 마주 보았다.

"그리고 우리 베히 님이……!"

아시나의 말을 무시한 이케인이 자못 심각하게 고민했다.

"상대가 잘못 걸린 걸까, 아시나가 잘못 걸린 걸까?"

"아시나가 아닐까?"

아이세스의 대답에 이케인이 고개를 끄덕이다 반문했다.

"라 쿤 쪽도 만만치 않게 힘들걸?"

"하긴. 쟤 성격을 봤을 때 은근히 그쪽이 힘들 수도 있어."

"그래도 마냥 휘둘릴 만한 인물은 아닌 것 같던데."

한창 베히다트가 얼마나 멋진지 나열하던 아시나가 작은 목소리로 토론을 하는 둘을 빤히 쳐다보았다.

"지금 내 말 무시하고 둘이 속닥거리는 거야?!"

서운하다는 표정에 두 사람이 크게 웃음을 터뜨렸다.

귀빈에게 내주는 궁전에 도착한 아시나는 설레는 마음으로 응접실에 앉아 있었다. 자주 왔던 궁전이지만 오늘따라 다른 장소에 온 것처럼 낯설었다. 이국의 왕을 위해 단장한 궁 내부를 살펴보며 아시나는 남몰래 웃었다.

잘사는 크롬웰을 보여 주고 싶었나 보지? 평소에는 없던 장식들이 늘어나 있었다. 회화부터 시작해서 조각과 금은장식들이 꽤 신경 써서 배치되어 있었다. 시종장의 센스로군. 사정을 훤히 꿰뚫고 있는 아시나의 눈엔 그 노력이 마냥 귀여웠다. 이 노력을 가상히 여겨 부디 크롬웰이 엄청 부유하다는 걸 페시안에서 알아줬으면 했다.

"분명 폐하의 아이디어일 거야."

심지어 황제 궁에서나 봤던 장식들도 여기에 놓여 있었다. 이번 사신 접대에 전력을 기울인 게 티가 나서 아시나는 괜히 신났다.

그래요, 큰아버지. 이 조카딸이 효도 한번 해 드리죠.

어젯밤엔 예상했던 대로 집에 돌아가지 못했다. 그 이후로도 한참 이야기꽃을 피우던 셋은 밤늦게야 잠들었다. 그렇게 놀아본 건 오래만이라 어릴 적으로 돌아간 느낌마저 들어 꽤 기분 좋았다. 모든 토론의 결론은 결국 '아시나 너는 도저히 무슨 사고를 저지를지 예상을 못 하겠다.'였지만 이번 사건은 자신도 의도한 것이 아니기에 조금 억울했다.

"내가 페시안 가려고 한 건 아니었는데 말이지."

하지만 아무리 부정해 봐도 이케인과 아이세스는 거짓말 말라며 불신할 뿐이었다. 대체 내가 그동안 얼마나 대단한 사고를 쳤다고. 입술을 삐죽이던 아시나는 어젯밤 집에 돌아가지 못한 게 마음에 걸렸다. 분명 우리 집 여왕님께서 잔뜩 벼르고 계실 텐데. 벼르다 뿐이냐, 이를 갈고 있을 게 뻔했다.

"그건 좀 무서운걸."

한참 생각에 빠져 여기가 어딘지도 잊고 있을 때였다.

"뭐가 무섭다는 거지?"

나지막한 목소리에 아시나는 비명을 삼켰다. 깜짝 놀란 표정으로 뒤를 돌아보니 베히디트가 즐거운 표정으로 이시나를 바라보고 있었다.

"놀랐잖아요!"

"아무것도 안 했다만?"

"진짜, 어휴…….."

뭔가 더 할 말이 있었지만 그냥 말을 만 아시나는 가슴을 쓸어내리며 그를 흘겨보았다. 어젯밤과 달리 베히다트는 그동안 페시안에서 봤던 대로 간편한 차림새였다.

"잘 주무셨나요, 라 쿤이시여?"

짐짓 도도하게 치맛자락을 붙잡고 살짝 허리를 숙이는 아시나를 보며 베히다트가 웃었다.

"부르던 대로 부르지 그래?"

"베히 님, 잘 잤어요?"

냉큼 나오는 호칭에 둘은 서로를 마주 보며 웃었다. 그는 아시나의 옷차림을 유심히 살펴보았다. 어제만큼 화려하진 않지만 단정하게 손질된 머리와 빈말로도 수수하다고 할 수 없는 푸른 드레스가 꽤 인상적이었다. 크롬웰에선 항상 이렇게 입는 건가. 그는 아시나가 용케 그 너덜너덜한 로브를 입고 잘도 여행을 다녔다고 생각했다. 이렇게 꾸미는 데 익숙한 여자가 대체 혼자 여행은 어떻게 다니는 거지? 알면 알수록 도리어 알 수가 없었다. 이제 좀 알았다고 생각했는데 다시 원점에서 출발하는 것과 같은 느낌이었다. 수르트에서 헤어진 그녀와 지금 이렇게 서 있는 그녀는 완전히 다른 사람처럼 느껴졌다.

단순히 이국의 드레스를 입어서인 걸까, 저 머리카락이 흐트러지지 않아서인가, 아니면 이곳이 크롬웰이라서?

"다 큰 처녀가 겁도 없이 남자가 머무는 곳에 잘도 오는군."

아시나의 허리를 감싸 안으며 그가 불퉁하게 나무랐다. 곱게 끌려가 느슨하게 안기면서도 그녀는 대놓고 베히다트를 흘겨보았다.

"용무가 있는 사람이 오는 게 당연하죠. 지금 그게 어느 시대 여자 이야기예요? 그리고 지금 거의 낮에 가까운 시간이거든요? 베히 님은 가끔 정말 엄청 짜증나게 말해요. 그거 알아요?"

아시나가 하는 반박을 기분 좋게 듣고 있던 베히다트가 슬그머니 짚었다.

"용무?"

"베히 님한테 보여 줄 거 있단 말이에요."

엄청난 각오라도 한 양, 아시나가 허리에 두 손을 얹은 채 목소리에 힘을 주었다. 그녀가 뭘 보여 주려는지 몰라도 베히다트는 제품 안에서 바르작거리는 아시나가 너무 귀여워 참을 수가 없었다. 어제는 보는 눈이 많아서 참았지만 지금 이 응접실엔 둘 외엔 아무도 없었다.

있는 힘껏 끌어당겨 품에 안은 베히다트가 그대로 아시나의 쇄골 사이로 고개를 숙였다. 여자에게 매달리는 남자를 비웃었는데 지금 자신이 그 꼴이었다. 그래도 좋았다. 품 안 가득한 온기를 느끼고자 그대로 숨을 들이켜니 익숙한 체향에 마음이 안정되었다. 숨통이 트였다. 이 작은 여자 하나가 대체 뭐라고, 이 여자를 알기 전에는 뭘 하고 살았던 건지도 무슨 낙으로 살았던 건지도 벌써 까맣게 잊어버렸다.

"누가 들어오면 어쩌려고 그래요!"

아시나가 닦달했다. 그런 주제에 밀어내진 않아서 그는 더 세게 끌어안으며 가라앉은 목소리로 대꾸했다.

"괜찮아."

"괜찮긴 뭐가 괜찮아요! 뭐라고 둘러대려고요?"

"미래의 내 부인과 몸의 대화를 하고 있었다고 하면 되지."

"……"

아시나가 원망 섞인 시선을 보냈다. 그는 전혀 문제 될 것 없다는 듯 어깨를 으쓱였다.

"중요한 거잖아, 속궁합은?"

"그게 지금 여기서 나올 말이에요!?"

여차하면 침실로 가자며 끌고 갈 기세였다. 부끄러움에 아시나가 몸을 빼려고 허리를 뒤틀었다. 하지만 그걸 얌전히 놔줄 베히다트가 아니었다. 가볍게 붙잡고 놔주지 않자 한참을 발버둥 치던 아시나가 곧 씩씩거리며 베히다트를 노려보았다. 힘을 과시하려는 건 아니었지만 그녀가 자신의 손아귀에서 마음대로 빠져나갈 수 없다는 점은 마음에 들었다. 한동안 보지 못한 데에서 온 심술이 어느 정도 풀리고 나자 눈앞에 아시나가 정말 존재한다는 게 실감이 났다.

매일 밤 꿈에서만 그리던, 신기루처럼 사라져 버리던 환상이 아니라 정말로 실존하는 아시나가 제 품에 안겨 있었다.

　"보고 싶었어."

　나지막이 속삭인 저음의 목소리에 아시나는 순간 자신이 무엇에 열 받아 있었는지조차 까먹었다. 놀라 두 눈을 깜빡이다 스르르 녹아 버린 마음과 함께 그녀가 울먹였다.

　"나도요."

　얼마나 보고 싶었는지, 그 마음을 전부 나열하려면 며칠 밤을 새우고도 모자랄 게 뻔했다.

　"웬일로 진심을 말하는군."

　"난 항상 진심만 말했거든요?"

　"언제나 속은 기억밖에 없어서."

　속이려고 작정하고 속인 것도 아닌데.

　아시나가 억울해하며 인상을 쓰자 그가 웃으며 아시나의 뺨에 키스했다. 달래려던 몸짓이었는데 뺨을 훑던 입술이 슬그머니 내려와 그대로 불평을 내뱉으려던 입술을 덮었다. 젖은 혀가 느긋하게 밀고 들어와 천천히 예민한 곳을 건드리는 게 무척이나 감질났다. 언제나 허기진 것처럼 파고들더니 지금은 뭔가 간이라도 보는 건지 살짝 건드리기만 할 뿐이었다. 결국 아시나가 짜증을 부리자 입술 위에서 그가 웃는 게 느껴졌다.

　"키스하면 못 참을 것 같다면서요."

　"안 참아도 되나?"

　아시나의 손을 잡아 깍지 끼며 그가 능글맞게 물었다. 팔에 입술을 대는 베히다트를 보며 그녀는 마른침을 삼켰다. 정말 이대로 두

면 침실로 끌고 갈 기색이라 단호하게 베히다트를 노려보았다. 유혹에 넘어간 건 아슈마에 때로도 충분했다.

"당연히 안 돼요. 말했죠? 베히 님한테 보여 줄 거 있다고."

"안 통하네."

그가 아쉽다는 듯 물러났다. 그래도 여전히 아시나를 안고 있는 상태였지만 그건 그녀도 좋았으므로 따로 밀어내거나 하지 않았다.

"그래서, 뭘 보여 줄 거지?"

베히다트의 질문에 아시나가 짐짓 진지하게 대꾸했다.

"비밀이에요."

"비밀로 할 정도로 대단한 건가?"

"대단한 건 아니지만 소중한 거죠."

"소중하다라……."

그가 웃더니 아시나의 손등에 입술을 가져다 댔다.

"너에게 말인가?"

손에서부터 천천히 올라오려는 키스 세례에 아시나가 팔을 빼며 날카롭게 되물었다. 이 유혹 패턴은 이미 아슈마에서 신물이 나도록 당했다. 또 넘어갈 줄 알고!

"그게 중요해요?"

"별로."

순순히 팔을 놓아주며 베히다트가 수긍했다.

"나갈 준비를 하지."

그냥 가긴 아쉬운 듯 그가 다시 한 번 아시나의 입술에 살며시 키스했다. 단순한 인사 정도의 짧은 키스에 오히려 아시나가 수줍어서 뺨을 붉혔다. 살짝 붉어진 뺨을 건드리며 그가 당부했다.

"좀 기다려."

"오래 기다리게 하진 마요."

날이 선 대꾸에 그가 웃었다. 아시나를 놔준 베히다트가 응접실을 빠져나가려 했다. 하지만 문을 열고 나가기 전, 무언가가 생각났다는 듯 그가 돌아보았다.

"맨날 그런 옷만 입고 다니는 건가?"

그가 가리킨 건 아시나가 차려입고 온 옷이었다. 물론 평소엔 더 수수하고 움직이기 편한 원피스를 선호하지만 오늘은 특별히 공주궁의 시녀들까지 닦달해서 잔뜩 차려입은 참이었다. 자신답지 않은 행동에 찔려서 대답을 피한 아시나는 조금 긴장했다.

"예뻐요?"

"아니."

지체 없이 돌아온 대꾸에 아시나가 인상을 썼다. 저렇게 칼 같은 대답이라니. 저 남자가!

"솔직히 예쁘잖아요."

"안 예뻐."

"씨이."

삐진 아시나가 그대로 가 버리려고 돌아섰다. 상대 안 해! 자기를 안 예쁘다는 남자랑 여기 왜 있어야 하는가! 대놓고 불편한 심기를 드러내며 아시나가 방을 나가려 하자 그녀의 팔을 낚아챈 베히다트가 그대로 아시나의 허리를 팔로 감싸 안았다. 억지로 끌려온 아시나가 인상을 썼다. 그녀가 항의할 틈도 주지 않은 베히다트가 그녀의 입술을 덮었다. 깊고 진한 숨결을 전부 들이마시기라도 할 기세로 그가 파고들었다. 시간마저 잊힐 정도였다. 정신이 든 건 둘 다 한참이나 서로를 탐하고 난 뒤였다. 아쉬운 듯 입술을 뗀 그가 아시나의 이마에 마저 키스하며 속살거렸다.

"예뻐."

화가 난 것도 잠시, 그 칭찬에 좋아서 어쩔 줄 모르는 자기 자신을 되돌아보며 아시나는 글렀다고 생각했다.

아무튼 못됐어.

가벼운 아침 식사까지 마친 뒤 아시나가 베히다트를 끌고 온 곳은 웰즈의 절경 중 하나인 살라피 호수였다. 크롬웰의 다섯 호수 중 제일가는 절경을 자랑하는 풍경이라 언제고 꼭 보여 주고 싶었다. 크롬웰 사람이라면 누구나 축제 때 이곳에 와서 구경할 수 있었지만 베히다트는 그럴 수 없을 테니까.

호수에 도착하자마자 물이 내뿜는 차가운 기운이 근처에 가득했다. 이렇게 냉기가 흐르는데도 호수 근처에 잘 자란 약초들이 넘쳐 나는 게 늘 신기했다. 심지어 약효도 좋고. 한여름에도 이곳은 시원한 정도여서 아시나가 어릴 적엔 자주 피서 오고는 했다.

"정말 예쁘죠?!"

하지만 아시나가 이곳을 굳이 보여 주고 싶었던 이유는 따로 있었다. 바다와 비견될 정도로 넓은 호수는 너무 맑아서 수면이 그대로 하늘을 비추었다. 호수마저 하늘로 보일 정도인지라 그냥 보고 있노라면 하늘 속에 있는 듯한 착각마저 들게 만들었다.

"……이걸 보여 주고 싶었던 건가?"

"내가 제일 좋아하는 장소니까요."

당당하게 말하면서도 수줍어하는 자신이 더 눈부시다는 걸 과연 자각하고 있으려나. 베히다트는 모를 거라는 데에 자신의 전 재산을 걸었다. 그래도 꽤 동하게 만드는 풍경이었다. 관광에 취미는 없지만 아름답다는 건 부정하지 못했다.

"신기루 같군."

"사라지지 않을걸요, 저건."

대꾸하던 아시나가 사뭇 진지하게 중얼거렸다.

"환상이라는 점에선 같지만……."

사라지든 사라지지 않든 그건 중요하지 않았다. 실존한들 닿을 수 없다면 그게 무슨 소용일까? 아시나는 웃는 얼굴로 나긋나긋하게 말을 이었다.

"그래도 좋아요. 하늘을 날 수 있다면 저런 풍경 속에서 나는 걸까, 가끔 그런 생각도 했거든요."

"하늘도 날고 싶은 건가?"

"한 번은 날아 보고 싶어요. 베히 님은 안 그래요?"

"생각해 본 적 없어서 모르겠군."

하늘을 날아 보고 싶다는 생각도 하는 건가. 새삼 자신이 사랑하게 된 여인이 얼마나 자유로운 영혼인지 깨달은 그는 조금 신기하다는 눈으로 내려다보았다. 분명 같은 세상을 살고 있는데, 마치 그녀만 다른 세상을 살고 있는 것처럼 말하거나 듣거나 생각하는 것이 완전히 자신과 궤를 달리하고 있었다. 그게 싫지는 않았다. 다만 조금 생소해서 적응할 시간이 필요할 듯싶었다. 베히다트가 그런 생각에 잠겨 있는지도 모르고 아시나가 입술을 삐죽이며 불만스럽게 뇌까렸다.

"어릴 때부터 스승님한테 날게 해 달라고 매번 부탁했는데, 자꾸

제 스스로의 힘으로 날라고 면박만 주고 거절하고 그래서 못 날아 봤거든요."

"스승님?"

"제 귀걸이 만들어 주신 분이세요. 아, 주머니랑."

"만악의 근원인가."

냉정한 평가에 아시나가 바로 눈을 흘겼다.

"우리 스승님을 그렇게 매도하지 말아 줄래요?"

안 그래도 주머니 안에 들어 있던 많은 것들이 아련하게 떠올라서 괜히 슬퍼지려 하던 참인데, 주머니를 포기하게 만든 사람이 이러니까 정말 후회하고 싶어지는 기분이었다. 아시나가 투덜거리자 가볍게 받아 주며 그가 웃었다.

"뭐, 좋아. 다음은 어디지?"

이제 좀 아시나에게 협조할 마음이 생긴 모양이었다. 베히다트의 질문에 아시나가 다부지게 대꾸했다.

"오늘 일정 정말 빠듯하다고요. 각오하고 따라오세요!"

그가 크롬웰로 오겠다는 편지를 받자마자 아시나가 시작한 건 바로 일주일간의 일정을 짜는 것이었다. 기다리는 시간이 엄청 지루하고 애달프기만 할 게 분명해서 '생산적인 것에 집중해 보자!'라며 시도한 것이다. 그가 왔을 때 해 보고 싶었던 것들을 이리저리 나열해 놓고 보여 주고 싶은 것, 먹이고 싶은 것, 함께 가 보고 싶은 장소 등을 차례차례 정리했다.

실제로 같이할 수 있을지는 불투명하여 그리 큰 기대는 하지 않았다. 지금도 어차피 그를 위해 세워 놓은 계획이니 할 수 있는 데까진 해 보자며 시도해 보는 중이었다. 사실 청혼에 조건을 단 이유도 그가 크롬웰에 있는 시간을 일주일이라도 더 벌려는 속셈이었다는 걸 과연 다른 사람들은 알까?

"하루가 너무 짧다……."

마차 창턱에 팔을 기댄 채로 턱을 괸 아시나는 꽤나 우울한 시선을 창밖으로 던졌다. 베히다트의 저녁 시간은 라페니히 황제와 만찬이 약속되어 있어서 아시나가 낄 수 없었다. 덕분에 혼자 집으로 돌아가는 아시나의 표정이 시무룩했다. 아까만 해도 신나서 이곳저곳을 쏘다녔는데 급격히 쓸쓸해졌다. 잠깐만 떨어져 있는 건데, 내일 다시 해가 뜨면 만날 수 있는데 어째서 우울하고 외로운 감정이 밀려드는 걸까?

떨어지기 싫었다. 누군가와 이렇게까지 헤어지기 싫은 건 처음이라 아시나는 대체 어떻게 하면 될지 알 수가 없었다. 누가 알려 줬으면 좋겠는데. 마음에 메워질 수 없는 공간이 생겨 그 사이로 바람이 드나들고 있었다.

"큰일이네."

깊은 한숨과 함께 아시나는 창밖의 풍경에 집중했다. 여러 귀족들의 저택이 옹기종기 모여 있는 웰즈의 서쪽 주택 지구에서도 웰든가의 저택은 가장 끝자락에 작은 언덕을 끼고 위치했다. 아스타테아의 저택 프베쉬르가 웅장하고 화려하다면 웰든의 저택 플방로이엔은 요정들이 드나들 법한 곳이었다. 한적하고 유유자적한 저택 내부의 풍경에 방문자들은 모두 요정의 성에 온 것 같다는 감상을 남겼다.

오래지 않아 저택에 도착한 아시나는 저택 현관 홀에 들어서자마자 제 머리에 꽂힌 장신구부터 풀어 버렸다. 흘러내리는 은빛 머리카락이 샹들리에 불빛에 화려하게 흐드러졌다.

"이제 오셨습니까, 작은 주인님."

"응, 엄마는?"

"대공비께선 3층 응접실에 계십니다."

3층 응접실. 거긴 가족회의를 할 때나 쓰는 방이었다. 아시나의 표정이 딱딱하게 굳었다.

"……아빠는?"

"전하께서도 함께 계십니다."

망했다. 아시나는 두 눈을 감으며 예감했다. 오늘이 나의 제삿날인가. 분명 인사 안 하고 방에 들어가도 불려 갈 게 뻔했고 이대로 저택을 나가도 한 3년 가출하지 않는 이상 회피하기는 힘들었다. 게다가 지금 자신은 치부책이고 뭐고 하나도 가진 게 없기 때문에 가출했다간 곧장 잡혀서 끌려 갈 확률이 높았고 그땐 더 화가 난 여왕님을 맞닥뜨려야 했다. 머리를 굴리던 아시나는 마침내 결론을 냈다. 정면 돌파다.

그래, 설마 엄마가 죽이기야 하겠어?

그래도 막상 마주치려니 떨려서 심호흡을 하며 3층 응접실에 도착한 아시나는 문을 열기 전에 마음의 준비를 했다. 엄마가 무슨 말을 해도 같이 화내면 안 된다, 울컥하면 안 된다, 절대 같이 화내면 안 된다! 좋아, 됐어!

"다녀왔습니다."

문을 열고 활짝 웃으며 응접실에 들어간 아시나는 매서운 레시아와 눈이 마주치자마자 굳어 버렸다. 다짐을 한 지 1초 만에 무서워졌다. 그냥 도망칠 걸 그랬나?

"우리 딸, 왔어?"

"어…… 나 피곤하니까 먼저 쉴게."

다행히 카르디안이 말을 걸어 주어서 그 자리에서 얼어붙지 않았다. 아빠에게 무한한 감사를 보내며 주섬주섬 문을 닫고 나가려고 했다.

"아시나, 너 이리 와서 앉아 봐."

막 방 밖으로 나가려는 찰나 들려온 냉랭한 목소리에 아시나는 앞으로 닥칠 불행을 예견했다. 미치겠다, 진짜. 머리끝부터 발끝까지 긴장으로 예민해졌다. 조심조심 소파 끝에 가 앉은 아시나는 왜인지 몰라도 혼나는 분위기에 '하하' 웃음을 흘렸다. 가시방석이군. 카르디안은 뭔가 아시나에게 하고 싶은 말이 있는 표정이었지만 팔짱을 낀 채로 아시나를 노려보는 레시아 때문에 함부로 입을 열지 못했다.

"어제 어디 갔었어?"

"아, 아이가 오랜만에 같이 자자고 해서 아이비케인 궁 갔었어."

"낮엔? 낮엔 집에 돌아왔어야지."

"라 쿤님 만나러 갔는데……."

아시나의 말끝이 흐려졌다. 라 쿤이라는 단어에 레시아가 두 눈을 치켜떴다.

"누굴 만났다고?"

여기서 뭐라고 말해도 책잡힐 게 분명해서 아시나는 조용히 입을 다물었다. 카르디안은 머리를 붙잡았다. 레시아는 최대한 냉정하게 말을 하려 했지만 저도 모르게 슬슬 목청이 올라갔다.

"너 대체 무슨 생각이야? 엄마가 분명 그 결혼 반대라고 했지? 그런데 네가 그 자리에서 허락한다는 식으로 말하면 나중에 네 엄마나 아빠 입장이 뭐가 될까, 아시나 리세아 데 웰든?"

오랜만에 듣는 정식 이름이 그녀의 등을 긴장하게 만들었다. 당연히 나중에 거절하기 힘들라고 저지른 짓이었다. 일부러 조건을 건 이유도 자신이 그냥 허락하는 게 아니라는 걸 부모님과 다른 사람들에게 보여 주기 위함이었다. 어쨌든 맨정신으로 저지른 짓이라 질책하는 레시아에게 딱히 할 말이 없었다.

"왜 말이 없어? 입에 풀칠이라도 했니?"

으르는 레시아의 말에 아시나가 유감이라는 듯 입을 열었다.

"어차피 결혼은 내가 하는 거잖아."

"그렇다고 일언반구도 없이 승낙을 해?"

"아직 승낙한 건 아닌데."

"그게 승낙이지!"

짜증을 낸 레시아가 이마를 짚었다. 열이 오르는 모양이었다. 엄마가 저렇게 열을 내는 걸 보니 마음이 안 좋았다. 항상 엄마 속만 썩이는 못난 딸이라 미안했지만 어쩌겠는가? 그렇다고 이 상황을 피해 갈 수는 없었다. 시녀가 급하게 갖고 온 얼음물을 벌컥벌컥 들이켠 레시아가 아시나를 예의 주시했다. 아시나는 얼마든지 보라는 기색으로 어깨를 으쓱였다.

"정말 결혼할 생각은 아니지? 그냥 거절할 명분을 만들려고 그런 거지?"

"아니, 결혼할 건데."

냉큼 나온 대꾸에 레시아가 말문이 막힌 건지 입을 벌린 채로 다물지 못했다. 가만히 자리를 지키고 있던 카르디안이 갑자기 팔로 눈을 가렸다. 누가 봐도 눈물을 삼키는 행동에 아시나는 조금 당황했다.

"아빠, 울어?"

"아냐."

아니라고 해 봤자 목소리는 울먹이고 있었다.

"아시나, 아빠는 울지 않는다. 버틸 수 있어."

"……."

단순히 아시나를 시집보낸다는 사실 하나만으로 울컥하는지 카르디안은 고개까지 숙였다. 눈물을 흘리지 않으려는 처절한 노력에, 지켜보던 레시아가 어이없다는 듯 혀를 찼다.

"애쓴다."

레시아가 마시던 얼음물을 뺏어서 마신 카르디안이 촉촉해진 눈가를 닦으며 훌쩍였다. 그 모습에 기운 빠진 레시아가 깊은 한숨을 내쉬었다. 아시나는 아빠가 이 상황에서 울 줄은 몰라서 조금 당황했다.

다시 카르디안에게서 얼음물을 되찾아온 레시아가 얼음을 씹어 먹으며 아시나를 쳐다봤다. 아시나는 아예 이 상황이 운명이려니 여기며 레시아의 말을 기다렸다.

"너 솔직히 말해 봐. 그 남자랑 무슨 관계야?"

역시나. 아시나는 별로 당황하지 않았다. 엄마라면 능히 알아차릴 수 있지. 잠시 여기서 잡아떼야 하는가, 진실을 토해야 하는가 헷갈렸다. 어느 쪽을 선택하든 엄마의 진노는 따 놓은 당상이었다.

"둘이 아는 눈치였어. 카르딘, 말해 봐. 카르딘도 그렇게 생각하지?"

훌쩍이는 상태여서 카르딘이 그냥 동의한다는 의미로 고개만 끄덕이자 그걸 본 아시나는 더 엄청난 내적 갈등에 휩싸였다.

"너 지난 여행이랑 무슨 관계있는 거지? 혹시…… 너 페시안 갔었니?"

하얗게 질린 얼굴로 물어본 레시아는 곧 손으로 제 입을 가렸다. 그간 자주 본 반응에 아시나는 손가락을 꼼지락거리며 타이밍만 재고 있었다.

"아시나!"

레시아의 고성과 함께 아시나가 방을 나갔다. 분명 더 있으면 레시아가 그녀를 화난 김에 어디 방이나 감옥, 동굴에 가둬 놓을 게 뻔해서 아예 저택 밖으로 도망쳤다. 제 방에 들어가 있으면 분명히 문을 잠그겠지!

타고 돌아온 마차를 다시 잡아 탄 아시나는 그대로 아이세스에게로 향했다.

한편 아시나가 도망치는 걸 그대로 넋 놓고 지켜보던 레시아는 한참 뒤에야 뒷목을 잡았다. 이 망할 것, 그 위험천만한 유적지 돌아다니는 걸로 모자라서 남대륙을 가? 그것도 페시안?!

"저게 누굴 닮아서 저렇게 천방지축이야!"

신경질을 부리는 레시아를 옆에서 가만히 끌어당긴 카르디안이 그녀의 등을 토닥거리며 달랬다.

"널 닮은 게 아닐까?"

"난 저 나이 때 얌전했어!"

"진짜로?"

카르딘의 의심 섞인 되물음에 레시아가 혀를 찼다.

"하, 진짜 미치겠네."

머리를 쓸어 올리며 레시아는 일단 화를 식혔다. 식지 않은 흥분 때문에 그녀의 가슴이 크게 들썩였다. 레시아를 차분히 끌어안으며 카르디안이 부드러운 목소리로 달랬다.

"그냥 한때의 방황이겠지. 놔두자."

울컥하지 않으려고 했는데 그 소리는 가만 놔둘 수 없었다.

"방황? 저게 방황으로 보여? 내 눈엔 완전히 작정한 걸로 보이는데?!"

신경질적으로 말을 잇던 레시아가 카르디안의 소맷자락을 붙잡으며 애절하게 물었다.

"카르딘, 카르딘은 반대 안 해? 그냥 쟤가 저렇게 결혼하게 놔둘 거야?"

자신과 같이 남편까지 반대하면 저 망할 딸도 좀 생각을 바꾸지 않을까, 그런 일말의 희망이 레시아에겐 있었다. 그 바람을 모르는 바는 아니지만 카르디안은 반대할 생각이 없었다. 그는 옅게 미소 지으며 레시아의 등을 토닥였다.

"이게 폐하의 압박과 크롬웰을 위해야 한다는 대의로만 이루어진 결혼이라면 당연히 반대하겠지. 하지만 아시나가 원한다면…….."

"원한다면? 원하면 허락한다고?"

레시아의 반문에 그는 꽤나 진중하게 고개를 끄덕였다.

"난 우리 딸이 한 선택을 존중해 줘야 한다고 생각해."

레시아가 울먹이기 시작했다.

"크롬웰도 여자를 가둬 키우지만 페시안은 정말 더 심하대. 아예 여자를 소유물 취급한다는 이야기도 들었단 말이야. 그런 데로 우리 아시나를 어떻게 보내!"

겉으로는 누구보다 냉정한 척하지만 사실은 가장 애끓게 딸을 걱정하고 사랑하는 건 누가 뭐래도 엄마인 그녀였다. 성년이 되었지만 아직도 제 눈엔 어린 아이처럼 보이는 아시나를 결혼시킨다는 것도 수긍하기 힘든데, 하물며 바다 건너 아예 다른 나라로 보내야 한다는 사실이 견디기 힘든지 레시아는 눈물까지 글썽였다.

"여자와 아이를 귀히 여겨서 가장 안전한 곳에 놔두는 것뿐이야. 그걸 가둬 둔다고 우리가 멋대로 오해하면 안 돼지."

"막 여자 함부로 대하고 때리기도 한다고 들었단 말이야."

"그 라 쿤이 그럴 것처럼 보이진 않는다만 그런 기색이 보이면 당연히 반대해야지."

부드럽게 달래는 손길이 어느 정도 먹힌 건지 레시아의 여린 목소리가 꽤나 누그러졌다. 예쁜 금빛 눈동자에 맺힌 눈물을 손끝으로 닦아 주며 카르디안이 옅게 웃었다.

"내가 그 아이를 어떤 심정으로 낳아 기른 건지 당신은 알잖아. 내가 얼마나……."

"다 알지, 괜찮아. 괜찮아, 시아."

남편의 가슴에 얼굴을 묻었던 레시아가 고개를 들었다. 별안간 그녀가 씩씩거리며 카르디안을 노려보았다.

"이건 다 카르딘 때문이야. 너무 애를 오냐오냐 키워서 저렇게 막 나가는 거잖아!"

억울하다는 듯 카르디안이 짐짓 심각하게 반론했다.

"진짜 무른 건 네 쪽이라고 생각하는데. 다칠까 봐 밖에도 못 나가게 하고, 애가 탈출하니까 체른이랑 키에베한테 부탁까지 하면서 도와주게 하고 게다가 아시나 인상착의 크롬웰 전역에 뿌려 놓고 아시나가 혹시 무슨 일이 생기면 급히 본가로 연락할 수 있게 만들어 놓은 게 누구지?"

"그게 왜 내 탓이야? 이게 다 카즈윈이 이상한 거 만들어서 외모 숨기게 도와주고 생일이라고 뭐 잡다한 거 다 들어가는 주머니까지 만들어 줘서 어쩔 수 없었던 거잖아."

"그럼 모두 카즈윈 탓이군."

"……."

카르디안이 내린 결론에 딱히 반박할 말이 없는지 레시아는 얼굴만 구기고 말았다. 그녀의 반응이 귀여운지 연신 웃음 짓던 카르디안이 레시아의 뺨을 쓰다듬었다.

"결국 아시나가 원하면 허락해 줄 거잖아?"

허를 찌르는 한마디에 레시아는 대답을 회피했다. 그대로 카르디안의 가슴팍에 얼굴을 묻은 레시아가 고르게 숨을 내쉬었다. 레시아를 품에 꼭 안은 채로 카르디안이 그녀를 차분하게 달래 주었다.

"언젠가 떠날 걸 알고 있었잖아."

"너무 일러."

그렇게 말하고 입을 다물려던 레시아가 두 눈을 감으며 다시 말했다. 다시 그녀의 눈가가 촉촉하게 젖어들었다.

"조금 더 내 곁에 있어 줄 줄 알았는데. 너무 이르다고."

아이가 걷기 시작할 무렵부터 제 곁을 오래도록 떠나는 걸 허락하지 말았어야 했다. 레시아는 깊이 후회했다. 황후가 죽고, 황실의 여성이 자신뿐이라 어쩔 수 없이 떠맡아야 했던 일들 때문에 충분히 신경 써 줄 수 없어서 그랬다지만 딸을 어머니에게 맡기는 게 아니었다. 그 아이에게 더 큰 세상을 보여 주는 게 아니었다. 그랬

다면 지금 이렇게 일찍 제 곁을 떠나가려 하진 않았을 게 아니던
가? 그녀는 아직 딸을 떠나보낼 준비가 덜 되어 있었다.

"이렇게 일찍 떠날 줄은 몰랐어."

"내가 있어."

카르디안의 입술이 조용히 레시아의 이마에 닿았다. 고요히 눈물
을 흘리는 눈에 키스하며 그가 다시 맹세했다.

"내가 영원히 네 옆에 있을게, 레시아."

몇 번이고 되풀이해 주는 맹세에 감사하면서도 다른 마음이 치밀
어 올랐다. 레시아가 카르디안을 노려보았다.

"당신 진짜 미워."

그것이 애정 표현이라는 걸 알기 때문인지 카르디안은 웃음을 흘
렸다.

"그래도 사랑하잖아?"

"정말, 정말로 미워."

마치 투정처럼 연신 되풀이하는 말에 카르디안이 시큼하게 웃었
다. 작은 어깨를 세상의 전부라도 되는 듯 애절하고 간절하게 끌어
안으며 그가 나지막이 속삭였다.

"그래도 난 너 사랑해, 내 여신님."

찻잔에 차를 따르던 아이세스가 소파에 멍하니 앉아 있는 아시나
에게 시선을 주었다. 그녀가 가출한 지도 어언 이틀째, 거둬 먹이
는 것쯤이야 공주인 아이세스에게 있어 그리 어려운 일은 아니었
지만 문제는 대공비였다.

아시나가 여기 있는 걸 알려야 하나, 숨겨야 하나 참 많은 고민을

했지만 역시 아이세스는 둘의 싸움에 누구의 편도 들 수 없었다. 둘 다 너무 아끼고 사랑하기 때문이기도 했지만 자신이 끼어서 이래라 저래라 하는 것이 부담스러웠다. 그래도 예의상 어쩔 수 없이 아시나를 데리고 있다는 걸 가볍게 알리긴 했는데 당장이라도 달려와 잡아갈 것 같은 기세와 달리 냉랭한 대립만 지속될 뿐이었다.

"오늘도 갈 거야?"

창밖의 울창한 아이비케인 숲을 구경하던 아시나가 고개를 돌렸다.

"아니, 오늘은 쉬려고."

"매일매일 데이트하는 게 계획 아니었어?"

"좀 바꿔 봤어."

뭔가 걸리는 것이 있는지 아시나는 살짝 뚱한 표정이었다. 요 며칠 그녀가 열심히 라 쿤을 끌고 나가는 바람에 라페니히 황제가 우는 소리를 하는 것이 떠올랐다. 두 나라 간의 교류 사안에 진전이 없다며 슬퍼하던 것이 바로 어제의 일이었다. 아이세스는 페시안 측에서 그리 열렬히 교류를 바라는 게 아니라는 걸 느끼고 있었다. 라페니히 황제도 그걸 알고는 있겠지만 인정하고 싶지 않은 마음에 한탄하는 것이리라.

오늘은 아바마마께서 좋아하시겠군. 그래도 페시안과의 협상에는 진전이 없을 거라는 데에 아이세스는 전 재산을 걸 수도 있었다.

"티 파티 열자."

"티 파티?"

아시나의 제안에 아이세스가 조금 놀라서 되물었다. 아시나가 몸을 일으키며 고개를 끄덕였다.

"누구누구 부르게?"

"간소하게 우리끼리만. 테나인이랑 이케인이랑. 아, 스승님도 오시면 좋고."

아이세스가 살짝 인상을 찌푸렸다.

"안 오실걸. 황궁 싫어하잖아."

"그럼 우리끼리만 모이지, 뭐."

가볍게 대꾸하는 아시나를 진득하게 살펴보다 아이세스는 뜻하지 않은 깨달음을 얻었다.

"설마……."

혹시나 하면서도 아이세스가 불안해하며 물었다.

"부르게?"

"응."

냉큼 나오는 대답에 아이세스는 속으로 신을 불렀다. 리메아시여. 여신님, 이 녀석을 좀 말려 주시옵소서.

라 쿤을 끌고 웰즈 곳곳을 쏘다닐 때엔 그래도 좀 편했는데 오늘은 하루 종일 긴장 속에 있을 그런 슬픈 예감이 들었다. 찻주전자를 내려놓으며 아이세스는 한숨을 내쉬었다. 그녀가 따라 놓은 차를 들어 냉큼 마시며 아시나가 웃었다. 그 모습을 뚫어져라 쳐다보다 아이세스가 물었다.

"정말로 결혼할 거야?"

"그럴 생각인데."

아시나는 시원하게 웃었다. 사실 좋아한다는 마음을 깨달은 지 얼마 안 되어서 결혼은 너무 이른 게 아닐까 하는 우려가 없지는 않았다. 이게 한때의 열병이면 어쩌지, 곧 식어 버리게 되면 어쩌지, 내가 섣부르게 생각하고 결정하는 게 아닐까 하는 고민과 망설임도 있었다.

어머니가 말한 것처럼 다른 나라로 시집가는 게 절대 쉬울 리 없을 테니까. 남자 하나만 보고 나라까지 바꾸는 데 과연 후회하지 않을 것인가 슬금슬금 자신 없어지는 그런 마음도 들었다. 아무리 첫사랑이고 첫 남자라지만 이거 정말 괜찮은 걸까…….

분명 시간이 지나면 지금 같지는 않겠지. 많이 답답하고 참고 무시하고 인내해야 하는 상황을 겪을 게 확실했다. 똑똑히 알고 인지하고 있었다. 가장 놀라운 건, 그 상황을 각오하고 있는 자신의 태도였다. 그럼에도 얼마든지 참아 보겠다는 마음이었다.

분명 그것이 줄곧 어머니가 자신에게 요구한 것과 다를 바 없는 생활일 텐데, 그렇게 피하고 싫어하고 도망치던 의무일 텐데. 도대체 자신이 얼마나 그 남자를 좋아하면 그 모든 싫은 일을 감내할 마음까지 드는 걸까. 아시나는 그게 자신에게 일어난 기적이라고 생각했다.

이런 기적을 일으킬 남자를 두 번 다시 만날 수 있을까? 스스로에게 던진 질문에 쉽게 대답하지 못했다. 물론 베히다트는 매력적인 남자였다. 잘생기기도 했고. 하지만 그게 이 결심의 전부는 아니었다. 그가 정말 강하고 믿을 수 있는 사람이라는 확신이 있었기에 이 결정에 망설임이 없었다.

비록 지금은 꿈처럼 느껴지지만 그를 가장 가까이서 지켜봤던 그 시간들은 절대 꿈이 아니었으니까. 잠시 페시안에 있었던 때를 회상하던 아시나는 아이세스에게 눈을 돌렸다. 묘한 표정의 아이세스가 아시나를 빤히 응시하고 있었다.

"왜?"

"네가 결혼한다니까 안 믿겨서."

웃으며 아시나가 되물었다.

"우리 엄마도 그런 심정일까?"

"평생 결혼 안 한다고 도망 다닐 애가 결혼한다고 나서는 것도 놀라운데, 그 상대가 하필……."

아이세스가 잠깐 말을 멈췄다가 이내 한숨과 함께 말을 이었다.

"적국의 왕이시잖아."

"살아 있는 신인데."

"거기서나 신이지."

"냉정해, 아이."

하긴 북대륙에서 폭풍을 멈추고 물을 샘솟게 한다고 해도 신 취급을 받긴 힘들었다. 마법사들이 있는 대륙이니 고작해야 엄청난 대마도사 정도 취급받겠지. 음, 그래 봤자 스승님에겐 미치지 못할 거라고 아시나는 단언할 수 있었다.

"테나인은 모르겠는데 이케인은 좀 그렇지 않을까?"

아이세스가 망설이며 이마를 찡그렸다.

"분명 못된 장난치려고 할 텐데."

"놔둬. 뭐, 그 녀석이 그렇지."

아시나가 '허허' 웃자 저건 뭔데 저리 속이 없냐는 듯 쳐다보던 아이세스가 불만스럽게 단언했다.

"그 녀석도 결혼은 못 할 거야."

"안 하는 게 아닐까?"

아시나가 조심스럽게 의견을 개진해 보았으나 아이세스는 가차 없었다.

"걔가 그러고 다니는데 어떤 사람이 걔랑 결혼하고 싶겠냐?"

"이케인하고 친하면서, 너무 냉정한 거 아니야?"

"내가 걔 때문에 삽질한 거 생각하면 정말……."

아이세스가 한숨을 내쉬며 가슴을 쳤다. 그걸 지켜보며 아시나는 꽤나 기분 좋게 미소 지었다. 움직일 생각을 안 하는 아시나를 보며 아이세스가 고개를 갸웃했다.

"오늘은 안 꾸밀 거야?"

"생각 중이야."

머리를 쓸어 올리며 아시나가 꽤나 짓궂게 물었다.

"어떻게 꾸며야 우리 베히 님께서 날 보고 안달이 날 수 있을까?"

"널 보면 누구나 안달이 나지 않을까, 미소녀님?"

"그건 당연하지."

두 사람은 서로 마주보며 웃었다. 웃음소리가 방 안에 가득했다가 곧 사라졌다. 이쯤 되니 아이세스도 정말로 아시나가 결혼할 생각이라는 걸 믿기 시작했다. 그녀는 이제 본격적으로 따져 묻기 시작했다.

"대모님은 어떻게 하려고? 작은 아버지도 만만치 않을 텐데."

"고민하고 있어. 생각보다 반대가 거세더라고."

"다른 것도 아니고 결혼이야. 신중하게 판단해."

어깨를 으쓱인 아시나가 자신 없는 목소리로 되물었다.

"네 결혼도 지지해 줬는데 괜찮지 않을까?"

"난 친딸은 아니잖아?"

"그거랑은 상관없지."

"상관있어."

단칼에 대꾸하는 아이세스의 표정이 단호했다. 아시나가 지지 않고 딱 잘라 말했다.

"상관없어."

아이세스는 뭔가 더 말하고 싶은 표정이었으나 그만두었다. 무의미한 말싸움이 될 게 뻔하니까. 아시나도 그 점을 알고 있기에 화제를 돌렸다.

"그래도 넌 어디 멀리 떠나는 게 아니었으니까. 넌 결혼하면 무조건 내가 페시안에 가는 거잖아?"

"그건 나도 싫어, 아시나."

"나도 너랑 헤어지는 건 싫어."

아이세스가 울상을 지으며 말했다.

"결혼 조건에 일 년에 삼 개월 이상은 크롬웰 꼭 올 수 있게 해 놓자."

"그게 될까?"

"시도라도 해 보는 거지……."

자신 없는 목소리였다. 아시나는 그래도 나쁜 의견은 아니라고 생각했다. 한번 시도는 해 봐야지. 아이세스가 찻잔을 손에 쥔 채 만지작거렸다. 뭔가 깊게 생각할 때 보이는 그녀의 버릇에 아시나도 조용히 지켜보다 갑자기 물었다.

"아이, 지금 행복해?"

뜬금없는 질문이었는데 두 눈을 동그랗게 뜬 아이세스가 바로 고개를 끄덕였다.

"응, 엄청 많이."

"그럼 됐어."

뭔가 싱거운 반응에 아이세스가 고개를 갸웃했다. 아시나는 부러워하는 시선으로 아이세스를 바라보았다. 결혼한 뒤로 그렇게 크게 눈에 띄는 일은 없지만 평온하고 행복해 보이는 아이세스가 무척이나 좋아 보였다. 보고 있는 사람이 괜히 샘 날 정도로.

"엄청 잘해 주나 보네?"

아이세스가 옅게 미소지었다.

"그건 아니지만, 그냥 곁에 있는 것만으로 행복해. 나 한 번도 이 사랑을 이룰 수 있을 거라 생각해 본 적 없는걸."

"그렇게 쫓아다녔으면서, 포기한 채 쫓아다닌 거였어?"

"아니지. 할 수 있는 데까진 노력해 보고, 안 되면 깔끔히 포기하려고 했지. 미련이나 후회를 남기지 않게……."

찻잔을 들어 차를 한 모금 마신 아이세스가 웃는 얼굴로 아시나를 보았다.

"네가 그러라고 했잖아."

"내가 그랬었나?"

"그랬어, 바보야."

찻잔을 내려놓고 아이세스가 자리에서 일어났다. 그것뿐이면 상관하지 않았을 텐데 일어난 아이세스가 아시나의 팔을 잡아끌었다.

"뭐해?"

"티 파티 준비하자."

"벌써?"

당황한 아시나의 얼굴을 똑바로 마주보며 아이세스가 혀를 찼다.

"티 파티는 오후에 열어야지. 지금부터 준비하려면 빠듯해."

"그냥 간소하게 여는 건데?"

"레이디의 사교 활동을 얕보지 마시라."

그 사교 활동을 제대로 해 봤어야 말이지. 아시나가 웃으며 고개를 끄덕였다. 이런 건 아이세스의 도움을 받는 게 현명한 일이었다. 아이세스가 웃으며 아시나를 끌어당겼다.

"이리와, 아시나."

"응? 왜?"

"내가 널 꾸며 줄게."

"진짜?"

아이세스가 환하게 웃으며 고개를 끄덕였다.

"라 쿤님이 너에게 한 번 더 반하게 만들어 줄게."

"그게 가능해?"

"화려하게 꾸민다고 그게 다는 아니란다, 이 초보야."

"와, 내 시녀들 무시하냐?"

그동안 자신을 공들여 꾸미느라 고생한 시녀들이 불쌍해졌다. 아시나의 질책에 아이세스가 우아하게 고개를 가로저었다.

"무시는 아니지. 한 수 위라는 게 뭔지 알려 주려는 것뿐이야."

애가 이러는 애가 아닌데. 그래도 아시나는 뭔가 신나서 자신도 모르게 고개를 끄덕였다.

"그래, 한 수 가르쳐 주세요, 고수님."

답례로 아이세스가 환하게 웃었다.

간소하게 열리던 아시나의 처음 생각과 달리 아이세스는 아주 본격적인 티 파티를 열었다. 인원만 적을 뿐이지, 귀부인들을 잔뜩 불러다 사교의 장으로 삼아도 될 정도로 훌륭한 장소와 훌륭한 차와 훌륭한 디저트가 뭐 하나 흠잡을 데 없이 완벽하게 준비되어 있었다.

안 올지도 모른다고 생각했던 테나인과 이케인도 웬일로 참석했고 아이세스와 아시나도 오랜만에 여는 단란한 티 파티에 즐거워했다. 물론 이 자리가 처음인 한 사람을 제외하고서.

딱히 그를 골탕 먹일 생각은 아니었는데, 어울리지 않는 자리에 있는 베히다트를 마주하니 아시나는 계속 웃음이 나와서 참기 힘들었다. 안 어울려. 정말 안 어울렸다. 어쨌든 명분상 티 파티를 주최한 건 아이세스였기에 아시나는 얌전히 빠져 있었다.

"라 쿤께선 이런 자리는 처음이신가요?"

"페시안에도 비슷한 게 있지만 남녀가 섞인 모임은 처음이오."

"어머, 혹시 자리가 불편하진 않으세요?"

아이세스의 상냥한 물음에 베히다트의 시선이 아시나를 향했다. 아시나는 왜 갑자기 자신을 쳐다보는지 이해하지 못하고 멈칫했다. 한참을 노골적으로 뚫어져라 쳐다보던 베히다트가 입꼬리를 말아 올렸다.

"나는 괜찮지만 다른 분들은 어떤지 모르겠소."

"저는 괜찮아요."

아이세스가 웃으며 화답했다.

"저도 괜찮습니다!"

이케인이 끼어들었지만 아이세스가 웃는 얼굴로 눈치를 주자 조용히 물러났다. 베히다트의 시선이 아이세스에게로 돌아갔다.

파티장에서 처음 인사했을 때도 느꼈지만 묘하게 아시나와 닮은 듯 닮지 않은 여인이었다. 생김새는 전혀 닮지 않았지만 뭐라 꼬집을 수 없는 분위기가 비슷했다. 자매처럼 자랐다고 한 사촌이 분명이 여인이리라. 이야기로만 들었던 여인이었는데도 꽤나 익숙했다. 그녀를 조금 친근하게 느끼고 있다는 사실에 베히다트는 괜히 쓴웃음이 나왔다. 아시나가 자신에게 일으킨 변화는 작은 듯 거대해서 정말이지 곤란했다.

"귀한 분을 모셔 놓고 너무 대접이 조촐한 게 아닐까 걱정스럽네요."

아이세스가 웃으며 물었다. 조촐하다 하기엔 이방인인 베히다트의 눈에도 흠잡을 데 하나 없었다. 예의상 하는 말이겠거니 생각하며 그의 시선이 다시 아시나에게로 돌아갔다. 아시나는 갑자기 제게 돌아온 시선에 당황했다.

"왜, 왜요?"

아이세스는 아시나를 바라보는 베히다트를 꽤나 꼼꼼하게 관찰했다. 그건 아닌 척 디저트에 신경을 쏟는 중인 테나인도 마찬가지였고 무슨 생각인지 모를 이케인도 같았다.

아시나는 이 자리를 좋아하는 사촌들과 미래의 남편의 친목 정도로 생각하는 모양이었지만 셋에겐 이 남자가 정말 아시나의 짝으로 가당키나 하나 관찰하는 분위기에 가까웠다. 그건 베히다트도 느끼고 있었다. 하지만 그들이 어떤 판단을 내리든 상관하지 않겠다는 독선적인 태도가 너무 대놓고 풍겨져서 아시나의 미래가 참 걱정되었다.

찻잔을 만지작거리며 아이세스는 남모를 한숨을 내쉬었다.

아시나가 좋아한다는 말을 미리 하지 않았더라면 반대하는 대모님을 따라 아이세스도 슬그머니 반대 의사를 밝혔을지도 몰랐다. 페시안으로 가야 하고, 적국의 왕과 하는 결혼이라는 조건을 떼어

놓고 베히다트라는 남자 하나만 봐도 위험했다. 정말 저런 남자랑 결혼시켜도 되는 걸까 싶을 정도로······.

아시나는 어쩌다가 저런 남자를 좋아하게 된 걸까? 그녀 자체가 범상치 않긴 했지만 데려온 남자도 정말 평범하지 않았다.

"아시나에게서 시선을 떼질 못하는걸?"

"그러게. 아시나 혼자만 좋아하는 건 아니라 다행이다."

이케인의 귓속말에 작은 목소리로 대꾸하며 아이세스는 미미하게 웃었다. 파티 홀에서 봤을 때도 느꼈던 바지만, 저 남자에게 세상은 온통 아시나인 모양이었다. 정작 본인은 눈치채지 못하고 있지만 제3자인 이케인과 아이세스의 눈엔 그게 너무 훤히 보였다.

아시나를 독점하고 싶다는 의사가 너무 명백하게 전해져 와서 아이세스는 자기가 마련한 자리이지만 자리를 비켜야 하는 게 아닐까 고민했다. 게다가 이케인은 모를까, 테나인에게는 지나칠 정도의 적의가 쏟아지고 있었다. 그러거나 말거나 테나인 본인은 신경 쓰지 않는 기색이었지만.

"마들렌 좀 더."

테나인 근처에 상시 대기하고 있던 시녀가 금세 마들렌이 담긴 예쁜 접시를 테이블에 놓아두었다. 유난히 그의 앞에만 디저트가 넘쳐 나고 있었다.

산딸기 밀푀유, 색색별 마카롱 탑에 오렌지 타르트, 치즈 케이크, 브라우니에 초콜릿 푸딩, 머핀에 아이스크림 그리고 셔벗, 퐁당쇼콜라에 마들렌 등등. 지켜보고 있던 아시나가 기가 질려서 혀를 찼다.

"그렇게 먹다 너 진짜 죽는다."

"남이야 죽든 말든."

상관없다는 듯 테나인이 칼같이 대꾸했다. 주변에서 무슨 일이 있든 자신의 식사가 더 중요하다는 태도에 아시나는 박수라도 쳐 주고 싶은 심정이었다.

어릴 때부터 테나인은 단 것이 아니면 입도 대지 않았다. 지금도 제대로 된 식사는 일체 하지 않고 아침 점심 저녁 전부 디저트만 먹는 테나인이 새삼 한심하면서도 대단했다. 저렇게 단 것만 먹는데 살도 안 찌고 건강도 딱히 이상 없는 게 희대의 미스터리였다. 아니야, 겉으로는 말짱해 보여도 의외로 어딘가 하나는 분명 망가져 있을 거야. 확실해. 아시나는 의심의 눈초리로 테나인의 식사 장면을 지켜보았다.

"대추야자 진짜 달고 맛있었는데."

"챙겨 오고 그런 말을 해야지."

"먹고 싶으면 페시안 가서 먹든가."

"멀어. 귀찮아."

투닥투닥 둘이 대화하고 있을 때, 그 틈을 타 차향을 음미하던 아이세스가 베히다트를 보며 물었다.

"라 쿤께도 디저트 좀 드릴까요?"

베히다트가 비뚜름하게 웃으며 고개를 가로저었다.

"공주의 배려는 감사하지만 거절하겠소. 내 입맛과는 맞지 않을 것 같아서."

"그렇군요. 그럼 백작님껜 잘된 일이네요."

상냥한 아이세스의 말이 끝나기가 무섭게 이케인이 두 눈을 빛내며 테나인에게 달려들었다.

"난 좀 먹고 싶은데, 각하."

"저리 꺼져."

"우와, 매정해."

냉정한 태도에 이케인이 서글픈 표정을 지었다. 테나인의 표정이 이지러졌다. 그대로 물러날 줄 알았다면 오산이었다. 오히려 이케인은 더 적극적이고 격렬하게 테나인의 팔을 붙잡고 먹는 걸 방해하기 시작했다. 아시나는 박수까지 치며 이케인을 응원했고 이를 지켜보던 아이세스는 고개를 절레절레 흔들며 한숨을 내쉬었으며 베히다트는 그들의 모습을 흥미롭게 지켜보았다. 결국 디저트를 못 먹게 된 테나인이 열 받아서 이케인의 팔을 뒤로 꺾어 버리는 걸로 사태는 마무리되었다.

"흑흑, 너무해. 나같이 연약한 동생을 이렇게 막 다루다니. 흑흑."

이케인이 우는 척을 해 봤지만 밀푀유를 입에 넣느라 바쁜 테나인은 일말의 관심조차 주지 않았다. 베히다트가 말없이 한참 이케인의 옆모습을 뚫어져라 바라보았다. 옆자리에 앉은 아시나조차 의아할 정도로 노골적인 시선이었다. 시선을 느낀 이케인이 요염하게 웃었다. 요야한 미소를 지켜보다 그가 입을 열었다.

"그런데 왜 남자가 여자 옷을 입고 있지?"

아시나는 순간 숨을 삼켰다. 아이세스조차 마시던 차를 내뱉을 뻔했다. 둘 다 놀라서 베히다트를 돌아보았다.

"베히 님, 어떻게 알았어요?"

테나인은 신경도 쓰지 않고 초콜릿을 먹었다. 이 상황과 동떨어진 평화로운 분위기를 유지하는 형 옆에서 이케인은 흥미로운 표정으로 부채를 펼쳐 들었다. 이케인의 입가에 떠오르는 교태 어린 미소를 지켜보다 시선을 돌린 베히다트가 놀라워하는 아시나에게 아무렇지 않게 설명했다.

"못 알아보는 게 이상한 것 아닌가, 골격이 다른데."

"대부분은 못 알아보거든요."

이케인이 웃으며 끼어들었다.

"제 미모가 남자라고 하기엔 너무 예뻐서 말이지요."

부채를 흔들며 우아하게 미소 짓는 이케인은 그 말에 한 치의 부족함 없이 지나치게 예뻤다. 아시나도 그 점은 부정할 수 없었다.

화려하게 빛나는 백금의 머리카락을 늘어뜨리고 에메랄드빛 눈동자를 깜빡이고 있노라면 누가 그를 남자로 볼 수 있겠는가? 화장도 하지 않은 맨얼굴에도 저 정도 미모인데 작정하고 화장까지 하면 더 알아보기 힘들었다. 물론 호리호리한 체형과 성별을 구분 짓기 어려운 미성이라는 것도 한몫했다. 아시나가 못 말리겠다는 듯 한마디 했다.

"크롬웰 남자들 그만 좀 괴롭혀!"

"내가 뭐. 속는 쪽이 멍청한 거 아니야?"

"네가 작정하고 꼬드기는 거잖아!"

"아니야, 유혹은 했지만 넘어오라고는 안 했다고."

짐짓 심각하게 이케인이 강조했다.

"다들 알아서 넘어온 거야."

뭔가 더 할 말이 있는 표정이었지만 아시나는 그냥 말을 말았다.

"이제 더 이상 속일 남자들도 없지 않냐?"

이만 그 취미를 그만둘 때가 되지 않았는가 넌지시 눈치를 주는 아시나에게 이케인이 활짝 웃으며 부채를 펴 들었다. 우아하게 부채를 흔드는 이케인은 웬만한 여자보다 농염했다.

"아냐, 가발 쓰고 나가면 또 속아."

"아이고."

아시나가 머리를 짚으며 한탄했다. 한참 간식 먹는 데 집중하던 테나인이 대화에 끼어들었다.

"이제 남자라도 상관없다며 구애를 하는 미친놈들도 있던데."

놀라서 아시나가 되물었다.

"제정신인래?"

"내 미모가 워낙 뛰어나잖아?"

이케인은 남의 이야기하는 것처럼 방긋 웃으며 대꾸했다. 그건 자랑스러워 할 일이 아니란다. 아시나는 진심으로 걱정했다.

"이케인, 너 진짜 그러다 남자한테 발 묶인다?"

"하하, 아무한테도 안 묶일 거야. 걱정 마."

"이제 내 사칭 그만하고."

이케인이 어깨를 으쓱였다. 사교 활동을 거의 하지 않는 탓에 아시나에게 붙은 헛소문은 많았지만 그 대다수는 이케인 덕에 생겼다. 여장한 이케인이 대공비 옆에 붙어 파티에 참여하기만 하면, 이름을 대지 않는 그를 보며 다들 자연스럽게 웰든의 레이디라 오해를 했다. 이케인은 그 오해를 이용해 마음껏 활개를 치고 다녔다. 물론 헛소문이 돌면 돌아다니기 편하기에 아시나는 그 사실을 알고도 방관했으며, 레시아도 딱히 제지할 필요성을 느끼지 않다 보니 이 지경이 되었다.

"안 그래도 그거 이제 안 통하더라. 이게 다 공주님 때문이야."

이케인이 볼멘소리를 하자 아이세스가 우아하게 찻잔을 내려놓으며 웃었다.

"네 취미에 내가 협조할 의무는 없지, 안 그래?"

"쳇, 재미없게."

"다른 취미 만들 생각은 없어?"

아시나가 걱정스레 물었다. 너야말로 앞으로 여행은 어찌할 거냐고 물어보려던 이케인은 부채를 흔들며 말을 돌렸다. 아시나 옆에서 어마어마한 존재감을 내뿜고 있는 존재가 무척이나 부담스러웠다. 아시나한테 말로 상처라도 주면 즉시 죽이기라도 할 기세였다.

"안 그래도 시도는 하는 중이야. 근데 이 취미만큼 재미있는 걸 아직 못 찾았어. 한참 내 뒤꽁무니 쫓아다니다가 내가 남자라는 걸 알고 충격받는 그 얼굴을 보는 게 얼마나 재미있는데."

"저 악취미."

"악마야, 악마."

두 여자가 고개를 설레설레 흔들었다. 테나인은 그러거나 말거나 시녀를 불러 디저트를 주문하고 있었다. 그 옆에서 이케인은 선하게 웃으며 꽤 진지하게 베히다트를 뜯어보았다.

도대체 아시나가 이 남자를 어떻게 꼬드겼단 말인가? 아니, 아무래도 아시나가 꼬드긴 것 같진 않았다. 저 멍청이가 스스로 넘어간 거겠지. 하필 넘어가도 이런 남자한테 넘어간단 말인가. 이케인은 뭔가 불만스러운 표정을 지었다가 곧 지웠다.

"그나저나 아쉽게 되었네요. 한번 꼬드겨 보려고 했는데."

가벼운 도발에 아시나가 이케인을 흘겨보았다. 아이세스는 '호호' 웃었고 베히다트는 정말 가볍게 그 도발을 흘려 넘겼다.

"남색은 취향이 아니란 말이지."

"흐응……."

이케인이 요염하게 웃었다.

"뭐, 페시안으로 잡혀갈 일이 없어 다행이네요."

"사신들도 건드리지 마!"

아시나가 으름장을 놓았지만 이케인은 의미심장한 미소로 회피할 뿐이었다.

"와, 이미 꼬드기고 있는 걸 어떻게 알았지?"

"괴롭히기만 해!"

"싫어, 할 거야."

"저게!"

당장 이케인에게 달려들 태세로 아시나가 으르렁거렸으나 베히다트는 오히려 흥미롭다는 기색이었다.

"그건 꽤 즐거운 구경이 되겠군."

"호오, 라 쿤께선 뭘 좀 아시네요."

이케인이 두 눈을 반짝이며 즐거워하자 아시나가 그를 나무랐다.

"동조하시면 어떡해요, 베히 님! 저거 진짜 악취미라고요!"

아시나가 삿대질까지 했으나 그 끝에 서 있는 이케인은 우아하게 웃으며 베히다트를 돌아볼 뿐이었다.

"라 쿤님은 정말로 저거랑 결혼하실 건가요?"

"저거?!"

아시나는 난데없는 '저거' 취급에 발끈했다. 이케인은 부채를 접고 턱을 괴면서 얄밉게 웃었다.

"대체 무슨 매력이 있어서."

"나 같은 매력 덩어리가 또 어디 있다고?!"

이케인이 두 눈을 반짝였다. 아시나 놀리는 데 재미를 붙인 기세였는데 가만히 차를 마시며 이 사태를 관망하던 아이세스가 이케인의 어깨를 꾹 눌렀다. 물론 아시나를 괴롭히면 나오는 반응이 재미있는 건 아이세스도 마찬가지였지만 여긴 손님이 있는 자리였다. 좀 정중해야 할 필요성이 있었다.

"자자. 아시나, 라 쿤님께 아이비케인 숲을 보여 드리는 게 어떨까? 옆으로 시일렌 회원괴도 이어지잖아. 아직 황궁 정원은 많이 구경시켜 드리지 못했지?"

아이세스의 부드러운 권유에 아시나가 고개를 끄덕이며 자리에서 일어났다. 그러면서도 이케인을 노려보는 건 잊지 않았다.

"그럼 산책 다녀올게."

베히다트는 고개를 살짝 숙이는 걸로 인사를 대신했다. 아시나는 베히다트의 팔을 잡아채 끌고 갔다. 그걸 끌고 갔다고 표현하기엔 남자가 순순히 따라갔지만 어쨌든 평화를 되찾은 정자에서 아이세스는 묘한 표정만 짓고 있었다.

"아시나, 괜찮을까?"

아이세스의 앓는 한숨에 이케인이 얄궂게 웃으며 그녀의 등을 토닥거려 줬다. 그는 오히려 베히다트에게 시집가서 고생할 아시나가 기대되었다. 저런 남자를 어찌 감당하려고 저러는 걸까, 우리 레이디께서? 그 속셈을 모를 아이세스가 아닌지라 잔뜩 흘겨보았지만 큰 효력은 없었다. 여태껏 먹는 데 바빴던 테나인이 고개를 들었다.

"꼭 저 같은 걸 골라왔군."

"우와, 그게 지금 평가의 다야, 형? 너무 간단한걸?"

"결혼하게 되면 그렇게 좋아하는 여행을 다닐 수 있을까? 어디 처박아 놓고 감금할 것 같던데."

"어라, 감금만 하면 다행인 기세 아니었어?"

몽블랑을 건드리며 테나인이 심오한 표정으로 침묵했다.

"아무튼 대단해."

이케인은 뭔가 기대되는지 박수까지 쳤다. 아이세스는 신난 이케인을 노려보다가 찻잔을 들었다.

"어쩌겠어. 말린다고 듣지도 않을 텐데."

이케인이 동의했다.

"맞아, 말린다고 들었을 거면 여행도 포기했겠지."

테나인도 둘의 말에 동조하며 고개를 끄덕였다.

"그리고 저 남자도 안 만났을 거고."

셋은 그대로 가만가만 고개를 끄덕이며 수긍했다.

아이비케인 숲은 내궁에서도 가장 크게 조성된 산책로였다. 특히 제1공주가 머무는 것이 암묵적으로 내정되어 있는 궁전이라 그런지 유난히 숲 자체가 아늑하고 생기 있었다. 오아시스 근처에 넓은 초원은 있어도 이렇게 빼곡히 나무들이 가득 들어찬 숲은 베히다트가 태어나서 처음 보는 광경이었다. 나무만 있는데 볼거리가 있을까 싶었지만 그냥 단순히 손을 잡고 걷는 것만으로도 머리가 맑아지고 차분해지는 경험은 마냥 놀라웠다.

"지금 페시안은 어때요?"

아시나가 조심스레 운을 띄운 이야기에 베히다트가 거리낌 없이 입을 열었다.

"지금은 내가 가진 힘이 두려워 겉으로는 어떤 문제도 없어 보이겠지만 결국 시간문제야. 무력으로 입을 다물게 하는 데엔 결국 한계가 있는 법이지."

그가 자신을 보내고 페시안에서 한 일을 경청하던 아시나는 고개를 끄덕였다.

"게디크는 붙잡아 감옥에 두었지만 그것도 대재상이 가지는 전권을 박탈하고 유폐를 하는 수준으로 마무리가 될 거야."

"반역은 중범죄잖아요. 그렇게 가벼운 처벌로 괜찮아요?"

아시나를 내려 보던 그가 대꾸했다.

"게디크를 죽이면 알 페시안이 감당해야 할 위험이 너무 커져. 지금 페시안에서 가장 급하고 중요한 문제는 다라—무스카트 간의 영토 전쟁과 소하르의 후계 문제거든."

둘 중 하나만 터져도 페시안에 큰 재앙이 닥쳤다고 할 정도로 온 나라가 떠들썩해지는 문제인데 두 문제가 동시에 터져 버렸다. 거기에 샤르자의 일까지 합세해서 페시안은 지금 역사상 가장 혼란한 정세를 기록하고 있었다.

"극동, 극서가 가장 오래되고 골치 아픈 문제로 떠들썩해. 이렇게 동시다발적으로 문제가 터진 역사가 없어서 하나하나 신중히 처리해야 해. 이런 상황에서 게디크를 쉽게 죽였다간 오히려 게디크가 견제하고 있던 세력이 크게 득세를 해서 더 혼란스러워 질 수 있어. 게디크의 죗값은 다른 식으로 받아 낼 거다. 아마도 게디크의 목숨 값 대신 게디크의 두 딸이 희생되겠지."

자키야를 떠올린 아시나가 침울한 표정을 지었다. 가엾긴 했지만 자신이 도와줄 수 있는 일은 없었다. 물론 돕는 것도 주제넘은 짓이기도 했고.

"다라와 무스카트 전선으로 아제미들을 보냈으니 무언가 결론이 나겠지. 크라차로부터의 무기 반입은 불법이니, 다라 측이 무기를 밀반입한 증거만 확실히 발견된다면 알 페시안에서 개입할 수 있게 되어 의외로 쉽게 해결될 수도 있어."

"일이 잘 해결되었으면 좋겠어요."

소하르의 문제는 아직 감이 잡히지 않았다. 그들끼리 정하라고 놔두기에도, 알 페시안이 대놓고 개입하기에도 애매했다.

"바레인은 찾았어요?"

아시나가 심각한 표정으로 물었다. 불안한지 인상을 찌푸리는 그녀의 머리를 쓰다듬으며 그는 고개를 가로저었다.

"나중에 나타나서 해코지하면 어쩌죠?"

"그럴 일은 없을 거야."

베히다트의 단언에 아시나가 의아한 표정을 지었다.

"왜요?"

그는 애매모호한 미소를 지었다.

"다신 나타날 수 없을 테니까."

파시로 도망쳤을 거라 예상하고 추격했지만 바레인이 간 곳은 파시도 크라차도 아니었다. 설마 수르트를 통해 북대륙으로 향했을 줄이야. 크롬웰에서 남인이 어떤 취급을 받는지 사정이야 자세히 알 수는 없지만 결코 평탄하지 않을 거라 판단했다. 어차피 끌고 온다고 해도 샤르자 측의 민심을 생각하면 살려 둘 수밖에 없었다.

만약 그가 아닌 다른 쿤들이었자면 당장 모두의 목숨을 빼앗고 피의 숙청을 시작했을 것이다. 그러나 어째서인지 그는 피를 보고 싶지 않았다.

　필요하다면 피를 보는 것쯤이야 아무렇지 않았건만, 아시나가 있어서인가. 그녀를 데리고 가야 하는데, 정식으로 아시나를 자신의 달로 맞이하는 길에 핏자국을 남기고 싶지 않았다.

　"고생이 많네요, 베히 님."

　아시나가 애처로운지 울상을 지었다. 단순히 그뿐이었는데 그동안 홀로 고군분투하며 쌓였던 피로가 눈 녹듯 사라졌다. 베히다트가 웃었다.

　"그래서, 내가 열심히 정리를 하고 있을 때 그대는 뭘 했지?"

　아시나는 잠시 생각했다. 뭘 하고 있었냐고? 이 남자를 보고 싶어서 아무것도 못 하고 있었다. 하루 종일 멍 때리고 시간이 가는 것도 의식하지 못할 정도로 이 남자 생각으로 머릿속이 가득해서 무언가를 하고 싶어도 할 수가 없었다.

　"책 읽고 산책하고 엄마랑 수다도 떨고…… 그러고 있었어요."

　경직된 아시나의 표정을 의심 어린 눈초리로 노려보았다. 솔직하게 이 남자를 생각하며 기다렸다는 말을 하기엔 너무 자신이 휘둘리는 것 같아서 아시나는 일부러 그 말을 하지 않았다.

　"정말로?"

　"네, 정말로."

　끄덕끄덕 아시나가 뭐가 문제냐는 듯 눈짓하자 그는 피식 웃어 버렸다. 뭔가 속이는 것 같았지만…… 그냥 놔두기로 했다. 어차피 그녀는 자신의 것이었으니까.

　"숲이 예쁘죠?"

　아시나가 맑게 웃으며 물었다. 재잘재잘 그녀가 떠드는 것만 보아도 자신의 기분이 좋아지는 걸 보니 중증이었다.

"한번 베히 님이랑 걷고 싶었어요. 제가 어릴 때 자주 아이랑 걸 었던 산책로거든요."

새삼스레 어린 시절의 기억이 파릇파릇하게 떠올라서 아시나는 기분 좋게 웃었다. 그 옆을 나란히 걸으며 베히다트가 살짝 인상을 그었다. 어린 시절이라. 가끔 신경이 쓰였던 것이었지만 크롬웰에 오고 나서야 그는 아시나가 나고 자라는 동안 평생을 보냈을 '고향' 을 실감할 수 있었다. 페시안에선 몰랐지만 그녀에겐 그녀만의 세 계가 있었다. 그녀를 사랑해 주고 그녀가 사랑하는, 온전히 아시나 라는 여자만을 위해 만들어진 세계가. 그 세계에 자신이 초대받은 건 반길 일이지만, 자신이 아닌 모든 게 마음에 들지 않았다. 이 시 선 하나, 이 웃음 하나, 이 숨결조차도 다른 자와 나누기 싫다 말하 면 질려 버릴까? 검게 넓혀 가는 자신의 욕망이 너무 추악해서 감 히 드러낼 수도 없었다. 크롬웰에 머무는 동안 아시나가 보여 주고 싶어 하는 것, 먹이고 싶어 하는 것, 알려주고 싶어 하는 전부를 얌 전히 따라다니면서 보고, 먹고, 기억해 둔 건 다른 이유가 있어서 그런 게 아니었다. 자신이 모르는 아시나가 있는 것이 싫었다. 그 녀가 말하는 모든 걸 남김없이 알고 싶었다.

"다들 친한가 보더군."

"우린 어릴 때부터 늘 몰려다녔으니까요."

아시나는 환하게 웃으며 고개를 끄덕였다. 그녀가 그들을 얼마나 좋아하는지는 조금만 지켜보아도 시선이라든가 표정, 태도에서 알 수 있었다. 그는 괜한 심술을 부렸다.

"다 커서도 그렇게 친하기 쉽지 않을 텐데."

"음, 그렇겠죠 뭐."

냉랭한 태도를 느껴서인가 아시나는 고개를 갸웃했다. 왜 베히다트가 짜증이 난 건지 어리둥절한 표정이었다. 그걸 보고 있으려니 별거 아닌 거에 연연하는 자신이 치졸하게 느껴져서 베히다트는 괜스레 심각해졌다.

"지금도 그렇지만 어릴 때도 주로 이케인이랑 놀았어요. 이케인은 어렸을 때도 여지에 옷을 입고 다녔거든요. 우리 엄마랑 이모가 딸이 없는 게 한스럽다면서 이케인을 여장시키다 보니 그렇게 되었는데, 지금은 그 사실로 두 분 다 엄청 괴로워해요. '아들 녀석이 저렇게 자랄 줄 알았으면 그러지 말걸!' 이러면서."

아시나가 깔깔거리며 웃었다. 새삼스레 자신을 유심히 지켜보던 이케인을 떠올리며 베히다트가 고개를 끄덕였다. 아시나는 그를 제멋대로의 철부지쯤으로 생각하는 모양이었지만, 언뜻 가벼워 보이는 미소 뒤에서 자신을 날카롭게 탐색하던 시선이 인상적이었다. 결코 보이는 만큼의 사내는 아니리라.

"그래도 가장 제 비밀을 많이 알고 있는 건 역시 아이세스일 거예요. 아이는 정말 대단해요. 차분하고 우아하고 상냥하고! 정말 공주라는 지위에 딱 맞는 레이디라니까요?"

"그래 보이더군."

"엄마도 맨날 아이 좀 닮으라고 뭐라고 했었죠. 하지만 아이는 아이고 나는 나잖아요?"

애교 섞인 아시나의 시선에 베히다트가 저도 모르게 웃음 지었다.

"그래서 말을 안 들었다?"

"에이, 말을 안 듣다니요. 무슨 그런 섭한 말씀을. 그냥 나는 나대로 예쁘니까 굳이 아이세스를 흉내 내지 않았다는 그런 말이죠."

어머니가 들었으면 뒷목을 잡았을 텐데, 아쉽게도 여기에 레시아는 없었다. 아시나는 해맑게 웃으며 베히다트의 팔짱을 꼈다. 자연스레 나오는 친근하고 애교 어린 행동에 그는 좋으면서도 한편으로는 불만스러웠다. 그녀가 이런 행동을 누구에게나 하는 건 아닐 테지만, 자신이 아닌 다른 누구에게 이렇게 친근한 행동을 할지도 모른다는 여지가 그를 좀먹었다. 아무리 가져도 채워지지 않는 이 열망을, 도대체 어찌하면 좋단 말인가…….

자신이 안긴 남자가 어떤 고뇌를 하는지도 모르고 아시나는 다른 생각에 잠겨 있었다.

"아이세스는 아무래도 공주니까 행동의 제약이 컸는데, 그거 때문에 이케인이랑 저는 맨날 고민했었어요. '어떻게 하면 아이랑 같이 놀 수 있을까?' 하고. 어른들은 아이세스가 적장녀嫡長女니까 여왕이 될 운명이라면서 우리들이랑은 좀 다르게 대했거든요."

가질 수 있는 권리만큼 짊어진 의무 역시 많았다. 상대적으로 모든 걸 대신 해 주는 부모님 그늘 덕에 최소한의 의무만 이행하고도 많은 것을 자신이 하고 싶은 대로 누릴 수 있는 아시나와 비교하면 아이세스는 언제나 자신만이 해야 하는 의무에 짓눌려 그늘진 표정을 하고 있었다. 어린 나이에도 그런 아이세스가 안쓰러워서 아시나는 자기도 모르게 하나둘 자신이 가진 것을 양보했었다. 가끔 어른들이 그 양보를 당연하게 여길 때면 짜증이 나긴 했지만 그래도 아시나는 아이세스를 좋아하기 때문에 참았다.

"아이는 참 대단해요. 그 엄청난 압박과 압력 속에서도 다정하고 침착하고……. 나라면 그렇게 못 살고 이미 도망치거나 미쳐 버렸을 거예요."

아시나는 고개를 끄덕이며 자신의 말이 맞다는 듯 스스로 맞장구를 쳤다. 베히다트의 큰 손이 아시나의 머리를 쓰다듬었다. 아시나는 아이세스가 안쓰러운 모양이지만 베히다트의 입장에선 어린 나이에도 온기를 나눠 주던 아시나가 더 대단하게 느껴졌다. 그녀도 같은 어린애였을 텐데.

"난 네가 더 대단해 보여."

"정말요?"

"그래."

"우와, 베히 님이 그렇게 말해 주니까 기분 좋은데요?"

아시나는 환하게 웃으며 베히다트에게 안겼다. 어찌나 무방비하고 천진한지 베히다트는 저도 모르게 신음을 삼켰다.

왜 이 여자는 이제야 자신에게 온 것일까? 좀 더 일찍, 빨리 만났더라면 좋았을 텐데. 자신이 미처 보지 못한 시간, 함께 있을 수 없는 시절이 있다는 게 참을 수 없을 정도로 짜증났다. 그 안에 아시나는 어떤 모습이었을지, 누구에게 이렇게 다정하게 웃어 줬을지, 어디에서 숨을 쉬고 있었을지 생각하는 것만으로 아까웠다. 끝도 없이 밀려드는 집착과 소유욕에 인내심이 바닥을 드러내고 있었다.

"더 말해 봐."

그가 낮게 속삭였다. 특별히 의도한 건 아닐 텐데 은밀하게 유혹하는 것처럼 느껴져서 아시나는 뺨을 붉히며 괜스레 부끄러워했다.

"네? 뭘요?"

"전부."

베히다트의 붉는 눈동자가 진지하게 아시나를 응시했다. 그가 뭘 바라는지 몰라 아시나는 두 눈을 깜빡였다. 가끔 보면 베히다트는 이상한 요구를 할 때가 있었다. 지금이 그랬다. 도대체 무슨 이야기를 듣고 싶은 거람?

"음……. 내 어릴 적 꿈은 모험가였어요."

"그건 좀 알 것 같군."

아시나가 수줍게 웃었다.

"그래서 황궁 탐사는 어릴 적에 다 끝내 놨죠."

베히다트는 웃는 아시나의 뺨에 손을 댔다. 지금 자신이 있는 바로 이 자리에서 어린 아시나가 돌아다녔을 생각을 하니 이루 말할 수 없는 감정이 밀려왔다.

자신이 모르는 아시나가 있다는 걸 참을 수 없었다. 과거까지 송두리째 빼앗고 싶었다. 이 눈동자가 자신만 바라보고 자신만 느끼고 자신에게만 얽매여 있다면. 아직은 참아야 하는 소유욕을 짓누르며 베히다트가 입술을 겹쳤다. 젖은 혀로 수줍어하는 혀를 감고 그대로 아시나의 숨결을 마음껏 탐하며 완전히 그녀가 자신의 손안에 들어올 날만을 고대했다. 한참을 탐하다 어느 정도 허기가 채워지자 베히다트가 간신히 그녀를 놔주었다. 좀 더, 마음껏 끌어안고 들이마시고 싶었지만 이곳에선 그녀가 도망칠 곳이 너무 많았다. 아쉬움에 놓아주지 못하는 베히다트의 품에 가만히 안긴 채 아시나가 그를 올려보았다.

"베히 님 어릴 적은 어땠어요? 당신 이야기도 듣고 싶어요."

어릴 적? 베히다트가 미미하게 인상을 썼다.

"너처럼 추억할 수 있는 이야긴 없어."

기억해 보려고 해도 기억나는 게 아무것도 없었다. 자신을 돌봐 준 외할머니는 지나치게 차가운 여성이었고 그를 엄격하게 다루었다. 놀 시간도, 놀 생각도 없이 일족의 일을 돕고 외할머니의 가르침대로 왕자의 자질을 갖추기 위해 많은 것을 배워야 했다. 작은 부족 안에선 배울 수 있는 것이 그리 많진 않았지만 그에게는 끊임없이 배운 기억밖에 없었다. 그것은 나중에 알 페시안으로 불려 가서도 마찬가지였다. 어린아이다운 것이 무엇인지 알 틈도 없이 시간만 지나갔다.

"그래도 생각나는 게 있을 것 아니에요. 하나도 없어요?"

"없어."

아시나가 서운한지 눈에 띄게 시무룩한 표정으로 물러섰다.

그에 대해 조금이라도 더 알고 싶은데, 협조를 해 주지 않는 것 같아 미웠다. 어린 시절의 이야기가 없는 사람이 대체 어디 있단 말인가. 괜히 말해 주기 싫어서 이러는 거 아니려나, 숨기는 게 있는 것인가 싶어 아시나는 대놓고 심통 난 표정을 지었다. 베히다트는 난감했다.

"진짜 없어. 혹시나 네가 말한 것 같은 일들이 생각난다면 얼마든지 말해 주지."

그가 약간 쩔쩔매는 기색을 보였기에 아시나의 기분이 조금 풀어졌다. 아시나가 새초롬하게 입을 모았다.

"카림과 나시르는 언제 만났어요?"

"카림은 8살, 나시르는 즉위 후였으니 21살 정도겠군."

"엑, 카림은 왜 그렇게 어렸을 때 만났어요?"

베히다트가 부드럽게 웃었다.

"그가 대족장의 아들인지라 어린 시절 궁정의 시동을 하고 있었기 때문이지. 그냥 지나가다가 몇 번 마주친 정도일 뿐, 그리 긴 대화는 해 본 적이 없어."

그렇구나. 새삼 아시나는 그가 자신과 얼마나 다른 세상에서 살아왔는지를 깨달았다.

"그럼 그런 거 말고 우리 다른 거 말해 봐요."

"뭘 말이지?"

"음, 그러니까……."

생각에 잠긴 아시나가 별안간 활짝 웃으며 입술에 검지를 갖다 댔다.

"전 어릴 때 하늘을 올려다보는 걸 좋아했어요. 특히 밤하늘이요. 별이 정말 예뻤거든요. 베히 님은 어땠어요?"

자신을 담은 채 반짝이는 붉은 눈동자가 넘치도록 사랑스러웠다.

"별을 보는 건 좋아했다. 밤이 오면 길을 찾는 데 가장 큰 도움이 되니까."

순순히 돌아오는 대답에 아시나가 환하게 웃었다.

"저는 우유를 좋아했어요. 아이는 우유를 싫어했죠. 베히 님은 어렸을 때 우유 좋아했어요?"

"글쎄. 주면 먹고 안 주면 안 먹었던 정도 같군. 굳이 찾아 마시지는 않았어."

"저는 모자를 싫어했어요. 어렸을 땐 머리에 뭘 다는 게 싫었거든요. 베히 님은요?"

"싫어하건 좋아하건, 모래바람 때문에 어쩔 수 없이 뭘 써야 했으니 상관없었지. 상관없었던 것 같아."

베히다트의 대답에 아시나가 만족스럽다는 듯 고개를 끄덕였다.

"전 어릴 때부터 책을 좋아했어요. 지금도 좋아하지만요. 베히 님은요?"

"책은 싫어하진 않는다."

"그럼 좋아하는 거네요?"

"그런가?"

그가 잘 모르겠다는 듯 대꾸했으나 아시나는 마음대로 그가 책을 좋아한다고 단정 지었다.

"베히 님은 비 좋아해요?"

"빗소리는 듣기 좋더군. 비를 맞는 것도 싫어하진 않아."

"저도 비 정말 좋아해요. 사실 여행 다닐 때 비를 만나면 좀 곤란하긴 하지만, 그래도 비를 맞아서 더 재미있었던 기억이 많아요."

베히다트의 허리에 두 팔을 걸치며 아시나가 배시시 웃었다. 그대로 고개를 숙여 아시나의 머리에 키스한 그가 불만족스러운지 한숨을 흘렸다.

"생각보다 우리 공통점이 많네요."

"그게 많은 건가?"

"많은 거죠."

그녀가 단호하게 대꾸했다.

"앞으로도 많이 찾아낼 거예요."

당당한 포부에 베히다트가 웃음 지었다. 애달픈 손길이 그녀의 머리카락을 쓰다듬었다.

"그랬으면 좋겠군."

베히다트는 새삼 자신이 북대륙에 와 있다는 사실을 자각했다.

이전까지 크롬웰이라는 나라에 큰 관심을 둔 적이 있던가?

그에게는 그저 언제 쳐들어올지 모르는 위험한 나라일 뿐이었다. 그런데 자신의 인생에 갑자기 뛰어든 어떤 말괄량이 때문에 이렇게 먼 곳까지 오게 되었다.

"아까 했던 이야기, 마저 해 봐."

아시나의 손을 만지작거리며 그가 재촉했다. 잠시 아시나의 돌발 질문으로 끊기긴 했지만 그녀는 막 아이세스와 어릴 적에 있었던 이야기를 끊임없이 해 주던 중이었다. 기억이 난 건지 아시나가 멋쩍게 웃었다.

"지금은 잘 안 싸우지만 어렸을 땐 많이 싸우기도 했었어요. 아무래도 아이가 보기에 난 뭐든 쉽게 배우는 것 같았나 봐요."

자신을 이곳에 오게 만든 말괄량이가 재잘거리는 걸 빤히 지켜보며 그는 조금 다른 생각에 잠겼다.

"그랬군."

"그래도 스승님은 맨날 아이 편만 들었다고요!"

아시나가 억울하다는 듯 인상을 찌푸렸다. 베히다트의 입가에 미소가 번졌다. 이상한 말이지만 그는 아시나가 떠드는 게 마음에 들었다. 그녀가 그렇게 쉴 새 없이 재잘거리는 걸 듣고 있노라면 평온이라는 게 무엇인지 이해할 수 있을 듯한 기분마저 들었다. 그가 손을 뻗어 그녀의 머리를 쓰다듬자 뭔가 의아한지 아시나가 고개를 갸웃했지만 곧 다른 이야기를 하는 데 푹 빠져 버렸다.

"우리 둘이 싸우면 엄마도 아이만 좋아하고! 아이만 옳다 그러고! 그래서 정말 어릴 땐 우리 엄마가 맞나? 그런 생각도 많이 했었어요. 분명 아이가 잘못했는데도 맨날 나만 혼내니까 서운하기도 하고 서럽기도 해서⋯⋯."

아시나는 툴툴거리면서도 못내 서운한지 입매를 늘어뜨렸다. 그래도 사촌들에 대한 이야기를 할 때 아시나는 유난히 신나 있어서 그녀가 얼마나 그들을 아끼고 사랑하고 위하는지 알 수 있었다. 베히다트는 날짜를 가늠해 보았다. 이렇게 한가하게 있는 것도 이걸로 5일째였다. 아무것도 하지 않았는데 신기할 정도로 시간은 빨리 흘렀다.

페시안에 있었을 때도 희미하게 느꼈던 바였지만 크롬웰에 오니 확연히 실감할 수 있었다. 그녀가 어떤 세상에서 살다 자신에게로 오게 된 것인지. 다시 페시안으로 데려가는 것에 어떤 죄책감이 느껴질 만큼 이곳은 아시나에게 한 점의 부족함도 없었다. 그렇다고 그녀를 포기할 것인가? 그럴 수는 없었다. 베히다트는 입꼬리를 말아 올렸다. 누구 맘대로.

"엄마의 결론은 나는 언제나 많이 가졌으니까 양보해야 하고, 아이는 엄마도 없고 그렇다고 나처럼 아빠랑도 사이가 막 친한 것도 아니니까 내가 이해해 줘야 한다 이런 거였는데, 어릴 땐 이해할 수 없었죠. 너무 부당하게 느껴지기도 했고⋯⋯ 뭐, 지금은 엄마가 왜 그런 말을 달고 살았는지 조금은 이해하지만요."

아시나는 복잡한 표정으로 한숨을 내쉬다 시선을 들었다. 왜인지 갈증이 나서 마른침을 삼키며 입을 다문 그녀가 베히다트를 올려다보았다. 아까부터 자신에게 고정된 채 빤히 응시하는 저 붉은 눈동자가 매우 엄청 많이 신경 쓰였다.

아시나가 입을 다물었는데도 그는 별로 개의치 않았다. 오히려 무엇인가를 알아내려는 듯 집요하게 그녀의 표정을 살폈다. 그리

고 그 시선이 입술에 머물렀을 때, 위기감을 느낀 아시나가 입을
열었다.

"지금, 여기서!"

"쉿."

늦었다고 생각한 순간 그가 아시나의 입술을 덮었다. 부드럽고
상냥한 입맞춤에 아시나는 자신도 모르게 뺨을 붉혔다. 이미 몇 번
째임에도 아직도 부끄러웠다. 대체 언제쯤이면 이렇게 붙어 있는
게 부끄럽지 않아지는 걸까?

그는 대체 뭐가 그리 부족한지 허기진 몸짓으로 아시나를 파고들
었다. 그래도 상처 입히지 않으려는 조심스러움에서 소중히 대하
는 애정이 느껴져서 저도 모르게 입가에 미소가 번졌다. 한참의 키
스 후 잠시 입술을 뗀 베히다트가 조금 쉰 목소리로 물었다.

"들어갈까?"

"어딜요?!"

"침실."

아시나는 번뜩 눈을 떴다. 미쳤냐고 크게 소리치려고 했으나 베
히다트가 빨랐다. 그는 벌려진 입술을 덮으며 아시나를 몰아붙였
다. 넘어가지 않으려고 했으나 젖은 혀가 감싸며 집요하게 괴롭히
자 신음을 흘릴 수밖에 없었다. 진짜 교활해. 눈을 뜬 아시나가 그
를 흘겨보았다. 그는 웃으며 다시 입술을 뗐다.

"난 여기도 괜찮은데."

아시나가 인상을 그었다.

"나 놀리는 거죠?!"

"반은 진심이야."

그녀의 팔뚝을 만지작거리며 베히다트가 장난스레 대답했다. 아
시나는 함정에 속아 넘어가지 않았다.

"반은 농담이라는 거잖아요. 정신 차리세요, 여기 지금 웰즈거든
요?!"

"알아."

그가 아쉽다는 듯 아시나를 끌어안았다.

"여기가 알 페시안이었으면 이미 우린 침대 위였어."

아시나는 할 말이 많은지 소리 없는 아우성을 쳤지만 베히다트에
의해 입이 막혀서 뭐라 대꾸하진 못했다. 불만스레 노려보는 아시
나를 지켜보던 그가 웃음을 터뜨렸다.

"귀엽군."

별거 아닌 말이었는데 어째서인지 그 말을 듣자마자 아시나의 몸
이 딱 굳었다. 대체 왜 저런 아무렇게나 던진 말에 이렇게 마음이
풀리고 기분이 좋아진단 말인가. 아무리 생각해도 이해할 수 없었
다. 놀리고 있다는 걸 아는데도 좋다니. 정말 미친 건가?

"솔직히 말해 봐요, 베히 님. 바람둥이였죠? 막 여러 여자 울렸
었죠?"

베히다트의 품에서 아시나가 씩씩대며 물었다. 그는 나른하게 웃
으며 그녀를 내려다보았다.

"여자가 없진 않았지만 그게 중요한가?"

"중요하죠! 그럼 나한테 이런 것처럼 다른 여자한테도 그랬어요?"

"흐음……."

"제대로 대답 안 해요?"

아무래도 자꾸 드는 이 의혹을 확실히 매듭지어야겠다고 다짐한

아시나가 눈을 부릅떴다. 결연한 태도의 그녀를 지켜보다 그가 물었다.

"지금, 질투하는 건가?"

놀리는 듯한 말투. 당연히 아니라고 부정할 줄 알았건만 의외로 아시나는 고개까지 끄덕이며 수긍했다.

"당연하죠. 세상 어느 여자가 질투를 안 해요?"

"보기 좋군."

"한 대만 때려도 돼요?"

말보다 행동이 빨랐다. 아시나가 베히다트의 팔을 때렸으나 그는 투정부리는 거라 생각해 그냥 넘어가 주었다. 그래도 그녀를 붙잡고 있는 팔은 절대 풀지 않았다.

"그러는 넌?"

이번엔 베히다트의 차례였다. 그의 눈동자가 음산하게 빛났다.

"나 이전에 남자가 얼마나 많았지?"

마치 심사라도 받는 기분이 들어 아시나의 목소리가 살짝 떨렸다.

"친구들밖에 없었어요. 다 친구라고요."

"그래?"

미심쩍은 듯했지만 더 따져 묻진 않았다. 의외로 순순히 수긍하는 기세에 도리어 아시나가 놀랐다. 익숙한 침묵이 시작되었다. 예전엔 이 침묵이 견디기 힘들어서 발버둥 쳤는데 이젠 괜찮았다. 오히려 침묵이 평온을 주고 있어서 굉장히 간질간질한 기분이었다. 문득 웃음이 흘러나왔다. 진짜 어쩌다가 이 남자랑 이렇게 있게 된 거지? 게다가 여긴 크롬웰이고.

"베히 님은 내 어디가 좋아요?"

"글쎄."

"역시 예뻐서?"

미적지근한 반응을 보이던 베히다트가 마치 기다렸다는 듯 웃었다. 이 남자가! 안 그래도 예전에 베히다트가 사막에서 미소녀라는 말에 비웃었던 게 아직도 깊은 상처로 남아 있었다. 이 미모를 보고 예쁘지 않다니! 눈이 어떻게 된 게 아니냐고 진심으로 묻고 싶었다. 베히다트가 아시나를 스윽 보더니 되물었다.

"예쁜 건가?"

"예쁘죠! 지금 나 예쁜 거 부정하는 거예요?"

"글쎄."

또 나왔어! 미적지근한 반응!

이번엔 화가 난 아시나가 베히다트의 팔을 쳐 냈다. 갈 거야! 안 그래도 예쁘다고 해 주는 사람 많은데 안 예쁘다는 사람 옆에 붙어 있을 이유가 없었다. 주저 없이 아시나가 품 안에서 벗어나려 하자 등 돌린 그녀를 베히다트가 뒤에서 끌어안으며 달랬다.

"예뻐."

뒤돌아서 대체 어떤 표정으로 이런 말을 하는 건지 확인하고 싶었지만 너무 꽉 안겨 있어서 고개를 돌리기가 힘들었다. 불만에 가득 차긴 했지만 아시나는 그 한마디에 마음이 풀리는 자신이 진짜, 정말, 진심으로 싫었다. 내가 생각해도 난 줏대가 없어. 화를 낼 거면 끝까지 내야지! 놀아나는 걸 알면서도 매번 같은 방식에 화가 풀리다니 글러 먹었다. 아시나가 보란 듯이 크게 한숨을 내쉬었다.

"진짜 미운 거 알아요?"

"설마."

"정말 미워 죽겠어."

밉다고 말하면서도 순순히 안겨 있는 자신이 매우 한심했지만 어쩌겠는가. 좋아 죽겠는걸. 정말 중증이었다. 몸에 힘을 풀고 그대로 베히다트의 가슴에 기댄 아시나는 잠깐 입술을 삐죽였다.

"오늘 저녁 괜찮아요?"

약간 조심스러운 기색에 베히다트가 단도직입적으로 반문했다.

"누굴 만나야 하나?"

"아마도 엄청 힘든 상대를요."

"누구지?"

웃음기 어린 반문에 아시나가 깊은 시름을 숨기지 못한 채 대꾸했다.

"우리 엄마요."

베히다트는 언젠가 이런 시간이 올 거라고 어렴풋이 알고 있었다. 아시나는 어쩐지 매우 불편한 표정으로 그를 걱정했지만, 그는 개의치 않았다. 이 결혼을 그녀의 부모님이 격렬히 반대를 한다면 순조롭진 않겠지만 결과는 달라지지 않을 것이다. 여차하면 납치라도 하면 될 테니까. 다만 이런 식으로 우회하고 있는 건 앞으로 있을 거의 모든 시간을 페시안에서 지낼 아시나의 마음에 짐을 얹을 수 없어서였다. 그는 어떤 식으로든 그녀가 상처받는 걸 원치 않았다.

웰든 대공 부부는 꽤 인상적이었다. 그녀의 부모가 아니라고 해도 꽤 신경 써서 기억해 둘 만한 인물들이었다.

"웰든 대공, 반 카르디안 시라스 폰 크롬웰입니다. 간단하게 카르디안이라고 부르시길."

"어서 오세요. 저는 웰든의 대공비, 레시아라고 합니다."

누가 부부는 닮는다고 했던가? 생긴 건 전혀 달랐지만 두 사람이 풍기는 묘한 분위기는 비슷했다. 다 큰 자식이 있다고 생각되지 않는 두 사람의 외양도 마찬가지였다. 아시나가 대충 그 이유를 미리 설명해 줬음에도 그 실물을 직접 마주한 느낌은 또 달랐다.

"언제고 초대하고 싶었는데 이런 기회를 갖게 되어 기쁘군요."

드레스 자락을 붙잡으며 레시아가 우아하게 고개를 숙였다. 전에 봤을 때도 느낀 바였지만 아시나와 닮은 듯 닮지 않은 여인이었다. 금색의 눈동자가 베히다트를 또렷하게 담아냈다. 그 시선을 담담하게 마주하며 그는 정체를 알 수 없는 기운을 느꼈다. 분명 아시나보다 더 여리고 순하게 생겼는데도, 그녀에겐 뭔가 알 수 없는 단호함이 존재했다. 이 여인이 자식을 감옥에 가두고 저택에 감금시킨 그 여인이란 말인가?

마찬가지로 강건해 보이는 대공이 걸핏하면 울었다는 그 아버지라는 것도 잘 매치되지 않았다.

"입맛에 맞으실지 모르겠네요."

레시아가 해사하게 웃었다. 아시나는 겉으로 보기엔 전혀 문제없는 이 상황에서 혼자 살얼음 위를 걷는 아슬아슬한 기분을 느끼고 있었다.

아무리 생각해도 세 사람이 만나는 건 무척이나 불안했다. 아니, 어쩌면 카르디안과 베히다트 둘만 보는 거라면 괜찮았을지 모른다. 문제는 언제 터질지 모르는 레시아가 베히다트를 시험하듯 지켜보고 있다는 사실이었다.

"아휴……."

차라리 시험대에 오른 게 자신이었으면 좋으련만. 한숨을 내쉬는 그녀의 어깨를 카르디안이 알게 모르게 다독여 주었다. 그래도 이 자리에 아버지가 있어서 다행이었다. 그 점에 감사하며 아시나는 다시 두 사람을 살폈다. 레시아는 알게 모르게 베히다트의 모습을 하나하나 살피는 중이었다.

"우리 아시나에게 청혼을 하시려고 페시안에서 여기까지 직접 오실 줄은 몰랐습니다. 여기까지 상당히 멀 텐데. 청혼서만으로 충분하지 않던가요?"

"멀어도 와야 하지 않았나 합니다."

"라 쿤께서라면 어떤 여자든 아내로 삼으실 수 있으실 텐데 굳이 정략결혼을 하실 필요가 있으실까요?"

이어지는 대화가 뭔가 불안해서 아시나는 바로 카르디안에게 목소리를 낮춰 물었다.

"아빠, 아빠는 지금 이 상황을 어떻게 생각해?"

"글쎄, 나쁘지는 않은 것 같다만."

"진짜? 엄마 표정이 저런데?"

해사하게 웃고 있었지만 아시나에겐 전혀 웃는 걸로 느껴지지 않았다. 마치 사건을 터뜨리기 일보 직전 같은 위태로움이 존재했다. 더욱더 긴장하며 이 만남이 부디 무사히 끝나기를 속으로 여신님께 빌고 있었을 때였다.

더욱더 환한 미소로 레시아가 입을 열었다.

"이미 알고 계실지 모르시겠지만 저는 이 결혼을 반대하는 중입니다."

분위기는 순식간에 찬물을 뒤집어쓴 것처럼 차갑게 식어 버렸다. 아시나는 올 것이 왔노라며 눈을 감고 탄식을 했고 카르디안은 보이지도 않는 먼 산을 바라보며 홀로 인생의 진리를 논하고 있었다. 두 사람이 그러거나 말거나 막상 일을 저지른 레시아는 태연하게 웃는 얼굴로 베히다트를 똑바로 바라보았다. 어떻게 반응하는지 하나도 놓치지 않겠노라는 의도가 명백하게 전해져 와 베히다트는 인상이라도 찡그려야 하는 건지 고민했다.

마땅히 따라와야 할 반응이 없으니 레시아가 조금 의아한지 인상을 찡그렸다. 그래도 베히다트는 별다른 반응을 하지 않았다.

"어째서 반대하는 건지 궁금하시진 않으신가요?"

결국 너그럽고 상냥하게 레시아가 물었다. 온화한 척하고 있지만 한 치의 틈도 없는 그 기세에 베히다트는 어깨를 으쓱일 뿐이었다. 아시나에게 듣기로 딸이 제 말을 듣지 않는다고 가진 바 권력까지 아낌없이 동원한 여인이었다. 애초에 호락호락할 거란 생각은 하지 않았다.

"반대하는 타당한 이유가 있을 것 같습니다만."

"물론 이유야 타당하죠. 그렇지 않다면 제가 왜 반대를 하겠습니까?"

"그게 무엇인지 궁금합니다. 청해 들을 수 있을까요?"

두 사람의 시선이 맞붙었다. 아시나는 어째서인지 허공에서 불꽃이 튀기고 있다고 생각했다. 카르디안은 아예 두 사람의 신경전에 관심을 끄고 요리사가 준비한 음식을 음미하고 있었다. 자신도 그 경지에 이르렀으면 좋겠건만…… 안타깝게도 그럴 여유가 없었다. 아시나는 두 사람의 눈치를 열심히 보며 이 상황이 한시라도 빨리 무마되기만을 간절히 빌었다. 여기서 자신이 끼어들어 봤자 나아질 건 아무것도 없겠지. 이건 둘만의 기싸움이었다.

입술을 깨물던 아시나는 기를 쓰고 있는 엄마와 반대로 여유로워 보이는 아빠를 보며 뭔가 자신의 예상과 다른 현실에 괴리감을 느꼈다. 아시나의 예상은 아빠가 울면서 반대하고 엄마는 잘됐다며 빨리 시집가라고 내쫓는 거였다. 분명히 그런 식으로 상황이 돌아갈 거라고 생각했는데. 조금 혼란스러웠다. 정녕 저기 앉아 있는 어머니가 데려갈 남자 없다고 한탄하던 엄마가 맞는가? 저건 누가 봐도 딸을 결혼시킬 생각이 없는 어머니였다. 물론 그 와중에 베히다트가 보여 주는 진중한 태도에 마음이 놓이는 건 어쩔 수 없었다.

"저는 사랑 없는 결혼은 재앙이라 생각하는 사람입니다."

레시아가 화사하게 웃으며 운을 뗐다.

"물론 조건이 맞는 결혼, 할 수야 있겠죠. 그렇게 결혼해서 잘 사는 사람들도 물론 많습니다. 하지만 내 딸에게 그런 결혼을 시키고 싶지 않아요."

그녀는 딱 잘라 말했다.

"두 나라는 오랫동안 적국으로 대립했고 그동안 쌓인 앙금도 많습니다. 라 쿤께서도 잘 알고 계시겠지만 애초에 환경부터 다른 문화 차이를 단숨에 극복할 수 있는 기적 같은 건 어디에도 없죠. 이제 와 교류를 시작한다고 해도 몇백 년 동안 켜켜이 쌓인 묵은 감정이 하루아침에 사라질 것이 아니라는 걸 저도 잘 알고 있어요. 이를 고작 두 나라 간의 국혼이 해결해 줄 거라고 순진하게 믿지도 않습니다."

어조는 부드러웠지만 눈빛은 단호했고 그리 말하는 태도 또한 강건했다. 황제가 낀 공식적인 저녁 식사 자리였다면 레시아도 이런 의견을 말하는 데 주저함이 있었겠지만 이곳은 사택이었고 더군다나 이 저녁 식사 또한 사적인 자리였다. 처음부터 이러려고 부른 거라는 걸 눈치채고 있던 베히다트가 희미하게 웃었다. 지금 안절부절못하는 건 여기서 아시나가 유일했다.

"당연히 이 결혼이 성사되면 아시나가 페시안으로 가는 것이겠죠. 라 쿤께서 크롬웰에 머물 수는 없을 테니 말입니다. 그렇다면 일종의 평화 유지의 상징으로 제 딸을 보내게 되는 것인데 언제 깨질지 모르는 그런 위태로운 자리로 애지중지 키운 제 아이를 보내 희생시키고 싶지 않습니다."

이기적이라고 해도 상관없었다. 사실이니까.

그동안 하나밖에 없는 황실의 어른으로서 레시아는 황후의 빈자리와 황족의 의무를 모자람 없이 충분히 수행해 왔다. 그게 얼마나 힘들고 대단한 것인지는 모두가 알고 있었다. 덕분에 그녀는 라페니히 황제 앞에서 똑같은 내용을 요지로 반대할 수 있는 자격과 권리가 있었고 애초에 오늘 이 자리는 라페니히 황제 또한 알고 있었다.

다른 귀족들이야 지금이 기회라며 옳다구나 한데 입을 모아 이 결혼을 찬성하고 있지만 그들의 의견 따위 무마시킬 수 있는 힘이 그녀에겐 있었다.

"단순한 평화의 상징을 원하는 것이라면 다른 걸로 얼마든지 대체할 수 있다고 생각해요. 필요하다면 결혼이 아니라는 조건하에 얼마든지 대체 가능한 다른 걸 준비하도록 하겠습니다."

섬 등 국경의 일부를 원한다고 해도 기꺼이 넘겨줄 의향이 있었다. 보석이나 귀한 물건을 원한다면 그게 차라리 낫다고 생각했다. 가능한 모든 변수를 상정하며 레시아는 말을 마쳤다.

"폐하께선 아이세스가 결혼했기 때문에 청혼이 아시나에게로 들어왔다고 하셨는데, 만약 아이세스가 결혼하게 되는 상황이었어도 저는 똑같은 이유로 반대했을 겁니다."

잠깐 정적이 흘렀다. 엄마 좀 말려 보라며 아빠를 쳐다보았지만 아시나는 별다른 소득을 얻지 못했다. 애초에 카르디안은 말릴 생각이 없어 보였고 한술 더 떠 레시아의 말에 동조하고 있었다. 고개를 끄덕이는 카르디안을 지켜보다 아시나는 속이 터지는 기분에 이마를 짚었다. 이걸 어쩌지. 결혼을 반대한다고 말은 했지만 정말 이렇게 면전에서 대놓고 반대를 할 줄은 몰랐다. 아시나는 새삼 자신이 엄마를 과소평가했다는 걸 인정했다. 역시 우리 집 여왕님!

설마 여기서 물러나는 건 아니겠지? 그녀는 불안해져서 저도 모르게 울상을 지으며 베히다트의 눈치를 살폈다. 그는 무슨 생각인 건지 모를 표정으로 레시아의 말을 천천히 음미하고 있었다. 차마 엄마 아빠가 기절할까 봐, 아직 둘 사이에 대해 솔직하게 털어놓지 못한 아시나는 두 눈을 질끈 감았다.

"대공비께서 무엇을 걱정하는지는 잘 알겠으나 이 청혼을 무를 수는 없을 듯합니다."

한참 뒤 그가 나른하게 웃으며 꺼낸 말에 레시아가 날카롭게 눈을 치켜떴다.

"그게 무슨 의미죠?"

"제가 청혼한 진짜 이유는 다른 것이거든요."

"진짜 이유?"

그런 게 있을 턱이 있나? 아시나는 저 남자가 왜 저러는 건가 불안했다. 무슨 거짓말을 하려고…….

그게 뭐든 하지 말라는 강력한 의지를 담아 아시나가 두 눈을 부릅떴으나 베히다트는 그냥 웃고 말았다. 뭔데, 저 싱거운 반응은! 오히려 더 불안해진 아시나는 두 손을 꼭 말아 쥐었다.

"그게 뭔지 여쭤어도 될까요?"

레시아가 물었다. 지체 없이 그가 입을 열었다.

"첫눈에 반했거든요."

"네?"

"아시나 없이는 하루도 살 수 없어 청혼했습니다."

묘한 정적이 흘렀다. 레시아는 물론이거니와 카르디안마저 굳은 채로 할 말을 잃었다. 그건 아시나도 마찬가지였다. 저 남자가 지금 뭐라고 한 거지? 아시나는 자신도 금시초문인 이야기에 할 말을 잃었다.

"……."

그 누구도 쉬이 말문을 열지 못했다.

무어라 더 설명이라도 해 줬으면 좋겠는데 정작 폭탄을 던져 놓은 당사자는 유유자적 맛있게 요리를 먹고 있었다. 순식간에 역전된 분위기에 아시나는 좋아해야 하는 건지 말아야 하는 건지 선택의 기로에서 갈등했다.

"그러니까……."

간신히 정신을 차린 레시아가 입을 벌렸다가 그냥 다물었다. 아직 머릿속의 생각이 정리되지 않았다. 카르디안이 레시아의 팔을 붙잡았다.

"시아."

"그러니까, 지금……."

"……."

뭔가를 정리해 보려고 노력하던 레시아는 포기했다. 거의 넋을 놓은 표정에 아시나는 괜히 죄책감이 들었다. 한 번 폭삭 가라앉은 분위기는 어떻게 회복되기 힘들어 보였다. 그 찰나 베히다트가 아시나를 돌아보았다. 의미심장한 표정과 미소, 게다가 어쩐지 칭찬을 바라는 듯한 기색에…… 아시나는 그냥 머리를 짚고 한숨이나 내쉬었다.

수습 불가였다, 이건.

그 뒤로 식사하는 와중에 오가는 대화는 단 한마디도 없었다. 아슬아슬한 식사 시간이 그렇게 끝나고, 아시나는 베히다트가 그대로 돌아갈 줄 알았건만 예상외로 후식 타임까지 갖고 지금은 레시아와 단둘이 정원 산책을 나가 있었다.

둘만 남은 상황이라니, 상상조차 되지 않았다. 불안했던 아시나는 냉큼 따라 나가려 했다. 무슨 대화가 오갈 줄 알고! 아까 디너 시간에 이루어진 대화만 봐도 절대로 좋은 소리가 오갈 것 같지 않았다. 하지만 따라나서려던 아시나의 행동은 레시아와 베히다트에 의해 저지당했다. 둘 다 아시나가 따라나서는 걸 원하지 않았다. 게다가 카르디안도 아시나가 그 사이에 끼는 것을 부드럽지만 단호하게 말렸다.

"어떡하지, 아빠? 엄마가 너무 화가 나서 베히 님을 죽이는 게 아닐까?"

한시도 가만있지 못하고 왔다 갔다 하는 아시나를 빤히 지켜보다 카르디안이 어깨를 으쓱였다. 과연 죽이려 한다고 그가 죽어 줄 것인지 의문이었지만 아시나는 레시아가 마음만 먹으면 얼마든지 죽일 수 있다고 굳게 믿는 눈치였다. 딸의 오해를 풀어 줘야 마땅했지만 카르디안은 그냥 차를 마셨다. 그가 걱정하는 건 오히려 레시아 쪽이었다. 부디 상처받지 말아야 할 텐데. 남모를 걱정을 삼키며 카르디안은 아시나를 바라보았다.

"아시나, 여기 와서 앉아 봐."

"응? 응."

엄마가 그 대사를 했을 땐 무서워서 죽으려고 했는데, 아빠의 그 말은 조금 의아하긴 해도 무섭진 않았다. 아시나는 냉큼 카르디안의 앞에 가서 앉았다. 그 행동이 어찌나 귀여운지 스물이 넘은 딸인데도 마냥 어린애처럼 보여서 난감했다. 성인이니 그에 대한 존중을 해 주려고 하는데, 버릇처럼 감싸고 다독이고 어르고 싶은 마음이 더 크니…… 그래서 부모란 것이 어려운 자리인 모양이었다.

조금 씁쓸한 기분을 감추며 카르디안이 아시나와 시선을 맞추었다. 아시나가 빤히 시선을 던지며 긴장하는 기색을 보이자, 카르디안이 의미심장한 미소를 지었다.

"말해 봐."

"응? 뭘?"

지체 없이 그가 말했다.

"숨긴 거, 전부."

단호한 대꾸에 아시나는 잠시 식은땀을 흘렸다. 역시 아빠. 뭘 숨길 수가 없었다. 아시나는 눈을 굴렸다. 이걸 엄마도 같이 눈치 채고 있는 걸까 우려하며 카르디안의 눈치를 살폈다. 아무래도 아 시나가 페시안에 갔다는 사실을 레시아가 짐작한 터라 더 불안했 다. 그녀는 머뭇머뭇 카르디안의 눈치를 살폈다.

"화 안 낼 거야?"

"언제는 화낸 적 있었나?"

"아니, 없었지……."

기어 들어가는 목소리로 아시나가 수긍했다. 그래, 심지어 가출 을 했을 때도 화낸 적 없었다. 아시나가 카르디안의 말을 훔쳐서 도망쳤을 때도, 보검을 숨겨 놓았을 때도, 심지어 집안 고용인과 지인들 대부분의 약점을 잡아 치부책을 만들어서 그걸로 엄마의 손아귀에서 벗어난다는 걸 알았을 때도 화내지 않았다. 아빠가 소 중히 여기던 보물을 부서뜨렸을 때도 그는 그저 좋은 말로 타이르 기만 했을 뿐, 아시나에게 언성을 높이지 않았다.

그녀가 알기로 아버지가 자신에게 화를 낸 건 단 한 번뿐이었다. 아시나가 레시아에게 심하게 대들었을 때. 말없이 노려보는 아빠 가 어찌나 무섭던지, 그때도 불같이 화를 낸 건 아니었지만 다시는 겪고 싶지 않은 경험이었다.

"뭔지 제대로 알아야 나중에 아빠가 널 도울 수 있겠지, 우리 딸. 응?"

결국 입이 잘 떨어지진 않았지만 아시나는 그동안 있었던 일을 털어놓았다. 이미 이안과 아이세스, 이케인에게 털어놓은 이야기라 내용은 꽤나 잘 요약되어 있었다.

"많은 일이 있었군."

간략히 축소한 이야기였지만 카르디안의 감상은 저걸로 끝이었다. 너무 미적지근한 반응에 오히려 어깨가 뻐근할 정도로 긴장했던 아시나만 맥이 빠졌다. 적어도 이안처럼 왜 도움을 청하지 않았냐고 물어볼 줄 알았는데 그런 질문조차 없었다.

"화 안 내?"

뭉그적대며 묻는 아시나의 질문에 카르디안이 해사하게 웃었다.

"응? 일부러 그러려던 것도 아니었잖아?"

"그래도……."

카르디안이 아시나를 제 옆으로 불렀다. 손짓에 바로 아빠의 옆으로 간 아시나가 팔짱을 끼며 그대로 품에 안겨 들었다. 하나밖에 없는 딸의 머리를 쓰다듬으며 그가 물었다.

"크라차가 보고 싶었어?"

"응! 그 물담배라는 시샤도 피워 보고 싶었어. 모래로 뒤덮여 있다는 사막도 보고 싶었고……."

"바다도 횡단해 보고 싶었고?"

맞는다는 듯 아시나가 고개를 끄덕였다.

"정확히는 배를 오래 타 보고 싶었어."

"엄마한텐 비밀로 하자."

카르디안의 말에 아시나가 눈을 굴리다가 대꾸했다.

"역시 엄마가 들으면 화내겠지?"

"지하 동굴에 유폐당하지 않을까?"

"윽, 그건 싫어."

단언컨대, 유폐로 끝날 것 같지 않았다. 그동안 엄마가 자신에게 한 행적을 곱씹어 보며 아시나는 확신했다. 그래도 결혼을 반대하는 건 여전히 의아했다. 두 손 두 팔 벌려 환영할 줄 알았는데. 쟤가 저러고 돌아다니는데 대체 누가 데려갈지 모르겠다는 대사는 엄마의 단골 발언이었다.

"아빠는 어때?"

"뭐가."

"나 결혼하는 거."

카르디안이 웃었다. 아시나는 예상을 빗나가기만 하는 아빠의 반응이 영 이상했다.

"아빠는 반대 안 해?"

아시나의 새초롬한 질문에 카르디안은 더 자상하게 아시나의 머리를 쓰다듬었다.

"네 엄마를 네 외할아버지에게서 데려올 때 저주를 들었거든."

"저주?"

카르디안이 싱긋 웃으며 고개를 끄덕였다.

"딸을 낳으면 분명 어떤 놈팡이한테 일찍 뺏겨 버릴 거라고."

처음 들었을 땐 '그러라지.' 하고 말았지만 정말로 아시나를 낳고 나선 한참 끙끙거릴 만큼 마음에 남아 있었다. 얼마나 신경 쓰였는지 아시나가 자라는 걸 확인할 때마다 '저게 조금만 더 크면 시집간다고 떼를 쓰게 되는 걸까, 정말로 곁을 떠나려고 할까.' 하는 생각에 울컥하기 일쑤였다. 아시나가 사랑스러우면 사랑스러울수록, 예쁘면 예쁠수록 울컥하는 빈도는 예기치 못하게 많아졌다.

"널 키우는 내내 이런 일에 대해 일찌감치 마음의 준비를 하고 있어서인지 괜찮아."

담담하게 대답하는 카르디안을 올려다보며 아시나는 왠지 모를
죄책감이 들었다.

"미안해."

"네가 미안해할 일은 아니지."

"그래도……."

우물쭈물 어찌할 바를 모르는 아시나를 그대로 끌어안으며 카르
디안이 낮은 목소리로 속삭였다.

"괜찮아, 우리 딸. 네가 행복하기만 하다면."

밤바람이 어느덧 제법 쌀쌀해졌다. 레시아는 산책을 나서기 전,
카르디안이 걸쳐 주었던 숄을 더 넓게 펴서 여미며 하늘을 올려다
보았다. 청명한 하늘엔 별들이 마치 밀려드는 파도와 부서지는 포
말처럼 흩뿌려져 반짝이고 있었다.

말없이 걷기 시작한 두 사람이었지만 레시아는 사실 다른 생각에
사로잡혀 있었다. 어린 딸과 걷던 산책길을 사위가 될지도 모르는
남자와 걷는 건 꿈에도 상상치 못했던 일이었다.

그녀에게 아시나는 언제나 어린 딸이었고, 그것은 딸이 소녀에서
숙녀가 되고 어엿한 성인으로 자리매김하는 나이가 되었어도 마찬
가지였다. 품에서 떼어 낸 시간이 많아서 그런지 하나밖에 없는 딸
만 생각하면 마음 한구석이 미어지고 미안했고, 그럼에도 구김 없
이 잘 자라 주어 고맙고 감사했다.

딸의 자유를 빼앗는 것 같아 늘 마음에 걸리면서도 그녀는 언제
나 아시나가 제 곁에 있어 주길 원했다. 같이 밥 먹고 물건을 고르

고 수다 떨면서 가끔 산책도 하고……. 그런 일상을 함께하길 원했던 것이었는데 둘의 이상이 너무 극명하게 갈라져서 언제나 부딪혀야 했다. 아시나를 몰아붙인 행동을 후회하는 것은 아니나, 가끔 그게 딸을 더 바깥으로 몬 것이 아닌가 하는 고뇌는 했다.

"어릴 적 아시나랑 가끔 걷던 산책길이에요. 아이가 커서 나와 시선을 똑바로 마주할 정도로 자랐는데도 이 길만 걸으면 내 허리에도 오지 않던 어린 딸이 생각나죠."

어쩔 수 없었다. 주변에서도 자신도 변명처럼 입에 달고 살았던 말이었지만 지금처럼 사무친 적은 없었다. 조금 더 자신이 노력했으면 아시나에게 방랑벽이 생길 이유도, 자신이 이렇게 아시나와 마찰할 일도 없지 않을까 그런 헛된 생각들이 떠올랐으나 남는 것은 회한뿐이었다. 저택에 있을 때도 자신보다 아빠의 손을 많이 타서, 레시아는 가끔 자신이 이름뿐인 엄마가 아닌가 하는 자괴감을 느끼기도 했다.

"둘이 어떻게 만난 거냐 물어도 대답하지 않을 테죠."

허를 찌르는 레시아의 말에 베히다트가 그녀를 돌아보았다. 운치 있는 밤의 정원과 환한 달빛을 배경처럼 두른 레시아는 베히다트조차 아름답다고 생각할 만큼 고요하고 눈이 부셨다. 분명 외모는 젊은 레이디라고 치부할 법했는데, 황금빛 눈동자가 가진 연륜이 짐작할 수 없을 만큼 깊었다. 아름다움 자체는 아시나가 우위였으나 우아함이나 지니고 있는 기품으로 친다면 레시아를 이길 수 없었다. 베히다트는 수긍했다.

"제가 할 대답을 잘 아시는군요."

"우리 딸은 내 거예요."

그 부분은 양보할 수 없다는 듯, 레시아가 표정을 굳히며 말했다. 베히다트가 흥미로운 표정으로 그녀에게 시선을 주었다.

"비록 내가 엄마로서는 한참 부족하고 어쩌면 자격 미달일지도 모르겠지만, 그래도 아시나는 내 딸이에요. 어느 누구에게도 내 딸을 넘겨주고 싶지 않아요."

"이제 제 겁니다만?"

난데없는 소유권 주장에 베히다트가 당당하게 맞받아쳤다. 레시아가 눈을 치켜떴다.

"지금 한번 해 보자는 건가요?"

"아니요, 사실을 말한 것뿐입니다."

무슨 말이 더 필요하냐는 듯한 태도에 레시아는 어이가 없어서 할 말을 잃어버렸다. 아시나는 대체 어디서 이런 남자를 데려온 것인가. 자신의 딸이지만 정말 알 수가 없었다.

깊은 한숨을 내쉬고 레시아가 다시 산책길로 시선을 돌렸다. 다시 움직이는 그녀의 뒤를 따라 걸으며 베히다트가 여린 듯 부서지지 않는 뒷모습을 인상 깊게 바라보았다.

"엄마로서 해 주지 못한 게 많아요."

지나가는 길에 피어 있는 파란 장미를 꺾어 들며 레시아는 시름에 잠겼다.

"어렸을 땐 황궁의 일로 바빴고, 아이가 조금 커서는 나돌아 다니는 걸 좋아해서 잡아 두기에 급급했죠. 아시나의 머리가 커지고 나서는 자기가 원하는 게 너무 확고해서 부딪히기만 했어요. 둘이 원하는 게 너무 달라서, 의식하진 못했지만 분명 많이 상처받았을 거예요."

자신도 그리 유한 성격은 아닌지라 언제나 뾰족하게 말해 놓고 후회했었다. 가운데에 선 아이 아빠가 많은 것을 중재해 주었다고 해도 상처받지 않았을 리가 없었다. 가끔 아시나가 울먹이는 표정으로 도망치곤 하면 그녀는 더 없는 죄책감에 시달렸었다.

"그래도 예뻐요. 구김 없고 그늘 없이 잘 자라 줘서 언제나 감사하게 생각하고 있어요."

레시아가 시선을 내렸다.

"그런 딸이에요."

멈춰 선 레시아가 베히다트에게로 돌아섰다. 자신을 똑바로 마주하는 황금빛 눈동자가 매섭게 그를 몰아붙였다.

"난 그대가 어떤 환경에서 자랐는지 모릅니다. 그대가 부모에게 사랑받고 자랐는지, 어떤 아픔이나 그늘이 있는 건지는 관심 없어요. 아이 아빠도 그리 평탄한 삶을 살아온 것은 아니기에 그런 점은 신경 쓰지 않아요. 사랑받지 못하고 자란 아이라도 얼마든지 다른 이에게 사랑을 줄 수 있다는 걸 배웠으니까요."

레시아가 싸늘하게 뇌까렸다.

"우리 아시나에게 그늘을 드리우지 마세요."

뒤이어 그녀가 베히다트에게 냉정하게 경고했다.

"만약 우리 딸이 조금이라도 힘들어 하거나 구김이 생기는 기색이 보이면 당장 크롬웰로 데려올 거예요."

"그럴 일은 없을 겁니다."

잠깐의 지체 없이, 그가 대답했다. 바로 쏘아보는 의심 어린 눈초리에 베히다트가 비뚜름하게 미소했다.

"아시나는 대공비가 생각하는 것보다 강한 여자니까요."

무엇이 마음에 들지 않는지 레시아가 대뜸 미간을 찌푸렸다.

"그 아이가 그대에겐 '여자'군요."

"아주 매력적인 여자죠."

마치 꿰뚫어 보기라도 하려는 양 레시아의 시선이 베히다트의 얼굴에 닿았다. 확실히 아시나가 혹한 이유를 알 만도 했다. 레시아는 한숨을 내쉬었다. 카르디안과 전혀 다르면서도 두 사람은 비슷한 분위기를 풍겼다. 절대 꺾이지 않을 강함, 그리고…… 누구도 이해하지 못할 고독.

어차피 아시나가 원하면 레시아도 허락할 수밖에 없었다. 식사 시간 내내 무슨 일이 터질까 전전긍긍하며 베히다트를 바라보던 애타는 시선을 기억해 낸 레시아가 웃었다. 소리까지 내며 웃는 레시아를 보며 베히다트가 이건 대체 무슨 상황인지 감을 잡을 수 없어 침묵했다. 한참이나 혼자 웃던 레시아가 눈가에 고인 눈물을 닦으며 한마디 했다.

"내가 하던 걱정을 이제 그대가 전부 가져가겠군요."

누군가에게 휘둘린다는 건 상상도 못 할 남자가 아무것도 모른다는 양 속을 뒤집는 아시나를 붙잡으려고 애쓸 것이 뻔히 보여서 레시아는 더 터져 나오려는 웃음을 참아야만 했다.

"그걸 지켜보는 건 꽤나 재미있는 구경이 될 것 같네요."

"걱정?"

레시아가 냉정하고 단호하게 예언했다.

"남대륙으로 간다고 해서, 그놈의 방랑벽이 사라지는 건 아니겠죠. 많이 고생하세요."

어쩐지 고소하다는 듯한 기운에 베히다트는 등골이 서늘해졌다.

레시아가 다시 산책길을 걷기 시작했다. 그 옆에서 걸음을 맞추며 베히다트는 새삼 그녀가 아시나의 어머니라는 걸 깨달았다. 언뜻 다른 듯해도 의외의 부분이 닮아 있었다. 머리카락을 귀 뒤로 넘기는 버릇이라든가 사람을 바라보는 방식이라든가.

"그 아이가 그렇게 누군가를 좋아하는 건 처음 봤어요."

그런 눈빛을 사람에게도 보낼 수 있는 건지 처음 알았다. 언제나 새로운 유적지, 보물, 맛있는 음식, 친구들 이야기를 할 때 보이던 시선이었는데……. 그것이 오직 한 사람을 향해 꽂힌다는 건 바로 눈앞에서 목도했음에도 믿기 힘들었다.

"다른 건 몰라도 한 가지는 맹세하겠습니다."

베히다트의 진중한 목소리에 레시아의 발걸음이 멈추었다.

"제가 아시나를 대공비에게 뺏기는 일은 절대 없을 겁니다."

둘의 시선이 허공에서 부딪혔다. 레시아가 대놓고 비웃었다.

"자만이 너무 지나친 것 아닌가요?"

"자신감이죠."

그의 대답에 레시아가 피식 웃었다.

"그게 꺾일 때가 기대되네요."

간밤에 둘이 무슨 대화를 한 것인지 아시나는 정말 궁금했다. 특히나 레시아가 더 이상 대놓고 반대하지 않는다는 점이 아시나의 궁금증을 더욱 자극했으나 레시아도 베히다트도 그날 밤에 무슨 대화를 한 것인지 알려 주지 않았다.

레시아가 분명히 반대하지는 않는다고 했지만 그렇다고 찬성하는 것 역시 아니었다. 얼마든지 아시나가 원하지 않으면 이 결혼을 하지 않아도 된다고 레시아는 못 박아 말했다. 그 말에서 엄마가 얼마나 자신을 걱정하고 위하고 있는지 충분히 느낄 수 있어서 아시나는 자신이 축복받은 인간이라고 생각했다.

"말랑말랑하군."

"남의 부끄러운 살 만지면서 태연하게 말하지 말아 줄래요?"

아시나의 팔뚝을 제 맘대로 주물럭거리며 그가 웃었다. 도대체 왜 그러는지 이해는 안 가지만 베히다트는 그녀의 팔뚝을 만지는 걸 좋아했다. 그래서 걸핏하면 옆에 앉혀 놓고 팔뚝과 뱃살을 만져 댔다. 하필이면 두 부위에 요새 살이 찐 듯한 기분이 들어서 아시나는 괜히 시무룩했다.

"아, 틀렸어. 살 뺄 거야!"

"뺄 살이 어디 있다고 그러지?"

아시나가 투정 부리듯 외치자 베히다트가 웃었다. 그녀는 여전히 찡그린 얼굴로 자신의 몸을 내려다보고 있었다.

"드레스는 자비롭지 못하다고요. 옷에 맞춰 몸을 집어넣는 그 슬픔과 고통을 알기나 해요?"

"몰라."

"……."

진심으로 한 대만 쳐 봤으면 좋겠다고 생각하며 아시나는 씩씩거렸다. 그녀의 반응에 그가 웃음을 숨기지 않으며 대꾸했다.

"그냥 안 입으면 되는 것 아닌가?"

"그러게요. 내가 아직 거기까진 해탈을 못 해서 그래요."

물론 페시안으로 시집가서 드레스와 작별을 고한다고 해도 마찬가지 상황일 거라 아시나는 단언할 수 있었다. 오히려 페시안의 옷은 몸매를 있는 그대로 드러낼 수도 있는지라 더 위험했다. 살 찐 게 그대로 노출될 수도 있다는 소리였으니까! 대체 뭐가 더 좋은 걸까 고민해 보다가 어찌 되었든 살은 빼야 한다는 결론 때문에 아시나는 우울해졌다. 요 몇 달 너무 놀고먹었어.

"살 조금 찐 것 가지고 너무 우울해하는 거 아닌가?"

"살 조금 찐 거라니요! 그거 가지고 남들이 얼마나 말이 많은데!"

"괜찮아. 난 신경 안 쓰니까."

아시나를 끌어안으며 그가 딱 잘라 말했다. 위로가 되긴 했지만 그렇다고 큰 위안이 되진 않았다. 분명히 헐뜯는 사람이 있을 텐데, 부족한 자신으로 인해 그가 그런 소리를 듣는 건 싫었다. 애초에 헐뜯을 여지를 주지 않아야 한다는 게 아시나의 지론인 터라 저도 모르게 한숨이 나왔다.

"정말로 엄마랑 무슨 말했는지 안 알려 줄 거예요?"

"비밀이니까."

둘 다 그날 밤의 대화가 비밀이라는 확언은 하지 않았으나, 암묵적으로 다른 이에게 말하는 걸 꺼렸다. 이유는 모르지만 그 일 덕에 전혀 접점이 없을 것 같은 대공비와 묘한 유대감마저 들어 베히다트는 그저 신기했다.

"조금만 알려 주면 안 돼요?"

아시나가 은근하게 물었다. 살짝 애교까지 피웠으나 안타깝게도 그게 통하지는 않았다. 그냥 웃으며 넘기는 베히다트를 보며 잠깐 골을 내다 그녀가 입술을 삐죽였다. 그 모습이 마냥 귀엽게만 느껴져서 베히다트는 이런 게 콩깍지라는 것인가, 새로운 발견에 감탄했다.

"크롬웰은 어땠어요?"

별안간 아시나가 고개를 들었다. 초롱초롱한 시선에 베히다트는 저도 모르게 웃음 지었다. 명확한 주어는 없었지만 그녀가 무엇에 대해 묻고 있는 건지 충분히 알아들었다.

"흥미롭더군."

"우리 사촌들을 만난 소감은 어때요?"

아이세스는 이 결혼이 성사되지 않았으면 한다고 은근하게 말했었다. 힘든 상대가 아닐까 넌지시 말했지만 결론은 베히다트가 위험해 보인다는 것이다. 이케인은 결혼은 하되 긴장을 늦추지 말라고 약 올렸고, 테나인은 이 결혼을 축하한다며 앞으로 어떤 고난이 아시나 앞에 기다리고 있을지 기대된다고 악담 아닌 악담을 하고 갔다. 아시나는 베히다트의 생각도 궁금했다. 웬만하면 다들 잘 지냈으면 하는 게 그녀의 바람이었다.

"듣던 것과는 다르더군."

"예? 뭐가요? 누가요?"

"글쎄……."

베히다트가 의미심장한 표정을 지었다. 아시나는 불안해서 인상을 찡그렸다. 주름 진 미간을 검지로 꾹 누르며 그가 웃었다.

"흥미로웠어. 나쁘진 않더군."

조금 더 자세히 캐묻고 싶었지만 제대로 된 대답을 해 줄지는 미지수였다. 은근히 말을 돌리는 베히다트를 보며 골을 내던 아시나는 한숨을 내쉬었다. 묻고 싶은 것들이 아주 많이 남아 있었으나 물을 수 있는 것은 한정되어 있었다.

"우리 엄마는 어땠어요?"

이 질문엔 바로 대답이 나오지 않았다. 베히다트는 잠깐 생각에 잠겼다. 생긴 건 언뜻 비슷했지만 자세히 뜯어 놓고 보면 그리 닮지도 않았다. 오히려 아시나는 아빠를 더 많이 닮은 편이었다. 하지만 풍기는 분위기가 엄마 쪽과 비슷해서 그냥 세 사람이 나란히 서 있으면 아시나는 카르디안보다 레시아를 더 많이 닮았다고 생각하게 되었다. 성격은 전혀 다르지만. 아마도 아시나의 성격은 아버지 쪽에 더 많은 영향을 받은 듯 보였다.

"음, 꼭 대답해야 하나?"

"당연히 대답해야죠!"

"인상적이었어."

짧은 대답에 아시나가 인상을 썼다. 좀 더 길고 성의 있는 답을 하라는 무언의 요구에 베히다트가 속으로 웃음을 삼켰다.

"인상적이고 대단하더군."

아까 전보단 대답이 길어졌지만 여전히 아시나의 마음에 차지는 않았다. 그녀가 불만스레 그를 힘껏 노려보았다. 그는 그저 웃었다. 마음 같아선 더 붙잡고 징징거리고 싶었지만 그렇다고 해도 베히다트가 원하는 양껏 대답해 줄 것 같지 않으니 일단 넘어갔다. 아직 물어볼 건 많았으니까.

"뭐, 좋아요. 그럼 우리 아빠는요?"

이번에는 침묵이 더 길어졌다. 베히다트는 뭔가 알 듯 말 듯한 미소를 지었다. 아시나는 어머니인 레시아가 큰 장애물이 될 거라고 생각해서 그쪽을 더 많이 신경 썼지만 정작 두 사람을 만난 그가 느끼기엔 레시아보단 카르디안 쪽이 더 요주의 인물이었다. 레시아는 무슨 생각을 하는지 대강 파악은 가능해서 괜찮았지만 카르디안은 아니었다.

"조금…… 의외라고 해야 할까?"

"의외요?"

"그런 정도였어."

아시나는 고개를 갸웃했다. 궁금한 모양이었지만 베히다트는 그이상 대답해 주지 않을 생각이었다. 그 기색을 그녀도 느낀 모양이었다. 조금 더 캐묻고 싶어 하다가도 곧 입을 다물었다. 잠시 둘 사이에 침묵이 흘렀다.

"오늘이 며칠째인지 알죠?"

침묵을 깨고 조금 심술궂게 그녀가 물었다.

"당연한 거 아닌가?"

베히다트의 대꾸에 아시나가 몸을 일으켰다. 그의 품에서 벗어나 조금 떨어진 아시나가 짐짓 도도하게 고개를 치켜들었다.

"자, 그럼 맞춰 보세요. 내 소원이 무엇인지."

그가 의미심장한 표정을 지었다. 혹시 맞추지 못하는 게 아닐까 아시나는 두려움에 떨었지만 베히다트에게 그런 망설임은 엿보이지 않았다. 그녀가 물러난 만큼 다가선 그가 고개를 숙였다. 제 귓가에 속삭이는 낮고 나른한 음성에 아시나가 두 눈을 동그랗게 떴다. 쉬이 믿기 힘든 표정을 짓는 그녀를 보며 베히다트가 자신만만하게 웃었다.

"어떻게, 알았어요?"

아시나의 목소리가 떨렸다. 한 손으로 입을 가리며 베히다트를 올려 보는 그녀의 눈동자가 젖어 들고 있었다.

"처음부터 알고 있었어."

"미워. 그런데 날 기다리게 만들었단 말이에요?"

이미 답을 알고 있었으면서, 그런 기색도 전혀 없이!

오히려 너무 느긋하고 여유로워서 맞출 생각이 없는 게 아닐까 하는 생각도 간혹 했었다. 혹시나 맞추지 못하면 어찌할까, 틀려도 맞춘 척이라도 해 줘야 하나 싶었고 아니면 정말로 결혼을 다시 생각해 봐야 하나 엄청 고민하고 있었는데…… 이런 마음도 몰라주고 놀릴 시기나 기다리고 있었다니. 정말 미웠다.

원망 어린 시선을 온몸으로 받아 내며 베히다트가 얄궂게 웃었다.

"너도 날 기다리게 했잖아?"

"진짜 못됐어."

아시나의 투정에도 그는 그저 웃기만 했다. 별다른 반응이 없으니까 더 얄미워서 그녀는 베히다트를 잔뜩 흘겨보았다.

"베히 님은 참 나쁜 사람이에요."

"그거 듣기 참 좋군."

"나쁜 사람이라는 소리가 듣기 좋아요?"

"좋은 사람이란 소리는 왜인지 듣기 싫거든."

단호하게 딱 잘라 말하며 그는 아시나를 끌어당겼다. 다시 안기게 된 품에서 그녀는 남몰래 안도했다. 그가 정답을 맞춰서 정말 다행이었다.

"이게 네가 원하는 사랑이라는 건지는 잘 모르겠지만, 그렇다고 안심하진 말길."

그가 단호하게 속삭였다.

"난 널 절대로 놓아줄 생각도, 그렇다고 순순히 네 뜻대로 따라 줄 생각도 없거든."

"그럼 날 어떻게 할 건데요?"

아시나의 작은 도발에 그가 입꼬리를 말아 올렸다.

"잡아먹을 거야. 머리부터 발끝까지 통째로."

통째로 잡아먹겠다고 선언하고 있는데 전혀 위기감이 들지 않았다. 오히려 깔깔 웃어 대며 아시나는 두 팔을 뻗어 베히다트의 목에 감았다. 그와 시선이 마주치는 게 참을 수 없이 좋았다. 이렇게 예쁜 눈동자를 남자가 가지고 있다는 건 정말 반칙이라고.

"우린 분명 많이 싸울 거예요."

"알아."

"그런데도 괜찮겠어요?"

아시나의 단언에 그가 날카롭게 대꾸했다.

"싸울 일 없는 게 더 재미없지 않나? 네가 없는 내 인생은 너무 무료했거든."

"난 재미있었는데!"

눈치 없는 대답에 베히다트가 그녀를 노려보았다. 그에 아랑곳하지 않은 아시나가 심각한 표정으로 속삭였다.

"내 인생 최대의 위기가 당신을 만난 거라고요."

"그건 맘에 드는군."

인생 최대 위기라는데, 반응이 가관이었다. 원래 이렇다는 걸 알고 있었지만 그래도 절로 한탄이 흘러나왔다.

"대체 이 남자한테 내가 왜 반한 거지?"

"잘생겨서."

능청스러운 대꾸에 두 사람 다 웃음을 터뜨렸다. 아시나는 깔끔하게 인정했다.

"내가 미소년을 좋아하긴 해요. 미소년 초상화도 모았는걸요."

미소년 초상화라는 소리에 베히다트가 바로 인상을 찡그렸다.

"그건 어디 있지?"

"그 가방과 함께 공중에서 분해가 되었겠죠."

안타깝다는 듯 아시나가 고개를 가로저었다.

"좋은 결말이로군."

"뭐라고요?"

아시나가 쏘아붙였다.

"베히 님은 너무 제멋대로예요. 독재자!"

"넌 너무 자유분방해."

그가 불만 어린 표정으로 아시나의 두 팔을 붙잡았다. 두 사람의 입술이 살짝 맞닿았다가 떨어졌다. 이마를 마주 댄 채 서로를 바라보기만 해도 이렇게 좋은 기분이 들다니 정말 미스터리 했다. 단순히 누가 곁에 있어 주는 것만으로 이리 행복하다니.

"당신이 너무 좋아요. 좋아서 미칠 것 같아요."

"난 이미 미쳤어."

그가 심각하게 얼굴을 굳혔다.

"너 때문에 내 평생 지키기로 약속한 원칙을 모두 어겼다."

순간 놀라 두 눈을 깜빡인 그녀가 대꾸했다.

"그건 나도 마찬가지거든요?"

"그거 반가운 소식이로군."

"뭐라고요?"

"나만 어긴 거면 억울하잖아?"

"우와."

뭐 이런 남자가 다 있을까?

지금이라도 결혼을 다시 한 번 생각해 봐야 하는 게 아닐까 아시나는 고민했다. 그녀가 고민한다는 걸 알면서도 베히다트는 딱히 말리지 않았다. 단지 그녀의 가는 허리를 붙잡고 강하게 끌어안을 뿐.

"사랑해."

나른하고 나지막한 목소리. 깜짝 놀란 아시나가 두 눈을 동그랗게 떴다. 그녀의 반응에 베히다트가 웃으며 물었다.

"왜 놀라는 거지?"

"베히 님이 그런 낯간지러운 대사를 내뱉을 줄은 몰랐어요."

끙끙거리며 아시나가 대답했다.

"계속할 생각인데. 그때마다 이런 반응이라면 재미있겠군."

"날 갖고 노는 게 좋아요?"

"아마도."

"베히 님 나빠!"

"뭘 새삼스레."

싫다면서도 아시나는 베히다트의 품에서 빠져나갈 생각은 하지 않았다. 그녀의 쇄골에 고개를 기대며 그가 얄밉게 물었다.

"그나저나 소원이 사랑한다는 말을 듣는 거라니, 너무 소박하지 않나?"

"내 소원이에요! 그게 뭐가 어때서!"

"귀여워서."

베히다트의 대꾸에 아시나가 입을 꾹 다물었다. 잔뜩 놀려놓고 화를 풀라는 듯 그가 상냥하게 그녀를 달랬다. 달랜다고 또 풀어지는 마음 때문에 한숨을 내쉬며 아시나가 베히다트의 입술에 짧게 입맞춤을 남겼다.

"나도 사랑해요."

듣기 좋은지 그가 눈을 감았다. 그 목소리가 영원히 귓가에 남아 있었으면 좋겠다는 그런 바람을 떠올리는 스스로에게 놀랐다. 정말 단단히 미쳤군. 하지만 그게 전혀 나쁘게 느껴지지 않는 걸 보니 이미 글러 먹은 모양이었다. 눈을 뜨자 아시나가 어쩐지 울먹이며 베히다트를 올려 보고 있었다.

"당신이 영원히 날 사랑할 수 있었으면 좋겠어요."

"영원까진 필요 없어."

아시나의 손목에 입술을 내리누르며 그가 덧붙여 말했다.

"이미 내 전부가 네 거니까."

여기서 뭘 더 어떻게 줄 수 있을까? 어떻게 더 뺏길 수 있는 걸까? 불가능한 일이었다. 하지만 아시나는 그게 가능하다는 듯, 더 헤어 나올 수 없도록 그를 더 끌어당겼다.

"잊지 마, 우리가 하나라는 걸."

종장終章

종장

아슈마에의 오아시스는 늘 그렇듯 평온했다. 수면으로 알 페시안의 전경을 지켜보고 있던 베히다트는 지루한 듯 손가락을 튕겼다. 거의 모든 준비가 얼추 갖춰졌다.

이 순간을 위해 몇 년의 세월을 기다려 왔던가?

신중하고 겁이 많은 무리들이 안심하고 움직이길 기다리기까지 들었던 시간이 너무나 길고 무료했다. 자신이 알 페시안을 지키고 있으면 일을 도모하기 힘들어 할까 봐 이렇게 아슈마에로 자리를 피해 주지 않았던가. 그렇게 알고 싶어 했던 3왕자의 비밀에 어느 정도 가까워진 것인가 가늠하며 피식 웃었다.

"이제 돌아가는 건가?"

여린 미성이 베히다트를 붙잡았다. 아슈마에의 주인이자 페시안의 초대 쿤이기도 한 시하드가 웬일로 가려는 베히다트를 배웅하려 모습을 드러냈다. 평소 오고 가는 것도 신경 쓰지 않던지라 그는 조금 의아했다.

"무슨 일이지?"

"아니, 그냥……."

말끝을 흐리며 시하드가 묘한 표정으로 베히다트를 내려다보았다. 어쩐지 뭔가 간을 보는 것 같은 시선에 베히다트가 대놓고 불편한 기색을 드러냈다. 그렇다고 해도 별 신경 쓰지 않던 시하드가 한참의 침묵 끝에 어정쩡한 미소를 지었다.

"네 운명이 흔들리는구나."

난데없는 예언에 베히다트가 인상을 찡그렸다.

"나쁜 건가?"

"글쎄."

무언가 더 생각을 하던 시하드가 의미심장하게 덧붙였다.

"조만간 다시 보게 될지도 모르겠는걸."

헛소리라고 치부하고 오아시스를 나왔으나 베히다트는 오아시스에서 나온 지 다섯 시간 만에 그 헛소리를 재평가하게 되었다. 역시 신이라고 불리는 남자가 맞단 말인가? 어디까지나 평범한 사람일 뿐 누누이 신이 아니라고 주장하던 시하드의 말을 회상하던 베히다트는 제게 닥친 일에 집중했다.

일의 시작은 사소했다. 평소와 다름없이 아슈마에에서 알 페시안으로 가던 길목에서 어떤 미친 여자가 난데없이 튀어나온 것뿐이었다. 활기차게 달려온 여자가 자신을 붙잡고 한 말이 문제라면 문제였다.

"여기서부터 크라차까지는 어느 쪽으로 가야 하나요?"

높은 목소리는 꽤 듣기 좋았지만 그것보다 다른 것에 신경이 쏠렸다. 크라차? 아무리 좋게 봐줘도 여행자가 입고 있는 옷차림은 로브였다. 북에서 온 사람이라는 게 확연히 보이는 하얀 피부. 명백한 북인의 행색이었다. 단순히 그것뿐이라면 상관이 없겠지만 문제는 바로 이 장소였다. 누구도 한 번 발을 들이면 쉽게 살아날 수 없다는 죽음의 사막.

이대로 죽여 버릴까 아니면 붙잡고 데려가서 추궁을 할까 베히다트는 잠시간 고민했다. 안 그래도 크라차와 사이가 좋지 않은 사정도 그 판단에 한몫했다. 물론 평소의 그였다면 망설임 없이 목을 그었으리라.

어찌할까 고민에 잠긴 와중에 마주하고 있던 갈색 눈동자가 꽤 깨끗해서 인상에 깊게 남았다. 그리고 그 눈동자가 이 와중에 자신을 꽤 꼼꼼하게 살펴보고 있다는 걸 알아차리자마자 왜인지 모르게 웃음이 흘러나왔다.

"구경은 다 한 건가?"

깜짝 놀라며 여자가 살짝 몸을 움츠렸다. 자신의 목에 칼날이 들어와 있는 상황이라는 걸 자각한 건지 눈동자를 굴리는 게 매우 다급해 보였다.

"마지막으로 할 말은?"

느긋하게 독촉했으나 약간의 시간을 주었는데도 답이 없었다. 남길 말이 없나 보군. 태평하게 생각하며 베히다트가 막 손을 움직였을 때였다.

"악! 나 아직 말 안 했어요!"

기겁하며 여자가 외쳤다.

"잠깐만요, 잠깐!"

두 손을 내밀며 허우적거리는 모습이 꽤 필사적이어서 베히다트는 내려치려던 손을 멈춰 주었다. 칼이 멈췄다는 사실에 안도한 건지 크게 숨을 내쉰 여자가 다시 자신을 올려다보았다. 빤히 바라보는 시선이 어쩐지 불쾌하지 않아서 그것이 참 기묘한 인상을 남겼다.

"그것 좀 치워요. 난 죽이면 안 돼요."

"왜지?"

당연히 그냥 놔줄 수는 없었다. 하지만 뭐라고 지껄일지 궁금해졌다. 어디 할 말이 있으면 해 보라는 듯 시간을 주니 기다렸다는 듯 여자가 당당하게 소리쳤다.

"미소녀니까요! 미소녀는 나라에서 보호해야 할 의무가 있는 보물이라고요! 예쁘고 아름다운 건 마땅히 모두가 지키고 보존해야죠!"

다른 이유였으면 진지하게 생각해 주었겠으나 이건 재고할 가치도 없었다. 단박에 비웃은 그는 모래를 잔뜩 뒤집어써서 얼굴이 어떻게 생겼는지도 제대로 알아보기 힘든 여자를 내려다보았다.

"도대체 어디가 아름답다는 거지?"

나름대로 상냥하게 이유를 물어봐 준 것이었으나 여자는 입을 다물었다. 어쩐지 불쾌해하는 것 같기도 했다. 북인이 여기 있는 것도 의심스러운데 거기에 여자이기까지 하니 뭔가 석연치 않은 구석이 존재했다.

"으악!"

죽일 생각도 아니고 그저 휘두른 칼날이었다. 위협하려는 건 아니었으나 그렇다고 죽일 의사가 확고한 것도 아니었다. 하지만 정말로 목숨의 위협을 느낀 건지 간신히 칼날을 피한 여자가 악에 바쳐 소리 질렀다.

"정말 휘두르는 법이 어디 있어요, 진짜!"

이런 상황을 처음 겪는 건지 반발하는 모양새가 꽤 웃겼다. 상관하지 않고 지나가려 했으나 마음이 바뀌었다. 베히다트가 모래 속에 파묻힌 칼을 뽑아냈다. 시릴 정도로 칼날이 시퍼렇게 빛나자 여자가 입을 다물었다.

"인간을 죽이는 데 규칙이고 율법이 도대체 어디 있다는 거지?"

여자가 입술을 깨물었다. 긴장하는 기색이 여기까지 느껴져서 어쩐지 조금 웃겼다.

"그저 살아남는 자와 죽는 자로 나뉠 뿐."

여자를 훑어보던 붉은 눈동자가 차갑게 빛났다.

"이대로 살려 주는 것만으로도 감사히 여겨라."

여자는 아무 말도 못 했지만 베히다트는 그대로 그 여자를 끌고 알페시안으로 향했다. 단순히 감옥에다 넣어 놓을 생각이었지만…….

그때는 미처 알지 못했다. 이 이상한 여자와 평생 묶이게 될 것을.

外一. 삭월의 맹세

外一. 삭월의 맹세

결혼식은 성대하게 치러졌다. 크롬웰에선 아이세스 공주 결혼식 이후로 오랜만에 치르는 경사이기도 했고 무엇보다 이번 국혼은 다른 어떤 경사보다 기록적일 수밖에 없었다. 바로 긴 역사를 가진 크롬웰과 페시안 간의 처음 있는 결합이었기 때문이다. 대외적으로는 두 나라 간의 평화와 문화 교류를 위한 정략결혼이었지만 실상은 그와는 조금 달랐다. 결혼식 내내 환한 미소를 짓고 있는 아시나만 봐도 도무지 정략결혼의 희생양이라고 생각하기 어려웠다.

화려하지 않으려야 화려하지 않을 수 없는 결혼식이 전부 끝나고 모두의 축복을 받으며 활짝 웃는 아시나는 눈부시게 아름다웠다. 언제나 모두의 시선을 빼앗던 그녀였지만, 작정이라도 한 듯 꾸민 자태와 유난히 하얗고 푸르스름하게 빛나는 웨딩드레스를 입은 아시나는 요정이라고 해도 믿을 정도였고 천사라고 해도 납득할 정도였다. 누구든지 보기만 하면 부러워할 정도로 그녀는 정말 온몸으로 자신의 행복을 만끽했다. 오죽하면 저렇게 좋아하니 누가 반대라도 할라치면 신부 본인이 가만두지 않을 거라며 레시아가 고개를 가로저을 정도였다.

"드디어 떠나는군."

원래 그의 계획대로라면 이미 결혼식을 치르고 떠났을 텐데 많이 늦춰졌다. 아시나는 얌전히 그의 품에 안긴 채로 해맑게 웃었다.

"좋아요?"

"당연히 좋지."

식 내내 붙어 있었으면서도 부족한지, 베히다트는 식이 끝나자마자 잠시 휴식을 위해 들어온 방에서 아시나를 끌어안았다. 드레스가 걸리적거렸으나 이미 식도 끝난 판에 그는 신경 쓰지 않았다. 이 모습을 감추고 싶어서, 다른 이들에게 보여 주고 싶지 않아 식이 진행되는 내내 짜증을 억눌러야 했다. 이게 마지막이라고 되뇌고서야 겨우 결혼식을 끝낼 수 있었다. 절대 놓지 않겠다는 듯 단단하게 허리에 팔을 감으며 그가 말했다.

"이제 널 독점할 수 있는걸."

갈망 어린 속삭임에 아시나가 부끄러운지 뺨을 붉히며 환하게 웃었다.

"이미 독점하고 있는 거 아니었어요?"

베히다트의 목에 두 팔을 감으며 아시나가 도발하듯 물었다. 당장 눕히고 싶은 충동을 억제하며 그가 낮게 한숨을 내쉬었다. 이어서 이를 악물며 그가 대꾸했다.

"여긴 널 독차지하려는 사람이 너무 많아."

"에이, 그럴 리가요."

"네 어머니부터 생각해 보는 게 좋을 텐데."

"아!"

결혼식 전날, 그러니까 바로 어제 갑자기 레시아가 술 대작을 하자면서 베히다트에게 치사량의 술을 먹이더니 급기야 울면서 외쳤다. "내 딸은 내 거야!" 그뿐인가, 크롬웰 공주부터 시작해서 소꿉친구 겸 사촌이라는 작자들까지 은근히 자기들끼리만 할 말이 있다면서 그를 제외하고 아시나를 데려가는데 이곳이 페시안이었다면 곧장 감금이라도 했을지 몰랐다. 자신은 어떻게 해서든 이 여자를 혼자 독차지하려고 고민에 고민을 거듭하는데, 정작 아시나는 자신을 다른 누구에게 내보여도 상관없는지 마냥 둘 사이에 누군가를 끼워 함께할 궁리밖에 하지 않았다. 지금도 그랬다.

"이만 나가 보는 게 어떨까요? 그래도 우리 결혼식 피로연인데."

"싫어."

"우리가 나가지 않으면 사람들이 곤란해하지 않을까요?"

"안 나갈 건데."

칼 같은 대꾸에 아시나가 이맛살을 찌푸리며 어깨를 으쓱였다. 베히다트는 혼자만 애타는 건가 싶어 괜히 심술이 일었다. 지금도 피로연이고 뭐고 당장 아시나를 데리고 페시안으로 떠나고 싶은 마음뿐이었다. 그런 마음도 몰라주고 아시나는 통 모르겠다는 표정으로 한숨을 내쉬었다. 그래도 반항 없이 자신에게 기대는 무게와 온기를 느끼며 그가 나지막이 숨을 내쉬었다. 예전엔 곁에 누가 가까이 있는 것도 허락지 않았는데, 이젠 이 존재감이 없으면 가슴이 뚫린 것처럼 허한 상실감에 시달렸다.

"크롬웰에서 먼저 결혼을 하게 될 줄은 몰랐어요."

아시나가 곧은 시선으로 올려 보며 말했다.

"준비 기간이 너무 촉박해서, 내가 얼마나 힘들었는지 알아요?"

조곤조곤한 목소리가 툴툴거렸다. 일주일 만의 쾌속 행사 준비에 모르긴 몰라도 크롬웰의 수많은 사람들이 굴려졌을 게 뻔했다. 시간이 부족해서 생략된 것들도 꽤 많았다.

"그래서 불만인가?"

"으음, 불만은 아니고요."

그녀는 고개를 가로저었다. 옅게 미소 짓는 입술에 그대로 키스하며 드디어 자신의 것이 된 이 존재감에 안도했다. 그럴 일은 없겠지만 혹시나 누가 뺏어가진 않을까 은근히 경계했었는데, 그러느라 날카로워졌던 신경을 아시나의 온기가 달래 주었다. 빨리 페시안으로 돌아가서 가둬 놔야겠다. 누구도 볼 수 없게. 크롬웰에 오면서부터 다짐했던 바지만 그는 다시 한 번 결심했다.

크롬웰에서 먼저 결혼식을 한 이유는 당연히 아시나에 대한 배려도 있었으나 그것보다 한시라도 빨리 페시안으로 아시나를 납치하겠다는 베히다트의 의지가 군건했기 때문이다. 결혼이 결정되고 나서 당장 이튿날 간소한 결혼식만 하고 떠나겠다는 베히다트를 레시아와 카르디안은 물론 라페니히 황제와 아이세스 공주까지 전부 입을 모아 그래도 국혼이고, 나라의 경사라며 조금만 더 시간을 달라고 뜯어말리느라 진땀을 뺐다.

이 결혼식도 화려했지만 페시안으로 돌아가 한 달 후에 치를 페시안식 결혼식이 진정한 본식本式이었다. 보통 쿤들이 아내를 들일 때, 따로 정실正室이라 못 박아 두지 않는 터라 이번 결혼식은 페시안에서도 약 삼백 년 만에 맞이하는 특별한 경사였다.

"예쁘군."

"고마워요. 제가 많이 예쁘죠."

아시나가 도도하게 고개를 끄덕였다. 과한 자신감이라고 생각했으나, 그 자신감을 비웃을 수 없을 정도로 어여뻤다. 과연 이 여자가 자신이 사막에서 거둔 그 여자가 맞는가 싶을 정도로, 옅은 푸른빛이 은은하게 도는 하얀 드레스를 입은 아시나는 보는 이의 눈을 멀게 할 정도로 아름다웠다. 드레스에 옅게 뿌려진 푸른 보석이 그녀가 조금이라도 움직일 때마다 예쁘게 반짝였다.

아시나의 하얀 손가락에 끼워진 반지 역시 사파이어였다. 크롬웰의 전통을 따르자면 애정으로 들끓는 심장을 의미하는 루비를 주는 것이 옳았으나 베히다트는 페시안의 전통에 따라 그녀에게 영원의 믿음을 약속하는 사파이어를 주었다.

"반지가 마음에 드나?"

"네, 대체 이런 걸 어디서 구해 왔어요?"

아시나는 순수하게 감탄했다. 반지는 베히다트가 소유하고 있던 쿤들의 보물들 중 가장 귀한 것으로 가져온 것이다. 후계자의 증표로 왜곡되어 사용되던 세헬레를 제외하면 깊은 창고에서 밖으로 나와 본 적이 없는 보물들이었다. 그녀의 손가락, 팔목, 목걸이와 귀걸이까지 점령한 자신의 보물들을 보며 베히다트는 만족스러운 미소를 지었다. 이렇게까지 도배해 놨는데 자신의 달이라는 걸 못 알아볼 페시안인은 없으리라. 물론 그는 다른 이들에게 아시나를 보여 줄 생각은 눈곱만큼도 없었다.

"흐음."

"왜요?"

낮은 한숨에 아시나가 뭔가 문제가 있나 싶어 급히 물었다. 베히다트가 입술을 깨물며 작게 신음했다.

"벗겨도 되나?"

아시나의 두 눈이 동그랗게 떠졌다.

"미쳤어요?"

"벗기고 싶은데."

"안 돼요!"

"왜 안 되지?"

진심으로 아쉬운 기색을 한 그가 미미하게 인상을 썼다. 아시나가 질겁하며 소리쳤다.

"정신 나갔죠?"

"아직 멀쩡한데."

"밖에 사람들 있는데 미쳤어요?"

"빨리 페시안으로 돌아가고 싶어."

그는 웃으며 아시나의 입술에 입을 맞추었다. 이런 식으로 어물쩍 넘어가려는 게 얄미우면서도 그녀는 베히다트를 받아 주었다. 부드럽고 정중한 키스가 끝나고 아시나는 눈을 감으며 베히다트의 이마에 자신의 이마를 기댔다.

"그리울 거예요."

"완전히 떠나는 것도 아닌데."

"그래도……."

그동안은 정신이 없어서 잊고 있었는데 정말로 자신이 결혼을 해서 떠나야 한다는 현실이 바로 코앞으로 닥치자 기분이 이상해졌다. 울먹이는 아시나의 눈동자가 촉촉하게 젖어 예쁘게 반짝였다.

"괜찮아. 널 불행하게 만들지 않을 테니까."

다시금 맹세해 주는 베히다트의 목소리에 아시나의 입가에 미소가 번졌다.

"불행하게 만들 줄 알았으면 결혼 같은 거 할 생각 안 했을 걸요?"

"그것 참 영광이군."

"맞아요. 영광으로 여기세요."

당돌한 대꾸에 두 사람은 서로 마주 보고 웃었다. 아시나는 한결 기분이 나아지는 걸 느끼며 자신의 드레스를 내려다보았다.

"이 옷, 우리 엄마가 결혼식 때 입었던 거예요."

"그렇군."

"가져가서 나중에 내 딸한테 물려 줄 거라고요."

아시나의 당찬 포부에 그가 진지하게 이의를 제기했다.

"우선 딸을 만드는 게 먼저 아닐까?"

"……베히 님, 일부러 그러는 거죠?"

붉은 눈동자가 흘겨보자 그가 자못 심각하게 고개를 가로저었다.

"진짜로 심각하게 고민하는 건데. 우리에게 딸이 안 태어나면 어떡하지?"

"그럼 친척들한테 주죠, 뭐."

아시나가 가볍게 대꾸하자 그가 인상을 찡그렸다.

"안 돼."

"네?"

베히다트가 자신만만하게 대꾸했다.

"낳을 거야."

"먼저 안 태어나면 어떡하냐고 물은 건 베히 님이었잖아요!"

"태어날 때까지 힘써 봐야지."

"아니, 이 인간이……."

부끄러워하면서도 싫어하지 않는 기색에 베히다트가 웃음을 터뜨렸다. 아시나가 흘겨보았으나 그녀가 말 하나하나에 반응하는 것이 참을 수 없을 정도로 사랑스러워서 도무지 놀리는 것을 그만둘 수 없었다. 이러면서도 정작 매달리는 건 자신 같은데, 품에 안긴 아가씨는 그 사실도 모르고 자기만 안달한다고 생각 중이었다. 진짜 안달 내고 있는 게 누군데.

"아직도 네가 내 품에 있다는 걸 믿을 수가 없어."

"꿈이 아니에요."

"알아."

아시나가 그를 꼭 끌어안았다.

"환상도 아니에요."

"알아."

이렇게 애타는 존재감을 감히 환상 따위가 흉내 낼 수 있을쏘냐. 살포시 그녀를 더 깊이 끌어안으며 마음을 녹이는 온기에 조심스레 기대 보았다. 모든 시름과 걱정이 깨끗하게 씻겨 나갔다.

"실은, 저도 안 믿겨요."

아시나가 작은 목소리로 속삭였다.

"내가 앞으로 잘할 수 있을까요?"

"잘하겠지."

담담한 베히다트의 대꾸에 아시나가 인상을 썼다.

"뭐예요, 그 건성인 대답은."

"잘할 거야. 넌 날 반하게 한 여자니까, 할 수 있어."

너무 놀라 아시나가 상체를 들었다. 방금 자신이 들은 게 맞는 건지 확인하며 아시나가 감탄했다.

"우와, 웬일로 우리 베히 님이 이렇게 솔직하지? 나한테 반했어요? 언제요?"

"글쎄."

"정말 반한 거 맞아요? 그때 우리 엄마한테 충격 주려고 과장해서 말한 거 아니었어요?"

노골적인 의심에 그가 두 눈을 가늘게 떴다.

"고작 그런 것 때문에 과장할 남자로 보였나?"

"음, 그건 아니지만……."

우물쭈물, 그녀가 머뭇대다 한숨을 내쉬며 어깨를 늘어뜨렸다.

"사실 잘 안 믿겨요."

베히다트의 어깨를 붙잡고 시선을 마주한 그녀가 진지하게 물었다.

"정말 나한테 반했어요?"

"그러니까 결혼이라는 걸 하고 있는 거겠지."

한 치의 거짓도 없이, 망설임도 없이 그가 말했다. 이렇게 확신을 주는 것도 힘든 일일 텐데. 새삼스레 이런 남자를 사랑하게 된 사실이 뿌듯해진 아시나가 기쁘게 웃었다.

"베히 님, 정말 좋아해요."

"그거 말고 다른 말이 듣고 싶은데."

그는 아시나의 팔을 붙잡으며 재촉했다. 원하는 말이 어떤 것인지 알지만 막상 하려니까 낯간지러워서 아시나는 눈치를 보았다. 어떡하지? 도망치고 싶은 마음이 굴뚝같았지만 그는 절대 도망은 허락지 않겠다는 듯 아시나를 꽉 붙잡았다.

"사랑해요."

부끄러워서 죽으려고 하는 아시나를 그대로 끌어안으며 베히다
트가 입술을 겹쳤다. 도대체 어떻게 이렇게까지 사랑스러울 수 있
을까? 보드랍고 연약한 입술을 가르고 단번에 파고드는 젖은 혀 때
문에 아시나는 몸을 비틀었다. 도망치려는 혀를 감아 끌어당기며
몇 번이고 맛보았던 달콤한 숨을 그는 다시금 탐했다. 그렇게 많은
키스를 했는데도 아시나는 여전히 서툴렀다. 혀를 빼내려는 것도
그를 건드리는 것도 온통 서투른 몸짓투성이였는데 그게 더 베히
다트를 미치게 만들었다. 당장 페시안으로 데려가고 싶은데 내일
을 기다려야 한다는 사실이 불쑥 짜증 났다.

조금 폐쇄적인 페시안의 문화가 처음으로 마음에 들었다. 합법적
으로 가둬 놓고 아무한테도 보여 주지 않아도 된다는 게 이렇게 마
음에 들 수가 없었다. 봉긋하게 솟아오른 가슴을 움켜쥐고 싫어한
다고 해도 그대로 벗기려는 순간이었다. 똑똑, 누군가가 손기척을
냈다.

정신을 차린 아시나가 놀라서 후다닥 떨어지려 몸을 젖혔다. 도
망치려는 그녀의 허리를 붙잡고 놔주지 않은 그가 아쉬움에 숨을
흘렸다. 놔 달라고 아시나가 발버둥 쳤지만 그것만은 양보해 줄 수
없었다. 분위기 좋았는데, 거의 다 된 밥이었는데 도대체 누가 망
친 것인가. 이어서 문이 열리고 둘의 분위기만으로 자신이 무슨 짓
을 한 건지 깨달은 나시르가 땀을 흘렸다. 베히다트의 심기가 영
안 좋았다. 살벌한 기세에 나시르가 죄지은 표정으로 주눅이 들어
서 말했다.

"너무 오래 자리를 비우셔서…… 다들 두 분을 뵙고 싶어 하십니다."

"알았다."

나가 보라는 기세에 냉큼 나간 나시르를 동정하며 아시나가 옷매무새를 가다듬었다.

"봐 봐요. 기다릴 거랬잖아요."

짐짓 가르치려는 그녀의 말에 그가 나직하게 경고했다.

"이따 밤엔 각오해야 할 거야."

결혼식을 축하하기 위해 참석한 사람들은 많았다. 초대 손님들은 여건만 된다면 거의 다 온 듯 성대하게 열린 피로연이 유난히 떠들썩하고 바글거렸다. 멀리서 살던 아시나의 조부모도 결혼식에 참석해서 아시나를 축복해 주었다.

"우리 아시나가 결혼하는 모습을 살아생전 볼 수 있다니. 이 할머니는 정말 기쁘기 그지없구나."

"할머니……."

할머니의 품에 안기며 아시나가 칭얼거렸다.

"우리 아기가 벌써 자라서 시집을 가게 되다니. 정말 축하한단다, 우리 아기. 잘 살아야 한다."

"그럴게요!"

아시나의 당찬 대꾸에 옆에서 지켜보던 레시아가 혀를 찼다.

"아무튼 대답 하나는 잘해."

"아이, 엄마~. 엄마도 좋으면서~."

"하나도 안 좋거든?"

떠나는 게 그렇게 좋은지 연신 웃어 대는 속없는 딸이 야속한지 레시아가 툴툴거렸다. 손녀딸의 결혼식이라는 경사에 딸이 그러고 있는 것이 못마땅한지 올리비아가 엄하게 나무랐다.

"어머, 시아. 이렇게 좋은 날에 그렇게 인상을 구기고 있으면 어떡하니?"

"전 엄마처럼 속이 넓은 엄마가 아니거든요."

"그래도 멀리 가는 길인데 웃으면서 보내 줘야지."

부드럽게 타이르는 말에 반론의 여지가 없는지 레시아가 한숨을 내쉬었다.

"그래. 축하한다, 우리 딸. 이왕 네가 결혼하기로 마음먹었으니까 정말 후회 없이 잘 살아야 해."

"응, 그럴게."

아시나가 냉큼 고개를 끄덕이자 레시아가 이어서 단호하게 덧붙였다.

"살다가 영 글러 먹었다 싶으면 그냥 돌아와도 되고."

"어허!"

올리비아가 레시아를 질책하듯 쳐다보았다.

"그건 안 되지. 고쳐먹을 생각부터 해야 하거늘. 아시나, 쓸 만한 인간으로 고쳐 보려고 했는데 안 되면 그땐 얼마든지 돌아와도 된단다."

"그럴 일은 없을 거예요."

아시나가 까르르 웃었다. 단언하는 그녀를 두고 두 모녀는 '도대체 어디까지가 글러 먹은 것인가'에 대해 심도 깊은 토론을 시작했다.

잠시 주변을 둘러보던 아시나는 할아버지인 로스만이 머리를 붙잡더니 연거푸 깊은 한숨을 내쉬는 걸 발견했다.

"할아버지는 왜 저러세요?"

"그러게 말이다. 이안이 방문한 뒤에 페시안에서 사신이 왔다고 했을 때부터 표정이 안 좋더니, 갑자기 네 결혼 소식을 듣자마자 충격을 받아서는 계속 저러고 있단다."

올리비아가 걱정스럽다는 듯 뺨을 쥐었다. 레시아가 고개를 절레절레 가로저었다.

"어제는 네 아버지랑 거나하게 술판을 벌이셨어."

올리비아도 같이 고개를 설레설레 가로저었다.

"둘이 어찌나 통곡하며 울어 대던지. 귀가 아파 잠도 잘 못 잤단다."

"예?"

아시나는 조금 당황스러웠다. 할아버지가 저렇게 상심할 만한 일이 뭐가 있단 말인가? 도대체 로스만이 왜 저러는가에 대해 심도 깊은 토론을 하는 할머니와 엄마를 놔두고 아시나는 곧 반가운 얼굴을 찾았다.

"이안!"

"오냐."

가족과 따로 떨어져서 화이트 와인을 마시던 이안이 아시나를 살갑게 맞아 주었다. 웰즈보다 베르가노에 먼저 갔다는 걸 떠올린 아시나가 웃으며 물었다.

"할머니랑 할아버지랑 같이 온 거야?"

"그런 셈이지."

"할머니가 오래 붙잡았어?"

"아마도."

잘 알지 않느냐는 듯 이안이 어깨를 으쓱였다. 이렇게 까칠하고 냉정한 이안이 할머니 앞에서 쩔쩔맸을 걸 상상하던 그녀는 깔깔 웃었다.

"이제 어쩌지, 우리 오빠. 나도 시집가 버려서 장가가라는 압박이 더 심해지는 거 아니야?"

"얌전히 삼촌이라고 불러라, 꼬맹아."

"싫어, 오빠라고 부를 거야."

가볍게 이마를 튕기는 이안의 손을 붙잡으며 아시나가 인상을 썼다. 그가 작게 미소 지었다.

"네가 얼른 아들 낳아서 하나만 넘겨줘. 아스타테아 후계만 확고히 해 놓으면 장가란 소리도 덜해질 테니."

"와, 내 나이가 몇인데 벌써 애야. 난 아이 늦게 낳을 건데."

"퍽이나."

이안은 아시나의 항의를 귓등으로 흘려들으며 와인을 마셨다. 도무지 아시나에게서 시선을 못 떼는 베히다트의 기세만 봐선 벌써 임신이었다. 지금도 언뜻 다른 사람들이랑 이야기하고 있는 것처럼 보이지만 베히다트의 시선은 아시나에게 고정되어 있다는 걸 알 만한 사람들은 다 알 터였다.

저렇게 소유욕으로 불타오르는 남자에게 시집을 가다니, 자신의 조카지만 정말 대단했다. 저 기세를 어떻게 버티려고? 이안은 곧 누님에게 손주 소식이 들려올 거라고 멋대로 단정 지었다.

"안, 할아버지한테 안 가 봐?"

"볼일 없어."

"할아버지가 왜 저러는지, 안은 알아?"

이어서 와인 잔을 테이블에 내려놓으며 그가 기분 좋은 미소를 지었다. 올리비아에게 붙잡혀서 억지로 베르가노에서 지냈을 땐 그가 울상이었지만 지금은 상황이 역전되었다. 이안이 속 시원하다는 표정으로 혀를 찼다.

"등잔 밑이 어두워서 자기가 스스로 무덤을 판 모양새가 되었으니 저렇게 나라 잃은 표정일 만하지."

"대체 무슨 소리를 하고 있는 거야?"

"업보지, 업보야."

이안은 가르쳐 줄 생각이 없는 듯 고개를 흔들었다. 그도 그렇게 남대륙 약화시키려고 전대 사 쿤 때부터 손을 써 놔서 페시안에 혼란을 일으킨 건 좋았다. 근데 하필이면 그 혼란을 종결시키고 나타난 게 베히다트이지 않았는가? 오히려 강력한 군주만 페시안에 쥐어 준 셈이었는데, 그걸 약화시키려고 그렇게 손을 쓴다는 것이 결과적으로 손녀딸만 빼앗긴 셈이었다. 그것도 전부를 줘도 아깝지 않다며 예뻐하던 유일한 손녀딸을!

십 년 묵은 체증이 사라지는 기분이었다. 이안은 마음껏 로스만의 좌절을 즐거워했다. 아시나는 대체 왜 저렇게 이안이 기분 좋은지 알 수 없다고 생각하며 물러났다. 평소에 할아버지가 얼마나 괴롭혀 댔으면 이안이 저러는 걸까 안쓰러워서 딱히 질책을 하진 않았다.

이안이 혼자 납득하며 즐거워하는 동안 아시나는 피로연 한구석에서 또 한 명의 악마를 보았다. 오늘따라 청순한 드레스를 입고 나온 이케인이 카림을 괴롭히고 있었다. 아시나는 혀를 찼다. 저, 저, 저 악마 자식.

나시르가 그 옆에서 웃는 걸 보며 악마가 하나가 아니라고 생각한 아시나는 카림을 동정했다. 카림은 지금 자기가 얼굴을 붉히고

있는 상대가 남자라는 걸 알고 있으려나? 가서 말려야겠다고 그녀
가 마음을 먹었을 때였다. 좀처럼 얼굴을 보기 힘든 자의 등장에
아시나가 두 눈을 동그랗게 떴다.

"스승님!"

단숨에 달려간 아시나가 붙잡은 사람은 이런 장소에서도 로브를
뒤집어쓰고 있는 한 남자였다. 그는 아시나를 보자마자 찾고 있었
다는 듯 반갑게 맞아 주었다.

"오랜만이다, 아시나."

"아까 식장엔 없으셨잖아요!"

"사람 많은 거 싫어."

지금도 어서 돌아가고 싶다는 게 표정에 다 드러났다. 그는 아시
나를 보자마자 기다렸다는 듯 품에서 뭔가를 꺼내더니 냉큼 아시
나의 손에 그것을 쥐어 주었다.

"자, 결혼 선물."

"우와!"

"잃어버렸다지?"

손 안에 딱 들어오는 크기의 작은 주머니는 아시나가 페시안에서
던져 버렸던 것보다 더 작은 크기였다. 화색이 도는 얼굴로 주머니
를 확인하던 아시나가 기쁨에 가득 찬 시선으로 남자를 올려다보
았다. 황금빛 눈동자가 기꺼이 그 시선을 마주 봐주었다.

"너무 좋아요! 정말 감사해요, 스승님."

다신 가질 수 없을 거라고 생각했는데! 심지어 가방 안을 열어
보니 아시나가 자주 애용하던 귀찌도 그 안에 있었다. 비록 치부책
과 미소년 초상화 모음집, 맛집 수첩과 여러 가지 위급사항에 쓰던

도구들은 없었지만 그것만으로도 충분했다. 눈물까지 글썽이며 좋아하자 남자의 입매도 부드럽게 풀렸다.

"잘 살아라."

"네, 그럴게요."

"문제 생기면 말하고."

짤막한 말이었지만 그 말에서 느껴지는 진심에 아시나가 환하게 웃었다.

"와 주셔서 감사해요."

여행을 다니겠다며 뛰쳐나간 이후로 보지 못해, 마냥 아이처럼 여기던 아시나가 훌쩍 자란 것이 느껴져 카즈윈은 쓸쓸하게 웃었다. 버릇처럼 예쁘게 단장한 아시나의 머리를 쓱쓱 쓰다듬던 그는 문득 자신을 노려보는 시선이 있다는 걸 알아차렸다. 시선의 출처는 상단 쪽, 라페니히 황제의 옆이었다. 저 남자인가. 노골적으로 분노를 담은 시선에 그는 자신의 제자가 괜히 불쌍해졌다.

"정말 엄청난 걸 골라왔구나."

"네?"

"네 앞날이 걱정된다."

"네에?"

아무것도 모르는 양 아시나가 순진하게 고개를 갸웃했다.

멀리서 아시나를 지켜보던 베히다트의 표정이 묘하게 일그러졌다. 이내 소리 없이 한숨을 내쉬는 라 쿤을 즐겁게 바라보며 라페니히 황제가 대놓고 웃었다.

"아직 어린애 같아서 라 쿤께서 많이 고생할 겁니다."

베히다트는 대답하지 않았다. 다만 이런 상황에서도 여유를 잃지

않는 라페니히 황제는 조금 의외였다. 첫인상이 꽤 유약하다고 생
각했는데 예상보다 굳건한 인물이었다. 그는 왜 이 남자가 카르디
안을 제치고 황제가 된 건지 알 것 같았다.

"크롬웰의 황위 계승 문제는 괜찮습니까?"

"음, 두 딸이 전부 어쩔 수 없는 이유로 여제가 되지 못하는 것
이 유감이긴 하지만 큰 문제는 아닙니다. 황태자감이 없는 것도
아니고."

이 자리엔 없지만 리안이 황태자가 되겠다고 나선 순간부터 모든
문제는 사라졌다. 황실 법도에 따르면 이럴 경우 두 번째 황후를
맞이하고 후계자를 낳아야 하는 것이 원칙이었지만 라페니히는 자
신의 아버지인 샤를 황제의 예를 들어 예외를 만들었다.

세상을 구경하고 싶다며 성인이 된 순간부터 궁 밖으로 나간 리
안을 다시 가르치는 건 꽤 힘들 테지만 라페니히 황제는 크게 걱정
하지 않았다.

"아무도 가르쳐 주지 않았을 테니 제가 한 가지 힌트를 드리죠."

느닷없는 말에 베히다트가 눈을 찡그렸다. 라페니히가 한층 목소
리를 낮춰 은밀하게 말했다.

"아시나는 강하게 나가면 강하게 나갈수록 튕겨 나가는 아이입
니다. 그게 뭐든, 부드럽게 대하십시오. 그렇게만 대하시면 현명한
아이니 무모한 짓은 벌이지 않을 겁니다."

"효과가 있는 사실입니까?"

"카르딘이 아시나의 절대적인 신뢰를 받고 있는 이유니까요."

그렇게 말하고 라페니히가 어깨를 으쓱였다. 가장 가까이서 두
부녀의 굳건한 애정과 신뢰를 지켜봐 온 판단이었다.

"저 역시, 이 결혼으로 두 나라가 비약적인 신뢰 관계를 구축할
수 있을 거라는 기대는 하고 있지 않습니다."

조금 웃음기가 사라진 얼굴로 황제가 경고했다.

"아시나를 소중히 여기십시오."

국교의 교두보를 위해 조카딸을 희생시킬 이미지였는데 의외였
다. 베히다트는 조금 놀라워하며 라페니히 황제를 유심히 바라보
았다. 황제가 껄껄 웃었다.

"라 쿤의 앞날이 벌써부터 가엾군요. 하하."

밤이 깊어지자 피로연은 더더욱 무르익었다. 얼추 인사를 마친
아시나가 베히다트의 곁으로 돌아왔다. 두 사람은 남들이 주목하
지 않게 조용히 피로연장을 빠져 나왔다.

"인사 다 했어요?"

"했어."

"저도 인사 다 했어요."

인적이 드문 회랑을 같이 걸으며 아시나가 베히다트를 올려다보
았다. 그가 물었다.

"들어갈까?"

"음."

아시나가 멈춰 섰다.

"왜 그러지?"

"우리 내일 진짜 떠나요?"

"그럼 가짜로 떠나는 것 같나?"

그건 아닌데, 뭔가 갑자기 울컥했다. 항상 걷던 회랑인데 갑자기

너무 멀고 깊게 느껴졌다. 왜인지 모르겠는데 다시 피로연장으로 돌아가고 싶은 충동마저 일었다.

"서운한 건가?"

아시나의 손을 꼭 붙잡으며 그가 물었다. 대답 대신 아시나가 고개를 크게 끄덕였다.

"항상 다시 돌아올 거라는 걸 전제로 길을 떠났는데, 아예 살러 가는 거라고 생각하니까 어쩐지 기분이 이상해요."

"가끔 보내 줄게."

가늘게 떠는 어깨를 끌어안으며 베히다트가 말했다. 아시나가 투정부리듯 인상을 썼다.

"삼 년에 한 번이요?"

"삼 개월에 한 번은 너무 잦아."

그의 불만 어린 목소리를 들으며 그녀가 낮게 웃었다.

"일 년에 한 번이라도 양보해 줘서 고마워요."

"그렇게 하지 않았으면 결혼 다시 생각했을 거잖아?"

"어라, 내 마음을 어떻게 알았지?"

기대 오는 몸을 마음껏 끌어안으며 그가 숨을 내쉬었다. 길었던 하루의 끝이 보이고 있었다.

"이제 완전히 내 거군."

두 팔을 뻗어 베히다트의 목을 끌어안으며 아시나가 웃었다.

"절대, 놔주지 않을 거다."

"나야말로 절대로 놔주지 않을 거라고요."

두 사람은 서로에게 당부하듯 말했다. 아시나를 꼭 끌어안은 베히다트가 나지막하고 나른하게 그녀의 귀에 속삭였다.

"사랑한다."

그에 보답하듯 아시나가 고개를 끄덕였다.

"나도 사랑해요, 나의 신님."

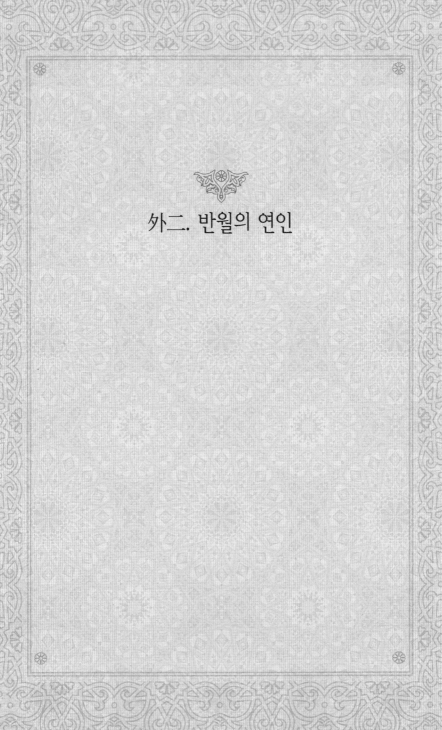

外二. 반월의 연인

外二. 반월의 연인

베히다트가 자리를 비운 약 세 달 동안 이만을 비롯한 알 페시안의 궁정 관료들은 다른 자치구도 자치구지만 우선 궁정 내부 문제부터 정리해야 했다. 대재상 휘하에 있던 재상들도 문제였지만 전체적으로 게디크에게 동조한 쪽과 동조하지 않은 쪽의 분위기가 극명하게 갈려서 이 두 개의 파를 어떻게 다뤄야 하는지가 여간 까다롭지 않았다. 다행히도 이만은 이런 상황에서도 빛을 발했다. 때문에 베히다트가 잠시 자리를 비운 사이 어느 정도 궁정 내부의 분위기는 정리가 되었다.

복잡한 내부 정세로 극도의 혼란을 겪은 페시안이었지만 베히다트가 크롬웰에 다녀온 뒤부터, 그를 주축으로 하나씩 문제가 마무리되기 시작했다. 갈등이 완전히 해소되기는 힘들었다. 미봉책이나마 이렇게 빠른 기간 내에 어느 정도 사태를 진정시킨 것은 분명 많은 이들의 노력과 능력이 이룬 성과였다.

거의 두어 달에 걸친 국혼 준비 기간 동안 아시나는 오랜만에 돌아온 알 페시안을 구경하는 재미에 푹 빠져 있었다. 분명 이곳은 고향 땅이 아닐 터인데, 마치 고향에라도 돌아온 기분이었다.

그녀의 전속 시녀로는 누르가, 전속 호위 전사로는 카림이 되었는데 카림은 이 상황이 매우 불만스러운 모양이었지만 아시나는 매우 기뻤다.

"카림! 이거 봐요!"

아시나가 손가락으로 가리키는 걸 슬쩍 본 카림이 슬그머니 미간을 좁혔다.

"그게 신기하십니까?"

"카림은 이게 안 신기해요?!"

어떻게 안 신기할 수가 있지? 아시나는 자신이 손가락으로 가리킨 끝을 다시 한 번 확인하고 카림을 돌아보았다. 카림은 무심하게 대꾸했다.

"늘 보던 것이라 그저 그렇습니다."

이곳은 뷔요세브 궁정 가장 안쪽에 존재하는 곳으로 쿤과 그 측근만이 드나들 수 있는 곳이었다. 궁정 내부 탐사 도중에 신기해서 발을 들였는데 첫 번째 시도에선 모두에게 저지당했던 슬픈 기억이 담긴 장소였다. 그래도 지금은 이렇게 베히다트의 허락을 받아 들어올 수 있어서 아시나는 매우 기분이 좋았다.

"저건 뭐예요?"

깊은 복도 끝에 자리한 것은 적당한 크기의 연못이었다. 아니, 분수라고 말하는 게 옳을 듯했다. 어디에도 물이 들어오는 기색은 없었다. 그런데 이 고립된 장소에선 끊임없이 맑은 물이 솟아나 넘쳐흘렀다. 아시나는 그게 무엇 때문인지 알 것 같았다. 분수 한가운데에 오롯이 존재하는 수정 모양의 푸른 보석이 물을 불러 모으고 있었다.

"물의 성소聖所, 대부분의 페시안인들은 그런 이름으로 부릅니다."

"성소……."

새삼스러운 기분으로 아시나는 자신이 있는 장소를 둘러보았다. 이제야 주목한 사실이지만 보석 주위로 조각들이 가득했다. 물살에 의해 대부분 깎여 나가긴 했지만 날개 달린 천사부터 시작해서 헤엄치는 인어 등이 마치 보석을 보듬고 찬양하는 듯했다.

"쿤께서 페시안 안에 계셔야만 저 수석水石이 물을 뿜습니다."

"굉장히 아름다워요."

어떤 원리인지는 알 수 없지만 허공에 뜬 수석을 중심으로 물이 휘몰아치며 쏟아져 내리는 광경은 쉽게 구경하기 힘든 것이다.

"직접 볼 수 있는 사람은 몇 안 됩니다."

"엇, 그럼 내가 이제 페시안인이 되어서 볼 수 있는 거예요?"

"아니요, 쿤께서 허락하셨기 때문에 볼 수 있는 겁니다."

"칫."

아시나가 입술을 삐죽였다.

"농담 한번 해 본 건데 너무 그런다."

그녀가 타박하건 말건 카림은 마저 설명했다.

"북대륙에 가신 동안 물길이 줄어들었을 테니 한동안 이능異能을 쓰시는 모습을 뵐 수 있을 겁니다."

이능異能. 크롬웰에서였다면 마법이라 불렀겠지만 이능이라고 부르니 뭔가 기분이 이상했다. 물을 솟구치게 하는 이능이라. 생각에 잠긴 아시나의 뇌리에 잠깐 스쳐 지나가는 것이 있었다. 두 손을 마주치며 아시나가 카림을 바라보았다.

"그 시하드 궁 앞쪽 호수 안에 들어가 있던 게, 혹시……."

"간혹 물을 부르실 때 그곳에 들어가십니다."

역시 그랬군.

아시나가 밝게 웃었다. 왜 그 달밤에 호수에 들어간 건지 의아했었는데 의문이 풀렸다. 오래된 의문도 풀렸겠다, 그녀는 상큼한 기분으로 자리에서 일어났다.

"나 무화과 먹고 싶어요!"

"준비해 놨습니다."

"시샤도 피워 보고 싶은데!"

"그건 안 됩니다."

단호한 카림의 거절에 아시나가 칭얼거렸다. 다른 이들이라면 이미 넘어가고도 남았을 애교 가득한 몸짓이었는데도 카림은 꿈쩍도 하지 않았다.

"시하드께 허락부터 받아 오시죠."

"너무해."

말은 그렇게 했지만 아시나의 행동거지는 꽤 단정했다. 쿤의 정비, 일명 달이 되어 돌아온 아시나를 보며 많은 사람들이 놀라워했다. 가장 큰 반응을 보인 것은 역시 이만이었다. 고작해야 바레인의 첩자일 거라 생각했는데 무려 크롬웰 황족이라고 하니 그는 대번에 혀를 차며 되물었다.

"아니, 왜 그런 신분의 여인이 호위도 없이 돌아다니는 겁니까? 크

롬웰은 원래 그런 나라입니까?"

 이만만이 그런 것이 아니었다. 아시나를 조금이라도 알았던 시녀들과 호위 전사들 역시 혼란스러워했다. 그들 역시 아시나가 고작해야 이북의 그저 그런 귀족 영애일 거라 생각했는데 황족이라는 신분에 경악을 금치 못했다.

 라 쿤이 유일하게 하렘에 들였던 아이라는 실종된 바레인과 더불어 사망 처리되었다.

 "으음, 어떻게 해야 베히 님을 꼬드길 수 있을까……."

 베히다트를 생각하자마자 아시나의 얼굴이 붉게 물들었다. 문득 내내 시달리던 어제 저녁이 떠올랐다. 크롬웰에서 페시안으로 오는 동안 절대 밖으로 내보내지 않는 베히다트 때문에 아시나는 햇빛 한 번 못 보고 페시안에 도착했다. 마차는 그렇다 치지만, 함선에선 아예 침대 밖으로 한 발자국도 나갈 수 없었다. 새삼 그때 일이 떠오르니 부끄러웠다. 아무리 크롬웰에선 결혼을 한 부부라지만 아직 페시안에선 정식으로 결혼식도 하지 않았는데…… 하물며 정비의 지위에 있다 해도 부끄러운 일이었다.

 "흠흠."

 오늘 아침만 해도 나가기 싫다며 붙잡고 안 놔주는 그 때문에 정오가 되도록 침대 위에 붙잡혀 있어야 했다. 애정행각이 싫은 건 아니지만, 남녀 사이에 대해 너무 모르다 보니 자신들이 너무 자주 하는 게 아닐까, 그러다가 질려 버리면 어쩌지 하는 고민도 들었다. 그러면서도 그가 자신을 원할 때면, 절실하게 필요로 한다는 게 매일매일 느껴져서 무척이나 행복했다. 물론 아시나도 그에게 안겨 있을 때가 가장 좋았다. 이 남자를 찾기 위해 그동안 그렇게 넓은 땅을 돌아다닌 것인가, 그런 말도 안 되는 생각을 해 보기도 했고…….

"아, 카림."

아시나가 생각났다는 듯 뒤를 돌아보았다.

얼굴을 가리고 있는 야슈마크를 만지작거리면서 아시나는 새삼 알 페시안에 도착하면서부터 시작된 베히다트의 이상한 집착과 소유욕에 대해 생각했다.

"베히 님이 갑자기 나한테 부르카를 쓰라는 이유를 카림은 알아요?"

"……."

전에는 안 그랬는데 그가 갑자기 아시나의 얼굴을 아무에게도 보여 주고 싶지 않다며 필사적으로 가리더니, 심지어 이젠 몸의 일부도 보여 주고 싶지 않다고, 돌아다닐 거면 온몸을 다 가리는 부르카를 쓰고 다니라고 강요했다. 아시나는 그게 말이 되냐며 반항하는 중이었지만 아무래도 베히다트의 기세를 보건대 그도 결코 쉽게 뜻을 굽히지 않을 게 뻔했다.

"그걸 정녕 모르십니까?"

"모르니까 묻고 있잖아요?"

"……."

순진한 얼굴로 아시나가 두 눈을 깜빡였다. 카림은 대꾸를 하다가 아득해졌다. 다른 때엔 눈치가 기함할 정도로 빠른 여자가 왜 이런 것엔 둔하단 말인가? 아시나는 진심으로 모르겠다는 듯 한숨을 폭 내쉬었다. 카림은 같이 한숨을 내쉬고 싶은 기분이었지만 참았다.

"저는 답해 드릴 수 없습니다."

"답은 이미 알고 있다는 말이죠?"

"그것도 답해 드릴 수 없습니다."

"정말 이러기예요?!"

"다 아시나 양을 위해서 그러시는 겁니다."

허리에 두 손을 얹은 아시나가 카림을 노려보았다. 그에 질세라 카림은 무덤덤한 표정으로 아시나의 시선을 담담히 맞받아쳤다. 이걸로 통하지 않을 거라는 걸 안 건지 아시나는 우회 작전을 썼다. 곧이라도 울 듯 그렁그렁 눈물을 매달고 처연하게 올려 보는 아시나를 상대하던 카림이 침음을 삼켰다.

"시하드께 여쭤 보시지요?"

"물어봤는데도 대답 안 해 주니까 그렇죠!"

"하긴 그렇겠죠."

카림은 남자의 소유욕에 대해 모르는 이 철부지를 애타게 사랑하고 있을 그의 주군이 불쌍했다. 페시안의 남자들이 자신의 부인에 대한 소유욕이 유난히 강하지만 지금 베히다트가 보여 주고 있는 소유욕이 그보다 과도한 것은 사실이었다. 어쨌든 제 입으로 해 줄 말은 아니었기에 카림은 입을 꾹 다물었다.

"여기 인간들도 똑같네."

팔짱을 낀 아시나가 잔뜩 골을 냈다. 시집왔으니 이제 얌전히 살려고 했는데 도무지 안 되겠다. 치부책 만들어야지. 역시 호의만으로는 받아 낼 수 있는 도움에 한계가 있었다. 시녀들은 구워삶을 방법을 터득해서 비교적 괜찮은데 다른 사람들은 영 힘들었다. 이제 페시안에서 한자리 잡고 살아야 하는 처지가 되었으니 편하게 살려면 치부책이 불가피하게 느껴졌다. 혹시 몰라 치부책으로 쓰일 노트는 만들어 놨는데 앞으로 알차게 작성해 놔야 할 듯했다. 나시르를 제외한, 자신이 만난 사람들에 대한 가벼운 정보는 적어 놨었다. 그래, 잘만 만들면 나중에 그걸로 베히 님도 도울 수 있을 테고. 치부책은 어떤 식으로든 쓸모가 무궁무진했다.

"뭐, 됐어요. 그나저나 카림."

아시나가 고혹적으로 미소 지었다.

"이케인하고는 어떻게 됐어요?"

"……."

은근한 질문에 카림의 표정이 눈에 띄게 굳어졌다. 덩달아 아시나의 표정이 밝아졌다. 건수를 잡은 듯한 표정에 카림이 딱딱하게 물러났다. 도망치고 싶다는 표정이었는데, 그걸 가만 놔둘 아시나가 아니었다.

"이케인이 좀 짓궂었죠? 사촌인 내가 대신 사과할게요."

"괜…… 찮습니다."

별생각 없이 물어봤는데, 뭔가 흥미진진했다. 자신이 모르는 사이에 뭔가 엄청 재미있는 일이 있었던 모양이었다. 반짝이는 눈으로 카림을 쳐다보았지만 그는 그 이상 말하는 걸 꺼리는 기색이었다. 그럼 이 건은 나중을 위한 즐거움으로 남겨 둘까?

"그러고 보니 크롬웰에서 보내 준 건 언제 도착하지?"

그녀가 크롬웰에서 가져온 것은 많지 않았다. 황실과 친가에서 보내 준 것들은 많았어도! 어렸을 적부터 시중들던 시녀 넷을 데리고 온 아시나가 그 외 가져온 것이라고는 소유하고 있던 드레스를 비롯한 옷과 여러 가지 보석, 거기에 결혼식 피로연 때 스승님이 주신 새 주머니가 전부였다.

황실과 부모님이 결혼 선물로 준 수많은 보석과 기타 여러 가지 알 수 없는 것들이 무척이나 많았는데, 너무 많이 챙겨 줘서 물건을 실어 나를 배가 부족할 정도였다. 아직도 수르트에선 그 물품들을 옮겨 나르기 바빴다. 아마도 멀리 가는 딸을 위해 크롬웰에서 구할 수 있는 전부를 챙겨 준 모양인데, 부모님의 극성이 난처하기도 하면서 동시에 고맙고 미안했다.

"이제 궁으로 돌아가실 시간입니다."

카림의 말에 정신을 차린 아시나가 고개를 끄덕였다.

저녁 식사를 마치고 혼자 남은 침실에서 아시나가 한 일은 바로 치부책 정리였다. 개개인에 대한 정보를 알아내는 것보다 더 중요한 건 누구를 손아귀에 넣어야 자신이 편한가 알아내는 것이다. 그걸 위해 아시나는 우선 간단하게 마인드맵으로 페시안의 권력 구조를 알기 쉽게 그려 봤다. 나시르에게 대충 배우고 눈치껏 살펴본 것들을 한눈에 보기 쉽게 그려 놨음에도 통 감이 잡히질 않았다. 애초에 여기 사는 인간이 아니어서 그런가? 조금 더 살아보면 감이 잡히려나? 특히 대족장 부분이 가장 미스터리였다. 대체 이 사람들은 어떤 권력을 행사하는 존재인 것인가?

"뭘 하고 있는 거지?"

"아, 왔어요?!"

황급히 치부책을 덮으며 아시나가 고개를 들었다. 고민하며 깨문 만년필의 끝이 뭉툭하게 변해 있었다. 그건 그렇다 치고, 베히다트는 대놓고 수상해 보이는 아시나의 책을 바라보았다.

"그건 뭐지?"

종이를 엮어 만든 책은 꽤 두꺼웠다. 얼핏 본 것이지만 페이지가 온통 새카맣게 보일 정도로 글씨와 도형이 빼곡했다. 그것도 손수 기입한 듯한. 수상한 시선이 그녀에게 꽂혔다. 아시나가 애매한 미소를 흘렸다.

"치부책이에요!"

"치부책置簿册:금전, 물품의 출납을 적는 책?"

베히다트가 되묻는 폼이 심상치 않았다. 이제껏 모든 사람이 그래 왔듯 그도 잘못 알아들은 것 같아 아시나는 또박또박 인내심 있게 다시 설명했다.

"아니요, 치부恥部:남에게 알리고 싶지 않은 부끄러운 부분를 적은 치부책이요."

"그게 뭐지?"

책을 치우는 아시나의 허리를 단숨에 끌어당긴 그가 물었다. 되도록 베히다트의 손에 넘어가지 않게 주머니 쪽으로 치부책을 던져 놓은 아시나가 최대한 자신 있는 예쁜 미소로 그를 돌아보았다. 굳이 숨길 필요가 있나 싶긴 했지만 생각나는 대로 써 놓았기에 그가 본다면 많이 부끄러웠다.

"나름대로 살아남기 위한 저만의 방법이라고 해야 할까? 북대륙에서도 만들었는데 저번에 주머니와 함께 날아간 제 밑천이에요."

표정 변화 없이 설명을 더 요구하는 기색으로 그가 아시나를 빤히 쳐다보았다. 대체 어떤 설명이 더 필요하단 말인가? 조금 난감해져서 아시나가 시선을 피했다.

"그러니까 그게……."

잠시 어떤 어휘를 써야 괜찮을까 속으로 단어를 고르고 있는데,

옆에 와 닿는 시선이 너무 뜨거웠다. 대놓고 침대에 널브러진 쿠션에 기댄 채 턱을 괸 그가 아주 대놓고 아시나를 바라보았다. 그 와중에 도망치지 못하도록 꽉 붙들고 말이지. 생각에 집중해야 하는데 자꾸 집중력이 흐트러졌다. 결국 아시나는 예쁘게 포장해서 설명하는 걸 그만두었다. 자신을 뚫어져라 바라보는 시선을 똑바로 마주하며, 아시나가 어깨를 으쓱였다.

"뭐긴요. 약점 잡아서 나중에 부려 먹을 때 쓰는 거죠."

아무리 예쁘게 포장해도 결론은 그것이다. 웃자고 농담한 건데, 그는 웃지도 않고 그녀를 주시했다. 아시나는 다시 예쁘게 웃어 보이다 뻔뻔하게 고개를 가로저었다.

"제가 북대륙에서 괜히 여행을 편하게 다닌 줄 알아요?"

"사악하군."

그는 감탄하며 웃었다. 베히다트가 보인 미소에 아시나도 조금 안심하며 투정부리듯 그의 품에 안겼다.

"엄마의 어마어마한 권력에 안 휘둘리고 도망 다닌 데엔 다~ 이유가 있습니다."

"순진한 줄 알았는데."

못 말린다는 그의 시선에 아시나가 억울하다는 듯 깜찍하게 두 눈을 깜빡였다.

"어머, 전 지금도 충분히 순진해요, 베히 님."

"거짓말."

그가 대꾸하며 고개를 숙였다. 입술에 닿은 온기에 아시나가 부끄러워하며 웃었다. 보드랍고 따뜻한 입술을 가볍게 탐하다 한참 뒤에야 떨어졌다. 그가 불만족스러운 한숨을 내쉬었다.

손만 뻗으면 바로 닿는 거리에 그녀가 있다는 사실이 좋았다. 어느 정도 양껏 품었으면 좀 만족이라는 게 있어야 하는데 밑바닥이라도 뚫린 것처럼 그는 그녀에 관해서는 전혀 만족이라는 걸 느낄 수 없었다. 언제나 약간의 허기가 가시는 정도일 뿐, 가져도 가져도 부족하고 가지고 있어도 가지고 싶었다. 대체 언제쯤 채워지는 걸까, 이 갈증은. 자신의 온 세계가 이 여자를 중심으로 돌아간다고 해도 과언이 아니었다.

"카림이 오늘 부르카를 입지 않았다고 하던데."

이미 충분히 가둬 놓고 있음에도 더 꽁꽁 숨기고 싶은 마음을 슬그머니 감추며 그가 떠보듯 말했다. 아시나의 표정이 굳어졌다. 시선을 회피한 그녀가 망설이다 뭔가를 결심한 건지 다시 그를 돌아보았다.

"베히 님."

베히다트의 옷자락을 쥐며 그녀가 울먹였다.

"나, 그거 꼭 써야 해요?"

투명한 붉은 눈동자가 눈물로 촉촉이 젖어가자 베히다트의 표정이 눈에 띄게 구겨졌다. 단순히 울상 짓는 것만으로도 이렇게 가슴이 아프다니, 자신이 어떻게 된 것 같았지만 이미 아시나와 엮인 순간 아무래도 상관없어졌다. 아시나가 애절한 표정으로 그에게 간청했다.

"안 쓰면 안 돼요? 너무 답답한데……."

아련하게 울먹이며 그녀가 고개를 숙였다. 기가 죽은 듯 시무룩하게 떨군 시선이 그의 심장을 아프게 만들었다.

"정말 답답하단 말이에요."

"⋯⋯."

대답 대신 그는 크게 한숨을 내쉬었다. 정말 어쩔 수 없다는 듯 머리를 짚는 베히다트를 초롱초롱한 눈으로 올려 보며 아시나가 두 손을 꼭 쥐었다. 무언가를 기대하는 시선에 그가 끙 앓았다. 어쩌지. 막는다고 해도 막아질 여자가 아니지만, 그렇다고 풀어 놓기엔 그의 성미에 차지 않았다. 한참의 침묵 끝에 그가 툭 한마디를 내뱉었다.

"그럼 시하드 궁 밖으로 나가지 마."

나름 고심해서 내놓은 절충안이었는데, 아시나는 그걸 듣더니 두 눈을 동그랗게 떴다. 전혀 납득할 수 없는 듯한 표정이 그녀의 심리 상태를 모두 대변해 주었다. 아시나가 투덜거렸다.

"날 가둬 둘 거예요?"

"어, 내 품에만 있어."

"나 너무 심심한데."

품 안에서 아시나가 불평했다.

"베히 님은 일로 바쁘잖아요."

마치 네가 놀아 주지 않아서 내가 매우 심심하다. '나를 위한다면 내가 마음껏 놀게 놔주어라.'라는 뉘앙스의 투정이었는데 베히다트는 그녀를 끌어안아 하얀 이마에 입을 맞추며 농염하고도 은밀하게 당부했다.

"네가 원한다면 다 내팽개칠 수 있어. 말만 해."

언제든지 준비가 되어 있다는 듯, 그가 자신만만하게 웃었다. 아시나는 두 뺨을 부풀렸다. 정말, 떼쓰고 조르는 게 안 통하는 남자였다.

"그러면 안 되죠, 명색이 신님인데. 당신을 믿는 페시안의 백성들이 불쌍하지도 않아요?"

그녀가 씩씩대며 나무라자 기다렸다는 듯 베히다트가 옅게 웃었다.

"그러면서 잘도 그런 불평을 말하는군."

토라진 아시나가 그의 품에서 나가려고 했다. 도망치려는 그녀의 팔을 붙잡아 다시 제 품에 쓰러지게 만든 그가 단숨에 아시나의 입술을 뒤덮었다. 치맛단을 걷어 올린 그가 슬그머니 하얀 허벅지를 쓰다듬었다. 손바닥에 닿는 보드라운 살갗이 아무것도 하지 않았는데도 사람을 미치게 만들었다. 아시나가 항의하듯 신음을 흘렸지만 그는 멈추지 않았다. 어느새 더운 숨을 내쉬며 그녀가 베히다트를 노려보았다.

"우리 베히 님께서 왜 자꾸 못되게 구시는 걸까요?"

"다 이유가 있으니까."

이유가 있다면서 이유를 말해 주지 않는 행태에 불만을 느끼며 아시나가 쏘아붙였다.

"애초에 여자의 얼굴을 가려 놓는 게 말이 돼요? 내가 베히 님 소유물도 아니고! 이건 대체 어쩌다 생긴 관습이에요? 날 숨겨 놓으면 뭔가 이득이라도 있는 거예요?"

"적어도 여기선 내 소유야."

당당하게 대꾸하는 베히다트를 노려보며 아시나는 깊이 다짐했다. 반드시 이 망할 인식과 관습을 전부 뜯어고치고야 말겠다! 평생에 걸친 숙원 사업이 될 것 같은 예감이 들었지만 의지는 확고했다.

"저 지금 많이 화났어요."

아시나의 경고에 그가 불만스레 뇌까렸다.

"남들이 널 보는 게 싫어."

아시나가 그를 흘겨보았다.

"날 봐도 어쩐진 못하잖아요."

"그래도 싫어."

어린애처럼 고집을 부리며 그가 대놓고 인상을 구겼다.

"나만 볼 수 있었으면 해."

아시나의 모든 것이 자신의 것이라는 양 소유권을 주장하는 손길에 그녀가 몸을 뒤틀었다. 피하려고 해도 어느새 가슴을 점령한 그의 손을 벗어날 수는 없었다.

"음, 그럼……."

달콤한 한숨을 내쉬며 그녀가 인상을 썼다. 생각에 집중하고 싶은데 자꾸 방해하는 손길 때문에 미칠 것 같았다. 일부러 이러는 거지, 이 인간.

"저 야슈마크까지 쓰는 건 괜찮아요. 아바야도 머리가 무거워서 싫거든요."

아시나는 나름 타협을 보려 한 걸음 물러났다. 제 손바닥 안에 들어온 봉긋한 가슴을 마음껏 만지며 그가 응수했다.

"제1중정까지는 봐주지. 제2중정 이후로 나가려면 무조건 써."

"베히 님, 정말 너무한 거 아니에요?"

"싫어해도 어쩔 수 없어."

더 이상의 타협은 없다는 듯 그가 단호하게 응시했다. 잠깐 인상을 쓰던 아시나가 순간 좋은 생각이 난 듯 웃었다. 그러더니 받아 놓고 안 쓰려고 구석에 처박아 둔 아바야에 손을 뻗었다. 방해하는 손길이 꽤 고집스러웠지만 결국 아바야를 손에 넣은 아시나가 그대로 그걸 베히다트의 얼굴에 씌웠다.

"그럼 베히 님도 이거 써요. 베히 님도 가리면 나도 가릴게요."

눈에는 눈, 이에는 이! 당연히 이렇게 나오면 그가 한 걸음 물러설 거라 예상했는데, 베히다트는 싱긋 웃더니 고개를 끄덕였다.

"좋아, 그러지."

"진짜요?"

지금 자신이 들은 대답을 믿을 수 없다는 듯 제 귀를 의심한 아시나가 입을 벌렸다. 놀란 그녀의 표정을 마음껏 즐기며 그는 아시나의 가슴에 입을 댔다. 벌어진 옷 사이로 드러난 가슴에 닿는 더운 숨결이 몸을 저릿하게 만들었다.

"시녀들 수도 줄일 거야."

"웃, 시녀들은 왜요?"

한숨처럼 그가 답했다.

"여자라고 해도 널 보는 게 기분 나빠."

질색을 하며 싫어하는 기색에 아시나는 그만 놀라서 웃어 버렸다. 웃으면 안 되는 상황일진대, 절로 웃음이 나왔다. 이 남자가 방금 뭐라 말한 것인가!

"여잔데요?"

"기분 나빠."

진심으로 기분 나빠 하는 표정에 아시나는 문득 그가 어린애 같다고 생각하며 웃었다. 그러더니 도발하듯 베히다트의 가슴에 손을 얹었다. 하얗고 가는 손이 베히다트의 옷섶을 풀어헤치고 구릿빛으로 빛나는 살결에 닿았다. 자신과 다른 근육질의 살이 손끝에 닿는 감촉이 좋았다. 처음엔 팔뚝을 만지는 것도 부끄러웠는데, 파고든 손가락이 그대로 요염하게 자극하자 그가 낮게 신음했다. 기다렸다는 듯 아시나가 베히다트의 입술에 쪽 소리가 나도록 뽀뽀했다. 가벼운 도발이었는데 일순 그의 눈빛이 달라졌다. 놀리듯 아시나가 제 몸을 밀착했다. 고통스러운지 인상을 쓰는 베히다트를 보며 아시나가 맑은 소리로 웃었다. 그의 맨살을 만지작거리던 그녀의 손이 점점 아래로 내려갔다. 배를 스치는 손길에 일순 붉은 눈동자가 욕망으로 번뜩였다.

"그래도 날 안을 수 있는 건 베히 님밖에 없어요."

"당연히 그래야지."

그가 잔뜩 쉰 목소리로 대꾸했다. 그대로 아시나를 끌어당기는 다급한 손길에 그녀가 인상을 썼다.

"악, 잠깐!"

이렇게 바로?!

도망치려는 아시나의 허리를 붙잡고 침대 위로 쓰러뜨린 베히다트가 일순 위험하게 미소 지었다.

"먼저 유혹해 놓고 어딜 가시나?"

간담이 서늘해지는 기세에 아시나가 애써 예쁘게 웃었지만 소용없었다. 두 사람의 입술이 겹쳐졌다. 아까 전과는 다른 굶주린 듯한 키스에 아시나가 불만스레 고개를 저었으나 소용없었다. 결국 그녀는 섣불리 베히다트를 도발한 대가를 밤이 지나가는 내내 치러야만 했다.

外三. 영월의 축복

外三. 영월의 축복

중천에 걸린 태양이 아직 잠들어 있는 침소를 환하게 밝혔다. 하얀 햇살이 둘의 잠을 깨우려고 길게 손을 뻗었으나 얇은 비단 휘장에 가려 실패했다. 그래도 방이 밝아졌다는 것은 알 터인데 침대 위의 두 사람은 눈을 뜨지 않았다.

서로 마주 보고 누운 두 사람은 잠들어 있는 중인데도 행여 누가 떨어뜨리기라도 할까 봐 꼭 붙어 있었다. 팔베개에 머리를 기댄 채 잠들어 있는 아시나와 그녀의 허리에 팔을 두른 채 눈을 감은 베히다트는 누가 봐도 신혼부부였다. 둘이 결혼한 지 꽤 오랜 시간이 흘렀는데 말이다.

아무리 해가 빨리 지고 빨리 뜨는 페시안이라고 해도, 해가 중천에 걸려 있으면 아직 오전이었다. 점심때가 오기 전에 먼저 눈을 뜬 것은 베히다트였다. 결혼 전엔 해가 뜨기도 전에 일어나 하루를 시작했던 인물이었지만 결혼 후엔 많은 것이 변했다. 팔을 짓누르는 익숙한 무게에 옆을 돌아보았다. 여전히 잠에 푹 빠진 아시나는 일어날 생각을 하지 않고 있었다.

"으음."

끌어안으려고 팔을 움직이니 불편한 듯 아시나가 얼굴을 살짝 찌푸렸다. 그것도 잠시, 다시 표정이 풀어지며 규칙적인 숨소리가 들려왔다. 꿈속을 헤매고 있는 아시나를 지켜보던 베히다트의 입가에 미소가 번졌다. 단순히 시야에 자신의 부인이 들어오는 것만으로 언제나 그의 입매는 느슨해졌다.

이렇게 무방비하게 잠든 아시나를 볼 수 있는 건 그만의 특권이었다. 자는 모습이 어찌나 평화롭고 행복해 보이는지, 언뜻 어린아이처럼 보이기도 했다. 그가 잠들어 있는 아시나를 깨우는 일은 손에 꼽는 일이었다. 깨우기보다 일어날 때까지 이렇게 옆에 누워서 지켜보곤 했다. 그러다 간혹 다시 잠들 때가 존재하기도 했지만 어찌 되었든 이른 조회는 결혼 후 한 번도 열린 역사가 없었다.

나시르를 비롯한 측근들이 간혹 너무 푹 빠져 계시는 게 아닌가 투덜거리긴 했지만 무시했다. 이렇게 뭉그적거리며 늦게 일과를 시작한다고 해도 하루가 다 가기 전에 일을 못 마치는 상황은 지금껏 단 한 번도 없었다. 이걸 유능하다고 해야 하는 건지, 필사적이라고 말해야 하는 건지. 베히다트는 가끔 이러는 스스로가 우습기도 했고 놀랍기도 했다. 다른 방해 없이 오로지 아시나와 단둘이함께 있기 위해 기울이는 노력이었다. 그렇게 붙어 있는데도 부족하냐며 모두가 의아해하지만 부족했다. 도대체 이 여자가 없었던때는 어떻게 살았는지, 이제는 상상도 가지 않았다.

"말괄량이."

그가 어떤 마음으로 정무를 보는지도 모르고 매번 어떻게 하면 그의 손아귀에서 빠져나갈까 골몰하는 아시나가 야속했다. 결혼 전, 장모가 했던 으름장이 빈말이 아니라는 걸 아시나는 지난 결혼 생활 내내 그에게 보여 주었다. 완전히 가졌다고 생각했는데 몸은 여기 있어도 정작 가장 애타게 원하는 마음이 항상 다른 곳에 가 있었다. 여행이며 페시안의 역사와 문화, 다른 이야기로 눈을 반짝일 때마다 그는 치미는 충동을 억눌러야 했다. 다 부숴 버려서 눈 돌릴 데 없이 만들고 싶은 파괴적인 욕구가 고개를 들어서 난감했다. 진짜 다 부숴 버릴까? 진지하고 심각하게 고려해 봤지만 답은 정해져 있었다.

그럴 수 없겠지. 우습게도 그 욕구를 잠재우는 것도 이 여자였다. 중증이구나. 미쳐 버린 거라 인정하면서도 괜찮았다. 아마 이 여자에게서 영원히 벗어나지 못할 테니까.

"아시나."

눈을 뜨지 못한 그녀가 답하지 못할 걸 알면서도 그는 목소리를 내었다.

"아시나."

다른 나라에 시집와서 하나부터 열까지 맞는 게 없었을 텐데 용케 잘 적응해 주었다. 그게 얼마나 고맙고 감사한 일인지 알기 때문에 그녀가 투정할 때면 말없이 다 받아 주곤 했다. 왜 이렇게 사랑스러운 건지, 왜 자신이 아닌 다른 사람들도 이 여자가 사랑스럽다는 걸 아는 건지…….

허리를 감싸던 손이 얇은 옷 안으로 들어갔다. 등허리를 매만지는 손길이 조심스러웠다. 불편한지 아시나가 몸을 움직였다. 그대

로 엎드려서 푹신한 베개에 뺨을 기댄 그녀를 지켜보며 베히다트
가 슬그머니 그녀가 걸치고 있던 얇은 옷을 걷어 냈다. 하얗고 깨
끗한 등허리를 따라 입술을 미끄러뜨리던 그가 유일하게 불긋한
상흔에 시선을 주었다. 저 대신 칼을 맞았던 흔적이 그녀의 몸에
남아 있었다. 마치 하현달 모양으로 남아 있는 흉터를 손끝으로 만
지며 그가 미미하게 인상을 썼다.

"몇 년이 지났는데도 옅어지질 않는군."

그는 그 흉터를 달을 닮았다 하여 월흔月痕이라 불렀다. 아시나는
상처 주제에 예쁜 이름이라며 맑은 소리로 웃었지만 배 쪽엔 깨끗
이 아문 상처가 등에만 크게 남아 있는 것이 늘 마음에 걸렸다. 저
때문에 생긴 상처라고 생각하면 참을 수 없는 욕망에 휘둘렸다. 지
금 역시 그런 상태였다. 혀로 상처를 핥자 월흔이 더 붉게 변했다.
허리에 있던 손이 그대로 옷 속을 헤치며 제 손에 딱 들어오는 부
드럽고 말랑한 가슴을 움켜쥐었다.

"윽…… 아침부터……."

잠에서 깬 아시나가 항의했다. 비몽사몽 정신이 없는 상태에서도
도망치려는 그녀를 붙잡으며 그가 단호하게 대꾸했다.

"아침이니까."

결국 아침부터 한 차례 엄청나게 시달린 아시나는 피곤한 기색을
지우지 못했다. 아시나는 고개를 설레설레 저었다. 부인된 도리로
일찍 깨워 베히다트를 내보내려 해도 정무 보는 내내 같이 있어 줄
것이 아니면 가지 않겠다고 버티는지라 그녀 역시 어쩔 수 없었다.

벌써 둘이 결혼한 지 8년이 지났다는 걸 누구도 쉽게 믿지 못했

다. 아시나도 그랬다. 바로 엊그제 결혼한 것 같은데 벌써 8년이 지났다니. 그만큼 둘이 보여 주는 분위기와 금슬이 모든 이들을 놀라게 할 정도로 각별했다. 오죽 유난하면 베히다트가 페시안 여자들의 로망이 되었을 정도였다. 심지어 크롬웰에서도 그를 선망하는 귀족 영애들이 넘쳐 난다는 사촌들의 제보가 있었다.

바뀐 것은 그 뿐만이 아니었다. 고루한 페시안의 관습 몇 개가 아시나로 인해 조금씩 달라졌다. 우선 아시나는 더 이상 궁정 내에서 야슈마크를 쓰지 않아도 되었다.

하품을 하며 시하드 궁에서 하렘으로 발걸음을 옮기던 아시나는 회랑을 달려오는 작은 인영에 시선을 주었다. 자신의 허리춤밖에 오지 않는 작은 남자아이가 아시나를 보며 환하게 웃었다.

"어머니!"

그대로 달려오는 아이를 몸을 숙여 안아 준 아시나가 부드럽게 웃었다.

"안녕, 우리 첫째 아들."

결혼한 다음 해 태어난 아들, 살라딘의 회색 머리카락을 쓰다듬어 주며 아시나는 붉은 눈동자에 시선을 맞추었다. 두 부부가 붉은 눈이라 그런지 아들도 둘을 쏙 빼닮은 붉은 눈이었다. 이제 7살이 된 아들이 아시나를 꼼꼼히 살펴보다 인상을 썼다.

"또 아버님께서 괴롭히셨습니까, 어머니?"

"글쎄. 그런 걸까?"

"피곤해 보이십니다. 하품하셨지 않으십니까?"

"그러게. 요새 좀 몸이 노곤하구나."

이런 몸 상태를 전에도 경험한 적이 있는데 그게 언제인지 기억

이 나지 않았다. 걱정 한가득인 살라딘의 시선을 받으며 아시나가
기분 좋게 웃었다.

"아침 일정을 다 끝냈으면 같이 하렘으로 돌아갈까?"

"네!"

우렁차게 대답한 살라딘의 손을 붙잡은 아시나가 다시 하렘으로
향했다. 아무리 정비定妃라고 해도 원래라면 하렘에서 하루 종일 지
내야 하는 것이 마땅했지만 자식들이 생기고 나자 베히다트는 억
지로 아시나에게 시하드 궁에서 지낼 것을 종용했다. 뭐라 덧붙이
고 설득해도 그녀를 독점할 수 있는 밤 시간을 빼앗기고 싶지 않다
는 투정으로밖에 보이지 않는 터라 아시나는 어이없으면서도 순순
히 그러자고 했다. 그렇게 예뻐하고 귀여워하는 자식들인데 이상
하게 침실만 들어서면 아이들에게 냉정해지곤 했다.

"아버님은 왜 맨날 어머님을 괴롭히시는 것이옵니까? 저는 도무
지 이해할 수가 없사옵니다."

"좋아서 그러는 거야."

"좋은데 괴롭히는 거라고요? 그게 더 문제가 아닙니까?"

"글쎄…… 네가 아버지를 말려 주련?"

머리 색과 눈 색은 베히다트를 꼭 닮았으면서도 살라딘의 외형은
전체적으로 아시나와 닮아 있었다. 순한 듯 날카로운 인상이 나중
에 크면 어떤 남자로 자라나려나 기대를 품게 만들었다. 어머니의
제의에 열심히 고민하던 살라딘이 고개를 가로저었다.

"저는 이기지 못합니다. 나중에 크면 아버지를 이겨서 꼭 구해
드릴 거예요!"

"그러렴."

이미 여러 차례 아버지에게 이기지 못한 경험이 있어서인지 살라
딘은 신중했다. 아시나는 웃음을 흘리며 고개를 끄덕였다. 하렘 건
물에 들어서자 기다리고 있었던 것인지 아이누르가 아시나를 향해
달려왔다.

"어머니!"

회색 머리를 휘날리며 반기는 어린 딸을 안아 주며 그녀는 매일
아침마다 있는 상봉이지만 자신이 생각해도 참 유난스럽다고 생각
했다. 연년생으로 태어나 이제 6살인 아이누르가 아시나의 목을 꼭
끌어안았다. 매일 저녁 시하드 궁으로 가 버리는 어머니 때문에 매
일 헤어지기 싫다며 우는 여린 딸이었다. 아이누르의 등을 토닥거
리며 몸을 돌리니 다섯 살짜리 아들, 아데스가 두 팔을 벌린 채 가
만히 서 있었다. 아시나가 저도 모르게 웃음 지었다.

"안아 줘?"

대답 대신 아데스가 고개를 끄덕였다. 아이누르가 눈물이 가득한
금안을 예쁘게 깜빡이며 고개를 가로저었다.

"안 돼, 아데스. 어머니는 지금 내 거야."

품을 빼앗기기 싫다는 듯 아시나를 더 꼭 끌어안으며 아이누르
가 고개를 가로저었다. 마치 어린 시절의 아시나를 보는 듯 그녀를
쏙 빼닮은 외모 때문에 아이누르는 특히 많은 이들에게 더 사랑받
았다. 아시나는 자신의 어린 시절이 어땠는지 기억나지 않아서 모
르겠지만 아이누르를 볼 때마다 사촌이며 친척, 친구까지 너 나 할
것 없이 꼭 저렇게 생겼다고 해서 놀라웠다.

아이누르가 강하게 자기 자리라고 주장하는데도 불구하고 아데
스는 말없이 고개를 저었다. 그리고 자신이 벌린 두 팔을 흔들었

다. 어찌 되었든 안아 달라는 뜻에 아시나가 맑은 소리로 웃었다.

첫째 아들도, 둘째인 딸도 전부 아시나를 닮았건만 은발에 적안을 가진 아데스는 말 그대로 베히다트를 쏙 빼닮았다. 그래서인지 그녀는 유난히 셋째 아들이 하는 행동을 유심히 지켜보게 되었다. '어린 베히 님도 저랬을까?' 어린 아들을 볼 때마다 그런 생각이 들었다.

"자자, 이렇게 둘 다 안아 주면 되지."

한 손을 뻗어 아데스를 다른 팔로 안아 들자 아무리 아시나라도 좀 버거웠다. 두 아이들이 아직 어린데도 이 정도 무게라면 좀 더 크면 얼마나 무거워질까 벌써부터 아득했다.

"무리하시면 안 됩니다."

"괜찮아."

시녀와 유모들이 기겁을 하며 아이들을 말렸다.

"자, 두 분. 어머니에게 안겼으니 이제 얌전히 말 들으셔야죠?"

둘은 절대로 아시나의 품에서 떨어지고 싶어 하지 않았지만 아시나가 힘들어 하는 기색을 보이자 얌전히 물러났다. 유모들이 아이들을 데리고 물러나자, 시녀가 아시나를 보며 걱정스러운 표정을 지었다.

"근래 유난히 피곤해하시네요."

"그러게. 조만간 여행 가려고 했는데."

결혼했는데도 방랑벽을 못 버려서 간혹 페시안을 더 알고 싶다거나 지역 문제는 직접 가서 실태 파악을 해야 한다는 핑계를 대며 남대륙을 돌아다녔다. 당연히 베히다트는 이에 반대하며 알 페시안에만 있으라 했지만 아시나의 눈물을 이기지 못했다. 그녀가 눈물을 글썽이면서 '안 돼요?'라고 애처롭게 물을 때마다 베히다트가 말을 하지 못하고 물러나더니 이내 허락해 주는 것이 이젠 그 둘의 일상이었다.

그렇다고 혼자 보내는 것도 아니고 베히다트도 같이 따라가는 여행이니 큰 문제는 없었다. 덕분에 남대륙을 여행하며 유적지, 맛집, 관광지도는 만들었는데 미소년 초상화 모음집만큼은 다시 복구하지 못했다. 그럼 미소녀를 모으겠다는 아시나의 발언에도 허락하지 않았다. 왜일까, 대체. 붙어산 지 꽤 되어서 이제 알만큼 알았다고 생각했는데 여전히 베히다트는 가끔 이상했다.

"졸리시면 쉬세요."

시녀들이 아시나를 배려하여 자리를 만들어 주었다. 그녀는 거절하려고 했지만 아침에 있었던 시달림 때문인지 도무지 몸이 회복되지 않아 결국 침대에 쓰러지듯 누웠다.

"이따 깨워 드릴게요."

"응."

이상한 꿈이었다. 큰 보름달이 머리 위 손닿을 듯한 거리에 가만히 떠 있었다. 언제고 이런 보름달을 본 기억이 있었는데, 잘 생각나지 않아 눈살을 찡그린 아시나는 멍하니 보름달을 바라보았다. 희한하게도 달은 노란색이 아닌 하얀빛을 품고 있었다. 우리 아는 사이인가? 그렇게 생각한 순간 보름달이 크게 울었다.

그걸 기점으로 마치 별 조각처럼 자잘하게 부서져 떨어져 내린 보름달이 아시나의 품으로 들어왔다. 초승달, 반달, 보름달, 예쁜 별님에 빛나지 않는 삭월까지. 저번에 보았던 삭월이 잠든 건지 아시나의 옆에 가만히 있었다. 예쁜 별님은 아시나의 팔을 휘감았고 반달은 아시나의 머리 위에서 떨어지질 않았다. 초승달은 아직 올 생각이 없는지 멀찌감치 혼자 뒹굴었다. 그 와중에 이제 처음 보는 보름달이 얌전히 아시나의 다리에 닿았다. 조용하고 귀엽구나. 그렇게 생각했을 때였다.

"아시나 님!"

번뜩 눈을 뜬 아시나가 바로 보이는 시녀의 얼굴 때문에 깜짝 놀랐다. 시녀는 무엇 때문인지 잔뜩 안심한 표정을 짓고 있었다.

"뭐……."

언뜻 아이들이 우는 소리가 들려왔다. 상체를 일으킨 아시나의 품으로 아이누르와 살라딘이 달려들었다.

"어머니!"

말이 없는 아데스조차 아시나의 팔을 꼭 잡고 있었다. 도대체 무슨 일이 있었기에 이 난리란 말인가? 자고 일어난 것밖에 하지 않은 아시나가 멍하니 눈을 깜빡이는데, 누르가 와서 걱정스러운 표정으로 아시나의 이마에 난 식은땀을 닦아 주었다.

"통 일어나지 않으셔서 걱정했어요. 어디 아프신 건가요?"

"내가?"

누르는 아시나가 깨운 지 30분 만에 눈을 떴다고 했다. 자면서 끙끙 앓는 바람에 깨우려고 했는데 한참을 깨어나지 못해서 이대로 눈을 뜨지 않으면 어떡하나 시녀들이 걱정하니 아이들도 덩달아 겁을 먹어서 울었다고. 특히 엄마와 떨어지는 걸 유난히 싫어하는 아이누르가 가장 심하게 울고 있었다. 아이누르의 등을 쓰다듬어 달래며 아시나는 고개를 갸웃했다. 꿈도 꿈이지만 자고 일어났는데도 피로가 풀리지 않았다. 진짜 몸 상태가 왜 이러지?

"어의를 불러 왔습니다."

"또 무슨 어의씩이나……."

아시나가 달갑지 않아 했지만 시녀들의 태도는 확고했다. 베히다트가 이 사실을 안다면 진지하게 시녀들을 갈아치우는 것도 고려해 봤을 정도로 꽤 무거운 사안이었다. 그녀가 페시안에 살기 시작한 뒤 뽑은 하렘 전용 여성 어의가 아시나에게 다가왔다.

몸 상태를 구석구석 살펴본 어의가 이상한 표정을 지었다. 그녀는 의아했다. 혹여 무슨 문제가 있는 걸까 싶었지만 더 겁을 먹은건 어린아이들이었다. 혹시 몰라 시녀들이 왕자와 공주들을 방 밖으로 데리고 나갔다. 어의는 한 차례 더 아시나를 진료했다.

"최근 계속 피로하시지 않으셨습니까?"

"음, 근래는 꾸준하게 피곤했어요."

"만성피로라고 생각했는데 다른 것이 문제인 모양입니다. 부쩍식욕이 없으셨는데, 따로 먹고 싶은 게 생각나시진 않으십니까?"

먹고 싶은 것……. 아시나가 고민해 봤으나 따로 생각나진 않았다. 다만 요 근래에 너무 몸이 쑤셔서 어디든 돌아다니고 싶었다. 피곤한데 그와 동시에 엄청나게 돌아다니고 싶었다. 특히 마안의절경이 눈에 밟혀서 문제였다. 4개월 전에 크롬웰에 다녀온 터라 베히다트가 반대할 것이 뻔해, 대체 어떻게 꼬드길지 그것에 몰두했었다. 그런데 설마 제 몸에 이상이 생긴 것이란 말인가. 겁을 먹은 아시나는 고개를 가로저었다.

"왜? 내가 어디 아파요?"

"축하드립니다."

"네?"

"또 회임하신 듯합니다."

그녀가 두 눈을 크게 떴다. 거의 4년만의 회임이었다. 믿을 수 없어서 두 눈을 깜빡인 아시나가 어의를 바라보았다. 어의는 만면에 미소를 띤 채로 상냥하게 설명했다.

"임신 18주 정도인 것 같습니다. 계속 피곤해하셔서 짐작은 했는데 이제 확실해졌습니다. 이제 알았다는 게 놀라울 따름이네요. 제미력한 능력을 질책해 주시길. 아마도 오래전부터 그런 기색을 보이셨는데, 따로 올리는 약도 있고 아시나 님께서 워낙 건강하셔서 제가 계속 착오를 빚은 모양입니다."

"내가 또 임신을 했다고요?"

그동안 조심해서 설마 임신일 거라고는 생각지 못했다. 게다가 셋째인 아데스를 낳고 난 뒤로 더 이상 아이를 가지는 것이 힘들어 약까지 먹고 있는데, 이게 무슨 일이란 말인가. 아시나는 기뻐해야 하는 건지 울어야 하는 건지 고민했다. 4개월 전에 크롬웰에 다녀온 뒤부터 체력이 예전 같지 않아서 그냥 늙은 거라고 치부하고 말았는데 그게 임신 때문이라니. 그렇게 생각하니 아귀가 딱딱 맞아 떨어졌다. 요새 잠이 부쩍 많아 진 것도 다 그 탓이리라.

"바로 체력을 뒷받침하는 약을 올리겠습니다."

"저희는 시하드께 알리겠습니다."

시녀와 어의가 동시에 물러나는 걸 지켜보며 아시나는 허허 웃었다.

그럼 그게 태몽이었구나.

하루가 다 가기 전에 시하드 궁으로 돌아온 아시나는 그대로 베히다트에게 붙들려야 했다. 가족끼리 단란한 시간을 보내고 싶었지만 아이들은 유모에게 맡기고 오랜만에 둘만 저녁을 먹었다.

"이게 다 베히 님 때문이에요. 이거 어쩔 거야!"

아시나가 짜증을 부리자 베히다트가 기분 좋은 미소를 지은 채 고개를 가로저었다.

"하늘이 주신 선물인데 낳아야지. 페시안의 축복인걸."

"누가 안 낳는다고 했어요?! 이제 아이 그만 가지자고 했잖아요. 나 마안 가려고 했었는데!"

아시나의 투정에 그가 눈살을 찌푸렸다.

"마안? 거길 또 간단 말인가?"

불길한 느낌이 들어 베히다트가 인상을 썼다. 임신을 하게 되면 좀 얌전해질까, 그런 생각을 하던 순진한 때도 있었다. 그러나 마치 기다렸다는 듯 만삭의 몸을 이끌고 매번 '이곳이 가고 싶다, 저곳이 가고 싶다.' 울먹이는데, 정말 일생일대의 난감한 문제에 직면한 기분이었다. 아데스를 임신했을 때는 아시나가 정말 우울증에 걸린 적도 있어서 그 이후로는 더 조심스러웠다. 이런 베히다트를 두고 매번 '그럼 그렇지.'라며 웃던 장모도 이젠 '고생한다.'라며 동정을 할 정도였다. 그가 일이 년에 한 번 크롬웰에 한 달간 머물 때마다 얼마나 많은 동정을 받았던가.

아시나가 정비로 있은 지난 8년간 많은 예법이 바뀌었지만 가장 많이 바뀐 부분이 바로 그 부분이었다. 한 번 하렘에 들어간 여인은 다신 나오지 못하는 예법을 유연하게 고친 아시나가 걱정스레 인상을 썼다.

"아이가 생긴 건 정말 좋은데, 혹시 그동안 먹었던 약 때문에 잘 못되지 않았을까 걱정이에요."

"괜찮을 거야. 그렇게 약을 먹는데도 생긴 아이니까."

그의 논리로 치면 맞는 말이긴 했지만 아시나는 영 불안했다. 지금이라도 산모로서 몸을 더 아껴야겠다고 다짐하는 그녀를 베히다트가 익숙하게 끌어안았다. 그대로 목덜미에 코를 박고 숨을 들이 켠 뒤 오늘도 이 여자가 자신의 곁에 있음을 감사했다. 아시나도 자신을 끌어안는 온기에 심신이 편안해지는 걸 느끼며 신기해했다. 단순히 누군가의 품에 안긴다고 이렇게 행복하고 안온해도 되는 것인가…….

그렇게 두 사람이 말없이 가만히 안고 있기만 하던 순간이었다. 갑자기 문 쪽에서 소란이 들리더니 문이 벌컥 열렸다. 시녀들이 비명을 지르며 경악했지만 막상 문을 열고 들어온 작은 악동들은 다른 것에 정신이 팔려 있었다.

"어머니! 죽으시면 안 돼요!"

"누가 죽는다고 그러니, 우리 아이누르."

펑펑 눈물을 흘리며 가장 먼저 달려온 것은 딸이었다. 아이누르를 품에 안은 아시나가 베히다트를 돌아보았다. 얌전히 아시나를 놔준 베히다트가 울고 있는 딸의 통통한 뺨을 건드렸다.

"어머니!"

이어 달려온 살라딘이 아시나의 다리를 붙잡았다. 아데스도 결의에 가득한 표정으로 아시나의 팔을 잡았다.

"절 두고 어디 가시면 안 돼요!"

살라딘의 외침에 아데스가 고개를 끄덕끄덕 흔들었다. 순식간에 자식 셋에게 부인을 빼앗긴 베히다트가 쿠션에 몸을 기대며 한숨을 내쉬었다.

"나는 안 보이냐?"

아이들의 시선이 일제히 그에게 꽂혔다.

"이게 다 아버님 때문이에요!"

"맞아!"

아데스마저 단호하게 고개를 끄덕였다. 세 남매의 비난 어린 시선에 베히다트는 탄식했다. 아무래도 그가 아시나를 독차지하는 건 엄청난 난이도의 희망사항인 듯했다. 결혼을 하면 모든 시간이 다 자신의 것일 줄 알았는데, 애초에 그녀는 규중에서 남자만 바라보는 여자가 아니었다.

"이놈이나 저놈이나……."

한숨을 내쉬며 그는 고개를 가로저었다. 살라딘이 아시나의 다리를 꽉 붙잡으며 외쳤다.

"오늘은 어머님을 아버님에게서 지켜 드리자!"

"그래!"

아이누르의 동의를 마지막으로 아데스도 고개를 끄덕였다. 아시나가 고개를 설레설레 내저었다. 웃음을 참지 못하며 그녀가 되물었다.

"이렇다는데, 어쩌죠?"

"다 같이 자야지."

평소 그녀의 남편이 얼마나 독점욕이 강한지 알고 있는 터라 아시나는 조금 놀라웠다.

"괜찮겠어요?"

"이리 와, 아이누르."

베히다트가 팔을 뻗자, 아시나의 품에 안겨 있던 아이누르가 얌전히 그에게로 갔다. 여자아이를 안고 있는 베히다트의 모습은 상상이 가지 않았는데 아이누르를 안은 베히다트의 모습이 지독하게 잘 어울려서 아시나는 볼 때마다 감탄했다. 다들 아들이고 혼자 딸이라 그런지 베히다트는 유난히 아이누르를 챙겼다. 물론 아이누르가 아시나를 닮았다는 사실이 제일 컸다. 사랑하는 아내를 쏙 빼닮은 딸이라니. 딸이든 아들이든 별 차이 없을 거라 생각했던 베히다트였지만 유난히 딸에게 시선을 빼앗기는 건 어쩔 수 없었다. 정말로 이 나이 때의 아시나를 보는 기분이라 저도 모르게 눈길이 따라갔으니까.

"아버님, 절대로 어머님 돌아가시게 하시면 안 되시와요. 아셨죠?"

"알았다."

아이누르를 안은 베히다트가 침대에 눕자 아시나도 자신의 다리를 붙잡은 살라딘을 침대 위에 올렸다. 팔을 붙잡고 있는 아데스도 끌어안아 침대 위에 올려놓았다. 여럿이 자도 충분한 크기의 침대라 다행이었다.

아시나도 아데스가 베히다트의 어린 시절을 연상시켜서 예뻐하긴 했지만 그렇다고 살라딘이 소외받는 건 아니었다. 살라딘은 살라딘 나름대로 두 사람을 오묘하게 닮아서 늘 볼 때마다 둘의 아이라는 걸 깨닫게 해 주었다.

"자, 누워. 이리 와. 살라딘, 아데스."

두 사람 사이를 빼곡히 채운 세 아이들의 온기를 느끼며 아시나가 만족스러운 미소를 지었다.

"다들 좋은 꿈꾸세요."

-월흔 完-

월흔月痕 설정

페시안Pesian

: 통칭 남대륙의 제왕. 별칭 살아 있는 신의 나라.

: 지정학적 위치는 판타고 남대륙, 북쪽으로 지중해 연안과 접해 있다. 건국 후 약 5천 년이 지났다. 원래는 남대륙 전역을 영토로 놓고 다스렸으나 역사의 흐름에 따라 파시는 지형의 고립을 이유로 독립하고 크라차는 쿤을 섬기지 않는 자들의 반발로 분리되어 나갔다.

: 수도는 알 페시안. 페시안과 쿤의 상징은 만월에 새겨진 진리의 눈.

: 쿤은 쿤의 핏줄을 이은 자면 누구든 다음 대의 쿤이 될 자격을 얻고, 쿤의 지명 혹은 '왕위 계승 전쟁'을 통해 계승된다. 보통 다음 대의 후계자를 미리 정해 놓지만 그러지 않을 경우엔 가장 고전적인 방법을 따른다.

: 제정일치 사회로 살아 있는 신인 시하드 쿤이 왕으로 군림하며 절대적인 권력을 행사한다. 신으로서의 칭호는 시하드. 페시안 왕의 칭호는 쿤. 초대 시하드 쿤의 세 아들을 제외하곤 모두가 동일한 칭호로 불리었다.

: 알 페시안을 제외한 6개의 자치구가 존재하고 해당 자치구는 전통적으로 대족장이 쿤의 대리인으로서 해당 지역을 관리한다. 수도에서 파견한 울라마 법관가 행정 업무를 감시하고 이를 감독하는 치안청이 따로 존재하며 각 자치구에 쿤의 수호자라 불리는 군대가 배치되어 있다. 대족장의 중재로도 일족 간의 분쟁이 해결되지 않을 시, 해당 구역을 관리하는 주지사가 중재한다. 중재의 기준은 알 페시안의 율법을 토대로 한다.

: 6개의 자치구엔 약 52개의 가문과 여러 일족들이 뒤섞여 살고 있다. 일족들마다 가진 구역과 문화가 상이하다. 페시안의 역사가 긴 만큼 선 일족최초의 일족을 부르는 명칭에서 갈라져 나온 다양한 방계 일족이 형성되어 있지만 아직 방계 일족들은 따로 독립을 인정받은 역사가 없다. 이것이 지속적인 갈등의 원인 중 하나로 작용하는 중. 때문에 각 일족 내부에서도 혈통에 따라 갈등이 심하다.

: 남대륙 북쪽에 크게 자리한 죽음의 사막을 제외하곤 전역에서 사람이 살 수 있다. 물이 풍부하고 자연재해가 거의 없지만 쿤이 노하면 사람이 살 수 없는 땅으로 변해 버린다고 한다. 지형의 대부분이 들판이다. 일부 지역은 홍수가 잦으며, 특히 샤르자 지역 쪽 토양이 비옥하기로 유명하다. 다양한 과일

들이 생산되며 대부분 수분 함유량이 많고 고열량이다. 대표적으로 대추야자
가 유명하다.
　　: 남대륙 자체의 지반이 불안정하다. 전부 자잘한 조산대로 이루어져 있으
며 남대륙에서 안전지대는 샤르자를 위시한 알 페시안 쪽 구역이 유일하다.
쿤의 축복이 화산과 지진을 완화시켜 주고 대륙이 찢겨지는 것을 방지하고
완화한다. 이 때문에 쿤이 남대륙에 없으면 조산 활동이 활발해져서 여러 가
지 자연재해가 발생한다. 대표적으로 화산 폭발과 지진이 있다. 지표면의 모
래층이 물을 흡수해서 대부분의 물이 지하수로 흐른다. 때문에 대부분의 도
시가 오아시스 근처에서 생겨났으며 인공적으로 수로를 만들어 도시를 발전
시켰으나 고질적으로 물 부족이 발생할 수밖에 없다.
　　: 나라 이름은 초대 시하드의 부인 이름에서 유래되었다. 초대 시하드 쿤이
사라지고 한때 삼= 쿤의 등장으로 서페시안, 동페시안, 남페시안으로 나뉘
었으나 후에 라 쿤이 다시 통일시켜 지금의 모습이 되었다. 이 분리 과정에서
크라차가 독립했다. 시하드의 칭호인 사, 하, 라의 칭호는 즉위할 때 부여받
는 것이며 전통적으로 쿤들의 성지라 불리는 아슈마에에서 결정된다.
　　: 수도 알 페시안을 기준으로 동페시안에 속하는 샤르자, 마안, 남페시안인
소하르, 니즈와, 서페시안인 무스카트, 다라로 나뉘어져 있다. 근래는 주로 극
서지방다라, 무스카트, 니즈와, 극동지방소하르, 마안, 샤르자으로 구분한다.
　　: 이능에 관련된 쿤가의 비밀은 오로지 쿤에서 쿤으로 이어지며, 해당 내
용에 대한 정보는 초대 시하드의 부인인 페시아의 가문 사헴가에만 비밀리에
전해져 내려온다. 때문에 쿤이 남대륙에 없을 때 일어나는 일에 대해 자세히
짐작할 수 있는 건 두 가문뿐이고 해당 정보를 은폐하고 있다. 대부분의 백성
들은 관습대로 쿤에게 사랑과 존경을 바치지만 대족장을 위시한 권력자들은
쿤의 이능에 대한 끊임없는 의혹을 제기하는 중. 건국된 지 5천년이 지나가
는지라 신화가 신뢰를 바래 쿤의 존재에 대한 반발이 미미하게 일어나는 중
이다.
　　: 정치적 권력은 군주를 정점으로 사드라잠대상 이하 와즈르재상들이 군주
를 보좌한다. 궁정에서 대재상 이하 재상, 군정장관, 재무대신, 시종장, 서기
관장으로 구성되는 최고회의 '디완'이 최고 정책 결정 기관으로 기능한다. 중
앙 정부의 관료는 크게 카프쿨루군관, 울라마법관, 캐티프서기관으로 나뉜다.
　　: 각 주요 도시를 수호하는 정규군과 더불어 쿤의 직속 부대인 7개 단위 부
대가 존재한다. 아제미, 타무라, 제베지, 톱추, 예니셴, 홈바라즈, 라음즈가
있다. 직속 부대인 만큼 대우는 일반 정규군에 비할 수 없이 좋다. 일부 부대
는 혼인이 금지되어 있다. 각 부대마다 만들어진 목적이 다르며 때문에 분위
기나 문화도 다르다.

※ 계급제
· 쿤 : 페시안의 살아 있는 신. 모든 생명을 살게 해 주기 때문에 숭배받는다. 자세히 밝혀지진 않았지만 인간이 가질 수 없는 능력이 있다. 이 축복이 페시안을 지탱하고 풍요롭게 유지시킨다고 한다. 어째서인지 이유는 알지 못하나 쿤들이 이 권능을 쉽게 드러내진 않는다. 이것에 관한 자세한 사항은 역대 쿤들밖에 모른다고 한다.

· 사드라잠_{대재상} : 군주를 보좌하는 페시안의 두 번째 권력자. 크게 페시안 전역에 미치는 영향력을 놓고 봤을 때는 두 번째 권력자가 맞으나 작게 궁내로 한정해 따졌을 땐 여타 다른 기관의 수장들보다 살짝 권한이 앞서 있을 뿐 동등한 입장이다. 족장들의 추천을 받은 자가 대족장 6명의 동의를 받고 쿤의 승인을 얻어 대재상의 자리에 오른다. 주로 하는 일은 쿤을 대신하여 정치적으로 대족장들 간에 일어나는 분쟁이나 전쟁을 중재하는 일을 맡는다. 대족장이 동의를 해야 하는 특성상 대재상이 대족장들의 이득을 대변하는 일도 종종 있다. 군주의 권력이 절대적인 페시안이라 아직은 별일이 일어나지 않았지만 언제나 위험한 부분이라고 지적되는 지위였다. 특별한 이변이 없는 한 대재상은 10년의 주기로 바뀐다.

· 와즈르_{재상} : 대재상의 업무를 보좌한다. 주로 자치구에서 올라오는 사안들을 다루며 재상의 출신 지역은 6개 지역 골고루 유지되도록 애쓴다. 때문에 자신들의 지역에 유리한 일 처리를 위해 재상들 간의 알력이 존재한다. 재상을 뽑는 것은 온전히 대재상의 권한으로 자격이 갖춰진 자를 천거하면 쿤의 승인을 받아 재상이 될 수 있다. 7년의 주기로 재상을 바꾸는데 대부분이 관료 출신이 아니라 족장 출신이다. 때문에 일반 관료들과는 사이가 좋지 않다.

· 관료 : 관료들은 대부분 라 쿤에게 충성한다. 자신의 일족들과 연관이 없진 않으나 일족의 이득을 우선시하지 않는다.

관료는 크게 카프쿨루_{군관}, 올라마_{법관}, 캐티프_{서기관}가 존재한다. 궁내에서는 재상과 동등한 지위이며 외부적으로는 재상보다 하등하다 인식된다. 각 기관의 수장들은 대재상과 지위가 동등하다.

법관은 알 페시안에 있는 학교를 나온 자만이 가능하다. 까다로운 대신 대우가 좋고 대부분 자신의 일족과 연락을 끊고 쿤에게 충성한다. 주지사의 지위를 받아 자치구의 카프쿨루들을 움직이는 것도 법관이다.

반대로 서기 관료는 시험을 쳐서 뽑는다. 시험의 과목은 시문학과 역사를 중심으로 해당 서기관장의 의견에 따라 여러 과목들을 추가한다. 글을 쓰는 것뿐만이 아니라 말을 하는 것도 보기 때문에 말을 못 하는 자들은 뽑힐 확률이 낮다. 서기관에서 하는 일은 페시안 전역에서 보내오는 소식을 기록하고 문제 소지 여부를 파악하여 해결책을 내리는 것이다. 소하르 출신이 압도적이다.

군인 관료는 두 가지 경우로 나뉜다. 쿤의 직속 부대가 될 만한 자들은 어린 나이에 입궁해 시동으로서 훈련과 예절 교육을 받으며 길러진다. 단, 대족장의 아들은 무조건 카프쿨루로서 입궁해야만 한다. 이후 쿤의 전사가 되는가의 여부는 개인이 결정한다. 정규군은 일정 나이가 지나면 4년에 한 번 열리는 시험을 통해 일정한 자격만 있으면 뽑힐 수 있다.

　· 대족장 : 쿤의 대리인으로 한 자치구의 사무를 총괄하는 우두머리. 대재상과 동등한 지위이다. 각 일족의 족장 중 한 사람이나, 혹은 족장의 추천을 받은 자가 장로 대표들의 만장일치로 추대된다. 각 일족 간의 분쟁을 중재하는 위치이다 보니 족장들이 싫어하진 않으나 좋아하지도 않는다. 간혹 드물게 대족장과 족장들 간의 대립각이 예리하게 세워질 때 장로들이 중재를 하지만 중재가 통하지 않을 시, 혹은 장로 측에서 중재를 거부할 시 대족장이 바뀌게 된다. 대체적으로 장로들의 지지가 대족장이 가진 힘이자 권력의 핵심이다.

　· 장로 : 일족의 존경을 받는 자들을 골라 장로의 지위를 내린다. 보통은 이전 대족장이나 족장의 지위를 가진 자들이 자연스레 장로가 된다. 한 일족당 한두 명의 장로가 존재하며, 장로들끼리의 회담인 장로회가 있다. 대족장이 장로의 권위를 보장해 준다. 때문에 전통적으로 대족장 쪽을 지지한다. 장로들은 대체적으로 족장들과 갈등 관계에 놓여 있다.

　· 족장 : 일족마다 족장을 뽑는 방식이 다르다. 한 가문의 수장이며 자신의 지역에선 왕 같은 대접을 받는다. 대부분의 백성이 태어나서 죽을 때까지 한 지역에서만 머물게 된다. 족장들 역시 대족장이 있는 각 자치구의 중심 도시를 제외하면 크게 움직이지 않는다. 일족들의 이익을 대변해야 하기 때문에 잔혹하고 냉정한 성미의 인간들이 많다. 보통 대족장과 장로 둘 다 싫어한다. 족장들은 대부분 문제가 생기거나 분쟁이 일어났을 때 대족장의 중재보다는 주지사의 중재를 받고 싶어 한다. 간혹 대족장을 대리하여 알 페시안으로 가는 경우가 존재한다.

※ 주요 지역

　· 알 페시안 : 신이 머무르는 성지. 페시안의 수도. 뷔요세브 궁전을 중심으로 원형 모양의 큰 도시가 세워져 있다. 페시안의 모든 물자들이 모이는 직할지인지라 굉장히 풍요롭다. 이곳에서 구할 수 없는 것이 없을 정도.

　· 아슈마에 : 쿤들의 안식처. 사막에 있다고 일컬어지는 전설의 오아시스. 쿤 외엔 갈 수가 없다. 백성들은 죽으면 쿤의 부름을 받아 영혼만은 갈 수 있다고 믿고 있다.

　· 샤르자 : 페시안에서 가장 부유한 지역. 쿤의 축복이 없을 때도 물이 풍부했다. 가장 작은 지역이지만 가장 큰 영향력을 행사한다. 쿤에게 바치는 공

물도 압도적으로 많다. 의외로 알 페시안 궁정에 속해서 일하는 관료들이 적은 편. 장로들의 입김이 유난히 센 지역이다. 평균적으로 가장 분란이 많은 지역. 장로들이 만장일치로 동의한 자만이 샤르자의 대족장이 될 수 있다.

· 마안 : 페시안에서 전사들의 전체적인 수준이 가장 높은 지역. 손에 꼽을 정도로 뛰어난 전사들은 없지만 전체적으로 밸런스 잡힌 전사들이 가장 많이 배출된다. 쿤의 친위대인 7개 부대에 소속되어 있는 전사들의 60%가 이쪽 지역 출신. 대족장 계승은 마안을 지킬 수 있는 능력을 기준으로 정한다. 무투회를 열어 후계를 정하는 것이 보편적인 방법 중 하나. 장로보단 족장들의 입김이 센 편이다.

· 소하르 : 페시안에서 가장 많은 관료들이 나오는 지역. 대체로 똑똑한 자들이 많다. 소하르의 후계 싸움은 더럽기로 유명. 족장들 간의 알력이나 파벌도 가장 심하다. 원래는 소하르에서 가장 영향력이 있는 수르 가문에서 대족장을 대대로 했으나 중간에 권력 싸움으로 수르가가 멸족하고 후계 싸움이 복잡해졌다. 대족장이 가진 관료 천거권 때문에 후계 싸움이 치열하다. 50% 이상의 서기 관료, 법관들이 소하르 출신이며 자치구 후계 계승에 유일하게 쿤의 승인이 들어간다. 대대로 시종장과 궁정장관은 이 지역 출신이 압도적이다.

· 니즈와 : 일명 자랑거리가 없는 것이 자랑거리인 지역. 땅도 평범하고 전사들의 수준도 적당하고 관료들의 수준도 적당하고 별다른 굵직한 갈등 없이 그냥 저냥 유지되는 곳이다. 큰일이 없다면 대족장이 다음 대족장을 지명하는 식으로 대족장 자리가 계승된다. 자치구 내부에서도 별다른 분쟁이 없고 전체적으로도 논란이나 분쟁에 휘말린 역사가 손에 꼽는다. 그런 특징 때문인지 알 페시안 관료의 20%와 전사들의 20%는 꼭 니즈와 출신으로 구성되어 있다. 니즈와의 대족장 계승은 대대로 일족들끼리 순서를 정해 돌아가면서 한다.

· 다라 : 페시안에서 가장 큰 땅을 가지고 있지만 가장 거친 황무지를 가진 지역. 전사들의 수준은 하나하나가 유명할 정도로 높지만 문제는 성미가 전부 거칠고 급하다. 길들이지 못하는 맹수들을 모아 놓은 것과 같다는 평이 있을 정도. 이 때문인지 직속 7개 부대에 들어가는 자들이 극히 적다. 무스카트와 오랜 악연으로 엮여 있다. 무스카트를 점령하는 것이 다라의 숙명이라 생각하는 자들이 많다. 실제로 현재 무스카트 영역은 서페시안 시절보다 3분의 1이 줄어 있다. 다라의 대족장은 4년에 한 번 열리는 타브리즈 무투회에서 자신의 강함을 증명해야 될 수 있다. 이 지역이 특히 일부다처제가 강하게 나타나며 가주의 모친이 일족의 일에 관여하는 참여율과 영향력이 높다.

· 무스카트 : 페시안에서 가장 유명한 전사들을 배출해 낸 지역. 전설적인 영웅들은 거의 다 이 지역 출신이다. 다라 전사들과 맞부딪치며 싸워서 그런

지 칼을 다루는 실력이 날카롭다. 하지만 다라의 전사들과 달리 대부분 성미가 침착한 자들이 많다. 무스카트의 전사들은 적을 만들지 않으려고 하나 다라 전사들만큼은 싫어한다. 유일하게 일족 여자들의 결혼에 자유를 보장한다. 다라와 지지부진한 영토 싸움을 오랫동안 하고 있다.

※ 등장인물

· 시하드 젠 베히다트 : 27세, 페시안의 라 쿤

페시안의 87대 쿤. 라 쿤의 이름을 이은 다섯 번째 쿤. 옅은 잿빛머리에 적안. 현 페시안의 생신生神으로 군림 중이다. 문무 양쪽 모두 뛰어나며 수완도 좋고 사람 다루는 능력도 탁월하다. 본인의 능력이 너무 출중해서 손대는 것은 모조리 곧잘 능숙하게 하기 때문에 무엇에도 흥미를 느끼지 못하는 타입. 계획적이고 인내심이 많은 편이다. 쿤 자리에 미련은 없지만 책임감이 있어서 유지 중. 때문에 신하들은 충성하면서도 언제 시하드가 떠날지 몰라 불안해한다.

· 우마르 : 46세, 소하르의 장로

소하르 출신의 장로, 암만 일족, 전 시종장, 정식 관료는 아니고 시하드의 직속이다. 쿤의 왼팔. 인자한 얼굴을 하고 있지만 예상외로 날렵한 몸을 가지고 있다. 시하드 대신 거의 모든 정보를 수집해서 전달하는 역할을 하고 있다. 페시안 전역을 관리하기 때문에 궁에 없는 경우가 많다. 측근 중 가장 인맥이 넓다.

· 나시르 : 24세, 서기관.

소하르 출신, 암만 일족. 아버지가 소하르 자치구의 족장 중 하나. 캐티프서기 관료로 가진 바 능력이 무척 뛰어난 서기관. 서기관장과 쿤의 신임을 동시에 받고 있다. 소하르 책략가 중에서도 행동력까지 합쳐 뛰어나다. 머리가 매우 좋다. 칼도 못 쥘 정도는 아닌 실력을 보유 중이다. 매우 선하게 생겼다. 유난히 북쪽 대륙에 관심이 많다. 서기관장이 총애하고 있어서 다음 서기관장 후보로 내정되어 있다.

· 카림 : 25세, 타무라 전사

무스카트 대족장 다우드의 아들, 무자헤딘전사, 흑발에 흑안. 샴쉬르를 다루는 걸로 따를 자가 없다. 대족장의 아들이기 때문에 카프쿨루군관로 어릴 적부터 궁정에서 살았다. 선대 사 쿤이 건재했을 무렵 시동으로 지냈다. 약간 무뚝뚝하고 여자에 면역이 없어서 여자를 어떻게 대해야 할지 모른다. 이 때문에 아시나를 싫어한다. 얌전하고 조신한 여자를 좋아하는 것 같다아시나의 의견.

· 게디크 록 아흐메드 : 52세, 페시안의 대재상

다라 텔아비브 출신, 가릴라 일족의 전 족장.

전대 사 쿤으로부터 받은 총애로 인맥을 다지고 권력을 손에 넣은 덕에 현재 대재상으로 군림 중. 가진 능력은 평범하나 조력자들이 뛰어나다. 인맥 관리 부분에선 그래도 수완이 있는 편이다. 대외적인 평판은 좋지만 궁정 내의 평판은 좋지 않다. 누구도 척을 지고 싶지 않아 하는 인물.

· 자키야 : 22세, 대재상의 딸.

다라 텔아비브 출신, 짙게 웨이브 진 붉은 머리, 녹색 눈동자. 게디크의 눈색을 닮았다. 모종의 이유로 전대 사 쿤에게 전폭적인 총애를 받았다. 사 쿤이 군림하고 있었을 땐 궁전에서 거주하며 사 쿤을 보필했다. 가끔은 사 쿤을 대리해서 왕자들에게 뜻을 전달하기도 했다. 어린 베히다트와 궁전에서 같이 자랐다. 자주 만난 건 아니지만 서로에 대해 무척이나 잘 알고 있다.

· 바레인 : 25세, 샤르자의 대족장.

사헴가 출신, 검은 머리에 진한 푸른 눈동자

어릴 적부터 천재로 유명했다. 대족장의 아들이기에 카프쿨루군관로 입궁했으나 웬만한 법관이나 서기 관료를 갖고 놀 정도로 뛰어나서 아이 때부터 유명했다. 부채를 들고 다닌다. 인상은 선하나 곱상한 생김새와 달리 냉정한 걸로 정평이 나 있다. 바레인의 가문인 사헴가는 페시안 내에서도 명망 높은 명문가이다. 젊은 나이에 샤르자의 대족장이 되었다.

· 잘릴: 27세, 다라의 대족장.

힐프가 출신, 게디크의 외조카. 여자를 좋아한다. 어릴 때부터 칼을 쥐었고 카림과 대립각을 세우면서 성장했다. 쿤의 전사가 되었다면 타무라가 되었을 거라는 평가를 받았다. 다른 자들에 비하면 멍청해 보이긴 하나 그냥 생각하는 걸 싫어할 뿐이다. 오히려 너무 생각 없고 제멋대로라 모두가 잘릴을 상대하는 걸 까다롭게 여긴다. 언젠가 베히다트와의 비무에서 승리하는 것이 목표다. 살육을 즐기는 건 아니나 사람을 상대로 칼을 휘두르지 않으면 지루해한다.

· 엘바: 47세, 니즈와의 대족장.

니즈와 지역 특성상, 주변의 도움으로 강제 평화를 이룩하고 있다. 약간 부정적인 성격이라 모든 현재를 비관적으로 생각한다. 걱정이 많지만 겁쟁이는 아니고, 말은 막하지만 뒤끝은 없다. 슬슬 대족장의 세대 교차가 이뤄지니까 자신도 물러나야 하는 것인가 격렬하게 고민 중이다. 대족장 중에서는 이즈미르와 가장 친분이 두텁고 소하르 대족장인 비가에게 잔소리를 하도 들어서 그를 질색한다. 나름대로 비가를 존경하고 있기는 하다.

· 미츠하르 : 28세, 엘바의 아들이자 아제미 소속의 전사.

아버지인 엘바를 난감하다고 생각한다. 대족장이 되는 것보다 쿤에게 충성과 목숨을 바치는 것이 더 가치 있다고 생각한다. 아제미 중에서도 뛰어난 편이다.

· 다우드 : 48세, 무스카트의 대족장.

고지식하고 융통성이 없는 성격이다. 무스카트를 지키는 것이 사명이라고 생각한다. 아들 카림을 무척이나 염려하며 자랑스러워한다. 다음 대의 무스카토를 물려받을 카림을 위해서라도, 자신의 대에서 다라와의 갈등을 담판 짓고 싶어 한다.

· 이즈미르 : 49세, 마안의 대족장.

냉철한 성격으로 서부 페시안소하르, 샤르자, 마안에서 양쪽의 등쌀에서 나름대로 잘 버텨 왔다. 마안의 전사들을 가르치는 것이 취미로, 가진 바에 감사할 줄 알고 지금의 평화를 소중히 여긴다. 선대 사 쿤이 밝혀내지 못한 비밀을 일부 알고 있다. 그 일에 이즈미르의 아버지가 얽혀 있다.

· 비가 : 67세, 소하르 대족장.

페시안 전역에서 가장 존경받는 위인 중 하나.

3대에 걸쳐 쿤을 모셨고 지금의 바레인처럼 어린 시절부터 뛰어나기로 유명했다. 약관의 나이에 서기관장을 역임했을 정도로 가진 바 능력도 출중했다. 타리프 3왕자에 대한 비밀이 무엇인지 알고 있다.

· 자이드: 36세, 샤르자 자치구의 주지사.

샤르자 자치구의 주지사. 많은 자들이 바레인과 친분이 있을 거라 추측했었다.

· 아카: 20세, 크라차 출신.

정체불명의 소년. 크롬웰과 관계가 있어 보인다.

· 시하드 쿤 : 페시안의 신화와 전설에 등장하는 초대 왕.

남대륙 전체에 물을 퍼 올리고 생명을 싹트게 했다고 전해진다. 구전 속에서는 '자신의 달이 숨을 거두자마자 원래 있던 곳으로 돌아가 버렸다.'라고 전해지지만 사실인지는 알 수 없다. 시하드 쿤이 모습을 감추고 쿤의 세 아들이 페시안을 세 개로 갈라 나눠 가졌다. 후에 라 쿤이 페시안을 통일해 지금 형태가 되었다. 오랜 기간을 거쳐 쿤가의 성을 따 '쿤'이 왕을 뜻하는 칭호로, '시하드'가 신으로서의 칭호로 정착되었다.

크롬웰Cromwall

: 통칭 북대륙의 패자. 패자 크롬웰이라는 별칭으로 더 많이 부른다.

고대 흩어진 여러 소국들을 한데 모아 제국으로 건설했다. 기본이 되는 나라들의 이름 앞 글자를 따서 지은 이름이 'CROMWALL'. 건국왕 아스카가 연인 에이리를 황후로 맞이하여 즉위할 때, 맹약자인 용제 페디안에게 북대륙에 사는 모든 종족과 인간을 한데 묶어 조화로운 제국을 만들겠다는 맹세를 했고 이는 신의 이름리메아으로 공표되었다. 때문에 크롬웰 황가를 끼지 않은 국지전은 많았으나―북부 펜족은 나라로 취급하지 않는다―공식적인 전쟁은 단 한 번도 치른 적이 없었다. 때문에 정치적으로 안정되어 있다.

제도 웰즈, 서공작령 아스타테아, 동공작령 사디운, 북후작령 퍼디난디, 남후작령 유클리드로 나뉘어져 있다.

※ 황제의 5대 기사단

· 백의 기사단 : 엠블렘은 똑바로 꽂힌 긴 검. 대부분 유력 가문의 장자 출신으로 권력자와 가깝다. 주로 황제를 가장 가까이서 호위한다. 황제의 뜻을 대신하는 역할을 자주 맡기 때문에 사교성과 인맥 관리, 말재주가 필수로 요구된다.

· 청의 기사단 : 엠블렘은 교차되어 꽂힌 칼. 가장 고지식하고 융통성 없는 자들이 많다. 가장 기사다운 기사단이라는 평가가 압도적. 이쪽은 레이디와 어린아이를 주로 호위한다. 청기사들의 충성은 절대적이기 때문에 둘 이상의 주군을 두지 않는다. 만들어진 지 가장 오래되었고 명성이 높다.

· 적의 기사단 : 엠블렘은 검은 초승달 안에 꽂힌 교차된 두 개의 칼. 망나니 집합소로 악명이 높다. 대부분 제멋대로에 수틀리면 칼부터 꺼내는 못된 성미를 가진 기사들로 잔인하거나 성격이 비범한 자들이 많다. 황가에 대한 충성도는 5개 기사단 중 최하위. 미친개들이라고 불리며 미친개를 풀어 놓으면 위험하니까 모아 둔다는 의미의 기사단이었으나 막상 자잘한 국지전 분쟁에 내보내면 가장 효과적으로 평정하고 오는 걸로 평가가 높아졌다. 5개 기사단 중 가장 규율이 강하고 철저하다.

· 녹의 기사단 : 엠블렘은 나란히 일자로 겹쳐진 검. 가장 자유분방한 분위기를 가졌다. 기사들 대부분이 술고래. 술을 좋아하지 않으면 녹기사단에서 버틸 수가 없다. 대신 술 먹고 사고를 치면 바로 녹기사에서 제명당한다. 주로 수도 치안 겸 귀족들과 관련된 일을 많이 한다. 술을 무한 제공한다는 조건만 있으면 충성도는 청기사를 넘어설 정도로 강해진다.

· 흑의 기사단 : 엠블렘은 똑바로 위를 보고 있는 검. 원래는 비밀 기사단을 목적으로 만들어졌으나 후에 기사단으로 재편되었다. 기사단 구성에 유일하게 신분을 따지지 않는다. 때문에 평민 출신이 다른 기사단에 비해 많다. 대체적으로 민생 안정, 수도 치안 업무에 배치된다. 가진 바 임무만 충실하면 기사단에서 따로 요구하는 것이 없기 때문에 유일하게 자택 출근이 많은 기사단이다. 흑기사들은 거의 사람 대하는 걸 기피하는 경향이 있다.

※ 주요 가문

· 크롬웰가

크롬웰 황가. 엠블렘은 황금 드래곤. 제국을 수호해 주기로 한 건국왕의 맹약자 용제 페디안을 상징한다. 제국 크롬웰을 다스리는 황가로 왕조가 바뀐 적이 없어 제국의 이름을 그대로 유지 중이다.

· 아스타테아가

서공작령을 지배하는 제국의 한 중추. 엠블렘은 두 개의 초승달. 주로 큰 초승달 안에 작은 초승달이 마주 보고 있는 모양이다. 크롬웰의 건국에 지대한 공헌을 한 개국공신. 가문 대대로 걸출한 재상을 많이 배출해 낸 재상가이며 황가보다 자산이 많다. 북대륙의 상권의 70%를 차지하고 있으며 남대륙에 가장 먼저 손을 뻗친 장본인들. 정치적으로는 언제나 중립이다. 간혹 황가와 대립각을 세울 때가 존재한다. 위상이 높은 만큼 구설수도 많지만 대부분의 사람들이 아스타테아 가문에 대해 말할 때는 조심한다. 어디서 듣고 있을지 모르기 때문. 문文의 중심지로 제국 귀족들이 누리는 대부분의 문화를 만들어 냈다. 대문호와 거장들을 많이 배출해 냈다. 가족에 대한 애틋한 사랑으로 유명하며 이 가문은 단 한 번도 정략결혼을 한 역사가 없다. 아스타테아는 가족이 유일한 약점이지만 약점을 건드리면 건드린 걸 후회하고 참회하고 울면서 용서해 달라고 빌어도 복수한다.

· 사디운가

동공작령을 다스리는 제국의 한 중추. 엠블렘은 주먹과 창과 검. 주먹 위로 창과 검이 교차되어 있는 모양이다. 크롬웰의 건국에 지대한 공헌을 한 개국공신. 대대로 황가의 검이 되어 적들에게서 크롬웰을 지키는 역할을 수행한다. 역대 무수히 많은 기사단장과 총기사단장을 배출해 낸 가문으로 대부분의 기사들이 존경하고 동경하는 가문이다. 정치적으로 중립이지만 황가엔 절대적으로 충성을 바친다. 이 문제 때문에 간혹 아스타테아와 맞서기도 한다. 제국 내에서 유일하게 아스타테에게 반기를 들 수 있는 가문이다. 가족에게도 엄격하기로 유명하다.

※ 등장인물

· 아시나 리세아 데 웰든 : 21세, 공식적으로 황족, 웰든 가의 레이디.

카르디안 대공과 레시아 대공비 사이에서 태어난 외동딸. 눈부신 은발과 사람을 홀리는 홍안. 여행 다닐 땐 부드러운 갈색으로 변색하고 다님. 베르딘의 말예末裔. 여신의 축복만 유효하고 마력은 봉인한 상태. 신체적으로 뛰어나서 여행을 다닐 때 요긴하게 써 먹고 있다. 여러모로 부족한 것 없이 잘 먹고 잘 자랐으나 유난히 어머니하고만은 갈등이 심하다. 긍정적이고 낙관적인 터라 인생에 별문제가 없었다. 남대륙에 가기 전까지는.

· 반 카르디안 시라스 폰 웰든 : 43세, 웰든 대공.
임시 적赤 기사단 단장, 기사단 고문위원, 제국 제일의 기사, 최연소 총기
사단장 역임.
자줏빛이 도는 흑발과 사람을 홀리는 홍안을 가지고 있다. 거기에 묘한 위
압감까지 합쳐져서 웬만한 자들은 쉽게 눈도 마주칠 수 없다. 샤를 황제의 첫
번째 황후 소생으로 2황자였다. 가장 정통성 있는 황위 계승자 후보였다. 황위
계승권을 포기한 현재 웰든의 이름을 부여받아 대공으로 황제인 라페니히에
게 충성 중이다. 검술 실력이 넘볼 자 없이 뛰어나지만 머리도 뛰어난 편. 젊
은 나이에 혼인했다. 부인에 대한 사랑이 외국에 소문이 날 정도로 유명하다.
· 레시아 아이나 데 웰든 : 39세, 웰든 대공비
아스타테아 가문 출신. 검은 재상이라 불렸던 로스만 공작의 둘째 딸이다.
제국에서 가장 아름답기로 유명하다. 눈부신 은발에 황홀한 금안. 공주 아이
세스의 대모이며 아이세스와 아시나를 동시에 같이 키웠다. 모자란 것 없이
모든 걸 누리고 자랐으나 어릴 때부터 몸이 심하게 안 좋아서 다들 건강을 걱
정 중이다.
· 이안 시리운 데 아스타테아 : 35세, 아스타테아 가주이자 재무대신.
검은 재상이라 불렸던 로스만 공작의 막내아들이다. 누나들을 사랑하는 착
한 동생이지만 재무대신으로 궁정에서 일할 때면 모두에게 공포의 대상으로
군림한다. 심지어 황제까지 눈치를 보고 있다. 그의 냉정함과 깐깐함은 궁정
모두가 알고 있다. 화려한 백금발에 짙은 에메랄드빛 눈동자를 가지고 있다.
첫째 매형인 재상과는 사이가 좋지만 나머지는 쉽사리 다가갈 수 없다고 한다.
· 황제 라페니히 : 44세, 크롬웰 황제
샤를 황제의 두 번째 황후의 소생으로 1황자이지만 서출이었다. 때문에 즉
위 전까진 정통성 논란이 항상 꼬리표처럼 뒤따랐다. 후에 어머니가 황후가
되어 정통성을 손에 넣었지만 카르디안 황자에 비하면 뒤떨어진다. 짙은 금
발에 짙은 금안. 젊었을 적엔 엄청난 바람둥이로 유명했다.
· 아이세스 리운데 리스 폰 크롬웰 : 21세, 크롬웰의 공주
황제 라페니히의 외동딸. 옅은 금발에 짙은 금안. 어릴 적부터 아시나와 같
이 자라 서로를 자매처럼 의지 중이다. 어릴 적부터 짝사랑하던 상대가 있었
고 최근 결혼에 성공했다. 아시나와 친사촌이다. 기본적으로 공주로서 모든
면모를 갖추었다. 다만 사촌들 앞에선 풀어지는 경향이 있고 절친한 이케인
공자 앞에선 또래 여자애처럼 보인다고 한다.
· 테나인 시운 데 레슈타인 : 22세, 레슈타인 백작
레슈타인 후작가의 후계자. 연한 보라라일락색 머리에 탁한 보라모도색 눈동
자이다. 분위기만 봤을 땐 매우 화나 보이고 까칠해 보이는데 막상 말을 하면
생각보다 온순하다는 인상을 받는다. 삼시 세끼 디저트만 먹는 걸로 사교계

에서 유명하다. 레이디에게 인기가 많다. 언제나 남편감 후보 베스트 3위 안에 꾸준히 들어가는 중. 당연히 1위는 아시나의 외삼촌인 이안이다. 아시나와 사이가 안 좋은 듯 좋은 사이. 아시나와 이종사촌이다.

· 이케인 로우 데 레슈타인 : 21세, 레슈타인 자작

레슈타인 후작의 둘째 아들. 망나니, 사고뭉치로 유명하다. 화려한 백금발에 탁한 초록대나무색 눈동자. 부모 중 누구와도 닮지 않았다. 이케인을 아는 자들은 하나같이 그의 외할아버지를 쏙 닮았다고 말한다. 고약한 취미가 하나 있다. 의외로 평판이 나쁘지 않은데, 그게 이케인의 미스터리한 점이라고 모두가 생각한다. 아시나와 죽이 잘 맞는 이종사촌.

· 체른 : 아시나의 여행친구

아시나에게 온갖 못된 기술은 다 가르친 장본인. 레시아가 잡히면 죽여 버리겠다고 벼르고 있음. 그래서 웰즈엔 절대 가지 않는다. 아시나와 계란 반숙이냐 완숙이냐를 놓고 싸워서 현재는 사이가 안 좋음. 계란 완숙파.

· 라네지 : 21세, 아시나의 친구.

아시나의 미소년 초상화를 그려 주는 친구. 그림을 아주 잘 그린다. 몸이 약해서 밖에 돌아다니지 못한다. 아시나의 여행을 지지하고 응원한다.

작가 후기

안녕하세요, 윤슬입니다.

우선 이 책을 소장해 주신 여러분께 감사드립니다. 여러분들에게 소중한 책이 될 수 있도록 열심히 썼습니다.

카카오페이지에서 완결을 내었을 때도 후기를 쓰고 블로그에 또 길고 긴 완결 후기를 썼지만 종이책에 들어갈 후기는 또 다른 기분이네요. 무척이나 상쾌합니다.

연재 내내 재미있게 『월흔』을 집필했습니다. 아시나는 이제껏 제가 써 온 어떤 여주인공보다 사랑스러웠고 베히 님 역시 제가 쓴 어떤 남주보다 완벽한 어른 스타일의 남주인공이 아닌가 싶습니다. 항상 제정신 아닌, 자기 문제에 허덕이느라 남을 돌보지 못하는 녀석들만 써 봐서 베히 님을 쓰는 것 자체가 제겐 신선한 도전이었고 즐거움이었습니다. 부디 제가 멋지다고 생각한 베히 님이 여러분에게도 멋진 분이셨으면 좋겠네요.

연재 때보다 내용 확충을 하고 매끄럽게 다듬어서 책을 냈습니다. 그런데도 영 자신이 없네요, 봐주시는 여러분들은 어떨지 모르겠어요! 읽으시는 내내 즐거우셨으면 좋겠어요. 비록 독자분들이 목 놓아 외치시던 1+1=3이 되는 그 '+' 과정은 없으나 두 사람이 사랑으로 이어져 신뢰와 애정이 바탕이 되는, 그러나 여전히 위태롭고 팽팽한 그런 후일담이 여러분들의 아쉬움을 달랠 수 있었으면 좋겠다고 살포시 바라 봅니다.

이 소설의 제목인 『월흔月痕』에는 크게 세 가지 의미가 있어요. 신경 써서 읽으신 분들은 아시겠지만 첫 번째 의미는 '페시안'이라는 나라 자체이고, 두 번째 의미는 '쿤가'를 뜻해요. 정확히는 '페시아달의 자손'을 뜻하는 말이죠. 그리고 마지막 의미는 바로 '아시나의 등에 난 상처'입니다. 후후! 개인적으로 마지막 의미가 제일 제 마음에 들어요. 제 취향이에요! 제가 의미 부여하는 걸 굉장히 좋아하는 편이라 이야기의 첫머리부터 염두에 두고 지었어요. 원래 월흔이라는 단어는 '새벽녘의 거의 사라져 가는 달그림자'를 뜻하는 말인데 그렇다고 페시안이 곧 망한다는 뜻은 아니니까 오해는 말아 주세요! 저 뜻은 아슈마에로 가는 길의 힌트로 써 먹었습니다. 새벽녘, 거의 사라져 가는 달그림자가 인도하는 길 끝에 존재하는 하얀 오아시스라니, 낭만적이지 않나요? 제가 너무 혼자서 로망에 젖어 있는 건가요!? 괜찮습니다. 누가 뭐래도 저는 제 로망을 굽히지 않을 거예요!

제가 사막이라는 지형을 굉장히 좋아하는데 아무래도 그런 극한 지형에서 살아남을 수밖에 없는 척박한 듯 온후한 문화가 항상 매력적이었어요. 늘 이집트, 페르시아, 오스만 등 서아시아 사막 근처의 제국들을 찾아보면서 언제고 모티브를 따 써 보고 싶다고 다짐했는데 그걸 쓰고, 완결까지 내고, 책까지 내게 되다니! 굉장히 꿈만 같습니다.

여러분, 대추야자 드세요. 대추야자 맛있어요!

아시는 분은 아시겠지만 『월흔』은 연작 소설로 이미 완결을 낸 제 다른 소설 『은의 랩소디』의 시리즈 중 하나입니다. 같은 세계관을 공유하고 있는 이 시리즈는 약 3개의 작품이 있는데요, 시간 순서는 『은의 랩소디-은의 소네트-월흔』으로 이어집니다.

『월흔』을 제외하고 나머지 두 작품은 모두 크롬웰을 배경으로 쓰여진 이야기예요. 『은의 랩소디』는 아시나의 부모님 이야기입니다. 제 기준으로는 굉장히 소녀스럽고 메르헨스러워요. 그리고 제 초기작이라 부족한 점이 많습니다. 『은의 소네트』는 아시나의 사촌인 아이세스의 이야기입니다. 어릴 적부터 스승님을 오래 짝사랑해온 그녀가 어떻게 결혼하게 되었는지는 내년쯤에 본격적으로 집필할 예정입니다. 아직 많은 내용을 써 놓은 건 아니지만 이것 역시 소녀스럽고 살랑살랑 솜사탕 같은 느낌으로 집필하려고 생각 중입니다. 둘 다 연작 소설이긴 하지만 『월흔』과는 분위기가 많이 달라요. 혹시 관심 있는 분들이 있으시다면 봐 주세요!

원래 제 계획은 저 모든 시리즈를 마무리 지으면 시리즈 마무리 외전 정도로 내년에 외전권을 집필하려고 했는데…… 미뤄졌습니다. 월흔이 대박나면 그때 쓸게요. ……그러나 대박이 나지 않았다고 한다. 흑흑.

7개월간의 굉장히 하드한 집필 기간과 약 9개월에 걸친 카카오페이지 웹소설 정식 연재로 많은 사랑을 받았던지라 아직도 감개무량합니다. 특히 이전 소설과 분위기가 많이 다른 작품이라 기대 없이 시작했는데 너그러운 사랑 덕분에 더 많은 용기를 얻었습니다. 감사합니다. 그리고 앞으로도 잘 부탁드립니다.

마지막으로 연재 기간 내내 절 케어하느라 고생하신 박상희 담당자님, 김은주 실장님 그리고 블랙라벨클럽 편집부에 감사합니다.

서린이, 채연이, 집필 내내 제 징징거림을 받아 준 클랜분들 감사하고, 마지막으로 이 책을 읽어 주시고 구매해 주시고 사랑해 주신 우리 예쁜이, 독자분들 정말 감사드리고 사랑해요.

제 사랑과 존경을 그대에게!

With. MORS SOLA CLAN

Blog. http://blog.naver.com/yuns201

Twitter. @yunsulJJ

BLACK LABEL CLUB 021

월흔 4

1판 1쇄 발행 2015년 10월 30일
1판 3쇄 발행 2017년 8월 1일

지은이 윤슬
펴낸이 신현호
편집부장 김은주
편집 박상희 김수민 조미연 최윤정
편집디자인 한방울
영업·관리 김민원 이주형 조인희
물류 이순우 최준혁 김명일

펴낸곳 ㈜디앤씨미디어
출판등록 2002년 5월 1일 제117-90-51792호
주소 서울시 구로구 디지털로 26길 111 JnK디지털타워 503호
대표전화 (02)333-2513 팩스 (02)333-2514
전자우편 dncbooks@dncmedia.co.kr
디앤씨북스 블로그 http://blog.naver.com/dncbooks
디앤씨북스 로맨스 카페 http://cafe.naver.com/dnc2007
블랙 라벨 클럽 트위터 @blacklabel_c

ISBN 979-11-264-0224-3 (04810)
ISBN 979-11-264-0220-5 (세트)